THE EXPERIENCE LIST

JOCABEL CABALLERO

THE EXPERIENCE LIST

addictives

1

Haylee
Août

– Haylee, attends !

Je me retourne et vois Francis, l'un des étudiants ayant géré les activités de cet été, approcher.

– Tu as oublié de prendre ça.

Récupérant le pull à capuche qu'il me tend, je souris. Le vêtement est aux couleurs de l'université de Springfield.

– Si tu n'avais pas une petite amie, on pourrait mal interpréter ce geste, plaisanté-je.

– C'est Nina qui m'a donné l'idée, dit-il en riant. Tu as ta place à Springfield. Et honnêtement, je crois qu'elle aimerait vraiment que tu t'y inscrives l'année prochaine. Euh… elle m'a aussi fait promettre de te prendre en photo avec pour s'assurer que je ne me suis pas défilé.

Je souris, nullement surprise par la demande de Nina. Francis est quelqu'un d'assez introverti. Alors sa copine essaie régulièrement de le faire sortir de sa coquille en le poussant à aller vers les autres. Je dois être l'une de ses missions pour vaincre sa timidité, mais je ne m'en offusque pas. Voyant que Francis attend, je m'exécute et enfile le pull. Je fais une grimace à l'appareil dès qu'il braque son téléphone sur moi. Les preuves de sa bravoure dans la boîte, il sourit.

– Je suppose qu'on va pouvoir compter sur toi pour rejoindre nos rangs ?

Bien sûr que oui ! L'université de Springfield a tout ce que je désire. Passionnée depuis toute petite par les astres dominant notre monde, j'ai toujours souhaité faire des études en astronomie. Et c'est pour choisir ma future fac que j'ai demandé à mes parents de m'inscrire dans l'une de ces colos d'été faisant découvrir les universités aux lycéens. Après en avoir visité plusieurs, Springfield est celle que je préfère. Elle n'est qu'à quatre heures de chez moi, et le département d'astronomie et d'astrophysique est dément ! De plus, si tous les étudiants sont aussi sympas que Francis et Nina, j'ai hâte d'y être ! Honnêtement, je regrette presque d'avoir encore une année à faire à Galena High School, car j'aimerais pouvoir faire ma rentrée universitaire dès maintenant.

J'ouvre la bouche pour répondre avec enthousiasme, mais le bras qui entoure mes épaules ne m'en laisse pas le temps.

– Salut, minimoy !

Je serre les dents en reconnaissant cette voix. En voilà un qui ne m'avait pas manqué ces deux derniers mois…

– Maximilien.

Il grimace en m'entendant utiliser son prénom complet et je m'en réjouis. Il aime qu'on dise « Max », mais il peut toujours courir pour que je me plie à ses préférences alors que cet abruti m'appelle encore minimoy !

– Qu'est-ce que tu fais ici ? demandé-je en essayant de me débarrasser de son étreinte, en vain.

Je n'aime pas qu'il me touche, qu'il soit aussi proche de moi. Et pourtant, il s'obstine à garder son bras de footballeur de mes deux autour de moi. Ça l'amuse de me voir lutter pour lui échapper. De toute évidence, il n'a pas mûri au cours de ces deux derniers mois. Quoi de moins surprenant ? Les années ont beau passer, Max n'a toujours pas l'air de comprendre que sa seule présence me donne la nausée.

– Ta mère a eu un empêchement, alors me voilà.

Du coin de l'œil, je vois Francis regarder Maximilien, éberlué. Je sais ce qu'il voit. C'est ce que tout le monde remarque face à Maximilien. Le joueur de football avec la fameuse veste bleu et blanc de Galena High School de toute évidence populaire, qui fait baver les filles et que tous les mecs, ou presque, apprécient. Ce mec ami avec tout le monde et qui a toujours le sourire aux lèvres. Sauf que moi, je ne vois rien de tout cela. Je ne vois que mon *fucking* voisin que je supporte depuis ma plus tendre enfance et qui m'exaspère. Je vois le connard qui passe chaque jour de son existence à me provoquer et à m'appeler minimoy simplement parce qu'il est plus grand que moi. *Beaucoup* plus grand avec son mètre quatre-vingt-sept contre mon mètre soixante.

Maximilien me dévisage un court instant et j'en fais autant. En deux mois, il n'a pas changé d'un poil. Sa tignasse brune est en désordre, comme à son habitude. Quelqu'un devrait lui offrir un peigne, sérieusement… Sa carrure est aussi imposante qu'avant et même cette intensité dans ses iris chocolat n'est pas différente. Ils recèlent toujours cette touche d'espièglerie irritante. Ce qui me distrait un moment, c'est son physique. Son teint est plus hâlé qu'il y a deux mois. Comme s'il avait passé tout l'été sous un soleil pétant. Et ses muscles semblent plus sculptés… Je retiens une grimace en me rendant compte que je l'observe avec un peu trop d'intérêt. *Beurk*.

– Tu as grandi ou j'hallucine ? plaisante Max en m'attirant à lui pour comparer nos tailles. Minimoy… Tu es devenue l'accoudoir parfait !

Alliant le geste à la parole, il pose son bras sur ma tête avec ce rire franc qui séduit tant de mes camarades de classe. Je me crispe et le frappe dans les côtes pour qu'il me lâche, mais ça ne fait que redoubler son hilarité.

– Oh, marmonne-t-il, prenant enfin en compte la présence de Francis. Salut, mec ! Ça roule ?

Il lui tend la main et un étrange silence s'installe, tandis que Max scrute mon tuteur. Quand je vois un faible sourire se dessiner sur ses lèvres, j'ai envie de l'étriper. Je sais ce qu'il fait. Il juge Francis. Francis et son allure de scientifique un peu débraillée. Francis et son corps svelte, certainement peu attractif selon les critères de Maximilien. Je le sais, parce que c'est toujours ce qu'il fait lorsqu'il me croise avec un garçon. Qu'on soit loin de Galena High School et de notre quartier ne change rien à son comportement de crétin !

– Je n'ai pas terminé ma conversation. Tu peux aller m'attendre dans la *voiture* ?

J'insiste sur ce dernier mot parce que même s'il s'est ramené avec sa moto infernale, il n'y a aucune chance que je rentre avec lui. Je ne suis pas l'une de ces filles qu'il trimbale sur sa moto. Max continue à sourire et relâche enfin sa fichue étreinte. Il me fait signe de poursuivre ma discussion, mais ne s'en va pas. Je soupire et adresse un regard désolé à Francis, qui semble amusé.

– Passe-moi ton numéro pour que je t'envoie les photos.

J'acquiesce et m'exécute en silence. Nous avons utilisé son appareil avec Nina durant la colo et j'ai hâte de récupérer les clichés !

– Tu étais l'un des tuteurs d'Haylee, c'est ça ?

Francis hoche la tête avec un petit sourire étrange sur les lèvres. J'imagine que la question de Max l'amuse. Après tout, qu'est-ce qu'il foutrait sur le campus autrement ? Les étudiants ne reprennent les cours qu'en octobre... Essayant de faire abstraction de la présence irritante de Max, je termine ma conversation et promets de rester en contact avec Nina. Lorsque mon tuteur finit par partir, je me retrouve seule face à mon insupportable voisin. Celui-là même qui m'adresse un sourire resplendissant.

– Alors, tu t'es éclatée dans ta colo de geeks ?

– Ce n'était pas une colo de geeks, Maximilien.

– Comment Haylee Green appellerait-elle une colo qui pousse les lycéens à passer leur été à étudier ?

– Une colo qui s'intéresse à l'avenir de ces mêmes lycéens ?

Max marmonne un « mouais » peu convaincu et me prend mon sac des mains. Je hausse un sourcil, surprise. En temps normal, il m'aurait laissée me débrouiller toute seule. Il l'a déjà fait alors que je portais bien plus lourd, simplement parce que ça le faisait marrer de me regarder galérer.

– Il n'y a vraiment que toi, minimoy, pour passer ton été à étudier, lâche-t-il en marchant en direction de la Ford grise de sa mère.

Choisissant de ne pas répondre aux insultes qu'il vient de me balancer en pleine poire, je m'installe côté passager, tandis qu'il range mon sac dans le coffre. Lorsqu'il me rejoint, il passe sa main dans ses cheveux et m'adresse un drôle de regard. S'il s'attend à un « merci » pour s'être tapé quatre heures de route afin de venir me chercher, il peut toujours rêver ! Le connaissant, il va profiter de chaque minute du trajet pour me faire tourner en bourrique.

– Tu attends le déluge ? lâché-je en voyant qu'il n'a pas l'air décidé à démarrer.

Est-ce que je crains qu'il prenne la mouche et me laisse

à Springfield pour me donner une leçon ? Non. Pourquoi ? Parce qu'entre Max et moi c'est une longue histoire. Les répliques sanglantes et les coups fourrés régissent notre « amitié ». Celle-là même qu'on est obligés de maintenir envers et contre tout pour le bien de nos deux familles.

Les Henderson et les Green étaient proches bien avant notre naissance. Et si l'on oublie cinq minutes Max, cette amitié ne me déplaît pas. J'adore Jessica Henderson. Elle est un peu comme une tante pour moi. Le hic chez les Henderson, c'est le fils.

À une époque, très *très* lointaine, nous avons été amis. Seulement, le Max que je connaissais a changé du tout au tout lorsqu'on avait 10 ans. Le petit garçon sensible, gentil et un brin peureux est désormais prétentieux, arrogant, bagarreur… et j'en passe. Et tout cela n'a fait qu'empirer au collège quand il est devenu populaire grâce au foot. Inévitablement, nous avons fini par prendre chacun un chemin différent. Malgré ça, on aurait pu continuer à être plus ou moins amis… si le parfait petit connard qu'il est ne s'était pas mis à m'éviter pendant un long moment pour ensuite revenir vers moi avec un moyen toujours plus ingénieux que la veille pour me faire sortir de mes gonds. Au vu de la situation, rien d'étonnant à ce qu'aujourd'hui notre douce amitié d'enfant ait laissé la place à une relation tordue. Je le déteste et il me rend ce sentiment à la perfection étant donné l'entrain qu'il met chaque seconde de sa vie à pourrir la mienne. Alors, pas question de le remercier.

– Tu n'aurais pas grossi ?

Un frisson me parcourt lorsque je sens la chaleur de sa main contre ma peau et qu'il me pince la cuisse. Avec ces températures, j'ai choisi d'enfiler l'un des shorts en jean que j'avais apportés pour la colo même s'il n'est plus tout à fait à ma taille. Cet été, mon corps a changé et je me suis retrouvée avec des vêtements trop petits par endroits. Je ne pensais pas que cela importerait puisque ma mère était censée venir me chercher, mais de toute évidence, mettre ce short a été une mauvaise idée. Le regard de Max sur mes cuisses me le fait comprendre. J'ai certainement l'air d'un saucisson dans ce short trop serré… Et ça me gêne. Mais ce qui me perturbe le plus, c'est qu'il l'ait remarqué. Lui, le mec qui ne s'intéresse qu'aux filles comme Bethany Miller, la capitaine des pom-pom girls : grande, élancée, bien foutue de partout et horriblement belle. Mes joues virent au cramoisi.

– Garde tes sales pattes de pervers pour toi !

Contrariée, je tire sur mon pull pour l'empêcher de me toucher de nouveau. Je crève de chaud sous ce truc. Je n'avais pas l'intention de le porter après avoir fait la photo, mais je ne vais pas avoir d'autre option. Ma réaction le fait marrer. Il démarre en secouant la tête, hilare, et nous quittons le campus de Springfield.

***

Au bout de quatre heures à transpirer et à ignorer les remarques de Maximilien, je vois enfin le bout du tunnel. Bon Dieu, ce que quatre heures peuvent paraître une éternité en si mauvaise compagnie ! Avec un soupir, j'observe les rues de Galena.

Galena est une petite ville dans l'État de l'Illinois réputée dans le comté pour sa beauté naturelle, ainsi que ses bâtiments historiques. Quand nous passons dans Main Street, je ne peux m'empêcher de penser à la remarque qu'avait faite notre prof d'histoire. D'après elle, si Abraham Lincoln revenait faire un tour dans le coin, il ne serait pas tellement dépaysé. Pourquoi ? Parce que Galena est ce genre de patelins qui dressent un portrait charmant et authentique de l'histoire américaine. Quatre-vingt-cinq pour cent de la ville sont inscrits au registre national des sites historiques et presque rien n'a changé depuis des années.

– Il y a une surprise qui t'attend chez toi, lance soudainement Max.

– Si elle ressemble à la *dernière* surprise, non merci, grommelé-je en faisant référence à sa présence non désirée.

Il ne réplique rien, mais ne se départ pas de son petit sourire en coin. Lorsqu'on entre dans notre quartier, je soupire d'impatience. Je rêve d'une douche froide ! Je transpire à grosses gouttes sous mon pull ! Dès que la voiture s'arrête dans l'allée des Henderson, je bondis hors du véhicule. J'ai à peine fait deux pas dehors qu'on me saute dessus.

– Taylor ! m'exclamé-je en reconnaissant la tignasse brune qui m'enlace.

– SURPRISE ! crie ma meilleure amie en riant. J'ai tellement de trucs à te raconter, Haylee !

Surexcitée, elle m'entraîne vers la porte d'entrée. Juste avant qu'on en franchisse le seuil, Max nous interpelle. Je me retourne et reçois mon sac en pleine poire.

– On ne dit pas merci, minimoy ?

Le petit sourire satisfait qu'il arbore m'agace. Alors je lui adresse mon majeur et le remercie à ma façon. Quand je suis Taylor à l'intérieur, je l'entends distinctement rire et je lève les yeux au ciel. Plus qu'un an. Un an à le supporter et ensuite *ciao* Maximilien Henderson !

2

Max

Tout en suivant Haylee et Taylor vers la maison des Green, je n'arrive pas à me défaire du sourire qui me pend aux lèvres. Un sourire semblant particulièrement irriter ma minimoy, qui grogne en me voyant les talonner. Lorsqu'elle s'arrête sur le seuil et se met en travers de mon chemin, je sais ce qu'elle s'apprête à faire. Haylee est un putain de livre ouvert. Ses réactions sont prévisibles, mais toujours hilarantes. C'est d'ailleurs pour ça que, malgré les années, c'est un jeu d'enfants de la faire sortir de ses gonds. Avec un sourire sadique, elle essaie de fermer la porte, mais je la bloque sans effort. Je suis beaucoup plus grand et costaud qu'elle. Elle aura beau mettre tout son poids contre la porte, celle-ci ne bougera pas d'un centimètre. Je ne joue pas au football pour rien.

– Ta présence n'est plus requise, Maximilien !

– Désolé, minimoy, mais ce n'est pas ce qui est prévu.

Elle hausse un sourcil et je vois dans ses yeux gris clair qu'elle comprend. Sa mère m'a invité à dîner. Comme elle le fait à chaque fois que la mienne est de garde, et je ne repartirai pas avant. En tant qu'infirmière, ma mère travaille souvent le soir. Ce n'est pas nouveau et j'ai appris à me débrouiller tout seul. Alors d'habitude, je parviens à esquiver les invitations de Mme Green. Cependant, après le service que je lui ai rendu en allant récupérer sa fille,

Eden Green ne risque pas de me laisser partir sans un truc dans l'estomac. Je le sais et Haylee aussi. Son agacement redouble mon amusement.

Putain, j'adore ça! J'adore voir sa frimousse se renfrogner et son regard pétiller d'irritation. Son visage a toujours été très expressif. Quand on était enfants, on pouvait deviner à des kilomètres lorsqu'elle avait fait une connerie. C'est encore le cas d'ailleurs, mais c'est ce qui fait son charme.

Je dois le reconnaître, voir son petit nez se plisser à mon arrivée et entendre ses répliques cinglantes m'a manqué cet été. Je ne comprends toujours pas ce qui lui a pris de passer son été dans une colo pour geeks. Parfois, son attitude de première de la classe m'exaspère. Personne de normalement constitué ne gâche son été de lycéen à étudier avec des nerds d'université. C'est pathétique. Pathétique, mais tellement *made in Haylee* que je ne peux même pas m'en moquer. Tout particulièrement parce que j'ai toujours été impressionné par sa détermination à suivre sa passion pour devenir astronome.

– Haylee! Max! Vous êtes arrivés! s'exclame Eden Green en embrassant sa fille. Ne restez pas là, les enfants!

Relâchant minimoy, après l'avoir bombardée de questions comme n'importe quelle mère qui n'aurait pas vu son petit poussin depuis plusieurs jours, elle l'incite, avec Taylor, à s'installer dans le salon. Puis, avant que je n'aie le temps de réagir, Mme Green vient me prendre dans ses bras. Son étreinte est comme toujours chaleureuse et pleine d'amour. Maladroitement, je la lui rends. Malgré la relation conflictuelle qu'Haylee et moi avons, je considère les Green comme ma famille. J'ignore où ma mère et moi en serions sans eux. Secouant la tête, je me débarrasse de cette pensée négative qui vient de débarquer dans mon esprit.

– Tout s'est bien passé sur la route ? me demande-t-elle avec ce sourire tendre qui la caractérise. Est-ce que tu as pu te reposer à Springfield avant de repartir ? Faire huit heures de voiture à ton âge n'est pas de tout repos !

Je souris faiblement parce que Mme Green me rappelle Haylee. Elles ont la même tignasse blond cendré et le même regard gris clair. La seule différence entre elles ? C'est qu'Eden me sourit plus souvent que ma minimoy !

Je m'apprête à lui dire que c'était ce que j'avais prévu de faire après avoir récupéré Haylee. Après tout, Mme Green n'a jamais eu d'empêchement. C'est moi qui me suis proposé pour aller la chercher. J'avais du temps à perdre et je savais que ça la ferait chier. Alors, entre nous, j'avais hâte de prolonger mon divertissement en traînant à Springfield. Mais je me ravise. Je ne vais pas lui dire que j'ai changé d'avis après avoir vu sa fille aussi rayonnante avec cet étudiant.

Je secoue la tête, perturbé. C'est la deuxième fois de la journée que je ressens ce drôle de truc. Ce malaise et cette frustration qui me sont complètement inconnus. Voyant que Mme Green m'observe, je mens et prétends avoir fait plusieurs pauses en route. Je n'ai pas envie qu'elle s'inquiète pour moi. Ni elle ni ma mère.

Comme je m'y attends, la mère d'Haylee avale mon mensonge. Elle me propose d'aller grignoter un truc et apporte des biscuits faits maison dans le salon. Quand je m'affale sur l'un des fauteuils, je ne suis pas surpris de voir qu'Haylee s'est déjà lancée dans une passionnante conversation avec Taylor sur son été.

Si, au début, je suis curieux de savoir ce qu'elle a fait, plus ça va, moins j'aime l'idée d'entendre ce qu'elle a foutu durant ces deux derniers mois. Dès qu'elle aborde les sorties *génialissimes* avec son tuteur de la colo, je ressens la frustration de tout à l'heure refaire surface et je n'aime pas ça. À mon plus grand soulagement, au bout d'un moment, sa mère l'interrompt.

– Chérie, tu ferais mieux d'enlever ce pull.

Haylee ne s'en est pas rendu compte, mais elle est toute rouge, plus rouge que son foutu pull. Elle doit crever de chaud depuis des heures, mais elle n'a pas voulu le retirer dans la voiture. C'est sans doute un peu ma faute. Étant face à minimoy, j'ai oublié que le poids était souvent un sujet sensible pour les filles. Je ne compte plus le nombre de fois où les filles qui sont passées dans mon lit m'ont demandé si elles étaient grosses. Avec elles, ce genre de réaction ne me prenait pas par surprise, mais je ne m'attendais pas à ce qu'Haylee ait les mêmes inquiétudes.

À vrai dire, je suis pris de court. Je n'ai jamais eu l'impression qu'elle ne se sentait pas à l'aise avec son corps. Haylee ne se prive jamais de porter des shorts et des débardeurs en été d'habitude. Alors je n'aurais jamais cru que son poids puisse être un sujet tabou. Le malaise que je sens chez elle lorsqu'elle jette un bref coup d'œil dans ma direction me fait grimacer. Je n'aime pas l'idée de l'avoir blessée avec ma remarque stupide. J'aimerais lui dire que la planche à pain qu'elle est n'a pas à craindre d'avoir pris un gramme, mais je n'en fais rien. Parce que, de toute façon, peu importe comment je tournerai ma phrase, elle le prendra mal. C'est Haylee. Et je suis moi. C'est comme ça qu'on fonctionne.

Après une longue minute, Haylee se débarrasse de son pull. Comme d'habitude en cette période de l'année, elle porte l'un de ses fameux shorts en jean et un débardeur coloré simple et innocent. Seulement, contrairement aux années précédentes, il y a quelque chose qui n'est pas du tout pareil. Je déglutis, ahuri. Merde… J'hallucine ou

Haylee a complètement changé ?! Face à moi, je n'ai plus du tout la planche à pain que je connais depuis tant d'années. Depuis quand est-ce qu'elle a une telle poitrine ? Ronde et aussi bien fournie ? Bordel, est-ce que ça pousse du jour au lendemain ces merdes ? Je n'écoute pas grand-chose lorsqu'on est en cours de biologie, mais il me semble que ça ne marche pas comme ça.

– Quoi ? s'emporte Haylee en voyant que je la mate.

– Tu avais donc bel et bien grossi, lâché-je, déstabilisé à l'idée d'être en train de la reluquer.

– Max ! s'insurge Taylor.

Remarquant le regard noir qu'elle me lance, je sens que j'ai merdé. Haylee n'attend pas que je lui présente des excuses. Elle récupère le pull de ce fichu étudiant et part à l'étage, furibonde.

– Espèce d'abruti, marmonne sa meilleure amie.

Je la regarde suivre Haylee à l'étage sans trop savoir quoi faire. Même si personne n'a jamais compris pourquoi entre Haylee et moi c'était aussi bordélique, cela les a toujours amusés de nous voir nous chamailler. Mais là, je crois que j'ai franchi une ligne qui me fait passer du taquineur à l'enculé, et je n'aime pas ça. Alors je me lève à mon tour et monte à l'étage.

Avec Haylee, nous ne nous excusons jamais des vacheries que nous nous faisons. Elle ne m'a jamais demandé pardon pour avoir foutu de VRAIES araignées dans mon sac de sport alors qu'elle sait que je déteste ces bêtes, et je ne me suis jamais excusé pour avoir fait disparaître le mode d'emploi de son télescope. Sauf que là, c'est différent. Nous n'utilisons jamais nos faiblesses et nos petits secrets dans notre *guéguerre*. Et ce n'est pas moi qui vais lancer les hostilités. Pas alors que sa famille garde le plus lourd secret des Henderson depuis si longtemps…

Quand je m'approche de sa chambre, je remarque que la porte est entrouverte. Je la pousse et m'attends à voir Haylee et Taylor sur le lit, comme à l'accoutumée lorsqu'elles sont fourrées dans cette pièce, mais elles ne sont pas là. Tant pis, je m'excuserai au dîner.

– Haylee, tu es très bien comme tu es !

– Je sais, marmonne cette dernière, bougonne.

Mon attention est attirée par les voix provenant de la salle de bains annexe à la chambre. M'approchant, je vois que Taylor est assise sur la baignoire et essaie tant bien que mal de réparer ma connerie.

– Tu connais Max, fait-elle avec un grognement. Il est maladroit. Il n'a pas voulu dire que tu avais grossi. Juste que tu as… changé. En bien, évidemment, mais les mecs ne sont pas doués pour exprimer clairement ce genre de chose. Max encore moins.

Haylee, juste à côté d'elle, soupire.

– Ça ne change rien au fait que c'est un crétin, peste-t-elle, puis elle ajoute : ce débardeur est beaucoup trop petit.

Sans me laisser le temps d'annoncer ma présence, Haylee enlève son haut. Face à son reflet, je cille. D'où je suis, je peux parfaitement l'observer sans qu'elle me remarque. Et la forme des seins ronds et parfaits, que j'aperçois dans ce soutien-gorge rose pâle, me déstabilise. Sauf qu'il n'y a pas que sa poitrine qui est différente. Sans ce pull beaucoup trop grand pour elle, je constate que sa silhouette a changé. Son cul est beaucoup plus rebondi dans son short en jean. Ce dernier est d'ailleurs trop petit et la moule beaucoup plus que je l'aurais cru possible. Le problème avec ça, c'est que cette tenue met en avant sa cambrure. Sa taille est restée fine, mais les rondeurs sur ses hanches me font loucher. *Bordel… Elle est devenue… sexy*, constaté-je, mal à l'aise.

Jusqu'à aujourd'hui, j'ai toujours trouvé qu'Haylee avait du charme et un joli visage. Ses traits fins et son petit nez sont adorables. Et avec sa crinière blond cendré et ses joues rosées, elle est magnifique. Surtout lorsqu'elle s'énerve. Mais je l'ai toujours vue comme la gamine avec qui je jouais étant gosse et que je taquine depuis le collège. Contrairement aux autres filles, je ne me suis pas vraiment attardé sur ses seins, ni ses fesses. Mais à cet instant précis, je ne peux m'empêcher de la regarder autrement. Je la fixe, tandis qu'elle mordille avec nervosité sa bouche rosée à travers le miroir et suis comme envoûté. Lorsqu'elle secoue la tête en soupirant, je constate que ses cheveux ont également poussé. Ils lui arrivent jusqu'au creux du dos…

– Je m'en fous de ce que pense ce crétin de toute façon, lâche-t-elle subitement.

Haylee attrape un tee-shirt ample et l'enfile. Et comme un abruti, je ne comprends pas que ça, c'est le signe qu'elle va sortir de la salle de bains. Je suis fasciné par ce que je vois. Alors que c'est Haylee, putain ! Je ne devrais pas être en train de la mater comme ça… Lorsqu'elle pousse la porte, elle sursaute en me découvrant dans sa chambre. Ses joues s'enflamment immédiatement et elle enroule ses bras autour de sa poitrine. Un geste qui attire mon regard sur ses nouvelles formes. *Eh merde !*

– Qu'est-ce que tu fous ici, Maximilien ?! Aux dernières nouvelles, ce n'est pas parce que ma mère t'invite constamment chez moi que tu as le droit de monter dans ma chambre !

– Je… euh… je…

Rien. Absolument rien ne sort. Parce que je repense à l'image gravée désormais au fer rouge dans mon esprit. Parce que je commence littéralement à paniquer. Je l'ai matée beaucoup plus longtemps que la bienséance entre amis d'enfance ne l'aurait voulu. Tous ces changements en elle me perturbent et me *plaisent*. J'ignore si c'est écrit noir sur blanc sur mon front parce que quand je lève les yeux vers Taylor, essayant de me reprendre, je la vois pouffer.

– Tu quoi ? insiste Haylee en me poussant pour que je libère le passage. Tu viens me traiter de grosse encore une fois ?

– Je n'ai jamais dit ça, marmonné-je en me sermonnant mentalement. Désolé si je t'ai blessée, ce n'était pas mon intention.

Un lourd silence s'installe, tandis que je vois Haylee et Taylor me dévisager. Ouais, je sais, je ne m'excuse jamais. Pas avec Haylee en tout cas. Sauf que là, c'est différent.

– Navrée de te l'apprendre, Maximilien, mais tu n'as pas assez d'importance dans ma vie pour me blesser. Maintenant, dégage de ma chambre.

Avec joie, pensé-je en fuyant la scène du crime. Ma scène de crime. Celle où pendant un court instant, j'ai oublié la seule règle à ne jamais enfreindre. Peu importe l'amitié-inimitié qui nous lie, je ne dois pas regarder Haylee comme n'importe quelle autre fille. *Je n'en ai pas le droit...* De nouveau, de mauvais souvenirs essaient de s'imposer à moi, mais je les repousse. Pas question de penser à ça. Pas question de penser à lui. Jamais. Lorsque j'arrive en bas de l'escalier, j'hésite à trouver une excuse pour prendre la poudre d'escampette. Mais la porte s'ouvre à cet instant et Thomas Green apparaît.

– Max, fiston, tout s'est bien passé ?

– Nickel ! affirmé-je en lui rendant sa poignée de main avec un sourire.

Thomas Green embrasse sa femme, puis me fait signe de le suivre.

– Où est-ce que vous allez ? demande Mme Green, mains sur les hanches. Le dîner est presque prêt ! Haylee ! Viens dire bonjour à ton père !

Comme je m'y attends, Haylee ne descend pas. Elle doit s'être lancée dans une nouvelle conversation avec Taylor. Une dans laquelle elle me casse du sucre sur le dos… Sa mère soupire et fait signe à son mari de lui répondre.

– Le shérif du comté a besoin d'une bière, chérie. Et Max… va m'aider à réparer quelques trucs dans le garage. Pas vrai bonhomme ?

J'acquiesce et le suis avec un petit sourire sur les lèvres quand je vois Mme Green secouer la tête d'un air mécontent. Elle déteste lorsque son mari fait ça. Qu'il s'éclipse juste avant le dîner pour éviter de mettre la table. Thomas n'est pas le style d'homme à ne rien faire pour aider sa femme. Bien au contraire, il se plie aux quatre volontés d'Eden en temps normal. Toutefois, il fait tout ce qui est en son pouvoir pour éviter de mettre la table. Non pas parce que porter quelques assiettes est fastidieux, mais parce qu'il connaît sa femme. Eden Green est beaucoup trop méticuleuse, elle aime quand les choses sont faites à sa façon. Et vu le nombre de fois où Thomas a dû l'écouter pendant une vingtaine de minutes sur ce qui n'allait pas dans le dressage de sa table, je comprends son envie de fuir cette tâche. Je le couvre d'ailleurs avec plaisir. J'adore passer du temps avec Thomas, ce n'est pas un grand sacrifice de l'aider sur ce coup.

M. Green a été davantage un père pour moi que mon propre paternel. C'est avec lui que j'ai appris à jouer au football pour canaliser mes émotions. C'est encore lui qui m'a accompagné à mes matchs au collège lorsque ma mère travaillait à l'hôpital. Et c'est avec lui que j'aborde tous les sujets délicats de garçons que je ne veux pas évoquer avec ma mère. Alors j'accueille ce moment « entre hommes », comme il l'appelle, avec avidité. J'ai besoin de parler de tout et de rien avec lui, parce que ça me détend... et parce qu'il faut absolument que j'efface la vision du corps parfait d'Haylee de mon esprit. Cette image doit disparaître. Parce que je n'ai pas le droit de la regarder autrement que comme la fille de mon enfance. Parce que cela pourrait la mettre en danger. *Une deuxième fois...* Et je ne peux m'y résoudre.

3

Haylee

– Haylee, arrête de toucher à ce foutu haut !

Je soupire et acquiesce. De toute façon, je n'ai pas vraiment d'autre choix. Je m'en étais déjà rendu compte pendant ma colo, mais plus aucun tee-shirt ne me va convenablement. Je vais devoir faire quelques courses dans Main Street pour cet automne, parce que je ne vais pas supporter les regards surpris de mes très chers camarades bien longtemps. Qu'est-ce qu'il y a ? Ils n'ont jamais vu une fille avec des rondeurs ou, en plus de cette fichue poitrine sortie de nulle part, j'ai aussi une deuxième tête qui a poussé sans que je m'en aperçoive ?!

Mon tee-shirt vert bouteille est serré au niveau de ma poitrine et la marque subtilement. Je pensais que ça passerait pour ma rentrée en terminale le temps que je fasse quelques emplettes, mais de toute évidence, mes nouvelles formes se remarquent à des kilomètres vu le regard perturbant que m'ont jeté certains garçons. Je ne suis pas encore tout à fait à l'aise avec les changements de mon corps, qui m'ont fait passer de la catégorie « planche à pain » à « il y a du monde au balcon ». Surtout après la réaction de Max.

– Salut, toi ! lâche Warren en débarquant d'un coup derrière Taylor.

– Salut, glousse mon amie en lui donnant un baiser baveux.

Leur offrant quelques minutes d'intimité, je détourne les yeux. Un court instant, je me sens un peu gênée quand je les regarde roucouler, mais ce sentiment s'envole lorsque je vois ma meilleure amie avec ce sourire niais.

Étant très belle au naturel, Taylor n'a jamais eu besoin de chercher bien loin pour se trouver un petit ami. Sa chevelure châtain, sa taille élancée, son nez droit, ses pommettes rehaussées et ses yeux émeraude font des ravages depuis des années. Pourtant, malgré tout cela et sa personnalité pétillante, Taylor a toujours eu tendance à sortir avec des mecs plus ou moins recommandables qui finissaient par lui briser le cœur. Par chance, cette fois-ci, son actuel petit copain est loin des crétins toxiques dont elle s'entiche en temps normal. Warren est gentil, drôle et a un caractère bien à lui. Il est également pas mal, je dois le reconnaître. Comme une grande partie des joueurs de football de son équipe, il est grand et musclé. Il pourrait soulever Tay d'un seul bras sans trop d'effort. Mais ce qui fait son charme n'est pas ce stéréotype de sportif bodybuildé. Son visage carré, son nez cassé et son regard foncé pénétrant le rendent unique et imparfait. Et je sais que c'est ce qui a, en partie, fait craquer Taylor. Parce que les mecs qui cherchent à être trop parfaits physiquement sont douteux selon elle. Le seul point négatif avec Warren, c'est son meilleur ami. Max. Encore et toujours Max. À croire que je vais devoir le supporter dans chaque aspect de ma vie cette année.

– Haylee ! lance Warren, enfin décidé à cesser de bécoter mon amie. Putain, ce que tu as changé !

Taylor le frappe pour qu'il la ferme, ce qui me fait rire. Oui, bon, Warren est vraiment un mec génial, mais peut-être que son amitié avec Max n'est pas son seul défaut. Disons qu'il lui arrive d'être ennuyeusement franc par moments. Franc et gauche. S'il y a un truc à ne pas dire, vous pouvez toujours compter sur Warren pour mettre les pieds dans le plat. Comme à cet instant précis. Alors que je complexe sur les regards que mes nouvelles formes attirent, Warren s'assure de me faire comprendre que oui, j'ai changé et que oui tout le monde l'a remarqué.

– Quoi ? s'étonne-t-il, ne saisissant pas pourquoi sa copine lui jette un tel regard contrarié. Elle est devenue super sexy… Pas étonnant que les mecs n'arrêtent pas de parler d'elle !

Bam. Taylor lui file un deuxième coup dans les côtes. Grimaçant, il passe sa main sur ces dernières et me lance un coup d'œil désespéré.

– En tout bien tout honneur, évidemment !

– Bébé, il faut vraiment que tu apprennes à la fermer, soupire Taylor en m'adressant un sourire désolé, ce qui me fait rire.

Même si Warren a gaffé comme à son habitude, son compliment me rassure. Je me rends compte que ce qui m'angoissait jusqu'à maintenant, ce n'était pas particulièrement qu'on remarque mes rondeurs, mais que tous pensent comme Max… Qu'ils me dévisagent de cette drôle de façon, comme il l'a fait lorsque j'ai enlevé mon pull… Avec ces yeux de soucoupe volante… J'ai beau avoir prétendu le contraire, ça m'a vexée qu'il me trouve grosse. Bien plus que je ne l'aurais cru, d'ailleurs… Ce qui est absurde. Comme si l'avis de Maximilien pouvait m'importer.

Voyant que mon humeur s'assombrit, Warren commence à me poser des questions sur mon été et ma colo de geeks. Je lève les yeux au ciel quand je l'entends parler de cette façon. Max et lui ne sont pas amis pour rien. Je suis en train de lui faire un résumé lorsque Taylor nous interrompt.

– Non, mais je rêve !

Les yeux écarquillés, elle fixe un point derrière moi. Warren regarde dans la même direction pour comprendre sa réaction et sourit.

– On dirait que Max a déjà une nouvelle proie, ricane-t-il.

Hébétée, Taylor ouvre la bouche pour dire quelque chose, puis se ravise. Sa soudaine contrariété m'étonne et me pousse à me retourner. Malgré le nombre d'élèves présents dans le couloir, je remarque immédiatement ce qui a attiré son attention. Des pom-pom girls qui défilent en uniforme bleu et blanc s'agglutinent autour de plusieurs sportifs chahutant dans le hall. Parmi eux, je reconnais quelques visages. Maureen, la fille qui est à mes côtés en espagnol, Timothé, mon nouveau partenaire en science et, bien évidemment, Maximilien. Comme toujours, lui et les membres de son équipe sont plus ou moins au centre de cet attroupement. Et il n'est pas seul. Max est collé à l'une des cheerleaders. Son bras sur ses épaules, il lui parle à l'oreille et semble s'éclater.

Ça, c'est du Maximilien tout craché. Il drague dès le premier jour de cours, c'est pathétique ! Je me demande vraiment comment autant de monde peut l'apprécier. Et surtout, comment fait-il pour avoir toutes celles qu'il veut sans faire le moindre effort ? Parce que je le connais suffisamment pour savoir qu'il ne se prend pas réellement la tête lorsqu'il est avec une fille. Celles-ci passent et passeront toujours après le foot et ses amis. Pas étonnant d'ailleurs que ses relations ne durent jamais. Quoique…

– Je croyais qu'il sortait avec Bethany, dis-je en voyant à quelques pas la capitaine des cheerleaders observer d'un mauvais œil cette parade nuptiale.

– Ils ont rompu cet été, m'informe Warren, impassible.

Je me retiens de soupirer. Nous savons tous que cette rupture n'est que temporaire. Max reviendra vers Bethany après s'être amusé. Il agit toujours ainsi. En fait, je crois que depuis le début du lycée, ils ont dû se séparer au moins trois fois. C'est ce qu'on appelle de l'« acharnement ».

Lorsque le troupeau passe à nos côtés, Max nous fait un signe, mais seul Warren lui répond. Ce dernier ne tarde pas à le rejoindre et à l'arracher aux bras de sa nouvelle conquête. Je ne sais pas ce qu'ils se disent, mais aussitôt, leurs regards se tournent vers nous. Un frisson me parcourt quand je sens les prunelles chocolat de Max me détailler, sourcils froncés. J'ai vraiment cette deuxième tête qui a poussé ou quoi ?! C'est quoi, ce regard ?

– Au fait, j'ai promis à Warren que nous irions à l'entraînement après les cours ! lâche Tay, m'extirpant de ma contemplation renfrognée.

– Pourquoi est-ce que j'irais à l'entraînement ?

– Le coach va distribuer les postes au sein de l'équipe.

– Et alors ? continué-je sans grand intérêt pour la question. Le coach leur attribue presque toujours la même position.

– Peut-être, mais cette année, je suis certaine que ça va être différent ! Warren pense que Max va devenir capitaine.

Je hausse un sourcil, surprise. Max, capitaine des Pirates, l'équipe de football américain du lycée ? Impossible. Ce poste est toujours attribué au quarterback. Et Max n'est jamais quarterback. Depuis deux ans, ce poste revient à Scott Olson. Je frissonne en pensant à ce dernier. Inconsciemment, je pars à sa recherche dans l'attroupement de vestes bleu et blanc. Je ne tarde pas à le retrouver appuyé contre un casier en pleine conversation avec plusieurs filles, dont Bethany. Mon cœur fait un bond et panique légèrement. Je n'en ai encore parlé à personne, pas même à Taylor… Mais cet été, je n'ai pas fait qu'étudier. Il se pourrait bien que j'aie croisé Scott à Springfield lors de l'une des sorties auxquelles j'ai participé, et qu'un tout petit truc se soit passé entre nous.

Jusqu'à présent, Scott ne m'a jamais vraiment intéressée. Comme une grande partie des mecs populaires du lycée, il m'avait toujours semblé prétentieux et sûr de lui. Sauf qu'à l'évidence il est bien plus que cela. Loin de ses équipiers et de l'influence de Galena High School, Scott est différent. Et toutes les fois où nous nous sommes retrouvés à Springfield, j'ai aimé discuter avec lui. Je sens mes joues virer au cramoisi lorsqu'il tourne son regard dans ma direction. Oui, on peut dire que je l'apprécie bien plus qu'avant… Pourtant, malgré notre clair rapprochement de cet été, je ne m'attends à rien de sa part. Après tout, maintenant qu'il est dans son monde, il va certainement redevenir le même mec prétentieux qu'avant. Sauf que, contre toute attente, il me salue d'un geste de la main.

– Je rêve ou est-ce que Scott vient de te faire un signe ?

– Tu rêves ! tenté-je, mais mon amie n'est pas dupe.

Outrée, elle s'apprête à me rappeler les règles des *BFF*, de ne jamais se mentir ou se cacher quoi que ce soit, lorsque la sonnerie retentit. Sauvée par le gong ! Pour l'instant. Connaissant Taylor, j'aurai craché le morceau avant ce soir. Soupirant, je referme mon casier et vais en cours.

***

– Je n'arrive pas à croire que tu ne m'en aies pas parlé ! s'insurge mon amie en trépignant dans les gradins une fois que je lui ai tout raconté sur mes rencontres hasardeuses avec Scott à Springfield.

– Tu sais très bien pourquoi je ne t'en ai pas parlé.

– Je ne lui aurais rien dit !

– Ça t'aurait échappé avec Warren, fais-je en mordant dans mon bâton de réglisse. Et ton petit ami est une vraie balance. Il l'aurait dit à Max. C'est bien la dernière chose que je souhaite.

Mon amie me dévisage un moment en silence. Elle sait que j'ai raison. Si Warren avait appris par inadvertance que j'avais croisé Scott à Springfield et qu'il y avait eu quelques étincelles entre nous, il se serait empressé de tout raconter à Max. Pourquoi est-ce que je crains autant que ce connard apprenne pour Scott ? Parce que ça ne tourne jamais bien quand Max se mêle de ma vie amoureuse. Depuis qu'on est au collège, il s'amuse à mettre mal à l'aise n'importe quel type qui s'approcherait de moi. Soi-disant qu'il me considère comme sa petite sœur casse-couilles et qu'il a le devoir de me protéger. *J'hallucine...* Alors, cette fois-ci, avec Scott, je voulais éviter que Max intervienne. Surtout connaissant la rivalité entre ces deux-là.

– Bon et du coup ? Qu'est-ce que tu comptes faire ? demande Taylor qui regarde elle aussi en direction de Scott.

Je hausse les épaules, parce que je n'en ai aucune idée. Scott me plaît. Du moins, celui que j'ai connu à Springfield me plaît. Mais il va certainement retrouver sa place de quarterback de Galena High School. Autant dire que nous ne jouons pas dans les mêmes ligues. Les membres de l'équipe de football, pour la plupart, ne sortent qu'avec des cheerleaders. Et je n'ai clairement pas le profil... Il suffit de regarder Bethany. Cette fille est horripilante, mais aussi indéniablement séduisante avec sa chevelure de feu et son corps de Barbie. Je ne fais pas le poids.

– Pourquoi est-ce que tu n'essayerais pas de lui montrer que tu es toujours intéressée par lui ?

– Parce que je ne suis pas du tout comme toi, Tay.

– Qu'est-ce que ça veut dire ?

– Ça veut dire ce que ça veut dire, grommelé-je. Je ne suis pas aussi intrépide et populaire… Je ne saurais pas comment lui parler, comment aller vers lui aussi simplement que toi tu pourrais le faire.

Mon amie fronce les sourcils et me scrute, perplexe.

– Haylee, tu es quelqu'un de génial. Tu es drôle et intelligente ! Et il a déjà dû s'en rendre compte !

– Peut-être… Mais ça ne suffit pas, ajouté-je, lui faisant remarquer que Scott ne m'a pas approchée. J'aimerais être comme toi. J'aimerais avoir cette facilité que tu as à discuter avec n'importe qui, surtout les mecs…

Je n'ai jamais été jalouse de Taylor parce qu'elle était plus jolie et plus populaire que moi. Mais j'admets qu'à cet instant je souhaiterais être comme elle sur un point : son aisance à communiquer avec les autres. Taylor est comme Max. Elle est sociable, chaleureuse et les autres ont envie d'être à ses côtés. Je n'ai jamais été comme ça. Même si je n'ai aucun problème de timidité, je n'arrive tout simplement pas à prolonger une conversation avec quelqu'un lorsqu'on n'a aucun intérêt en commun. Et lorsqu'il s'agit d'un garçon, c'est encore pire… Par ailleurs, il est de notoriété publique grâce à mon *fucking* voisin que j'ai un sale caractère lorsqu'on me fait chier. Et ce côté de ma personnalité commence à me porter préjudice… Je n'ai jamais eu de premier baiser, de rencard avec un garçon, ni de petit ami. Cela ne m'avait pas posé de problème jusqu'à présent, mais aujourd'hui, je veux que ça change. Je souhaite me souvenir de ma terminale même des siècles après l'avoir vécue ! Je veux pouvoir y repenser avec nostalgie. Je n'ai aucune envie d'arriver à la fac en n'ayant absolument rien expérimenté. Cet été, j'ai eu un aperçu de la vie étudiante et j'ai pris conscience, lorsque Nina me racontait ses années lycée, que j'étais à la traîne par rapport à une grande partie des autres filles. Et ça m'énerve.

– Cette année, j'ai envie de changer, confié-je à mon amie, qui m'observe en silence. J'ai envie d'aller plus vers les autres, de vivre les trucs d'une lycéenne normale.

– Comme quoi, chérie ?

Je hausse les épaules et laisse mon regard se perdre sur le terrain où les joueurs s'entraînent. Ça, je n'en ai aucune idée. Quel genre d'expériences vivrait une ado normale ?

– Je veux… me faire de nouveaux amis, participer aux fêtes, aux événements du lycée… Et vivre une histoire d'amour, ajouté-je en regardant Scott.

Taylor me sourit tendrement et me prend dans ses bras.

– Pour que tu le saches avant de te lancer dans une liste des expériences de lycéenne à vivre absolument, tu es géniale OK ? Je ne serais pas amie avec toi autrement ! dit-elle en riant. Et tu n'es pas obligée de faire des milliers de trucs au lycée pour te souvenir de ces années-là. Ce qui importe, c'est que tu t'amuses et t'épanouisses ! Mais si tu as envie de faire de cette terminale *ton* année, je te soutiendrai à cent pour cent !

Elle m'embrasse sur la joue et je lui rends son étreinte. Je savais que je pouvais compter sur Taylor. Même si je ne lui ai pas raconté pour Scott plus tôt, j'étais certaine qu'elle m'aiderait si je lui faisais part de mon sentiment.

– OK, reprend-elle, pensive. Bon, il faudrait déjà qu'on fasse une liste des trucs que tu as envie d'expérimenter !

J'acquiesce et nous passons les vingt prochaines minutes à discuter sur la question. Au bout d'un moment, il m'apparaît évident que ce que je désire surtout durant cette année, c'est vivre une histoire d'amour. L'une de celles dont on se souvient après des années avec tendresse et que les films font sembler si géniale. Taylor m'encourage aussitôt dans cette voie.

– Je pense que tu devrais tenter le coup avec Scott ! Il a regardé plusieurs fois dans notre direction, Haylee !

– C'est le quarterback, Tay. La cible ultime du lycée… Je ne crois pas avoir ce qu'il faut pour attirer son attention.

– Et à Springfield ?

– C'était différent, marmonné-je en secouant la tête.

– Alors quoi, tu vas laisser tomber ?

Je n'en sais rien, là est le problème. Si j'ai autant envie de vivre une histoire d'amour, c'est sans doute parce que Scott me plaît. Beaucoup. Et j'aimerais qu'on fasse plus que se saluer dans les couloirs. Mais comment est-ce que je suis censée l'approcher ? À Springfield, cela semblait tellement simple. Il était seulement lui, pas le quarterback et capitaine de l'équipe de football, et n'était pas constamment entouré de monde. Mais ici, ça me paraît impossible. Je partage ce point avec mon amie, qui se tait pour réfléchir à la question pendant que je regarde l'entraînement qui se poursuit.

Scott est retourné auprès de son équipe et se dépense comme le font tous les autres, sous l'attention enamourée des spectatrices présentes dans les gradins et des cheerleaders. Il n'y a rien d'étonnant à ce qu'il attire leurs regards. Blond aux yeux bleus, Scott n'est pas spécialement beau à s'en damner, mais il y a quelque chose en lui qui fait craquer les filles. Il a du charisme et, pour ma part, je le trouve plutôt mignon. Mais c'est surtout son assurance, à la limite de la prétention parfois, et son sourire charmeur qui séduisent. Quoi qu'il en soit, il est bien vu par énormément de monde, ce qui me donne encore plus l'impression de n'avoir aucune chance avec lui.

– Pourquoi est-ce que tu ne demanderais pas à Max de t'aider ?

Je la dévisage, incrédule. Ça ne peut être qu'une blague. Une mauvaise blague… L'humour décalé de Warren est contagieux ? Ça, ça serait catastrophique…

– Oh, Haylee ne me regarde pas comme ça ! Que tu l'admettes ou non, Scott est en tout point identique à Max ! C'est un joueur vedette, il est tout aussi beau et charismatique que lui et c'est un tombeur. Si tu cherches à savoir comment séduire un type de son gabarit, pourquoi ne pas te renseigner auprès de Max ? Après tout, il ferait n'importe quoi pour toi.

N'importe quoi pour moi ? Ce qu'il ne faut pas entendre ! Si même Taylor est tombée dans son panneau du gentil petit Max, je suis foutue.

– Haylee, il a fait huit heures de voiture pour toi, insiste mon amie.

– Uniquement parce qu'il savait que ça me foutrait en rogne qu'il vienne me chercher, lui rappelé-je.

Soupirant, Taylor mord dans un bâton de réglisse et marmonne quelque chose d'incompréhensible. Je secoue la tête et rejette son idée en bloc. Non, pas question de mêler Max à ça. Si je suis sûre d'une chose, c'est qu'il fera tout pour gâcher mon histoire avec Scott. Ils se détestent, alors il est hors de question qu'il apprenne mes intentions à l'égard de son rival. Et puis, ça ne doit pas être bien difficile de cocher certaines expériences de lycéenne, non ? Toutes les filles le font, alors pourquoi pas moi ?

4

Max

Hors de moi, je balance mon sac de sport dans ma chambre. Cette année, c'est pareil ! Ce connard de Scott a encore été nommé capitaine ! Frustré, j'envoie mon poing contre le sac de frappe suspendu dans un coin de ma chambre et enchaîne les coups. Je reviens de l'entraînement, je devrais être épuisé, mais ma colère me donne un regain d'énergie que je dois dépenser au plus vite.

Ça me fout en rogne. Comment le coach peut-il laisser faire ça ?! Est-ce qu'il se rend compte qu'il nous met tous en danger ?! Qu'il *me* met en danger ?! Grognant, j'enfonce mon poing en imaginant la tête de Scott et de son putain de paternel à la place du sac. Parce que tout cela, c'est la faute du papa Olson. Avec tout le fric qu'ils ont, il s'assure, en dédommageant le lycée, que son fils prodige soit le capitaine de l'équipe et ait la popularité qui va de pair. Sauf qu'il ne mérite pas cette position. Si l'on me demandait mon avis, il ne devrait même pas être quarterback[1]. Scott n'était pas mauvais en tant que receveur, mais bordel qu'est-ce qu'il craint en tant que leader ! Il n'est pas foutu de choisir la bonne stratégie face à l'équipe adverse sur le terrain et plombe le moral de l'équipe dès

1. Joueur qui dirige l'attaque et communique la tactique choisie. C'est le stratège de l'équipe. Il est chargé de transmettre la balle à ses coureurs et de distiller les passes à ses receveurs.

que le coach a le dos tourné. Avec lui à notre tête, nous ne risquons pas de passer les *play-offs*[2] ! Et j'ai besoin d'aller aussi loin que possible dans cette dernière saison de foot pour impressionner les recruteurs. J'en ai besoin plus que tout… Je me suis promis d'offrir à ma mère la vie qu'elle mérite, de décrocher une bourse pour intégrer l'université et devenir pro pour lui rendre tout ce qu'elle a fait pour moi. Et ce n'est pas les Olson qui vont m'en empêcher !

Rattrapant le sac de frappe qui valdingue dans tous les sens, je pose mon front dessus et essaie d'expirer pour me calmer. La tension dans mes bras s'apaise au bout de quelques minutes et je continue à me concentrer sur l'air gonflant mes poumons et mon rythme cardiaque plutôt que sur la raison de ma colère. Cet exercice est une putain de farce. Je me trouve ridicule d'être obligé de faire ça. Mais j'en ai besoin dès que les émotions s'embrouillent dans mon esprit. Je refuse de laisser quelqu'un voir que j'ai hérité de *son* fichu trait de caractère. Surtout pas ma mère.

Penser à elle finit par me calmer. Bordel… ça m'arrive de plus en plus souvent ces derniers temps. Est-ce que j'ai un problème ? Est-ce que je suis en train de devenir comme *lui* ? À cette idée, je me crispe. Non, je ne serai jamais comme mon père… Je préfère crever avant qu'un tel truc arrive ! Secouant la tête, je refuse de laisser le souvenir de ce salaud revenir. Hors de question d'être comme cette merde. Jamais.

---

2. Session de série de matchs éliminatoires. Une série peut se jouer en plusieurs matchs. Dans ce cas, une équipe doit remporter un certain nombre de matchs pour gagner le tour et passer en quart de finale, en demi-finale, puis en finale. Ce type de compétition se déroule à la fin d'une saison et permet de désigner un champion.

Enfouissant au loin toute cette histoire, je me redresse et passe une main dans mes cheveux humides de sueur. Je n'ai pas pris de douche au vestiaire avec les autres comme d'habitude. J'étais trop sur les nerfs pour rester une minute de plus avec Scott. Avec son attitude prétentieuse, cela se serait mal terminé. Ça n'aurait pas été la première fois d'ailleurs qu'on se saute dessus dans les vestiaires. Cet enfoiré a le don de me faire sortir de mes gonds. Au collège déjà, nous n'arrêtions pas de nous foutre sur la gueule. Alors aujourd'hui, même si nous faisons partie de la même équipe, la tension entre nous ne s'est pas dissipée.

Le souffle court, je secoue mon tee-shirt trempé et laisse mon regard se perdre en direction de la fenêtre d'en face. De ma chambre, je peux parfaitement voir celle d'Haylee. Et je constate qu'elle vient tout juste de rentrer avec, à sa suite, Taylor. Les fixant un instant, je les observe discuter et rire. De nouveau, tout mon esprit s'embrouille lorsque je la vois parader dans son tee-shirt vert à bretelles. Bordel! Pourquoi est-ce que je n'arrive plus à la regarder sans remarquer *Tic* et *Tac*?! Ils ne sont pas aussi gros qu'on pourrait le penser, j'en ai déjà vu de plus imposants. Je n'en suis pas non plus à ma première paire de seins, *damn it*! Qu'est-ce qui me prend de loucher de cette façon?!

Je soupire, irrité. Pourquoi est-ce qu'il a fallu qu'elle change si soudainement et devienne… Non, pas question d'associer une nouvelle fois le mot « sexy » à Haylee. Je l'ai beaucoup trop entendu aujourd'hui. Évidemment, je ne suis pas le seul à avoir remarqué qu'Haylee était plus féminine que l'été dernier. Sans faire exprès, j'ai laissé traîner une oreille quand des mecs en parlaient pendant l'entraînement lorsqu'elle est venue y assister avec Taylor.

Et Warren, ce trou du cul, m'a fait la même remarque dans le couloir. Il m'a fait comprendre que maintenant, ce ne sont plus seulement les geeks de son genre qui vont s'intéresser à elle, mais plutôt des types comme moi. Et cette idée me contrarie. Malgré notre relation tordue, Haylee fait en quelque sorte partie de ma famille. Alors l'idée qu'un connard comme moi s'approche d'elle m'énerve.

– Max ?

La voix de ma mère m'évite de replonger la tête la première dans ma contrariété. Dévalant l'escalier, je la retrouve dans la cuisine avec l'un de ces sourires radieux dont elle a le secret.

– Viens embrasser ta petite maman.

Je m'exécute avec tendresse. J'enfouis mon visage dans sa chevelure brune et la serre contre moi. Une longue minute passe. Puis ma mère met fin à notre étreinte et me scrute, perplexe.

– Pourquoi est-ce que tu es tout transpirant, chéri ?

– Je n'ai pas pris ma douche au vestiaire à la fin de l'entraînement, marmonné-je en haussant les épaules avec nonchalance.

Surprise, ma mère grimace et tire sur mon tee-shirt puant la transpi.

– Eh bien, tu as intérêt à aller arranger ça, parce que je n'ai pas élevé un porcelet.

J'acquiesce et l'invite à aller s'asseoir. J'irai prendre une douche juste après m'être assuré qu'elle se repose enfin. Parce que, dernièrement, j'ai l'impression qu'elle pourrait s'écrouler à tout moment.

– Alors le boulot ? demandé-je en lui préparant son thé au citron et au miel, puis en récupérant quelques gâteaux dans le placard.

Lorsque je pose le tout sur la table basse, le visage de

ma mère s'illumine. Elle m'invite à la rejoindre sur le canapé en tapotant doucement la place à ses côtés.

– Comme d'habitude. Des malades, des médecins à l'ego surdimensionné et des heures à rallonge, plaisante-t-elle, mais je note une pointe de fatigue dans sa voix.

Ma mère est infirmière depuis des années. Elle aime aider les autres et en connaît un rayon sur la santé des habitants de Galena. Je suis fière d'elle et de sa générosité. Mais ces derniers mois, elle a commencé à enchaîner de plus en plus d'heures de travail pour remplacer telle ou telle collègue ou pour venir en aide à des médecins novices et la fatigue commence à se faire sentir. Ses traits sont tirés, ses yeux chocolat identiques aux miens sont éteints et sa chevelure brune part dans tous les sens. Inquiet, je pose ma main sur sa tête dans une infime caresse.

– Tu devrais aller dormir, fais-je en lui tendant un gâteau. Je te réveillerai pour le dîner.

Ma mère sourit et me tapote la joue avec tendresse.

– Chéri, ne t'en fais pas pour moi. Je faisais ça bien avant ta naissance, tu sais ?

Oui, je sais. Et bien qu'elle ait dû réduire ses horaires à l'hôpital lorsque j'étais bébé, elle n'a jamais cessé de soigner les habitants de Galena. Mais ce qui commence à m'inquiéter, c'est qu'elle s'épuise à la tâche. La dernière fois qu'elle a travaillé autant, c'était quand mon père était encore là et qu'il avait perdu son boulot. C'était elle qui nous maintenait à flot, et elle avait fini par s'écrouler d'épuisement. Alors, ça me tracasse. Tout particulièrement parce que cette fois-ci, je sais qu'elle le fait uniquement pour moi. Pour que je puisse tout de même intégrer la fac de mon choix si je n'obtiens pas de bourse sportive.

– Tu sais que je pourrais t'aider et trouver un job après les cours ?

– Ton seul boulot est de vivre ta vie de lycéen, trésor. Nous en avons déjà discuté, m'interrompt-elle d'une voix douce, mais ferme.

Je soupire et me renfrogne. Je déteste ça. Je déteste qu'elle ne me laisse pas l'aider alors qu'il s'agit de mon avenir. Voilà pourquoi je dois obtenir cette fichue bourse. Devenir pro est ma seule chance de lui rendre la pareille.

– Alors, cette rentrée ?

– Rien de spécial, fais-je en haussant les épaules. Les profs ont parlé pendant des plombes de l'importance de cette dernière année, de notre avenir et de la nécessité de penser dès maintenant aux universités auxquelles on souhaiterait postuler. Beaucoup de bla-bla quoi…

Et le mot est faible. Chaque prof y a mis du sien pour stresser d'un seul coup toute la promotion de terminale.

– Ton coach a distribué les postes, non ? Tu es toujours le *right tackle*[3] ?

J'acquiesce, tandis que ma mère sirote son thé. Être le *tackle* de mon équipe est ma plus grande fierté. Pour certains, tant qu'on n'est pas quarterback, nous n'avons pas un véritable poids dans le jeu, mais c'est là qu'ils se trompent. Chaque joueur est essentiel au bon déroulement du match. Sans les bloqueurs, le quarterback n'aurait pas le temps de passer le ballon au *running back*[4], ni au receveur, et il n'y aurait aucun *touchdown*[5]. Et parmi les bloqueurs, ma position est l'une des plus essentielles.

---

3. Bloqueur au football américain. Il occupe une forte position sur la ligne offensive. Le *right tackle* est habituellement le meilleur bloqueur de son équipe.

4. Ce coureur, placé derrière la ligne offensive, est en position de recevoir le ballon du quart-arrière pour exécuter un jeu de course.

5. Essai qui vaut six points. Il suffit que le ballon pénètre dans la *end zone* (zone de but localisée de chaque côté du terrain).

Le *tackle* occupe une forte position sur la ligne offensive d'une équipe. Il renforce les blocs, protège le quarterback, le *running back* et remplace le *tight end*[6] si celui-ci ne s'occupe plus du bloqueur de la défense. Il faut un type costaud qui n'a pas peur des coups dans cette position, mais aussi un fin stratège pour lire le jeu de l'adversaire. Et j'assure dans ce rôle. C'est d'ailleurs pour cela que le coach m'offre toujours cette place au sein de l'équipe. Même avant d'être senior, j'étais le meilleur pour cette position. Un fait qui m'incite à croire que je pourrais être remarqué par les recruteurs cette année. Après tout, un bon *tackle* est l'un des joueurs les plus recherchés dans une équipe.

Tout en lui racontant le déroulement de l'entraînement, je surélève ses jambes gonflées à force de porter ces fichus bas d'infirmière et masse ses mollets. Comme toujours, ma mère me laisse faire parce qu'elle sait que c'est important pour moi de prendre soin d'elle. Lorsque j'ai fini de lui raconter ma journée, elle m'observe, pensive.

– Trésor, je me demandais… Est-ce que ton père…

Je me crispe en l'entendant prononcer ce mot. D'un seul mouvement, je lève la tête et fronce les sourcils. Une bouffée de chaleur s'abat sur moi. Mon cœur s'emballe en l'entendant parler de ce salaud. Andrews Henderson n'a pas refoutu les pieds à Galena depuis que le shérif Green l'a viré de chez moi, mais son nom me fait toujours monter en pression. Une boule d'angoisse se forme dans ma gorge et j'ai du mal à gérer toutes les émotions qui se déversent en moi. Colère, angoisse, rage… peur…

– Max, mon chéri, calme-toi, fait ma mère en posant

---

6. Joueur qui se positionne directement à côté d'un *tackle*. Il est considéré comme un joueur hybride, mélange de receveur et de joueur de ligne offensif.

ses mains sur mes joues. Tout va bien, je te l'assure. Respire, trésor, respire.

Ses doigts frais et doux se promènent sur ma mâchoire crispée. Patiemment, elle entreprend d'apaiser la vague d'anxiété qui m'étreint le cœur. Je me rends compte à ce moment-là que mon souffle s'est accéléré et que j'ai du mal à respirer. Bordel… C'est toujours pareil, lorsqu'on mentionne ce connard! Je déglutis et refoule ce que je ressens. Je ne dois pas craquer, je dois dépasser ça. Parce que sinon, ma mère comprendra que je suis comme lui. Que j'ai hérité de son trait de caractère le plus sombre.

Andrews Henderson n'a jamais été un modèle comme parent, ni en tant qu'homme d'ailleurs. Lorsque j'étais petit, il voyageait souvent pour son boulot, alors je ne le voyais que très rarement. Mais du jour au lendemain, les choses ont changé. Mon paternel est devenu une épave dès qu'il a perdu son job. Et cela n'a fait qu'empirer lorsqu'il a sombré dans l'alcoolisme.

Mon père était continuellement en colère et nous criait dessus pour tout et n'importe quoi. Jusqu'au jour où il a trouvé une autre façon d'extérioriser sa rage. Quatre ans. Voilà le temps qu'il a passé à nous tabasser quotidiennement. Ma mère faisait toujours en sorte de s'interposer entre lui et moi, me protégeant comme elle le pouvait. Mais lorsqu'elle partait travailler, il n'y avait plus que lui et moi… Je me souviens comme si c'était hier de chaque jour que je passais enfermé dans ma chambre espérant qu'il soit trop soûl pour monter à l'étage, de chaque retour d'école la peur au ventre ignorant quelle était son humeur du moment, ainsi que de toutes ces fois où je m'enfuyais en courant dès qu'il commençait à s'emporter. Cet enfer… Je sais que ça aurait pu continuer longtemps si ce salaud n'avait pas commis l'erreur de me retrouver lorsque je m'étais enfui le jour de mon dixième anniversaire… Cette fois-là, il a perdu son sang-froid devant Haylee qui, comme d'habitude, passait son temps à mes côtés. Ce qui s'est passé après restera gravé dans ma mémoire. Un frisson désagréable remonte le long de ma colonne dorsale et je m'applique à repousser ces souvenirs au loin. Je ne veux pas me rappeler. Je ne veux pas y penser…

– Max, tu es en sécurité. Oublie ce que j'ai dit, trésor.

– Si cet enfoiré revient, je lui ferai payer ce qu'il a fait, marmonné-je en m'accrochant à elle désespérément. Promets-moi de me le dire s'il t'approche, d'accord ? Je ne le laisserai plus te toucher. Ni toi ni personne d'autre !

Ma mère reste silencieuse, mais avec ou sans son accord, je n'hésiterai pas à lui rendre chaque coup qu'il a porté sur elle s'il revient dans le coin. Parce qu'aujourd'hui je ne suis plus le petit garçon chétif qui pleurait à chaque beigne, celui dont il tirait profit pour se défouler. Je suis fort. Je n'hésiterai pas un seul instant s'il s'approche de ma mère. Ou d'Haylee… Parce que s'il a déjà réussi à la blesser une fois, il n'y parviendra pas une seconde. Je m'en assurerai.

Lorsque ma respiration finit par se calmer et que mon rythme cardiaque a retrouvé un battement régulier, je me détache de ma mère. L'embrassant sur la joue, je l'incite à aller prendre une douche avant moi.

– Je vais préparer le dîner.

Elle semble hésiter, puis acquiesce doucement. Lorsqu'elle monte à l'étage, je soupire et jure. Cette journée merdique aura-t-elle une fin ? J'espère que cette rentrée ne sera pas à l'image de mon année de terminale, parce que je vais clairement péter un câble si c'est le cas. Entre Scott qui met en péril mes chances de dépasser les *play-offs* avec l'équipe et d'être recruté par des universités, Haylee qui attire l'attention des connards dans mon genre avec son putain de corps de déesse et la mention de mon père… J'ai connu des rentrées beaucoup plus fun. Même mon flirt avec Ingrid, l'une des cheerleaders sexy du lot, ne remonte pas le niveau. C'est pour dire…

5

Haylee
Septembre

Je me gare devant le bâtiment en pierre rouge du lycée. Galena High School est plutôt modeste en taille comparé à d'autres lycées, mais son architecture en bloc rouge et sa petite tour horloge sont typiques de la région. Le bahut possède en revanche une cour plutôt grande et c'est là que la majorité des élèves se retrouvent chaque matin et pendant les interclasses. Là ou près des casiers bleus dans le hall. Dans mon cas, c'est vers la cour que je me dirige lorsque je pars rejoindre Taylor à notre endroit. Le muret à côté du grand saule. Sans grande surprise, je découvre qu'elle n'est pas toute seule. Taylor et moi nous retrouvons ici chaque matin depuis la troisième. Mais depuis notre rentrée en terminale, quelques intrus se sont incrustés à nos rendez-vous. Warren, Max et Matéo, le troisième membre du trio infernal, nous collent constamment. Si j'apprécie Warren et Matéo, supporter Max dès le matin est au-dessus de mes forces. J'ai essayé de l'ignorer, de profiter simplement de mes amis et d'accepter que mon quotidien au lycée ressemblerait à ça puisque Taylor sort avec Warren. Mais je finis toujours par craquer et rentrer dans son jeu. Rien que d'y penser, j'avance d'un pas traînant.

Warren et Matéo me saluent distraitement, trop plongés

dans leur conversation, et Taylor m'embrasse. Max quant à lui… Eh bien, il semble plutôt occupé avec la fille à son bras. Une différente de la cheerleader qu'il draguait dès le premier jour de cours. Je grimace en l'observant plus que nécessaire enfoncer sa langue dans la gorge de cette nana. *Répugnant.*

– Haylee ! m'interpelle Matéo en me sautant dessus. Tu es plutôt Xbox ou PS5 ?

– Je te préviens que si tu dis Xbox, je vais être dans le regret de prendre des mesures ! continue Warren, toujours sur le rebord du muret.

Sa mine sérieuse me perturbe. Mais de quoi est-ce qu'ils parlent ?

– Depuis que ce stupide jeu est sorti, ils se disputent pour savoir sur quelle console il faudrait l'essayer, m'apprend Taylor voyant que je ne comprends pas l'origine de ce débat.

– Ce n'est pas un stupide jeu, bébé ! s'insurge Warren, outré. C'est Battlefield 2042 ! La sortie de l'année, putain !

Taylor l'observe un moment, puis tourne son regard dans ma direction. L'amusement dans son expression me fait rire. Elle lui tapote la joue avec un « hum vraiment intéressant », mais l'espièglerie dans son œil ne dupe personne. Warren soupire et pivote vers Matéo.

– Laissez tomber. De toute façon, les filles ne comprennent jamais rien aux jeux vidéo.

– Ça, c'est sexiste ! interviens-je, amusée de voir que Taylor a pris les devants et lui fait déjà regretter ses paroles en le martyrisant.

– Un cas désespéré, ce garçon, ricane Matéo en posant son bras sur mes épaules. D'abord, il prétend que sa PS5 est mieux que ma Xbox et maintenant ça… Seigneur, aidez-le…

Soupirant exagérément, Matéo me tend son sachet de biscuits, que je décline avec un sourire. Comme chaque matin, le garçon le plus gringalet de la bande s'empiffre de gâteaux. Et comme chaque matin, en le voyant s'enfiler son paquet d'Oreo, je ne peux m'empêcher de constater que cela n'impacte nullement son physique. Ce mec est un ventre sur pattes. Il mange à chaque heure de la journée. Et pourtant, depuis que je le connais, il n'a pas changé d'un poil. Il est toujours aussi fin et assez petit pour un joueur de football. Bien sûr, j'ai beau savoir qu'en tant que receveur de l'équipe, Matéo passe énormément de temps à courir sur le terrain, je m'étonne toujours de son corps svelte. M'enfin, j'imagine que ça arrange bien l'équipe. Un receveur doit se faufiler partout et aller vite. Matéo a le gabarit qu'il faut pour ce poste.

Détaillant ce dernier, je remarque que pas grand-chose n'a changé chez lui au fil des années. Ses cheveux crépus ont toujours la même coiffure, son regard sombre est aussi pénétrant que le jour où je l'ai rencontré et sa peau caramel fait ressortir son sourire chaleureux. Oui, Matéo n'a pas bougé d'un poil.

Haussant les épaules face à mon refus, Matéo enfourne deux nouveaux biscuits dans sa bouche.

– Ma sœur est badass aux jeux vidéo ! Elle le réduirait en bouillie, dit-il la bouche pleine.

– Tu parles de ta petite sœur de 13 ans ?

Ayant fini de galocher sa nouvelle conquête, Max intervient à son tour dans la conversation. Un fait qui ne semble pas plaire à sa copine de la semaine. Se désintéressant complètement d'elle, il nous observe Matéo et moi. Je vois sa mâchoire se contracter un instant et il fixe le bras de son ami autour de mon épaule avant de nous adresser l'un de ses sourires made in Maximilien.

– L'âge ne fait pas le moine… ou le joueur ! ricane Matéo. On n'a qu'à organiser une compétition pour voir qui est le meilleur ou la meilleure !

– Je ne vais pas défier une gamine de 13 piges ! s'insurge Warren, ayant enfin réussi à calmer Taylor.

– Pourquoi pas ? continue Max en tendant la main vers Matéo.

Celui-ci comprend et me relâche pour rapprocher le paquet de gâteaux de Max. Warren se lance dans l'énumération des raisons qui font qu'il ne participera à aucune compétition face à une fille plus jeune que lui, mais je me désintéresse de leur conversation.

– On va devoir dénicher un autre endroit où se retrouver, soupire Taylor.

Pitié, oui, pensé-je au moment où la copine de la semaine de Max se lève, comprenant qu'il ne s'intéressera plus à elle, et me bouscule au passage. C'est moi ou Max les choisit de plus en plus connes ?! Sourcils froncés, je la regarde s'en aller dans son petit uniforme bleu et blanc et rejoindre le groupe des sportifs et des cheerleaders. Mon attention est attirée alors par l'un de ses membres. Comme chaque matin depuis la rentrée, je regarde Scott passer. Et comme souvent, il se contente de me lancer un petit sourire en guise de salut sans m'adresser la parole.

– Toujours pas d'avancée de ce côté-là ? chuchote mon amie pour éviter que les garçons ne nous entendent.

Je secoue la tête en guise de réponse négative.

– Je t'avais dit que ça allait être impossible. Cette liste est peut-être beaucoup trop… hors de portée, marmonné-je en sortant le bout de papier que je me trimbale dans ma poche.

– Pas si tu demandes à Max, insiste Taylor avec un sourire étrange sur les lèvres.

– Qu'est-ce qu'elle doit demander à Max ?

Je sursaute en entendant la voix de ce dernier si près de moi. Virevoltant, je me retrouve face à son buste. Max n'est qu'à quelques centimètres de moi et m'adresse l'un de ses sourires charmeurs qui me tapent sur le système. Son regard se rive sur le papier que je tiens entre les mains. Par réflexe, je le range dans la poche arrière de mon jean. Mon empressement lui fait hausser un sourcil.

– Qu'est-ce que tu prépares, minimoy ?

– Arrête de m'appeler comme ça. Et je ne prépare rien du tout, ajouté-je en prenant un air agacé.

– Tu mens, dit-il en souriant et en s'approchant davantage de moi.

Max m'attrape par la taille avec un drôle de sourire et a de toute évidence l'intention de récupérer le bout de papier. L'idée qu'il voie ma liste me fait paniquer. Il va se foutre de moi, ça, j'en suis certaine. Parce qu'à lui tout lui réussit, il est aimé de tous et peut obtenir ce qu'il veut de n'importe quelle fille... Le cœur battant à tout rompre, je m'oblige à réagir. Il est hors de question que je le laisse voir cette liste !

– Je te préviens, si tu poses ta sale patte sur mon cul, tu ne verras jamais de petit Max aussi irritant que toi gambader partout.

Je me crispe, bien décidée à mettre ma menace à exécution. Max me scrute un long moment. Les coups ne lui font pas peur, c'en est même effrayant parfois, alors ma menace de le frapper dans les couilles ne doit pas l'impressionner. Par chance, la sonnerie retentit. Il soupire. Toutefois, avant de me relâcher, il m'attire à lui et chuchote à mon oreille :

– Si tu prépares un sale coup, minimoy, fais attention à ton cul. Parce que je ne ferai pas que le toucher. Je te mettrai une bonne fessée. C'est ce que méritent les gamines dans ton genre qui font des bêtises.

– Dans tes rêves les plus fous, Maximilien, grommelé-je en le repoussant.

Éclatant de rire, Max repart vers ses amis. Il me fait un petit signe d'au revoir auquel je réponds par un magnifique majeur levé.

– C'était moins une, pouffe Taylor en me tendant mon sac et m'incitant à aller en cours.

– Voilà pourquoi je ne peux rien demander à ce crétin, m'emporté-je. Non seulement je lui serais redevable, mais en plus il s'en servirait contre moi !

Je secoue la tête et dis à mon amie d'oublier l'idée de mêler Max à tout ça.

– OK, on se débrouillera dans ce cas ! Accompagne-moi à l'entraînement des garçons cet aprèm, j'ai une idée ! Après tout, il faut bien commencer quelque part pour te rapprocher de Scott !

J'acquiesce et lui promets d'y être. Parce qu'elle n'a pas tort. Peut-être que je peux profiter de son entraînement pour essayer de lui parler. De relancer ce petit truc qu'il y avait entre nous à Springfield.

***

Sauf que, après deux heures passées à lire tout en assistant plus ou moins à l'entraînement des Pirates, je comprends que ce n'est pas ici que je vais pouvoir lui parler. Scott est accaparé par le coach, ses équipiers et le football. Je vais devoir trouver un autre moment où il n'est pas entouré de sa clique pour discuter… Lorsque je vois les joueurs disparaître vers l'annexe sportive, je soupire. Bon, eh bien, il va falloir penser à autre chose.

– Allez, viens ! C'est le moment de passer à l'action ! lance Taylor en dévalant les quelques marches qui nous séparent du bas des gradins.

– À l'action ? répété-je, complètement perdue.

– Je t'ai dit que j'avais une idée, alors bouge ! On va essayer d'intercepter Scott !

Est-ce qu'elle est sérieuse ? Oui, de toute évidence. Taylor m'entraîne vers l'annexe sportive. Mon ventre se noue lorsque nous entrons dans l'installation.

– Tay, qu'est-ce que tu as en tête ? chuchoté-je tout en avançant dans le couloir derrière elle, le cœur battant à tout rompre, n'ayant pas l'habitude de transgresser le règlement. Tu sais bien que nous n'avons pas le droit d'être ici !

Mon amie m'adresse un regard complice et s'enfonce davantage dans l'annexe sportive. Bien que certaine qu'on va se faire prendre, je la suis malgré tout.

L'annexe sportive est *out-limit* pour les étudiants ne faisant pas partie d'une équipe ou des cheerleaders. Tout le monde le sait. Cela peut paraître bizarre au premier abord, mais après les rumeurs qui ont couru sur cet endroit la première année de sa construction, la direction a décidé de réglementer l'accès aux lieux.

Pour faciliter les allées et venues des joueurs lors des entraînements tous sports confondus à toute heure de la journée, le lycée a fait construire un vestiaire spécialement dédié à ces derniers. En apparence, le bâtiment n'est qu'une annexe sportive. Mais même si aucun joueur ne l'a jamais vraiment reconnu, les bruits de couloir racontent que les capitaines des équipes posséderaient une clé vers une pièce secrète dans l'annexe. Une pièce qui leur permettrait d'avoir un peu d'*intimité* durant les heures de cours. Et que cette pièce existe ou non, le coach a interdit à tout membre non sportif d'entrer dans l'annexe au risque de récolter une retenue salée. Si l'on nous surprend ici, on joue gros…

– On va se cacher près des vestiaires des mecs et quand Scott sortira, on l'attirera à l'écart. Tu pourras lui parler à ce moment-là.

Je marmonne un « cette idée est complètement débile », mais la suis tout de même.

– Est-ce que tu sais au moins où leur vestiaire se trouve ? demandé-je. Ça serait bête de tomber dans le bureau de leur entraîneur.

Taylor sourit et s'apprête à parler lorsque la voix du coach venant dans notre direction nous interrompt. En pleine panique, Tay m'indique la porte la plus proche et je me faufile à l'intérieur. Taylor se cache dans une autre pièce. Plaquée contre la porte, je commence à me demander si cibler ma liste sur Scott était une très bonne idée quand je me rends compte du lieu où j'ai atterri. *Merde…* Une dizaine de paires d'yeux se tournent vers moi. Tous paraissent surpris, puis amusés de me voir débarquer ici. Est-ce que je préférerais me retrouver face au coach plutôt que devant une grande partie de l'équipe de football à moitié à poil ? Oui, définitivement, oui.

– Merde, soufflé-je en pivotant, gênée. Désolée, je… merde !

J'entends quelques gloussements derrière moi et suis tentée de sortir quitte à tomber sur le coach.

– Tu cherchais quelque chose ? Ou quelqu'un ? demande un blond au sourire pétillant d'amusement, s'appuyant sur le mur à mes côtés.

Je rougis en voyant qu'il ne porte qu'une serviette autour de la taille. Mon regard s'arrête une fraction de seconde sur ses pectoraux. C'est bien la première fois de ma vie que je me retrouve dans cette situation. Avec un homme presque nu à quelques pas de moi. Et même si je sais à quoi un garçon ressemble, je louche une seconde sur ce corps d'athlète.

– Josh, fait le blond avec un sourire satisfait. Et toi?

– Haylee? grogne une voix au fond du vestiaire.

Nous retournant en même temps, Josh et moi, je vois Max sortir de la douche. Et si Josh est bien foutu, ce n'est absolument rien comparé à Max. Je le déteste et je n'ai qu'une hâte, c'est de le voir disparaître de ma vie une fois que je serai à l'université. Mais là… Mes hormones doivent me jouer un vilain tour parce que je reste un moment à le dévisager, ahurie.

Il est… Merde, je comprends mieux pourquoi Bethany et toutes ces filles cherchent constamment à attirer son attention! En plus d'avoir une belle gueule, parce que ça me tue de l'admettre, mais Maximilien est plutôt séduisant avec sa tignasse brune en désordre, sa mâchoire carrée et son regard chocolat, il est sculpté à en faire baver de jalousie Chris Hemsworth. Son teint bronzé met en avant ses muscles ciselés et sa carrure imposante. J'essaie plus ou moins de me contenter de fixer le haut de sa personne, mais je sens une bouffée de chaleur inopinée m'envahir quand mon regard descend sur ses abdos parfaitement dessinés. Je n'aime pas ça. Je n'aime pas être déstabilisée de la sorte par ce crétin. Par les autres garçons, passe encore, mais pas par lui…

– Qu'est-ce que tu fous là?!

En une fraction de seconde, Max est devant moi et me dévisage furieusement. Sortant à peine de la douche, il est trempé. Des gouttes d'eau ruissellent sur son torse et dans ses cheveux. Mais ce qui me perturbe le plus, c'est le regard qu'il me lance. L'intensité dans le chocolat de ses yeux me fait rougir comme une gamine prise en flag. Je ne peux décidément pas lui dire que je suis entrée intentionnellement dans l'annexe pour parler à Scott. Il va m'étriper… Je n'ai jamais compris pourquoi il y avait autant de tension entre eux. Max doit certainement en être la cause, après tout, il est insupportable. Mais quoi qu'il en soit, c'est une mauvaise idée de lui dire la vérité. Alors je mens.

– Je… Taylor était à la recherche de Warren… Le coach arrivait, alors je me suis cachée pour éviter de me faire prendre. Pas besoin de crier comme ça, ajouté-je en essayant de retrouver un certain aplomb, parce que le jour où je laisserai Maximilien Henderson m'impressionner n'est pas venu.

Max hausse un sourcil. Ses épaules larges se décrispent et il secoue la tête.

– Bordel, les filles, si vous vous faites attraper, vous allez écoper de plusieurs heures de retenue…

– Pas de panique, Max, je vais l'aider à sortir en toute discrétion, intervient Josh en posant une main sur mes épaules.

Je me fige instantanément. Je n'ai pas vraiment envie qu'on me raccompagne, je veux juste sortir d'ici. Je commence à avoir chaud. La vapeur des douches et tous ces mecs à poil me mettent mal à l'aise. Max fronce les sourcils et intervient. D'un geste brusque, il incite son équipier à me lâcher et à aller s'habiller. Josh lui obéit, mais m'adresse un petit sourire en repartant. Agacé, Max m'oblige à me retourner d'un geste brusque et je fais face à la porte.

– Ne bouge pas, grogne-t-il, furax.

Disparaissant dans un coin des vestiaires, il revient

une minute plus tard, complètement habillé. Son tee-shirt lui colle à la peau, signe qu'il n'a pas pris le temps de se sécher correctement. Sans me demander mon avis, il m'attrape par le poignet et m'entraîne hors de la pièce.

– Et Taylor ? chuchoté-je quand je le vois se diriger vers la sortie.

– Elle se débrouillera.

– Maximilien, je ne vais pas laisser Taylor toute seule ici !

– La ferme, putain, Haylee ! grogne-t-il en s'arrêtant d'un coup et en tendant l'oreille. Génial, le coach est juste devant la seule issue. On dirait que tu vas devoir attendre qu'il s'en aille pour sortir. Putain…

Soupirant, il me scrute un moment avant de lâcher un « *Fuck it* » et de faire demi-tour. Tenant toujours mon poignet, il m'oblige à le suivre. Mais j'ai beau lui demander où on va, il ne me répond pas. Lorsqu'on arrive devant un cul-de-sac, je m'apprête à faire demi-tour, supposant qu'il s'est trompé dans un couloir, mais Max me retient. À ma grande surprise, il touche le mur et trouve une légère ficelle invisible pour ceux n'en ayant pas connaissance. J'écarquille les yeux, ahurie, lorsqu'il tire dessus et que le mur laisse entrapercevoir une ouverture. Alors la fameuse pièce secrète existait bel et bien ?! Mais, comment est-ce possible ? Max ne m'explique rien. Il me pousse à l'intérieur et referme derrière nous. Le noir complet m'enveloppe.

– Maximilien ?

– Je suis là. Attends, je cherche ce putain de… Ah voilà !

Un petit clic se fait entendre et une ampoule d'ambiance s'allume dans ce qui semble être un ancien petit placard. Les ombres de chaises et d'autres bricoles accumulées dans un coin dansent autour de moi. Je sursaute quand les mains de Max se posent sur mes épaules et qu'il m'incite à avancer jusqu'au seul endroit réellement confortable. Celui où se trouvent une dizaine de coussins, de couvertures et… un matelas. Bon sang, Taylor a eu la pire idée de toute sa vie… Et de loin !

6

Max

Je soupire et m'assois sur le tas de couvertures. Bordel, comment est-ce qu'on s'est retrouvés dans cette situation ?! Les mecs vont me tuer pour avoir dévoilé cet endroit à une fille. Mais qu'est-ce que je pouvais faire d'autre ? Si le coach tombait sur Haylee, elle ne risquait pas que des heures de colle. J'imagine que ça aurait été inscrit sur son dossier parfait et on en aurait parlé dans tout le lycée. Les rumeurs vont bon train sur les nanas qui s'amusent à se faufiler dans les vestiaires dès que le coach a le dos tourné. Je ne veux surtout pas qu'Haylee se retrouve dans cette position. Je doute que ça ait un quelconque impact sur son avenir, après tout, elle a de super notes dans toutes les matières, mais je préfère éviter qu'on répande cet incident dans le lycée. Ça n'aurait fait qu'intéresser davantage les cons comme Josh. Pas question. Bien sûr, je vais devoir m'assurer que les mecs se tiennent à carreau après ça. Mais je ne crains pas qu'ils en parlent. Enfin, ils en discuteront entre eux, mais ça ne devrait pas sortir du vestiaire. Parce que le *bro code* l'interdit. Après tout, ce qu'il se dit dans les vestiaires et tout ce qu'il s'y passe n'en sort pas. C'est ainsi.

Levant les yeux vers mon problème actuel, j'attends qu'elle se pose, mais Haylee se raidit et ne semble pas décidée à bouger.

– On va être coincés ici un moment, alors pose ton putain de cul quelque part ! grogné-je, contrarié.

Haylee me jette un regard noir, du moins je crois puisqu'on n'y voit pas grand-chose avec cette lumière d'ambiance.

– Je ne vais pas m'asseoir sur ce matelas. Dieu seul sait ce que toi et ceux au courant pour cette pièce avez fait dessus !

Le dégoût dans sa voix me ferait presque rire si elle n'avait pas complètement tort sur une chose : je n'ai jamais utilisé cette pièce. Je n'oserais jamais amener une fille ici pour un coup vite fait. Parce que malgré ma réputation de séducteur, je respecte mes partenaires et je veux qu'elles se sentent à l'aise. Bon, il m'est arrivé d'en baiser une ou deux dans leur voiture et d'avoir droit à quelques gâteries en pleine nature, mais uniquement à leur demande. Autrement, je préfère largement le confort et l'intimité d'une chambre. Serrant les dents, je me lève d'un coup et pose un tas de coussins et d'autres couvertures sur le matelas.

– Voilà, maintenant, pose ton cul.

– C'est si gentiment demandé, grommelle-t-elle, tandis que je jure.

– Si j'étais toi, je baisserais d'un ton. Parce que je peux tout à fait changer d'avis et te laisser te démerder avec le coach plutôt que de me casser le cul à te cacher ! Tu sais le risque que j'ai pris à te montrer cette putain de pièce ? soupiré-je pour me calmer. Alors, boucle-la et reste tranquille, OK ?

Un lourd silence me répond. Parfait. Prenant une profonde inspiration, je sors mon téléphone et écris un message à Warren pour le prévenir que sa copine se balade dans l'annexe sportive. J'imagine que Taylor est assez futée pour se débrouiller toute seule, mais mieux vaut prévenir que guérir. J'ai à peine envoyé mon message qu'une réponse arrive.

[Je sais. Je viens de l'en
faire sortir.]

[Par la grande porte ?
Le coach est toujours là ?]

[Ouais, j'ai prétendu qu'elle
était venue pour un
entretien avec les cheers...
Je te préviens dès que la
voie est libre.]

Je soupire et en informe Haylee. Elle semble immédiatement soulagée.

– Quand le coach partira, je te ferai sortir d'ici.

Dans l'ombre de la lumière, je la vois opiner du chef. Ramenant ses genoux contre sa poitrine, elle pose la tête sur ces derniers et soupire.

– Alors les rumeurs sont vraies.

Je comprends qu'elle fait référence à la pièce où nous nous trouvons et marmonne un « ouais ».

– Je te serais reconnaissant si tu n'en parlais à personne, ajouté-je.

– Tu ne vas pas me faire croire qu'aucune fille n'est venue ici ? ricane-t-elle avec dégoût.

– Ça, je n'en sais rien, mais dans tous les cas, je n'étais pas censé montrer comment trouver l'endroit à quelqu'un. Un secret ne reste secret que si peu de personnes le partagent.

De nouveau, le silence s'installe. Haylee m'observe, sourcils froncés. Je sens toute ma frustration s'envoler lorsque je vois ce petit pli sur son front. Elle réfléchit. Je ne sais pas à quoi, mais de toute évidence, quelque chose l'intrigue. Et la connaissant depuis des années, je sais qu'elle ne va pas tarder à me bombarder de questions. Ma minimoy est ainsi. Curieuse de tout. Avide de savoir et de réponses. C'est sans doute pour cela qu'elle est autant obsédée par l'astronomie. Tout ce qu'il y a par-delà notre ciel recèle encore tellement de mystères que sa curiosité y trouve son bonheur. Et j'aime ça. Son côté grognon et curieux est celui que je préfère.

– Alors, pourquoi m'avoir montré le chemin ?

Traduction : pourquoi est-ce que je l'ai aidée ? Cette fois-ci, je souris. Même si l'on se cherche constamment, elle n'a vraiment aucune idée de ce que je pourrais faire pour elle.

– « Voyeuse » ne ferait pas très bon sur ton dossier pour la fac.

– Je ne suis pas une voyeuse, souffle-t-elle, m'arrachant un sourire.

– Ça ne t'a pourtant pas empêchée de mater Josh.

Le regard que ce crétin lui a lancé me revient à l'esprit et m'agace. Mais le pire a sûrement été la réaction d'Haylee. Elle l'a maté… Suffisamment longtemps pour que Josh comprenne et qu'il s'en enorgueillisse. Suffisamment longtemps pour rougir comme une vierge effarouchée et attiser l'intérêt de ce crétin aimant les défis. Je soupire, las. Je vais devoir garder un œil sur lui parce qu'il est hors de question qu'il s'approche d'Haylee.

– Si vous ne montrez pas le chemin qui mène à votre planque de cul, comment est-ce que vous ramenez les filles dans cet endroit glauque ? Ne me dites pas que vous les kidnappez ?!

Je ris et secoue la tête. Elle change de sujet. Tant mieux, je n'ai pas envie de gâcher le bien-être que sa voix pétillante m'apporte. Haylee a toujours cet effet-là sur moi. J'imagine que malgré le temps et notre relation ami-ennemi, je la vois encore comme la petite fille qui me consolait dans notre petite cabane entre les haies de nos maisons. Elle ne doit pas se souvenir des raisons pour lesquelles j'étais un gamin apeuré et pleurnichard dans cette fichue cabane, mais c'est mieux ainsi.

– Il n'y a pas de « vous » qui tienne, Haylee. Je n'ai jamais ramené qui que ce soit ici. Hormis toi maintenant, plaisanté-je en étouffant un rire quand elle renifle, dégoûtée. Mais j'imagine que pour répondre à ta question, les mecs bandent les yeux de leurs dulcinées.

– De plus en plus glauque…

– Le danger excite certaines filles. Tout comme l'adrénaline de se faire surprendre si l'on crie trop fort.

L'observant avec attention, je la vois triturer ses cheveux, pensive.

– Donc, les garçons comme toi aiment ça ? Vous aimez les filles entreprenantes ?

– Euh… Non… Oui… Enfin, ça dépend des mecs, je pense…

Gigotant, je tire sur mon tee-shirt trempé et essaie de me défaire de ce malaise qui me colle à la peau depuis qu'elle a lancé cette conversation.

– Dans ton monde, est-ce que seul le fait d'être dans le club des uniformes compte pour vous ?

Mon monde. Le club des uniformes. Elle parle des footballeurs et des cheerleaders… J'ouvre la bouche pour répondre, mais aucun son n'en sort. Je me rends compte du sujet glissant vers lequel on s'enfonce. Je n'arrive pas à croire que j'ai ce type de conversation avec elle. D'habitude, elle ne supporte pas d'échanger sur les sujets les plus banals de notre quotidien, alors je ne m'attendais pas à avoir une discussion sur les garçons avec elle. Jamais. Qu'est-ce qui lui prend ?

– Non, je fais en me raclant la gorge. Ce n'est pas ce qui compte. La preuve, Warren sort avec Taylor et ce n'est pas une cheer.

Silence. OK, là, je suis complètement paumé. Alors j'attends. Parce que je vois qu'elle hésite à me demander autre chose.

– On est... plus ou moins... amis, non ?

Non, pas du tout. Enfin, pour moi, Haylee est toujours restée mon amie d'enfance. Mais je sais qu'elle ne me considère pas comme son ami. Pas depuis des années en tout cas. Alors le fait qu'elle en parle me fout les pétoches. Je me demande ce qu'elle a derrière la tête. Comme je ne réponds pas, elle soupire et continue.

– Ouais, bon, on ne l'est pas... Mais un jour, tu m'as dit que ma famille était comme la tienne. Ce qui fait de nous des cousins éloignés ou une connerie de ce genre.

– J'ai dit que je te considérais comme ma petite sœur casse-couilles, la reprends-je.

Elle fronce les sourcils et m'observe bizarrement.

– Alors si je te demandais de m'aider pour un truc, tu le ferais ?

Je me crispe et gigote. Je commence à m'inquiéter là.

– Ça dépend, dis-je enfin, en jouant la carte de l'honnêteté. Tu veux que je casse la gueule à quelqu'un ?

Haylee soupire et bouge pour s'installer en tailleur sur le matelas, puis saisit une mèche de ses cheveux. Je l'observe, fasciné. Ils ont poussé, ça ne fait aucun doute.

Et je reconnais que depuis qu'elle est rentrée de sa colo, l'envie de tirer sur ses mèches blond cendré bouclées me titille. J'adore les filles avec les cheveux longs. Rien de sexiste là-dedans, je trouve simplement ça fascinant la façon dont je peux jouer avec pendant que je prends leur propriétaire jusqu'à ce qu'elle hurle de plaisir. Mais mes pensées s'éloignent du sujet… Je secoue la tête pour revenir à la conversation la plus étrange que j'aie eue avec Haylee. Si elle veut que je casse la figure à quelqu'un, ou si quelqu'un lui a fait du mal, elle n'aurait pas besoin d'insister. Je m'exécuterais volontiers parce que l'idée qu'on la blesse me révolte. Et puis par le passé, j'ai déjà eu mon lot de bagarres. Alors cela ne m'effraie pas. Mais, vu son malaise et son hésitation, je doute qu'elle désire faire appel à moi pour une vendetta digne de ce nom.

– J'ai besoin de ton aide pour ça, dit-elle enfin en sortant un bout de papier de la poche de son jean.

Perplexe, je comprends qu'il s'agit du papier qu'elle a caché plus tôt dans la journée. Celui qu'elle refusait de me montrer. Je le récupère et y jette un coup d'œil. Tout l'air dans mes poumons s'évapore. Merde, je crois comprendre à quoi riment ses questions. Je me crispe en lisant cette *to-do list* insolite :

Expériences à vivre avant la fac :
- *Participer à des soirées*
- *S'investir dans une activité extrascolaire sportive*
- *Avoir un petit ami*
- *Embrasser quelqu'un*

Je relis cette liste saugrenue et lève lentement les yeux vers Haylee. Mon cœur s'emballe, paniquant complet, lorsque je vois qu'elle a bougé. Son visage n'est qu'à quelques centimètres du mien et je plonge immédiatement dans ses yeux gris clair. Agenouillée devant moi, elle attend que je dise quelque chose. Mais je ne vois pas encore de quoi il s'agit. Parce que… bordel, elle ne peut pas être en train de me demander de faire ces trucs avec elle ! Je ne pourrai jamais ! Parce que même si elle est devenue foutrement sexy, je n'ai pas le droit de la toucher. La panique doit se lire sur mon visage parce qu'elle éclate de rire avant de mettre sa main contre sa bouche pour étouffer le bruit.

– Oh, non ! Je ne te demande pas de m'aider de cette façon ! Seigneur, non, beurk ! En fait… j'aimerais vivre certaines choses avant d'aller à la fac. Pas forcément tout ce qu'il y a sur cette liste, mais… est-ce que tu m'aiderais à savoir quoi faire et quoi dire avec un garçon ? Je n'y arrive pas toute seule. Je ne sais pas comment engager une conversation si l'on n'a pas les mêmes centres d'intérêt et ça me bloque.

Me ramenant à l'instant présent, la voix hésitante d'Haylee me pousse à regarder de nouveau cette fameuse liste d'expériences. À l'évidence, elle est beaucoup plus naïve que je ne l'imaginais. Quelle fille ferait appel à un mec pour l'aider à… séduire un garçon ? Se faire sauter ? Est-ce qu'elle est au moins consciente de ce qu'elle me demande ?!

– Pourquoi cette soudaine envie ?

Ma voix fait état de mon malaise. Malgré le peu de lumière qui nous enveloppe, je la vois rougir et comprends aussitôt. Les pièces du puzzle se mettent en place une à une. Ses questions sur mon monde, sur les joueurs et les filles qui intéressent les mecs comme moi. Elle a quelqu'un en vue. Et bordel, ce n'est pas l'un de ces gentils boy-scouts que je peux aisément m'amuser à déstabiliser. *Fuck.*

– Pas question, grogné-je aussitôt. Tu es trop naïve pour ce genre de mecs. Si tu veux un copain, trouves-en un parmi les autres. Les *gentils* garçons.

– Naïve ? s'offusque-t-elle, les yeux flamboyant de contrariété. N'importe quoi ! Et je n'ai pas besoin de ta permission, Maximilien ! Je te demandais juste d'être une sorte de…

– De prof de sexe, l'interromps-je, tandis qu'elle fronce les sourcils. Quoi ? Tu t'attends à des déclarations à l'eau de rose de la part des sportifs du campus ? Eh bien, ça montre à quel point tu ne les connais pas. Tu ferais aussi bien de marquer « me faire baiser » sur cette liste !

Contrarié, je la froisse et la jette. Haylee rattrape la boule de papier et me fusille du regard.

– Je ne veux pas d'un prof de sexe, mais d'un… d'un entremetteur, grogne-t-elle. Tous les mecs ne pensent pas qu'au cul comme toi !

– Crois-moi sur parole, si le type à qui tu songes porte cette veste, fais-je en désignant mon survêt de football, il pensera au cul. Je connais chaque gars de l'équipe, Haylee. Pas question que tu t'approches d'eux. Ils ne feraient qu'une bouchée d'une fille qui… n'a même pas embrassé un mec !

D'ailleurs, cette expérience de sa liste me dérange. Parce qu'elle est complètement fausse. Haylee a déjà embrassé un garçon. Moi. Lorsque j'avais 10 ans, je l'ai embrassée dans notre cabane pour mon anniversaire. Nous n'étions que des gamins, soit, mais ça compte. Mais elle ne se souvient pas non plus de ça visiblement. Ni de ce qui s'est passé par la suite. Je ne sais pas si je dois m'en réjouir ou non.

– Tu sais quoi, laisse tomber. Taylor avait tort.

Parce que c'est elle qui l'a poussée à me demander conseil à moi ? Bordel, Taylor va m'entendre. Mais il y a plus urgent maintenant. Ce n'est pas parce qu'elle a renoncé à l'idée que je l'aide à séduire un mec de mon équipe qu'elle va laisser tomber. Je le vois dans son putain de regard déterminé.

– Ne t'approche pas de mon équipe, Haylee.

– Je fais ce que je veux, Maximilien, réplique-t-elle en me tenant tête. Et tu ne pourras pas non plus leur interdire de me parler.

Elle tient vraiment à savoir ce qu'un mec comme moi peut attendre d'elle ? Parfait, elle va être servie ! Une petite voix au fond de ma tête me dit que je vais regretter mon geste, mais la frustration prend le pas sur le reste. Sans me soucier d'être tendre, je la repousse contre le matelas et utilise mon poids pour l'empêcher de fuir. Un petit cri surpris lui échappe, mais elle n'a pas le temps de se débattre. Je suis trop rapide pour elle. Trop fort. Je me retrouve en deux temps trois mouvements au-dessus d'elle, sur le matelas dégoûtant qu'elle refusait de toucher, tenant fermement ses poignets au-dessus de sa tête et la collant comme je ne l'ai jamais fait auparavant. Dans cette position, les formes rebondies de ses seins se compriment contre mon torse et je perds momentanément mon sang-froid. Je sens sa chaleur traverser nos vêtements et ses cuisses qui gigotent entre mes jambes pour se dégager de mon étreinte font se frotter son bassin contre le mien. Merde… C'est un appel à la tentation… *Respire Max, respire.* Secouant la tête, je me force à revenir au but premier de ma démonstration. Levant les yeux, je croise son regard flamboyant. Le gris de ses yeux brûle d'une haine profonde. Voilà, parfait. Ce genre de regard me refroidit suffisamment pour continuer.

– Tu veux que je te fasse comprendre ce qu'un mec comme moi cherche ? soufflé-je, un brin mauvais. Haylee, les mecs comme moi vont tôt ou tard vouloir se retrouver dans cette position avec toi. Certains ne se soucieront même pas du fait que ça sera ta première fois. C'est ça le genre d'expérience que tu souhaites vivre ?

Je n'ai pas besoin qu'elle le confirme, je sais qu'elle est vierge. Du moins, aucun garçon n'est suffisamment resté dans le périmètre pour qu'elle se lance. Et le rouge sur ses joues me prouve que j'ai raison. Il n'y a qu'une vierge pour être gênée de la sorte lorsqu'on aborde le sujet. Cela me prouve une nouvelle fois qu'elle est candide et qu'elle se fera manger toute crue par le mec qu'elle cherche à séduire. Au risque de le regretter plus tard… Et ça, je ne suis pas d'accord.

– Ils ne sont pas tous des connards comme toi !

– Tu raisonnes comme une vierge, dis-je en souriant méchamment. Un mec a besoin de cul, c'est scientifique. Toi qui es une tête, tu devrais le savoir. Et si tu ne lui donnes pas ce qu'il veut, il ira le chercher ailleurs.

J'arrête là mon monologue cruel en la voyant pâlir. Bon, j'exagère peut-être un peu, tous les gars ne sont pas comme ça… mais, c'est vrai qu'elle n'a aucune idée du véritable visage de certains. Je pourrais lui faire un exposé détaillé de la personnalité de chaque joueur jusqu'à trouver celui qui l'intéresse, mais ça serait contre-productif. Parce que même si, à cet instant précis, je suis en grande partie en train de les traiter tous de connards à cause d'Haylee et de son envie soudaine de s'en taper un, ce sont mes amis. S'il ne s'agissait pas d'elle, je n'aurais pas eu de problème à l'aider à se maquer avec l'un d'entre eux… Mais là, pas question.

– Tu es vraiment naïve, minimoy.

Restant dans mon rôle, je cale mon visage dans son cou. L'odeur de son shampoing à la noix de coco envahit mes narines. Même si j'essaie de la mettre en garde, ce petit jeu commence à apporter son lot de problèmes de mon côté. Son parfum me plaît. Ce n'est plus la même odeur que quand on était gamins, mais c'est plus féminin, plus sensuel… *Reste concentré Max, bordel ! C'est Haylee.* Effleurant son oreille de mes lèvres, je la sens frémir et mon corps répond au sien. Inconsciemment, ma main se détache de son poignet et va se perdre dans ses cheveux. Comme je rêve de le faire depuis la rentrée, je joue avec la longueur de ses mèches. L'esprit embrumé par sa proximité et sa fragrance, je ne peux m'empêcher d'être doux dans chacun de mes gestes. Sa poitrine se soulève au rythme de sa respiration saccadée et un soupir lui échappe lorsque ma main descend vers ses lèvres rosées et foutrement tentantes. Bordel… Il faut que je mette un terme rapide à ce petit avertissement, parce que c'est en train de se retourner contre moi.

– Ne t'approche pas d'eux. Ils te boufferont toute crue. Crois-moi sur parole, parce qu'ils sont comme moi… Et c'est ce que je ferais à leur place, ajouté-je tout en suivant une impulsion et en lui mordant le lobe de l'oreille.

Haylee pousse un petit hoquet de stupeur et me dévisage, les joues rouge pivoine et une pointe d'appréhension dans le regard. Parfait. Je pense que le message est passé. Me redressant, je la libère et lui fais signe qu'on peut y aller. Parce que, coach ou pas à la sortie, je ne vais pas pouvoir rester plus longtemps dans cet endroit exigu avec elle. Pas après avoir posé ma bouche sur sa peau douce et savoureuse et avoir senti chaque parcelle de son corps collé au mien.

7

Haylee

À peine entrée dans ma chambre, j'envoie ma porte claquer.

– Hé ! Je suis là, je te signale ! grogne Taylor qui me suit en silence.

Je marmonne un faible mot d'excuse et saute sur mon lit. Hors de moi, j'enfonce mon visage dans mon coussin et essaie d'oublier ces dernières heures. Mais c'est beaucoup plus facile à dire qu'à faire. Je sens encore son poids sur moi, son souffle m'effleurer et sa foutue bouche contre mon cou… Un frisson me traverse à ce souvenir. *Je le déteste, putain !* Qui croit-il être pour me toucher de cette façon ?! Comme si j'étais l'une de ces filles qu'il peut baiser dans son fichu placard à sexe ! Mais ce que je déteste encore plus, c'est que mon corps ait eu l'audace de réagir à son étreinte. Je sais que durant l'adolescence, les hormones nous jouent plus d'un tour, mais… Max, bon sang ! Rien que d'avoir louché sur son corps d'athlète m'irrite, alors si maintenant je réagis à son contact, c'est la fin du monde !

– Tu veux parler de ce qui s'est passé ?

Le lit bascule et Taylor vient s'asseoir à côté de moi. Elle me caresse la tête en attendant que je lui explique pourquoi je suis aussi furieuse. Je n'ai pas décroché un mot depuis que j'ai quitté l'annexe sportive. La colère qui me broie la poitrine m'empêche de parler, de lancer toutes les insultes qui me traversent l'esprit lorsque je pense à Max. Mais en même temps, si je n'ai pas prononcé encore un seul mot, c'est parce que j'ai peur de reconnaître que je suis toujours déstabilisée par mon *fucking* voisin. Extirpant ma tête de sa cachette, je joue avec les pointes de mes cheveux.

– Max est un connard.

Taylor hausse un sourcil et me fixe en attendant la suite. Elle sait que c'est grâce à lui que j'ai évité de me faire prendre par le coach. Warren le lui a dit. Mais vu la colère qui bouillonne dans mes veines depuis qu'on est sortis de sa fichue pièce secrète, elle sent qu'il s'est passé autre chose.

– J'ai suivi ton stupide conseil, je lui ai demandé d'être une sorte de… d'entremetteur, dis-je enfin, ayant besoin de vider mon sac. Surprise, surprise, il a refusé.

Je grimace, me rendant compte que j'avais raison depuis le début. Cette idée était ridicule ! J'ignore ce qui m'a pris d'écouter Taylor et de faire d'elle mon guide dans mes « expériences de lycéenne ». Qu'est-ce que j'ai cru ? Que parce qu'il m'avait aidée en mettant en péril le secret des garçons, je pouvais compter sur lui ? Que je pouvais lui faire confiance et redevenir amie avec lui ? Quelle crétine ! Il doit être en train de bien se marrer après son show pathétique ! Je le déteste…

– Et c'est tout ? s'étonne Taylor. C'est pour ça que tu es aussi…

D'un geste vague, elle me désigne. Perplexe, je me redresse et vais jeter un coup d'œil au miroir dans ma chambre. Je comprends ce qu'elle veut dire. Mon visage est rouge et mes cheveux sont en bataille. Par-dessus le marché, ce crétin a mouillé mon tee-shirt. Poussant un juron, je note au passage qu'il porte son odeur. Une touche de musc et de savon. Malgré moi, je frissonne. Même si je déteste Maximilien, mon corps, lui, semble avoir un tout autre avis sur la question. *Quel traître !*

– Il s'est passé un truc entre vous ?

– Il m'a agressée, grommelé-je en enlevant mon tee-shirt pour me débarrasser de son odeur. Il a eu l'idée de me montrer, je cite : « *ce qu'un mec comme moi attendra d'une fille comme toi.* »

Tout en disant ça, j'imite sa voix d'homme des cavernes et Taylor glousse. Elle me demande de développer un peu cette fameuse agression avec un sourire au coin des lèvres. Lorsque j'ai fini, elle ne peut s'empêcher de rire.

– Ça t'agace parce que ça t'a plu ! Parce que même si « Maximilien est le diable », tu t'es sentie toute chose face à lui !

– Pas moi, la reprends-je, contrariée qu'elle semble aussi satisfaite par le tournant qu'a pris son idée stupide de demander de l'aide à ce crétin. Mon corps, nuance ! Je suis certaine que si ça avait été un autre, j'aurais ressenti exactement la même chose.

– Alors, pourquoi est-ce que tu es aussi frustrée ?

Revenant sur mon lit, après avoir enfilé un nouveau haut dans lequel je ne respire plus l'odeur parfumée de Max, je soupire, irritée.

– Il a eu l'audace de m'interdire de m'approcher de son équipe ! Tu t'en rends compte, Tay ?! Il refuse que je parle avec eux ! Comme s'il en avait le droit ! Comme si j'allais lui obéir !

Mon amie sourit et secoue la tête. Elle devine à quoi je pense à cet instant précis. Taylor me connaît. Elle sait comment je réagis aux instances de Maximilien. Son ordre vient tout juste de renforcer ma motivation à être plus entreprenante. Jusqu'à présent, j'ai attendu que Scott fasse le premier pas. Parce que je ne trouvais pas la bonne façon de l'approcher. Parce que son statut de quarterback m'impressionnait. Mais Max, bien malgré lui, m'a donné le meilleur des conseils. C'est à moi de faire le premier pas, ensuite, je verrai bien ce qui se passe avec Scott. Je vais montrer à Max que je n'ai pas besoin de lui pour vivre mes expériences de lycéenne. Et rien de mieux pour ça que de me rapprocher du garçon qui me plaît vraiment ! Un garçon qui n'est pas aussi hypocrite et irritant que Maximilien Henderson.

***

Octobre

– Oh, Haylee ! J'ai besoin de toi sur ce coup ! me supplie pour la centième fois Taylor.

Entrant dans la cafétéria, je secoue la tête en guise de réponse négative.

– Pas question. Je ne vais pas aller à l'audition des cheerleaders avec toi.

– Mais si je n'y vais pas, cette garce ne va pas me lâcher !

Taylor soupire et attrape, contrariée, un plateau. Je lui adresse un sourire compatissant. Je comprends son agacement. Depuis que les cours ont repris, Taylor doit faire face à un problème de taille. Bethany a subitement décidé qu'elle devait faire partie des cheerleaders et passe son temps à lui prendre le chou pour qu'elle passe les auditions. Ce qui la rend malade. Même si elle sort avec Warren, elle n'a jamais voulu entrer chez les cheerleaders. Il n'est donc pas étonnant qu'elle commence à craquer. Bethany sait se montrer insistante lorsqu'elle veut obtenir quelque chose. Et j'imagine que dans ses critères bizarroïdes de division des classes, Taylor doit absolument faire partie de sa troupe. Après tout, pour elle, les sportifs sont tenus de ne sortir qu'avec les filles

les plus jolies de Galena, à savoir les cheers…

– Tu sais bien que Bethany ne m'aime pas, lui rappelé-je pour la centième fois. Je n'ai aucune chance de passer l'audition. Et honnêtement, je n'en ai vraiment aucune envie. Je ne la supporte pas non plus, alors être à ses ordres me pousserait à me jeter du haut de l'observatoire le plus proche !

– Ça pourrait t'aider à te rapprocher de qui-tu-sais, insiste-t-elle avec une moue boudeuse, mais je refuse de nouveau.

Même pour Scott, je n'accepterai pas d'entrer dans le club de Bethany. J'ai déjà du mal à l'éviter au lycée sans, en plus, devoir me la farcir pendant les entraînements et les événements scolaires !

– Je t'aiderai à répéter ta choré, si tu veux, lui dis-je en examinant les desserts.

Il ne reste plus qu'un flan. Je souris et tends la main pour l'attraper. J'adore ça, le flan ! Je ne comprends pas comment on peut ne pas aimer ça d'ailleurs. Avec ce caramel qui coule sur la substance lactée gélifiée à la vanille. *Miam !* Mais je n'ai pas le temps de m'en emparer. Une main surgit de nulle part derrière moi et me le vole.

– Hé ! lancé-je en pivotant vers mon voleur de flan qui a de toute évidence sauté la file.

Je tombe sur Max, qui me scrute avec un sourire moqueur. Sans m'adresser la parole, il s'en va comme il est venu et emporte mon dessert avec lui. Taylor explose de rire quand je me tourne vers elle, ahurie. Il m'a volé mon flan ! *J'hallucine !* Hilare, mon amie m'incite à bouger parce que je bloque tout le monde. Maugréant, je finis par oublier l'idée de prendre un dessert. Je paie mon repas et nous trouve une table aussi loin que possible de celle de ce connard.

– Je vois que vous ne vous êtes toujours pas réconciliés, fait Taylor en me rejoignant, amusée.

– Je n'ai aucune envie de me réconcilier avec lui. Il peut crever la bouche ouverte !

Secouant la tête, mon amie soupire et commence à manger sans se défaire de son petit sourire en coin. Ce qui m'agace un peu.

– Tu es mon amie, non ? Soutiens-moi un peu !

– Je te soutiens, chérie. Mais il faut dire que la situation n'est pas simple pour Warren et moi…

Grommelant, je joue avec mes petits pois, contrariée. Je dois reconnaître que la guerre qu'on se livre avec Max depuis notre petite *conversation* commence à impacter notre entourage plus que d'habitude. Cette fois-ci, nous ne nous adressons même plus la parole. Mais cela ne nous empêche pas de nous faire des coups fourrés lorsque l'occasion se présente. Pourquoi ? Parce que cela l'agace que je sois devenue amie avec certains de ses équipiers malgré son interdiction. Et parce que ça me fout en rogne qu'il continue à croire que je vais lui obéir. C'en est arrivé à un tel point qu'on ne peut plus vraiment nous laisser seuls dans la même pièce. Et malheureusement, cette situation rejaillit sur Warren et Taylor, mais aussi sur nos familles respectives.

Au dernier repas de famille, nous avons passé toute la soirée à nous faire des coups en douce, dont nos parents ont pâti. J'ai mis du poivre dans son assiette… qu'il a tendue à sa mère avec un sourire sadique à mon attention ; il a versé du ketchup dans mon verre de coca… que mon père a bu discrètement avant que ma mère ne le voie ; j'ai renversé *accidentellement* mon bol de soupe sur son entrejambe quand sa jambe a frôlé la mienne… et ma mère déplore encore l'état de sa belle moquette ; il a *par mégarde* échangé sa tarte aux noix avec la mienne, réveillant mon allergie à cet aliment… Sur ce coup, j'ai été la seule impactée. J'ai passé toute la soirée à gratter les rougeurs sur mes bras et le lendemain, au lycée, à me trimbaler des plaques sur le visage… Oui, cette fois-ci, les choses commencent à s'emballer plus que d'habitude. Et il n'arrange pas son cas à cet instant précis.

Assis avec Matéo et Warren à la table des élèves populaires, Max m'adresse un sourire satisfait quand il enfourne la première cuillérée de mon précieux flan dans sa bouche. Il ne l'a même pas démoulé ! Hors de moi, je lui présente mon majeur.

– C'est bien la première fois qu'il reste aussi longtemps sans te parler, lâche Taylor, attirant mon attention. D'habitude, il ne tient pas trois jours.

Je fronce les sourcils et ne réponds rien. Parce que ce n'est pas vrai. Max m'a déjà fait la gueule pendant une longue période dans notre pseudo-relation amicale. Lorsqu'il avait 10 ans, du jour au lendemain, après son anniversaire, il ne m'a plus adressé la parole. Et ça a duré plus d'un an et demi. Il refusait de venir à la maison parce que j'y étais. Il s'enfuyait en courant dès qu'il me voyait. Je n'ai jamais compris pourquoi il s'était mis à m'en vouloir. J'ai simplement fini par arrêter d'aller à notre cabane, arrêter de le considérer comme mon ami… Et commencé à le détester quand il a fini par faire son retour pour me pourrir la vie.

– Bon, quel costume as-tu choisi pour Halloween ? demande Taylor, changeant de sujet.

Elle sait parfaitement que je ne veux pas évoquer de nouveau ce qui s'est passé avec Max. Ça me met terriblement en colère. Parce que je n'ai pas complètement oublié la chaleur de son corps robuste contre le mien…

Alors je suis ravie qu'elle aborde un tout autre sujet.

– Est-ce qu'on doit vraiment se déguiser cette année ?

– On est des seniors, Haylee ! s'écrie-t-elle, outrée. Ce qui veut dire qu'on est automatiquement invitées à la soirée chez les Miller !

Je grimace parce que je ne sais pas si j'ai vraiment envie d'aller à cette fête. Chaque année, une soirée Halloween est organisée dans le grand manoir des Miller. Et chaque année, seuls les gens in et les seniors sont invités. D'après ce que j'ai entendu dire, c'est l'une des soirées les plus en vue de l'année. En tant que seniors, je devrais être excitée à l'idée de m'y rendre. Parce que tous ceux de ma promo y seront. Parce que c'est l'endroit où il faut être le 31 octobre. Alors quel est mon problème ? Levant les yeux de nouveau en direction du club des uniformes, je soupire. Le problème, c'est que cette soirée a lieu chez Bethany Miller. Sa sœur avant elle l'organisait et elle a brillamment repris le flambeau. Sauf que Bethany et moi ne nous entendons pas vraiment. Rectification : elle me déteste sans raison et passe son temps à me dénigrer, et je la trouve horripilante avec son attitude de cheerleader capricieuse et superficielle. D'ailleurs, je pense qu'elle porte préjudice au groupe. Je refuse de croire qu'elles sont toutes comme Bethany. Le monde ne peut pas porter en son sein autant de garces, ça serait l'Armageddon avant l'heure…

– Haylee, ça fait partie de la liste des expériences de lycéenne !

– Non, ce qui fait partie de cette liste, c'est le terme « soirée », pas la soirée de Beth ! fais-je, dépitée. J'utilise mon joker cette fois-ci.

Taylor soupire. Je sais que je ne suis pas sortie de l'auberge. Elle va revenir à la charge sur le sujet. Mais pour l'instant, nous terminons notre repas. Notre déjeuner fini, nous passons à nos casiers, puis la sonnerie retentit.

– Génial, des maths. J'adore ça, marmonne sarcastiquement Taylor quand on entre dans la salle de classe.

– Il n'y a vraiment que le journalisme qui t'intéresse toi, dis-je, amusée de voir qu'elle est capable d'éplucher des dizaines d'articles et de revues pour rester à la page, mais que l'idée de passer quelques heures en maths la déprime à ce point.

Je m'assois à ma place habituelle, au deuxième rang. Elle s'apprête à s'installer devant moi, mais une main se pose sur la chaise. Nous levons toutes les deux la tête en direction de son propriétaire. Mes joues s'enflamment lorsque je croise le regard bleu clair de Scott.

– Et si l'on échangeait pour ce cours ?

– Oh, avec grand plaisir ! s'enthousiasme Taylor en m'adressant un sourire très peu discret. Vive le fond de la classe !

Prenant ses jambes à son cou, elle me laisse avec Scott. Mon cœur s'emballe, déstabilisé. Même si j'ai envie de lui reparler depuis la rentrée et que je suis devenue amie avec plusieurs membres de l'équipe de football en grande partie pour pouvoir m'approcher de lui discrètement, je ne m'attendais pas à ce que ça soit finalement lui qui vienne à moi. Parce que même si l'on échange de nombreux regards dans les couloirs, jusqu'à présent, il n'est pas venu une seule fois discuter avec moi.

Et ça ne risque pas d'arriver maintenant non plus à l'évidence. Au moment où Scott s'assoit et pivote pour me parler, le professeur entre dans la pièce et réclame le silence. Scott fronce les sourcils et se retourne pour ne pas attirer l'attention. Le sort s'acharne. Du moins, c'est ce que je crois jusqu'à ce que je voie sa main poser un petit bout de papier sur ma table.

Quoi de neuf depuis
Springfield, Green ?

La routine d'une lycéenne
lambda.

Je réponds en lui repassant le mot, plus ou moins discrètement. J'en reçois un autre quelques secondes plus tard.

Je suis désolé de ne pas
être venu te parler avant.

Le quarterback, capitaine
des Pirates, n'avait pas envie
d'être vu avec une nerd ?

Je regrette immédiatement d'avoir écrit ça lorsque mon mot part. Merde. J'ai envie de me rapprocher de lui et de retrouver le garçon que j'ai croisé à Springfield, pas de lui faire des reproches ! Voilà ce qui se passe lorsque je parle avec un garçon sans mode d'emploi, comme ces derniers jours avec Taylor ! Je dis ce qui me passe par la tête… Bon sang… Mordillant mon crayon, je fixe ses épaules. Il se crispe en lisant ma réponse, puis gribouille quelque chose avant de se retourner. Son regard croise le mien et il m'adresse un petit sourire désolé.

Pas du tout. J'avais envie
de te parler. Tu es
intéressante et drôle, Haylee.
Seulement… j'avais peur

que cela ne plaise pas à Max.
C'est mon équipier, tu
comprends ? Je ne veux pas
que notre rapprochement
le contrarie.

Que ça le contrarie ? Non, mais je rêve ! De toute évidence, il faut que je mette au clair certains points. Je comprends qu'il ait voulu éviter plus de tensions entre Max et lui, mais cela ne me concerne pas !

Max n'a aucun droit de regard
sur mes fréquentations.
Je suis assez grande pour
être amie avec qui je veux.

Je soupire parce que cette conversation ne se passe pas du tout comme je l'espérais. Et tout ça, une nouvelle fois à cause de Maximilien. Bon sang, je le déteste ! Je cherche comment détendre l'atmosphère et partir sur un tout autre sujet avec Scott lorsqu'un deuxième bout de papier arrive.

Alors, est-ce que tu viens
à la soirée Halloween ?
J'aimerais t'y voir.

Ma contrariété s'envole aussitôt et une flopée de papillons envahit mon ventre. Scott m'observe, attendant une réponse directe. Alors j'acquiesce avec un sourire timide. Finalement, peut-être que la soirée d'Halloween chez Bethany ne va pas être une si mauvaise idée.

8

Max

Je me débats contre la chemise trop petite de mon costume. Mes meilleurs potes m'observent sans daigner lever le petit doigt pour m'aider, alors que je galère. Qu'est-ce qui m'a pris d'accepter ce déguisement ? Ah oui, j'ai perdu un pari… Nous avons une tradition stupide au sein de l'équipe pour Halloween. Chaque année, un défi est lancé à la fin de l'entraînement et celui qui perd doit revêtir un costume de pirate et être la mascotte de la soirée. Cette année, Scott a choisi de suivre la tendance et de nous lancer le *handstand tee-shirt challenge*. Celui-ci consiste simplement à se mettre en poirier et à enfiler un tee-shirt. Et je n'aurais jamais dû perdre. Je suis plus résistant et habile que certains de mes coéquipiers. Mais j'ai été distrait… Dès que j'ai cru entendre le prénom d'Haylee dans les sales bouches de Scott et de Josh…

Je soupire et jette la chemise dans un coin de la chambre. Tant pis, je serai un pirate sans chemise. J'enclenche le fermoir de la ceinture contenant mon sabre factice et attrape mon tricorne, puis jette un coup d'œil à mon reflet. Parfait. J'ai tout l'accoutrement d'un pirate. La redingote, la grande écharpe autour de la taille, un pantalon ample, une ceinture avec tout un attirail d'armes et j'ai même les bottes mousquetaires.

– Tu as oublié ça, ricane Matéo en me tendant la trousse rose à fleurs qu'il a piquée dans la chambre de sa sœur.

– Non, pas question.

Mes deux enculés de meilleurs amis se marrent. Warren va jusqu'à appeler Elena, la petite sœur de Matéo, pour qu'elle vienne *m'aider*. J'hallucine, putain ! Je ne perdrai plus aucun pari, ça, j'en fais la promesse solennelle. La petite arrive et m'ordonne de m'asseoir pour qu'elle puisse me maquiller comme il faut. *Damn it.* Sous les rires plus ou moins étouffés de mes potes, je laisse Elena étaler une tonne de crayon noir sur mes paupières. Je regrette déjà d'être venu me préparer chez Matéo…

– Bon, quand est-ce que tu vas arrêter de jouer les idiots et aller lui reparler ? lance ce dernier, tandis que sa sœur s'acharne sur moi.

– Il en crève déjà d'envie, ricane mon autre trou du cul d'ami habillé pour l'occasion en vampire. Mais il est trop fier pour l'avouer.

– Je n'ai rien à avouer, dis-je en soupirant.

– Tu parles ! renchérit Matéo, déguisé en Edward aux mains d'argent. C'est ce que tu disais cet été, quand elle n'était pas là et que tu errais comme une âme en peine.

– N'importe quoi…

– Mec, je t'assure que c'est vrai ! Combien de fois est-ce que tu m'as demandé si Taylor m'avait donné de ses nouvelles ?

– Une… ou deux, je suppose.

Ça, c'est un putain de mensonge et Warren le sait vu le regard désabusé qu'il m'adresse. Bon, il est vrai que cet été, ne pas pouvoir la faire tourner en bourrique comme d'habitude m'a manqué. C'est d'ailleurs l'une des raisons qui auraient, *semble-t-il*, nui à ma relation avec Beth. Parce que j'étais distrait et que je demandais « trop souvent » des nouvelles d'Haylee, cette garce m'accuse d'être le responsable de son écart de conduite. Comme si ne pas écouter de temps à autre son charabia superficiel pouvait excuser le fait qu'elle m'ait trompé… *J'hallucine.* Mais je ne devrais pas être étonné que Beth se serve d'Haylee pour rejeter la faute sur moi. Elle a toujours détesté mon amitié avec minimoy et se servait de ça pour me faire culpabiliser. Je secoue la tête, dépité. Dit comme ça, on pourrait se demander pourquoi je revenais constamment vers elle… On pourrait croire que je suis éperdument amoureux d'elle… Mais ce n'est pas le cas. Et aujourd'hui, je suis presque soulagé qu'elle m'ait trompé avec le pire des mecs qu'elle aurait pu choisir pour ça. Parce que ça me donne une raison d'envoyer à la poubelle la compassion que je ressentais pour elle et de m'en libérer une bonne fois pour toutes.

Terminant son œuvre, Elena me tapote la joue. Je l'ébouriffe avec un « merci » et me lève pour voir à quoi je ressemble. Elena est plutôt douée. En une fraction de seconde, j'ai l'allure de Jack Sparrow, les yeux barbouillés de noir et quelques cicatrices sur la joue qui me donnent une allure de dur. Ce détail m'arrache un sourire mauvais. *Comme si j'avais besoin de fausses cicatrices*, pensé-je en tirant sur ma veste, mal à l'aise en songeant aux stigmates de mon passé parsemant mon dos. Je me souviens de chaque coup, chaque motif qui avait poussé mon père à sortir sa ceinture et à me frapper jusqu'au sang… Frissonnant, je secoue la tête. Je ne crains pas qu'on les remarque sans chemise. Je suis fier de ces marques, parce que cela prouve que j'ai survécu à chacun des coups de ce salaud. Que je suis aujourd'hui plus fort que ça ! Mais en y repensant, une boule se forme dans mon estomac.

Las de me laisser entraîner dans mes souvenirs, j'incite mes potes à y aller. Les mecs de l'équipe doivent nous attendre chez les Miller. Cette année, je suis loin d'être aussi enthousiaste que mes amis pour cette soirée. Parce qu'étant donné l'état de ma relation avec Beth, je n'ai pas vraiment envie d'aller chez elle. Surtout si elle a encore en tête d'essayer de me récupérer…

– Bon, est-ce qu'au moins tu vas nous dire pourquoi vous vous faites la gueule ? demande Warren dans la voiture. Parce que votre embrouille commence à nous impacter, nous aussi.

Depuis le début de l'année, nous avions pris l'habitude de traîner avec les filles et Warren pouvait voir sa copine presque continuellement. Mais maintenant, c'est plus compliqué pour lui. Je passe une main dans mes cheveux et lui lance un regard d'excuse. D'habitude, notre *guéguerre* avec Haylee ne prend pas une telle ampleur. Nous nous faisons des coups fourrés, mais nous sommes les seuls concernés. Ce qui n'est plus le cas en ce moment. Mais je ne sais pas comment revenir sur ce que j'ai fait… Et à vrai dire, je ne sais même pas si j'en ai vraiment envie.

Je ne suis pas dupe. Cette petite peste n'a aucune intention de suivre mon conseil. Elle s'est d'ailleurs rapprochée de Josh depuis son intrusion dans les vestiaires des mecs, ainsi que d'autres gars de l'équipe. Et d'après ce que j'ai entendu durant les entraînements, ils l'aiment bien. Rien de vraiment surprenant à ça. Haylee est drôle, intelligente et pétillante. Elle a un caractère de merde quand on la contrarie, mais il est impossible de ne pas prendre plaisir à discuter avec elle. Surtout vu sa façon d'analyser les faits comme une véritable scientifique ! C'en est tordant et terriblement attachant. Sauf que ça ne m'arrange pas du tout. Rectification : ça me fout littéralement les boules qu'ils commencent à voir plus que son petit cul d'enfer et ses formes désirables. Parce qu'ils pourraient tenter quelque chose… Et ça m'énerve.

– Elle m'a demandé de jouer les *entremetteurs*, lâché-je, me souvenant du terme qu'elle a utilisé.

Prenant une profonde inspiration pour me calmer, je leur raconte tout. Lorsque j'ai fini, je me rends compte que j'ai omis de leur avouer une partie de notre entretien. Parce que je n'assume pas mon geste. Parce que je n'assume pas le fait que, comme les mecs contre lesquels je la mettais en garde, j'ai été attiré par elle. Par la chaleur de sa peau, par son parfum envoûtant et sa bouche rosée… Bordel. Je secoue la tête, mais c'est trop tard, l'envie contre laquelle je lutte ces derniers temps revient au galop. Je veux la sentir de nouveau contre moi… Sentir la douceur de ses cheveux entre mes doigts et mordiller encore ce lobe d'oreille qui n'écoute absolument rien… À la fin de mon monologue, Matéo explose de rire.

– Ce n'est pas drôle ! dis-je en fusillant mon ami du regard.

– Bien sûr que si ! Elle t'a demandé ça à toi ! Toi qui ne peux pas parler de sexe avec une fille sans pouvoir en pratiquer avec elle ! Mais où est-ce qu'elle a trouvé cette idée ?!

– Demande-le à la copine de ce connard, fais-je en désignant Warren. Tu étais au courant ?

– Plus ou moins.

Je soupire, incrédule. J'ai bien envie de lui demander pourquoi il n'a pas jugé utile de m'en informer avant, mais je connais la raison. Taylor a certainement dû le lui déconseiller. Si elle a quelque chose à voir avec la lubie d'Haylee, elle va l'aider à cocher les cases de sa liste… Et ça me contrarie. Parce que Taylor a eu de la chance en tombant sur Warren, mais tous les sportifs ne sont pas aussi simples et recommandables que lui. Il suffit de me prendre comme exemple, bon sang !

– Pourquoi est-ce que tu n'accepterais pas ? lance Warren en me prenant complètement au dépourvu.

Warren a toujours eu un humour un peu décalé, mais là, la blague va trop loin.

– T'es tombé sur la tête ? Hors de question qu'elle continue dans sa lancée avec cette liste de merde ! Haylee n'est pas Taylor. Elle est trop naïve, elle se fera avoir à la première occasion…

– Justement, insiste mon ami en me scrutant. Tu pourrais veiller sur elle. C'est ce que tu fais depuis toujours, non ? Sinon, pourquoi t'es-tu arrangé jusqu'à présent pour qu'elle n'ait aucun petit ami ?

Non, mais je rêve ! Je n'ai jamais cherché à l'empêcher d'avoir un petit ami… Bon, c'est vrai que dès qu'un garçon s'intéressait d'un peu trop près à elle, j'étais constamment dans le coin pour le taquiner. Mais c'était pour m'assurer que ce connard la méritait. Haylee est solaire. Elle est de ces filles qui rendent le monde meilleur et qui méritent beaucoup mieux qu'un abruti qui la rabaisserait pour jouer au gros dur devant ses potes ou qui n'est pas capable d'enchaîner deux mots sans bégayer. Et d'ailleurs, son père est d'accord avec moi. Dès qu'on aborde le sujet lors d'une de nos conversations entre hommes, il est bien content que je ne laisse aucun des crétins du lycée abuser de sa naïveté.

– Je ne l'ai jamais empêchée d'avoir un petit ami, je suis juste sélectif. Je n'ai pas envie qu'un connard lui fasse du mal.

Mes amis me fixent un long moment, puis échangent un regard.

– OK, je comprends, tu la considères comme ta petite sœur, intervient Matéo. Mais tu sais que tu ne pourras pas être au courant de tout ce qu'elle fait ? Surtout si elle est déterminée à te le cacher… Les filles sont de vraies pestes parfois, crois-moi sur parole !

Matéo grimace en pensant certainement à sa propre petite sœur, qui trouve toujours un moyen pour le rendre chèvre.

– Alors peut-être que Warren a raison. Si tu acceptes, tu pourrais veiller à ce qu'elle trouve un mec qui ne lui fera aucun mal. Parce que c'est ce que tu veux, pas vrai ? Qu'elle soit avec un gars qui ne la blessera pas ?

Oui, c'est ce que je veux… Enfin, non. Ce n'est pas vraiment ça que je veux… Je n'en sais rien. L'idée qu'un type la touche me fait voir rouge.

– Qu'est-ce qui t'agace le plus, Max ? reprend Warren, soupirant face à mon incertitude. Qu'elle t'ait demandé de l'aider à séduire un mec de l'équipe, un de tes amis… ou qu'elle veuille vivre des trucs comme les premiers baisers, les premiers rencards et tout le tralala avec un *autre* ?

Je l'ouvre pour répondre du tac au tac, mais me ravise. Cette question pue la merde. « Un autre ? » Qu'est-ce que c'est censé vouloir dire ? Que je ne veux pas qu'elle sorte avec un de mes potes parce que… je serais jaloux ? Certainement pas. Je ne la vois pas comme ça. Absolument pas…

– Ça serait vraiment plus simple pour tout le monde, surtout pour toi, mon pote, si tu acceptais enfin la vérité, reprend Warren en se garant.

Nous sortons du véhicule et je remets en place mon attirail de pirate.

– Tu veux bien éclairer ma lanterne ? Parce que je ne comprends rien.

– Haylee te plaît. Et ça te fout en rogne qu'elle veuille être avec un autre.

Je me renfrogne, prêt à démontrer par A + B pourquoi sa théorie ne tient pas la route, mais Matéo intervient.

– Évite-nous le laïus « je la considère comme ma petite sœur » parce qu'on sait tous les trois que ce n'est plus vraiment le cas depuis qu'elle a… mûri. Tu la regardes autrement. Et ça t'énerve que les autres aussi la remarquent à présent. Et crois-moi, ça ne risque pas de s'arranger avec le temps, marmonne-t-il en regardant derrière moi.

Matéo écarquille les yeux, ahuri. Je vois que Warren semble tout aussi surpris que lui, mais contrairement à Matéo, ses yeux s'illuminent d'un appétit vorace. Celui-là même qui brille dans ses yeux sombres dès que sa petite amie est dans le coin. Comprenant que c'est le cas, je me retourne. Taylor est déguisée en Black Widow sexy. Cela lui va bien. Mais mon intérêt pour son costume s'évanouit lorsque je reconnais la petite blonde derrière elle. *Bordel de merde.* Je comprends la mise en garde de Matéo… Et je suis dans la merde. Parce que la Haylee que j'ai devant moi n'a absolument rien de celle de mon enfance. Je ne vais pas pouvoir continuer à la regarder comme une gamine… Certainement pas avec ce costume à en tomber à la renverse de Harley Quinn… Lorsqu'elle nous rejoint, je n'arrive pas à la quitter des yeux. Ni elle ni ses cheveux longs attachés en deux petites couettes teintées de rose et bleu. Ni elle ni son tee-shirt laissant entrapercevoir la peau pâle de son ventre où de faux tatouages attirent mon regard. Je me crispe davantage en notant la coupe de son short. Court. Très court. Et qui moule parfaitement son cul d'enfer. *Putain…*

– Salut les gars ! lance joyeusement Taylor en embrassant Warren le vampire. Prêts pour un petit *trick or treat*[1] ?

– Pas d'inquiétude, si la fête est naze, je vous assommerai avec ça, renchérit Haylee en jouant avec sa batte.

Elle plaisante et rit aux blagues de mes potes, mais évite soigneusement mon regard. Quand elle se décide à se tourner vers moi, je retiens ma respiration. Je la vois détailler mon costume avec intérêt et son regard traîne en longueur sur mon torse nu. Ses joues virent au cramoisi quand elle s'en rend compte et elle lève immédiatement la tête. Le gris de ses yeux me fusillant avec attention me déstabilise. Parce que ce que j'y lis n'est pas seulement la colère habituelle qu'elle éprouve contre moi depuis ces derniers jours. C'est bien plus que ça… Merde, je crois que mes potes ont raison. Je ne vais plus pouvoir la regarder comme la Haylee de mon enfance… Plus maintenant…

1. Des bonbons ou un sort.

9

Haylee

La maison des Miller est énorme et richement décorée pour l'occasion. Je savais que la famille de Bethany était friquée puisque son père est le maire de Galena, mais j'admets que je ne m'attendais pas à ça. Un monde fou traîne dans le jardin et je suppose que ce n'est rien comparé au nombre d'invités présents dans le salon. Perplexe, je lance un regard perdu à Taylor. Il est évident qu'il n'y a pas que des lycéens à cette soirée.

– Parfois, les seniors de l'an passé reviennent faire un tour à la fête d'Halloween des Miller, me chuchote-t-elle confirmant mon pressentiment.

J'acquiesce, un peu angoissée. Je n'ai pas l'habitude d'être dans ce genre de soirée où je ne connais presque personne. En fait, je n'ai pas participé à énormément de soirées pendant mes années lycée. Taylor a bien essayé de me convaincre de les accompagner l'année dernière à plusieurs reprises, mais elles tombaient toujours lors d'un événement astral que je souhaitais observer, alors je déclinais. Mais ce soir, je fais un effort pour m'amuser comme tout le monde. J'ai même laissé Tay choisir mon costume. Alors je vais m'amuser.

Warren nous entraîne vers le coin canapé du salon où sont déjà installés plusieurs joueurs de l'équipe avec leurs copines cheerleaders.

– Haylee ! s'exclame Garrett en me voyant arriver. On est assortis !

Sautant de sa place, il s'esclaffe et je le suis, amusée par la coïncidence. Il est en Joker et moi en Harley Quinn. Il pose son bras sur mes épaules et tire la langue à la Joker, ce qui nous fait tous rire. Je comprends qu'il a déjà bien entamé la soirée à l'odeur d'alcool qui l'enveloppe.

– OK, ouh là, marmonné-je, sentant qu'il laisse reposer tout son poids sur moi.

Avec son physique de colosse, Garrett est l'un des bloqueurs de l'équipe. Nous avons sympathisé ces dernières semaines à la fin d'une séance d'entraînement. C'est un gentil garçon. Serviable, un peu simplet par moments, mais étonnamment drôle. Je l'apprécie. Il est d'ailleurs la preuve que Max avait tort sur toute la ligne. Tous ses équipiers ne sont pas des « connards obsédés par le cul » comme il l'a prétendu. Si j'ai bel et bien surpris certains d'entre eux à me mater, comme Josh, qui me détaille à cet instant précis, Garrett ne me regarde pas de cette façon. Il n'y a que sa copine Kim qui trouve grâce à ses yeux. Celle-ci me lance d'ailleurs un regard désolé et se lève pour m'aider. Mais le temps qu'elle arrive, je bascule en arrière, ne tenant plus. Par chance, on me rattrape et deux bras puissants viennent m'aider à soutenir Garrett.

– Mec, bordel, la fête ne fait que commencer. Combien de verres as-tu déjà bus ? grogne Max.

Son torse vibre contre mon dos. Merde, je croyais que Matéo était derrière moi… Je sursaute subtilement lorsque sa main chaude se pose contre mon dos et glisse sur mon flanc. Là où mon tee-shirt est plus court pour laisser voir l'un des faux tatouages du personnage que j'incarne ce soir. Je déglutis parce que cette soudaine proximité me déstabilise. Comme dans ce fichu placard, mon corps s'emballe et mes hormones font des leurs. Ma respiration se bloque et ma peau frémit à son contact. Durant un moment, j'ai l'impression que ses doigts se crispent sur ma peau, pour finalement aboutir à une douce caresse, avant de s'éloigner pour s'occuper de Garrett. Mon ventre se contracte sous l'effet d'émotions que je ne comprends pas et que je refuse de ressentir pour Max.

Une fois que le poids de Garrett disparaît, la chaleur de Max s'éloigne brusquement. Soulagée, je rejoins Taylor sur le canapé. Ce n'est qu'à ce moment-là que la soirée commence vraiment. Quelqu'un me tend un verre rouge en plastique. Curieuse, je prends une gorgée et grimace. Je n'ai jamais bu. Alors je suis surprise par le goût de ma boisson. Qu'est-ce que c'est que cette mixture ? Ce n'est pas de la bière… Le goût amer dans ma bouche me dégoûte. Alors je me contente de tenir mon verre en essayant de suivre les diverses conversations qui reprennent avec plus d'enthousiasme maintenant que Max est arrivé. Je ne le dirai jamais assez, mais je ne comprends pas le respect et le dévouement que la plupart des joueurs ont pour lui. Si l'on ne connaissait pas l'équipe, on pourrait presque croire qu'il est leur capitaine.

Sans vraiment le vouloir, je le regarde parader dans son costume de pirate foutrement sexy. Encore un point qui m'agace avec lui. Peu importe ce qu'il porte, on a l'impression que le costume a été fait pour lui. Plusieurs filles bavent déjà devant son corps d'athlète dessiné et, à contrecœur, j'admets en faire partie. Parce que depuis que je l'ai surpris dans les vestiaires, je n'arrive plus à faire abstraction de cette partie-là de lui.

Max met un point d'honneur à saluer tous ses

coéquipiers et à échanger quelques mots personnels avec chacun. Je l'entends demander des nouvelles de la petite sœur de Félix qui a été opérée du genou et interroger Bobby sur le déroulement de son dernier examen. Plus ça va, plus je me rends compte qu'il peut se montrer sympa avec tout le monde… Tout le monde, sauf moi. Cette constatation m'irrite. Pourquoi est-ce qu'il faut toujours qu'il se comporte comme un connard avec moi alors qu'on pourrait être amis comme il y a des années ? Je ne comprendrai jamais ce mec.

Max finit par se laisser entraîner vers Ana, l'une des cheerleaders, qui lui tourne autour depuis la rentrée. Celle-ci lui murmure quelque chose à l'oreille qui lui fait hausser les sourcils. Le sourire carnassier qu'il lui adresse avant de détailler sa tenue de diablesse me fait comprendre qu'elle le drague. Quand je le vois tourner son attention vers moi, sentant certainement mon regard sur lui, je détourne les yeux et m'intéresse de nouveau à ma boisson. Peut-être que si je tente de nouveau, le goût sera moins dégueu ? Je porte mon verre à mes lèvres et bois une nouvelle gorgée. Non, ce n'est vraiment pas bon. Je n'essaie même pas de retenter l'expérience. D'ailleurs, on ne m'en laisse pas l'occasion. Mon verre m'est doucement retiré des mains. Levant la tête, je vois que c'est Max qui m'a pris mon verre avant de s'affaler à mes côtés.

– Alors, Harley Quinn, commence-t-il, hésitant, comment va le Joker ?

– De toute évidence, pas très bien, marmonné-je en désignant Garrett.

Je suis surprise que Max me reparle. J'imaginais qu'on se serait fait la gueule plus longtemps que ça, mais il m'observe tranquillement. Un instant, je crains qu'il n'ait une idée tordue en tête pour me faire sortir de mes gonds, mais il reste calme. Affreusement calme et… attendez, est-ce qu'il essayerait de se montrer sympa ? J'en ai l'impression lorsqu'il me tend la bouteille d'eau fermée qu'on vient de lui apporter.

– Garrett ne tient pas l'alcool, m'informe-t-il avec un petit sourire en coin. Surtout pas quand c'est Josh qui prépare le cocktail. Il mélange toujours plein de boissons… Tiens, c'est pour l'arrière-goût amer.

Je hausse un sourcil, étonnée qu'on lui ait donné une bouteille d'eau à la place d'un verre, mais j'accepte sans faire d'histoire parce que cette boisson m'a donné la nausée.

– Tu pourras barrer « Boire le fameux cocktail dégueu de Josh » de ta fichue liste, grommelle-t-il en me fixant intensément.

– Ouais, ça et aller à la soirée de Bethany Miller, ajouté-je, sceptique. Je suis étonnée qu'elle ne soit pas là d'ailleurs…

– Oh, elle va arriver, soupire Max. Elle va seulement faire son entrée théâtrale comme chaque année…

Je marmonne un « je vois » à la limite du sarcasme, ce qui le fait sourire. Les yeux rivés sur moi, Max me détaille un long moment, la mâchoire serrée, comme s'il hésitait à dire quelque chose, avant de prendre part à la conversation. Bon, eh bien, j'imagine que c'est sa façon à lui de s'excuser d'avoir été un parfait abruti… En tout cas, c'est ce que croit Taylor puisqu'elle me chuchote un « enfin réconciliés » à l'oreille.

***

La fête bat rapidement son plein. Comme m'a prévenu Max, Bethany fait une entrée théâtrale avec quelques-unes de ses cheerleaders en exécutant une danse à la

Britney Spears. Tout du long, elle fixe Maximilien, essayant certainement de le séduire, mais celui-ci ne s'intéresse pas à elle. Il discute avec quelques joueurs à nos côtés des prochains matchs. La saison a commencé et ils comptent tous essayer de dépasser les *play-offs*. Agacée, Bethany se rabat sur Scott dès son arrivée. Celui-ci me lance un regard désolé et s'assoit dans l'un des fauteuils, Beth sur ses genoux. Même si c'est mal parti, je sais qu'il reste encore pas mal de temps à cette soirée pour que je puisse me retrouver au calme avec Scott. Alors je profite de la fête, laissant les garçons de côté pour l'instant.

Taylor enchaîne les verres et pouffe à chaque parole que Warren lui murmure à l'oreille. Je la surveille d'un œil, même si je sais que son petit ami veille au grain. Il ne la lâche pas d'une semelle. Il finit même par accepter d'aller danser avec elle, cédant à son insistance croissante.

– Donne tout sur le dance floor, Warren ! crie Matéo, la voix pâteuse, complètement hilare.

Quelques-uns se marrent en voyant Warren adresser son majeur à son ami. Je secoue la tête, amusée. La place libérée par mes amis est rapidement comblée par Josh, qui me tend un nouveau verre.

– Pas de cocktail cette fois-ci, m'assure-t-il, ayant compris que je ne pouvais vraiment pas boire sa spécialité.

Je porte la boisson à mes lèvres. OK, ça, ce n'est pas vraiment dégueu. C'est plutôt bon. C'est fruité. Je me demande ce que c'est. Voyant mon sourire, Josh m'adresse un clin d'œil. Ses yeux sont rougis par l'alcool et sa voix est tout aussi pâteuse que celle de Matéo. En fait, plus les heures passent et les verres défilent, plus ceux qui nous entourent sont défoncés et désinhibés. À quelques mètres, Kim a chevauché Garrett et l'embrasse à pleine bouche, tandis que, de l'autre côté, d'autres couples font eux aussi abstraction de la foule. À ce rythme, j'ai l'impression d'être l'une des rares encore complètement sobre. Enfin presque... À ma plus grande surprise, Max n'a pas avalé un seul verre. Il se contente de sa bouteille d'eau et personne n'insiste pour qu'il prenne un verre. Moi qui pensais qu'il en profiterait tout autant que les autres pour se taper l'une des cheerleaders devant tout le monde. Je m'apprête à boire une nouvelle gorgée, mais on me pique mon verre. Encore une fois. J'entends Josh à côté de moi soupirer.

– Eh bien, ma pauvre, Max est pire qu'une mère poule !

Sans répondre à Josh, je fusille Max du regard. Celui-ci est toujours en pleine conversation avec ses amis, mais a toujours l'intention de contrôler ma soirée de toute évidence. C'est le deuxième verre qu'il m'enlève des mains. Contrariée, je le frappe et frôle son torse nu. Ma main traîne une minute de trop sur sa peau avant de s'en détacher. Mon coup n'a aucune force, mais a le mérite d'interrompre sa conversation. Il me lance un regard étonné, ne comprenant pas pourquoi je suis furieuse. J'ai dans l'idée de l'envoyer chier avec sa fichue attitude de grand frère de pacotille, mais je n'en ai pas le temps. Bethany nous interpelle :

– Et si l'on jouait à « Je n'ai jamais... » ? lance-t-elle. Tout le monde participe ? Tu peux jouer aussi, Maxou, même si tu restes à l'eau.

Elle roucoule son prénom et lui sourit timidement. Tiens, elle change de stratégie ? Après avoir essayé de le rendre jaloux sans succès et de l'agacer, elle tente la douceur ? Cela semble faire son effet puisque Max la regarde pour la première fois de la soirée. La mine de Beth s'illumine et je grimace. Bon, eh bien, leur rupture aura duré très peu de temps. Bientôt, elle va certainement l'entraîner dans sa chambre pour renouer. Pourquoi cette idée me contrarie-t-elle ? Je n'en sais rien. Au moins, je serai débarrassée de la chaleur de sa jambe qui colle la mienne et de sa surveillance rapprochée agaçante.

– Non, merci, lance celui-ci en détournant la tête pour ignorer les yeux doux de son ex.

– Haylee, tu participes aussi ? me demande Matéo en m'expliquant les règles du jeu. C'est simple, quelqu'un va dire quelque chose et si tu l'as déjà fait, tu bois.

– Il faudrait déjà que Max la laisse boire pour qu'elle puisse jouer, se plaint Josh, attirant l'attention de ce dernier. Ne me regarde pas comme ça, *grand frère*, tu es pire que son shérif de père !

Tout le monde ricane et je rougis, gênée par l'attention qu'on nous porte. Je n'aime pas qu'on pense que Max décide de ce que je peux faire ou non. Levant les yeux, je croise le regard de Scott et ce que j'y lis me pousse à intervenir.

– Je participe.

Josh s'exclame, enthousiaste, et me passe un verre. Face à moi, je vois que Scott m'adresse un petit sourire satisfait. Voilà, je lui ai prouvé que j'étais la seule à décider pour moi. Après ça, il ne pourra plus utiliser l'excuse de Max pour ne plus me parler en public.

Quand le jeu débute et que Kim commence par un « je n'ai jamais bu », j'entends parfaitement Max soupirer lorsque je porte mon verre à ma bouche. Bougeant à mes côtés, sa jambe se crispe, mais il ne dit rien. Tant mieux. Parce que ce soir, je veux m'amuser. M'amuser et cocher autant de cases que possible sur ma « foutue liste d'expériences de lycéenne », comme il l'a si bien dit.

– Je n'ai jamais… embrassé quelqu'un du même sexe ? poursuit Félix.

Sa question fait rire le groupe et je vois Kim et Bobby boire.

– Quoi ? fait celle-ci, hilare. J'ai toujours voulu savoir ce qui rendait les mecs aussi accros à nos jolies lèvres, alors j'ai essayé ! Et je vous jure que Ketty embrasse comme une déesse !

Kim envoie un baiser volant à l'une des cheers qui se trouvent dans la pièce, ce qui nous fait tous marrer.

— Et toi, Bobby, quelle est ton excuse ? demande Scott avec un air moqueur.

Bobby se contente de hausser les épaules.

– J'étais bourré et le mec avait une tignasse si longue que je l'ai confondu avec une meuf pendant une *rave*.

Son explication m'arrache un sourire parce que ça ne m'étonne pas vraiment venant de Bobby. Même s'il est doué au football, il est plutôt distrait pour le reste. Pas étonnant qu'il galère autant dans ses études et que ses coéquipiers doivent constamment lui filer leurs cours pour qu'il se maintienne au niveau et puisse jouer.

– Il lui faut vraiment des lunettes s'il confond à ce point, me souffle Max à l'oreille, tandis que le reste du groupe se moque de notre ami.

Même s'il ne participe pas au jeu, Max semble tendu et écoute avec attention ce qui se raconte. Son petit regard en coin me donne la sensation que c'est ce que je pourrais dire qui le préoccupe. Mais vu les questions qui suivent, ça me semble improbable qu'il s'inquiète pour si peu. Il existe un véritable décalage entre ce que j'ai fait de mon adolescence et ce que les filles de la bande ont fait. Aux questions « je n'ai jamais flirté avec quelqu'un qui avait dix ans de plus que moi », « je n'ai jamais embrassé quelqu'un sans savoir qui c'était » et « je ne suis jamais sortie de chez moi sans sous-vêtements », une grande partie d'entre elles boivent. Et plus les questions défilent, plus je prends conscience que je suis la seule dont la boisson reste intacte. Je n'ai jamais été arrêtée ou pris des substances illicites. Et j'ai encore moins couché avec qui que ce soit, été menottée au lit ou fait l'amour les yeux bandés… Peu importe la question posée, je ne m'y retrouve pas. Cette constatation m'agace un peu et me fait comprendre l'importance de ma fichue liste d'expériences à vivre avant de quitter le lycée. Je n'ai pas envie de me sentir laissée pour compte à l'université, pas comme à cet instant précis.

– Je n'ai jamais envoyé des photos coquines à l'un de mes ex, fait Bethany lorsque son tour arrive, sans lâcher Max des yeux.

Bon, eh bien, le message est clair. Bethany doit avoir envoyé des sextos à Max pour le reconquérir. Sauf que celui-ci ne se donne même pas la peine de réagir à cet aveu. À la place, il pose son bras sur le rebord du canapé juste derrière moi et étudie la pièce bondée de monde d'un air distrait. Son attitude je-m'en-foutiste déplaît à Beth, qui retourne sa contrariété sur une autre cible. En l'occurrence, moi, vu le regard froid et plein de haine qu'elle me lance.

– Notre petite Haylee ne boit pas grand-chose décidément, dit-elle avec son ton hautain habituel. Peut-être que nous devrions simplifier les questions pour toi ?

Sa remarque crispe Max, mais en fait rire d'autres. Leur moquerie pourrait me vexer si je ne les savais pas tous plus perchés les uns que les autres. Je doute qu'ils se rendent compte de l'attitude hostile de Beth à mon égard. Pour eux, le jeu continue et ils veulent que j'en fasse partie. La réflexion de Kim me confirme que plusieurs de mes amis sont beaucoup trop ivres pour saisir la tension qui s'installe.

– Oh, oui Haylee, il faut que tu participes ! Maintenant qu'on est amies, tu dois nous dire tous tes petits secrets !

– Essayons celle-là, reprend Bethany. Je n'ai jamais fantasmé sur l'un des mecs présents autour de cette table ?

Les mecs du groupe pouffent et comme je ne bois pas, leur hilarité redouble. J'en entends certains dire qu'ils sont beaucoup trop beaux et musclés pour faire partie de mes fantasmes, car ils supposent que je préfère les hommes timides et gringalets. Mais je n'y prête pas attention. Ce qui m'interpelle, c'est la véhémence avec laquelle Bethany poursuit son petit numéro.

– Je ne me suis jamais immiscée dans le couple d'une autre ?

Euh... OK, là, je ne comprends pas ce qu'elle cherche à prouver, pensé-je bien malgré moi parce qu'elle semble m'accuser d'un acte que je ne commettrais jamais. Même pas envers elle. Voyant que je ne bois toujours pas, Bethany échange un bref regard avec Scott, faisant mine de réfléchir, avant de lancer une bombe.

– Je n'ai jamais couché avec un mec ?

Du coin de l'œil, je vois toutes les filles qui boivent sans s'arrêter sur la question, mais cette dernière me fait tiquer. Si je ne bois pas, ils vont comprendre que je suis vierge. Et vu le regard intéressé que me lance Scott, je ne sais pas quel genre de réponse il attend. J'imagine qu'il préférerait avoir une fille avec de l'expérience, comme Max l'a insinué. Mais je n'ai pas spécialement envie de mentir pour si peu. Qu'est-ce que ça peut faire sérieusement que je n'ai encore eu aucun rapport sexuel ? Ce n'est pas une compétition !

Sentant certainement mon incertitude, tandis que je tourne mon verre entre mes mains, Max intervient en me prenant ce dernier.

– Finalement, je joue ! fait-il sans pour autant boire une seule goutte. C'est à mon tour, non ? Je n'ai jamais couché avec un autre mec… pendant que j'étais en couple.

Pour une fois, personne ne boit. Une étrange tension s'installe dans le groupe et je vois Matéo lancer des regards préoccupés vers Max. Ce dernier émet un petit rire de dégoût et se redresse.

– Mouais, comme je le pensais, il y a plus d'un tricheur dans ce jeu ! Laisse tomber, ajoute-t-il en s'adressant à moi et en me rendant mon verre. Tu n'as aucune chance de gagner si *certains* d'entre eux mentent.

Quelques-uns du groupe rient pour détendre l'atmosphère et proposent de changer de jeu. Bethany, elle, ne trouve pas ça drôle et son regard se fait plus sombre. Je frissonne quand je vois Max partir parce que j'ai l'impression d'avoir raté quelque chose. Sauf que je n'ai pas vraiment l'occasion de m'arrêter sur la question. Dès que Max s'en va, Josh à mes côtés me souffle un « vive la liberté » avant de proposer un autre jeu.

– Bière-pong ? fait-il et je hoche la tête.

Je n'ai jamais joué au bière-pong, mais je préfère ça au jeu précédent. Il me donne moins l'impression d'être la seule à n'avoir jamais rien expérimenté. Mais après quelques minutes de participation, je réalise que je suis terriblement nulle. Rapidement, je perds le compte des shots que Josh me tend. Le sourire qu'il m'adresse à chaque fois qu'il m'assure que c'est mon tour de boire dans notre petite équipe me met mal à l'aise, mais j'imagine que ce n'est que l'effet de l'alcool qui me monte à la tête. Pas mal de monde a déserté le jeu après le froid que Max a jeté, Matéo y compris, et je me retrouve avec une poignée de joueurs. Dont Scott, qui me regarde avec insistance. Je m'évente de plus en plus quelques minutes après avoir bu un autre shot. J'ai chaud… Et je me sens bizarre. Je vois à peine Scott se planter devant moi avec un sourire énigmatique.

– Et si on allait faire un tour ?

J'acquiesce parce que j'ai vraiment besoin de m'éloigner un peu de cette foule pour prendre l'air. Je passe maladroitement devant Bethany, qui regarde Scott… satisfaite ? Non, je dois me tromper. Parce que le voir partir alors qu'elle l'accapare depuis pas mal de temps doit la faire chier. C'est toujours comme ça avec elle. Il faut toujours qu'elle ait toute l'attention sur elle… La preuve étant qu'à cause d'elle Max, a fini par s'éloigner de ses potes pendant la soirée.

– Je suis bien contente que Max t'ait larguée, lancé-je sans même m'en rendre compte à la principale intéressée.

Beth hausse un sourcil, mais le sourire qu'elle m'adresse n'est pas celui d'une fille qui va laisser tomber.

– Il reviendra vers moi, chérie. Il le fait toujours.

Je sens que Scott me prend le bras pour m'attirer quelque part, mais la remarque de cette garce tourne en boucle dans ma tête… Et me donne la nausée. Max a beau être un connard, il ne mérite pas Bethany. Cette fille est jolie, mais c'est une véritable sorcière. Et pas seulement à Halloween ! Elle est manipulatrice, égocentrique, superficielle… Mais pourquoi est-ce que je m'intéresse à ça de toute façon ?

Remarquant que Scott m'a entraînée à l'étage, je le vois ouvrir la porte d'une chambre en m'assurant que nous serons mieux ici. À ce moment-là, ma nausée revient au galop.

– Je dois aller aux toilettes, marmonné-je et prends la fuite en direction de la salle de bains la plus proche.

Scott m'appelle et essaie de me rattraper. Sauf que j'ouvre la première porte qui vient, espérant trouver la salle de bains pour soulager mon envie de vomir… et tombe sur Max, occupé à déshabiller une petite diablesse. Aucun des deux occupants de la chambre n'a remarqué mon intrusion. Pendant un instant, ils continuent à s'embrasser fiévreusement tout en se tripotant sans répit. Lorsque je vois Max tirer sur la combinaison de la fille assise à califourchon sur lui pour la déshabiller, ma nausée redouble. Finalement, ce n'est pas Bethany qui a éloigné Max du groupe, mais cette fille. Ce spectacle me laisse sans voix et mon cœur se serre. *Je ne veux pas voir ça.* Je voudrais partir, refermer cette porte et oublier à jamais cette fichue scène. Pourtant, mes pieds refusent de bouger. Je reste là à les observer, le cœur au bord des lèvres.

10

Max

Au bout d'une dizaine de minutes à écouter mes potes raconter leurs plus noirs secrets et s'enfiler plusieurs verres, je finis par intervenir pour extirper Haylee de ce foutu jeu. En temps normal, elle n'aurait pas eu besoin de moi. Comme je l'ai dit à mes meilleurs amis, elle est naïve et innocente. Elle n'a pas fait un dixième des trucs que ma bande et moi avons déjà expérimentés. Mais l'insistance de Bethany risquait de faire tourner le jeu au vinaigre. J'ai très bien vu que mon ex cherchait à l'humilier, alors je suis intervenu pour inciter les autres à arrêter le jeu. C'est beaucoup mieux ainsi. Je refuse que quiconque se moque d'Haylee. Ce droit m'est entièrement réservé. Par ailleurs, l'idée qu'on apprenne qu'elle est vierge et intéressée par l'un des mecs de la bande – même si j'ignore encore lequel – me contrarie. Si celui qu'elle vise fait partie des quelques connards de l'équipe, je préférerais qu'il ne voie pas la virginité de ma minimoy comme un trophée à obtenir. Certains mecs sont de vrais enculés lorsqu'il est question de ça, alors j'aimerais limiter les dégâts.

Après avoir jeté un froid dans le groupe, je lance un petit regard à Matéo pour lui demander de veiller sur Haylee et je me casse. Je ne supporte plus d'être sous l'attention constante de Bethany et de ses pathétiques tentatives pour me reconquérir. Elle ne comprend pas que je ne veux plus rien avoir affaire avec elle et ça m'énerve.

Légèrement tendu, j'aperçois Ana qui me fait signe de l'autre côté de la pièce.

Si je n'ai pas particulièrement envie d'être avec elle à cette heure de la soirée, je la rejoins néanmoins. J'ai besoin de me détendre, de profiter réellement de la fête. Par ailleurs, il faut absolument que je baise. En fait, je n'ai couché avec personne depuis ma conversation avec Haylee dans l'annexe sportive. Dès qu'une fille me touche, je n'arrête pas de comparer cet instant avec celui où j'ai tenu Haylee tout contre moi. Celui où son corps a épousé le mien à la perfection… Et mon obsession pour cet incident m'emmerde. Parce que je n'aime pas que Warren et Matéo aient raison, putain ! Je n'aime pas ce que je ressens à cet instant pour Haylee. Cette attirance, cette envie de découvrir si ses lèvres sont aussi douces que je les imagine… Non, pas question. Alors je me rabats sur ce que je connais et suis autorisé à avoir.

– J'ai bien cru que tu allais jouer les chaperons toute la soirée, dit Ana en riant lorsque j'arrive à sa hauteur et passe un bras autour de sa taille.

Avec son costume de diablesse, elle est très peu vêtue. Ma main rencontre immédiatement sa peau et je me fais un plaisir de m'imprégner de sa chaleur. Parce qu'il faut que j'oublie celle d'Haylee à tout prix. Je dois me défaire de ma fixation pour ce moment et oublier les formes de son corps imprimé sur le mien. Et pour ça, il n'y a qu'un seul moyen.

Secouant la tête, je me laisse aller contre Ana et n'attends pas qu'elle ajoute quoi que ce soit avant de l'embrasser. Comme je l'espérais, elle fond sous mes coups de langue aguerris et se plaque contre moi.

– Et si tu me montrais ce nouveau tatouage dont tu m'as parlé à mon arrivée ? susurré-je avec un sourire.

Son visage s'illumine et elle me prend la main pour m'emmener à l'étage. Au passage, nous croisons mes amis. Je rencontre le regard noir de Beth et vois que Matéo secoue la tête, amusé. Quoi ? Tout le monde s'amuse, pourquoi je n'en ferais pas autant ? Je ne veux pas toucher à une seule goutte d'alcool, pas même en soirée, mais les filles, ça, j'ai le droit. Enfin, tant qu'il ne s'agit pas d'Haylee. Je me fous de ce que mes potes ont dit, je ne la regarderai pas de cette façon-là. Parce que je me connais, si je commence à voir en elle plus que mon amie d'enfance, je vais faire tout foirer entre nous. Et notre relation, qu'elle soit amicale ou tordue comme dernièrement, compte plus que tout pour moi.

Une fois à l'étage, Ana trouve rapidement l'une des chambres vides et referme la porte derrière elle. J'ai à peine le temps de me retourner qu'elle me saute dessus et m'embrasse passionnément.

– Je suis contente que tu ne sois plus avec Beth ! roucoule-t-elle en passant ses ongles sur mon torse.

– Je croyais que vous étiez amies ? marmonné-je, pas vraiment intéressé par la question tout en reculant vers le lit.

Je m'effondre dessus et l'entraîne avec moi. Poussant un petit cri excité, elle pouffe. Avec impatience, elle me chevauche et commence à bouger son bassin contre le mien pour me rendre fou. Je réagis immédiatement et attrape sa nuque sans aucune douceur pour écraser mes lèvres sur les siennes.

– C'est mon amie, murmure-t-elle lorsque je lâche ses lèvres pour mordiller son cou frémissant. Mais personne ne me baise comme toi, Max. Je ne suis pas la seule à le penser… Tu es tellement attentionné et sauvage à la fois… C'est toujours incroyable avec toi.

J'imagine que je devrais être ravi qu'une partie de mes amantes pensent comme elle, mais mon ego n'a pas besoin d'être flatté. Je sais lorsque les filles perdent la tête avec moi. Je le sens à la façon dont leur intimité se contracte autour de la mienne pendant que je les prends sans relâche, ou encore à la façon dont elles crient mon nom. Alors je ne réplique rien et recule davantage dans le lit tout en la gardant sur moi. Plus que partant pour penser à autre chose qu'aux mésaventures de ces derniers jours, je lui dévore les lèvres et me saisis de son cul. Bordel, même si Ana adore les préliminaires, on va devoir abréger. J'ai besoin de me défaire de la frustration qui me fait être un sacré connard ces derniers jours. Je glisse ma main sous sa jupe insignifiante et m'apprête à lancer sérieusement les choses quand la porte s'ouvre… et ne se referme pas. Agacée, Ana se redresse et fusille l'intrus du regard.

– Je peux faire quelque chose pour toi ? dit-elle, sarcastique.

– Euh, non…

Je me redresse sur le lit en reconnaissant la voix d'Haylee. Celle-ci est bien devant l'entrée de la chambre, mais elle est différente… Ses yeux sont rouges, mais le reste de son visage est terriblement pâle.

– Désolée, je cherchais la salle de bains…

– Eh bien, ce n'est clairement pas ici, alors fous le camp !

Ana est excédée d'avoir été interrompue en si bon chemin, mais je n'en ai rien à foutre. L'apparence d'Haylee m'inquiète. Quand cette dernière ose enfin croiser mon regard, j'ai d'ailleurs l'impression qu'elle hésite à me dire quelque chose. Le gris de ses yeux s'embrume et ça m'alarme.

– Est-ce que ça va, minimoy ?

– Désolée, répète-t-elle quand Ana grogne, contrariée. Je… rien, tout va bien, je crois que j'ai juste un peu trop bu…

Un peu trop bu ? Non, ça, j'en doute. Je ne l'ai quittée qu'il y a une demi-heure grand max et elle en était à son premier verre. Je me suis assuré qu'elle ne touche à presque rien d'autre avant. Perplexe, je saute du lit et m'approche d'elle. En oubliant presque la présence d'Ana dans la pièce, j'enlève tendrement les mèches de cheveux pour libérer son visage. Ses yeux sont dilatés et elle est livide, comme si elle allait vomir à n'importe quel moment.

– Tu as bu combien de verres ?

– Des petits verres, souffle-t-elle d'une voix hésitante, presque honteuse.

Je soupire et passe une main dans mes cheveux d'un geste nerveux.

– Viens, on va aller faire un tour dans la salle de bains, soupiré-je en lui prenant la main. Une fois que tu te seras rafraîchie, ça ira mieux.

Elle acquiesce doucement, puis jette un coup d'œil derrière moi. Son geste me rappelle ce que j'étais en train de faire et avec qui.

– Ana, je dois y aller… Désolé.

– Forcément, réplique celle-ci, amère.

J'ignore sa remarque et entraîne Haylee vers la salle de bains la plus proche. En chemin, elle se retourne comme pour chercher quelque chose, mais il n'y a personne dans le couloir. Une fois dans la salle de bains, je referme derrière moi et l'incite à s'asseoir par terre. Pour la première fois en près de huit ans, Haylee m'obéit docilement. Merde, elle doit vraiment se sentir mal… Fouillant un peu partout, je ne tarde pas à mettre la main sur un gant de toilette propre. Je le mouille et m'agenouille devant Haylee pour la rafraîchir.

– Tu n'aurais pas dû jouer à ce jeu, soufflé-je au bout d'une longue minute durant laquelle j'humidifie sa nuque, son front et son cou. Si tu n'as pas l'habitude de boire, c'était stupide.

Haylee garde le silence et se contente de m'observer, tandis que je m'occupe d'elle. L'intensité dans son regard me perturbe. À quoi est-ce qu'elle pense ?

– Je n'ai pas bu autant que ça… Enfin, je crois…

Je hausse un sourcil, étonné. Il est évident qu'elle est ivre. Je m'y connais assez dans ce domaine pour savoir reconnaître les signes. Sa voix est pâteuse et elle avait du mal à mettre un pied devant l'autre sur le chemin menant jusqu'à la salle de bains. Mon père avait toujours tendance à tanguer lorsqu'il entrait dans ma chambre, ivre mort, pour se défouler sur moi. Son haleine sentait exactement comme celle d'Haylee à cet instant précis. Alors je sais qu'elle a bu plus qu'un seul verre. Ce qui m'inquiète, en revanche, c'est qu'elle n'en ait pas eu conscience.

– Je suis désolée, marmonne-t-elle, gênée. Tu… peux retourner à la soirée. Je vais rester ici.

– Certainement pas.

– Quoi, tu vas rester là à jouer les nounous ?

Son ton se veut peut-être mordant, mais il est en parfaite contradiction avec ce que me dit son regard. Elle ne doit vraiment pas se sentir bien pour vouloir que ça soit moi qui la réconforte. M'asseyant à côté d'elle, je continue à lui mouiller la nuque et écarte dans une caresse les cheveux humides de son visage.

– Bien sûr que je vais rester assis là à jouer les nounous, minimoy. C'est la première fois de ta vie que tu prends une cuite.

Haylee m'étudie avec une attention soutenue, puis s'esclaffe.

– Qu'est-ce qu'il y a ? demandé-je, ne pouvant m'empêcher de sourire face à son rire cristallin.

– Rien, articule-t-elle entre deux éclats de rire. C'est juste… que tu es incompréhensible, Maximilien.

Je grogne et lui passe le gant sur tout le visage pour la gronder. Je déteste quand elle fait ça, quand elle m'appelle Maximilien. Je sais que j'en suis le premier responsable puisque je la taquine constamment en la nommant minimoy, mais je n'aime pas qu'elle utilise mon prénom complet. Ça me donne l'impression que nous n'avons pas cette intimité qui, malgré notre relation ami-ennemi, existe entre nous. Ça me donne l'impression que je ne pourrai pas réparer le mal que j'ai fait en m'éloignant d'elle lorsque j'avais 10 ans. Et même si je ne le regrette pas puisque je ne faisais que la protéger, je n'aime pas la tristesse qui m'envahit à chaque fois qu'elle m'appelle ainsi.

– Max, je grogne. Appelle-moi Max !

Son hilarité s'accentue et, cette fois-ci, je tire sur ses cheveux colorés. C'est tellement enfantin… Cela me rappelle nos premières disputes lorsqu'on était gamins. Je lui tirai toujours les minicouettes qu'elle avait et elle me le faisait payer au centuple.

– Pas tant que tu continueras à m'appeler minimoy ! Je ne suis pas une naine !

À ma grande surprise, elle me grimpe dessus et se redresse sur les genoux.

– Tu vois, je suis même plus grande que toi, là !

– C'est parce que tu triches, lui assuré-je avec un sourire.

Je suis une impulsion et glisse ma main sous son tee-shirt pour lui chatouiller les reins. De mémoire, elle est hypersensible à cet endroit-là. Et si Haylee ne m'a pas laissé l'approcher comme ça depuis des années, mes souvenirs ne me font pas défaut. Elle retombe comme une masse sur mes cuisses en gigotant, hilare.

– Arrête, Max, arrête !

Plutôt amusé de voir que l'alcool la rend moins grincheuse à mes côtés, je pose mon autre main sur le haut de ses fesses pour l'inciter à rester en place.

– Redis-le, insisté-je en faisant jouer mes doigts sur sa peau. Redis-le et je te laisse tranquille.

Haylee finit par répéter mon prénom jusqu'à ce que je me décide à arrêter. Qui aurait cru que ce genre de cri pourrait autant me satisfaire ? Avec un sourire, je lui accorde un instant de répit. Morte de rire, Haylee reprend sa respiration et se laisse aller contre moi. Je ne me rends compte qu'à cet instant de la position dans laquelle nous sommes. Elle sur moi, son cul magnifique posé sur ma bite et sa chaleur me brûlant le torse. J'inspire profondément pour calmer la panoplie d'émotions qui me comprime la poitrine, mais ça s'avère être une mauvaise idée. Son parfum enivrant me fait tourner la tête et me pousse à refermer mes bras autour d'elle. Je ne suis pas capable de la lâcher tout de suite. Parce qu'au-delà du désir malvenu que j'éprouve pour elle, l'avoir dans mes bras m'apaise. Cela me rappelle le bon vieux temps, celui où nous étions tout le temps fourrés ensemble enfants et, que sans le savoir, elle me consolait après chaque coup que mon père me foutait.

Perdu dans ce bien-être qui m'a terriblement manqué,

j'enfouis mon visage dans ses cheveux. Je sais qu'elle est ivre et que j'abuse peut-être un peu de la situation, mais j'ai besoin de ça. De la sentir contre moi, parce que, dès demain, je sais qu'elle va recommencer à me détester avec cette détermination qui la caractérise. Et j'ai beau la taquiner et suivre son jeu, la Haylee de mon enfance me manque…

– Max, pourquoi tu as quitté Bethany ?

Surpris par sa question, je réponds un vague « c'est la vie ». Même si mon ex est une garce, je n'aime pas casser du sucre sur le dos des autres. Haylee se tait et paraît réfléchir à quelque chose. Je ne sais pas quoi, dans l'état où elle est, je n'arrive pas à la suivre.

– Tu as l'air plutôt doué pour gérer ce genre de situation, j'imagine que tu t'es pris plus d'une cuite…

– Je ne bois pas, Haylee. Jamais. Pas même en soirée.

Mon aveu semble la surprendre et elle m'observe avec cette curiosité dans son regard que j'ai toujours trouvée attendrissante.

– Comment ça se fait ?

Je hausse les épaules, préférant ne pas aborder le sujet. Haylee semble déçue et gigote pour se soustraire à mon contact.

– Je ne comprends pas pourquoi tu es comme ça avec moi ! s'emporte-t-elle soudainement en me renvoyant le gant de toilette à la figure. Tu ne me parles pas. Tu es méchant ! Tout le temps ! Tu fais tout pour que je te déteste alors qu'on était amis ! Tu étais tellement gentil avant… Et maintenant… t'es qu'un voleur de flan !

Sa petite crise de colère sans queue ni tête me fait sourire malgré moi, ce qui ne tarde pas à l'agacer.

– Arrête de rire ! Pourquoi est-ce que tu arrives à être gentil avec tout le monde, sauf moi ?! Qu'est-ce que je t'ai fait, je peux savoir ?!

Mon amusement se tarit lorsque j'entends sa voix chevroter. Merde. La prenant dans mes bras, je fais en sorte qu'elle se calme. Elle croit que c'est à cause d'elle que notre amitié d'enfant s'est flétrie, et ça, ça me chagrine. Elle ne peut pas être plus loin de la vérité... Si je meurs d'envie de lui expliquer pourquoi je me suis forcé à l'éloigner de moi, je ne peux pas m'y résoudre. Parce qu'à ce moment-là, Haylee pourrait bien me détester définitivement... Tout est ma faute après tout... Je l'ai mise en danger... Et je ne referai jamais une erreur pareille.

– Haylee, je reprends avec douceur. Nous sommes amis.

– Non, ce n'est pas vrai... Nous passons notre temps à nous faire des mauvais coups...

– C'est ainsi que notre amitié fonctionne.

Je sens ses épaules se crisper dans mes bras et elle extirpe son visage en larmes de sa cachette pour me dévisager. Délicatement, j'essuie ses joues. Bon sang, c'est une vraie montagne russe émotionnelle lorsqu'elle a bu, qui l'aurait cru...

– C'est vrai ?

– Bien sûr. Sinon pourquoi est-ce que je serais là ?

Lui essuyant la morve qui coule de son nez, je lui souris.

– Et si l'on n'était pas amis, je ne t'aiderais pas avec ta fameuse liste d'expériences de lycéenne.

Haylee me dévisage et j'ai du mal à affronter l'intensité de ses yeux. C'est dingue comme ils sont gris. Si purs, si clairs. Ils reflètent sa lumière et je dois tout faire pour protéger ce regard. Quitte à devenir un entremetteur de pacotille.

– Tu as refusé.

– J'ai changé d'avis. Je t'aiderai à faire de cette année

de terminale une année mémorable. Par contre, ça sera à mes conditions, OK ? Pas question que tu n'en fasses qu'à ta tête comme ce soir. J'aurai le droit de mettre mon veto sur certaines expériences et tu n'auras pas intérêt à me mentir.

Prise de court, Haylee acquiesce lentement. Puis elle m'adresse un faible sourire.

– Ça veut dire… qu'on redevient amis ?

Un rictus se dessine immédiatement sur mes lèvres. Merde, heureusement que c'est moi qui suis tombé sur la version bourrée d'Haylee parce qu'avec cette frimousse adorable, plus d'un mec aurait tenté quelque chose…

– On l'a toujours été, minimoy.

Haylee me frappe sur le torse et me gronde. Je lève les yeux au ciel et reprends en ajoutant « Haylee » à la fin, ce qui semble la satisfaire.

– Max… je… je crois que je vais vomir…

Bordel… Réagissant immédiatement, je l'approche des toilettes et lui tiens les cheveux lorsqu'elle dégobille tout ce qu'elle a dans le ventre. Je soupire et lui frotte le dos pour l'apaiser. Warren a raison, je ne peux pas la laisser se lancer toute seule dans cette liste d'expériences saugrenues. Et ce soir en est la preuve. Haylee pourrait se mettre en danger. Et ça, je ne peux pas le permettre. Alors je prends sur moi le fait que je ne sais plus sur quel pied danser avec elle pour l'instant et me promets de l'aider. Parce qu'après tout nous sommes amis.

11

Haylee
Novembre

Frissonnant, je suis maladroitement Max sur le terrain de football. Ce dernier paraît immense sans toutes les installations d'entraînement et les joueurs dans le secteur. Je m'arrête un instant pour l'étudier. Le terrain est divisé en portions d'environ cinq mètres représentées par des traits de peinture blanche. L'herbe a été fraîchement tondue et les marques permettant aux équipes de mieux visualiser les distances parcourues pendant une action refaites. À chaque extrémité de la zone de jeu, je repère les fameux poteaux iconiques du football américain. Ces derniers se trouvent derrière la zone d'en-but où les joueurs doivent se rendre pour marquer des points. Qui n'a jamais regardé un match de football sans remarquer ces piliers en forme d'Y ? Ils sont certainement l'un des symboles les plus courants pour représenter le football américain et servent régulièrement aux joueurs pour transformer un *touchdown*. Si la balle passe en plein milieu du Y, cela leur permet de gagner plus de points pendant une rencontre. Alors tout Américain qui se respecte les reconnaîtrait n'importe où.

– Est-ce que tu peux m'expliquer encore une fois pourquoi on ne peut pas voir ça à l'intérieur du lycée… ou n'importe où d'ailleurs ? dis-je en grelottant, détachant mon regard du terrain pour le reporter sur mon voisin.

Max m'adresse un sourire amusé, enlève sa veste aux couleurs de Galena et la pose sur mes épaules.

– Je ne vais pas m'en servir, m'assure-t-il quand je m'apprête à refuser. Et il n'y a personne qui nous regarde, ne t'en fais pas !

Ça, pour n'y avoir personne, il n'y a strictement personne à cette heure-ci au lycée ! Maugréant dans mon coin, j'enfile sa veste. Inconsciemment, j'inspire goulûment son parfum et frémis. Sauf que, cette fois-ci, le froid n'a rien à voir avec ça... Son odeur, c'est ce qui a fini par apaiser ma nausée durant la soirée d'Halloween. J'ai honte de l'admettre, mais je me suis accrochée à lui comme à une bouée de sauvetage lorsque je l'ai trouvé. Je ne me sentais pas bien et l'étonnante gentillesse dont il a fait preuve m'a apaisée. Cela m'a fait du bien. Et si j'ai du mal à le reconnaître, durant cette soirée, j'ai fait bien plus que renouer avec mon ami d'enfance. J'ai désiré rester dans ses bras pour profiter indéfiniment de sa chaleur et de cette sensation de sécurité qui m'enveloppait dès qu'il m'enfermait dans son étreinte. Et ça me perturbe. Fichus hormones et alcool...

Secouant la tête, je me reprends. Enfin, juste une fraction de seconde, le temps de voir Max me tourner le dos et s'affairer à se débarrasser de son jogging pour se retrouver en short de sport. Ne sachant pas trop quoi faire, je me contente de l'observer. Mes yeux se rivent sur ses épaules lorsqu'il retire son tee-shirt pour en enfiler un autre. Je déglutis en voyant ses épaules larges et musclées. Bon sang, comment est-ce qu'il peut avoir un corps pareil ? Les autres joueurs ne sont pas aussi bien sculptés que lui... Est-ce qu'il s'entraîne en dehors des séances habituelles ? Cela ne m'étonnerait pas venant de lui. Max n'a qu'une idée en tête : devenir pro. Il pourrait bien y parvenir d'ailleurs.

Durant le dernier match des Pirates, Max a été incroyable. Au cours de mes années lycée, je n'ai pas beaucoup assisté aux matchs de l'équipe de Galena High School. Premièrement parce que je ne suis pas fan de football, et deuxièmement parce que les seules fois où je venais, Max réussissait à me le faire regretter en me charriant pendant des jours avec ça. Alors j'ai pris l'habitude d'esquiver les vendredis de match durant toute la saison sportive. Mais cela ne m'empêchait nullement d'entendre parler de ses exploits. Mon père va voir depuis des années chacun de ses matchs et s'assure même d'être disponible en avance dans le cas où ils dépasseraient les *play-offs*. Alors il en parle à la maison, mais jusqu'à présent, j'ai toujours cru qu'il exagérait. Après tout, Max ne pouvait pas être aussi décisif pour l'équipe. Mais j'ai finalement compris pourquoi tous le considéraient comme une pièce essentielle dans l'équipe.

En plus d'être l'un des joueurs clés, Max est le moteur du groupe. C'est étonnant lorsqu'on sait que c'est Scott le capitaine, mais d'après ce que j'ai vu sur le terrain vendredi dernier, c'est vers Max que plusieurs joueurs se tournent en plein match. Parce qu'il évalue les situations comme personne d'autre et que sa hargne de gagner est contagieuse. Alors, oui, il pourrait bien être repéré par un recruteur si l'équipe parvient à passer les qualifications et devenir pro.

Perdue dans mes pensées, je constate avec surprise qu'une chose m'a échappé pendant mon observation. Le dos de Max est recouvert de cicatrices plus ou moins grandes. Je ne les avais jamais vues avant aujourd'hui. D'où est-ce qu'elles peuvent bien sortir ? Max était assez casse-cou quand il était petit et j'imagine que l'adolescence n'a rien arrangé puisqu'il a eu une phase de bagarreur.

Mais tout ça n'aurait jamais dû lui marquer la peau à ce point. Toutes ces cicatrices, c'est dingue. Sans m'en rendre compte, je tends la main et en frôle une. Max sursaute et s'éloigne d'un bond. Il me dévisage, ahuri. La fragilité que j'aperçois dans son regard me prend au dépourvu et me rappelle l'expression apeurée qu'il arborait constamment lorsqu'on était petits. Mais elle repart aussi vite qu'elle est arrivée. De nouveau, je me retrouve devant ce mur qu'il a érigé au fil des années entre nous.

– Les vestiaires sont fermés à cette heure, m'explique-t-il avec un petit sourire en coin. J'espère que ça ne t'a pas trop dérangée ? M'enfin, après avoir vu toute l'équipe à poil, ça ne doit plus te faire aucun effet de te retrouver face à un mec torse nu.

Ça, ce n'est pas vrai. Je déglutis, envahie par une bouffée de chaleur inattendue, lorsque je me rends compte que de le découvrir sans tee-shirt me fait un drôle d'effet. Celui que je n'aurais jamais voulu ressentir pour lui… Pour faire passer ma gêne, je soupire et le fusille du regard.

– Tu peux m'expliquer pourquoi on ne peut pas faire ça quelque part où je ne me gèlerais pas le cul ?

– Premièrement, parce que je n'ai pas envie qu'on apprenne que je t'aide à vivre certaines « expériences de lycéenne ».

Je hausse un sourcil, surprise.

– Quoi, ça te dérange ? plaisanté-je amèrement. C'est toi qui as accepté, je te signale.

– Que voulais-tu que je fasse d'autre ? À ce rythme, tu risques de faire une énorme connerie et de le regretter plus tard. Je te considère comme ma petite sœur, donc je veillerai sur toi, même si tu me les brises une grande partie du temps !

Je grimace, dépitée. Mais j'ignore si c'est l'appellation « petite sœur » qui me contrarie ou bien le fait qu'il ait accepté de m'aider uniquement parce qu'il pense que je suis incapable de me débrouiller toute seule.

– Si l'on apprend que tu as cette fichue liste, les gens parleront sur toi. Et j'imagine que ce n'est pas ce que tu veux.

Je secoue la tête en guise de réponse négative.

– Et deuxièmement, continue-t-il en commençant à s'étirer, il faut que je m'entraîne. Un peu de compagnie est toujours la bienvenue à cette heure !

Je grommelle un « je rêve », qui le fait rire.

– Allez, vas-y, relis-moi ta liste, fait-il en s'asseyant sur l'herbe mouillée en commençant à faire des abdos.

Je bugge un moment en voyant ses muscles ciselés se mouvoir de façon hypnotique, puis secoue la tête et me recentre sur ce qu'on est venus faire ici si tôt le matin. Si j'étais à moitié ivre lorsque j'ai accepté son aide, je reconnais que je suis soulagée qu'il ait fini par accepter. Parce que, étonnamment, malgré tout ce qu'il m'a fait ces dernières années, j'ai confiance en lui. J'en ai été la première surprise, mais c'est ce qui est ressorti de la soirée d'Halloween.

– Je les lis une par une ? demandé-je en essayant de me concentrer, ce qui est plus facile à dire qu'à faire entre le froid mordant du matin, le spectacle offert par Max et mes souvenirs de la soirée.

Max acquiesce et continue à monter et descendre à un rythme constant. Sortant la liste de ma poche, je triture le bout de papier entre mes mains.

– Haylee, on n'a pas toute la journée ! Les mecs vont arriver dans une demi-heure.

– Vous vous entraînez le matin maintenant ? dis-je, surprise.

– On est en pleine saison, minimoy, souffle-t-il, comme si cela expliquait tout. Alors autant s'y mettre maintenant. Je veux décider des expériences qu'on va supprimer de ta stupide liste avant que quelqu'un n'arrive.

– Attends, quoi ? bégayé-je. Comment ça « supprimer » ?

– Tu veux la définition du mot ? grogne-t-il en arrêtant les abdos pour commencer à faire des pompes. Supprimer, effacer, éliminer… Bordel, je crois que c'est suffisamment clair là.

– Je croyais que tu allais m'aider à faire ce que je veux ?

Max ricane d'un air désabusé.

– Certainement pas. Tu m'as parfaitement montré à la soirée d'Halloween que tu ignorais tes limites. Alors je vais les instaurer pour toi. C'était ma condition, tu as oublié ? Je t'aide à passer une année de terminale mémorable, à vivre les expériences sur cette liste, mais j'ai le droit de mettre mon veto sur certaines.

Je soupire et marmonne un « OK » pas très convaincant. De toute façon, je n'ai pas le choix, je tiens à ce qu'il soit là. Parce que je sais que je pourrai compter sur lui si ça tourne mal. Taylor a vu juste, Max ne me laissera pas tomber. Même si nous n'avons plus la même relation que lorsqu'on était enfants, nous sommes toujours proches d'une certaine façon. Alors je commence à lire.

– Se faire de nouveaux amis, participer à des soirées, s'investir dans une activité extrascolaire…, je m'interromps et hésite à continuer en voyant ce qui suit.

Sentant mon trouble, Max soupire et arrête ce qu'il est en train de faire pour me prendre la liste des mains. Je l'observe, tandis qu'il lit les deux derniers points : avoir un premier baiser, avoir un petit ami. Une longue minute passe avant qu'il lève les yeux vers moi. J'ignore à quoi il peut être en train de penser à cet instant précis. Son expression neutre ne me donne aucun indice. Est-ce qu'il a envie de se moquer de moi parce que lui a déjà fait tous ces trucs ? Aucune idée…

En silence, Max retourne vers le banc où nous avons posé nos affaires et sort un cahier de son sac.

– OK, ramène ton joli popotin ici, marmonne-t-il au bout d'une minute. On va refaire ta liste.

– La refaire ?

– Il n'y a pas que ce *genre* d'expériences qui compte, Haylee, m'assure-t-il en tapotant la place à côté de lui. Tu veux avoir un rendez-vous avec un mec, OK, mais ce n'est pas ce qui définira ton année de terminale. Il y a tellement plus à faire et à se souvenir qu'un simple baiser avec n'importe quel type…

– Et c'est toi qui dis ça ? plaisanté-je en le rejoignant.

Avec un sourire en coin, il secoue la tête.

– Je suis moi et tu es toi. Est-ce que tu as vraiment envie que ton année de terminale se résume à essayer de te faire baiser par le premier venu simplement pour te dire « je l'ai fait » ?

Non. La réponse est évidente et il le sait.

– OK, alors mettons un peu de fun dans cette liste !

J'acquiesce avec un entrain nouveau pour toute cette histoire. Nous passons les vingt minutes suivantes à noircir le cahier de Max. Lorsque je n'ai plus aucune idée et que les siennes deviennent irrecevables (je ne vais tout de même pas venir au lycée en pyjama !), nous relisons le tout ensemble.

- *Se faire de nouveaux amis*
- *Participer à des soirées*
- *S'investir dans une activité extrascolaire*
- *Réfléchir à son avenir*

- *Sécher les cours*
- *Assister au bal de promo*
- *Faire une blague au corps enseignant*
- *Passer une nuit dans le lycée*
- *Partir en voyage avec des amis*
- *Aller à un rendez-vous galant*
- *Prendre une cuite*
- *Visiter les facs*

– C'est plutôt complet… Et après la soirée d'Halloween, on peut déjà en barrer certains, fait Max en cochant la case à côté des expériences « Participer à des soirées » et « Prendre une cuite ».

– Tu peux aussi enlever « Réfléchir à son avenir » et « Visiter les facs », je l'ai déjà fait cet été, dis-je en lui piquant le crayon pour les cocher.

Relisant la liste, je me rends compte qu'il manque un truc. L'un des trucs les plus importants qui m'ont poussée à me tourner vers Max en premier lieu. Alors je les rajoute.

- *Avoir mon premier baiser*
- *Avoir un petit ami*

Sourcils froncés, Max m'arrache le cahier des mains et soupire.

– Pas question.

– Et pourquoi pas ? m'emporté-je, plus du tout gênée. Au cours de ces vingt dernières minutes, Max s'est montré si désobligeant et agaçant qu'il m'a fait oublier l'embarras que je ressentais à l'idée de partager ce genre de chose avec lui.

– Parce que tu ne dois pas sortir avec un mec ou coucher avec lui simplement parce que c'est écrit sur ta putain de liste, Haylee ! La première fois, c'est important… Enfin, c'est ce que disent les filles, précise-t-il, mal à l'aise. Tu te souviendras du mec avec qui tu as perdu ta virginité pendant des années, et il vaut mieux que ça ne soit pas un connard.

Alors là, je ne m'y attendais pas à celle-là. Maximilien se soucie vraiment de ce genre de truc ? Après toutes les filles qu'il a baisées ?

– Je n'ai jamais touché une vierge, grogne-t-il, excédé face au regard désabusé que je lui lance.

– Pourquoi ? demandé-je, curieuse. Parce que tu es incapable de rester avec une fille ? Parce que tu aimes la relation tordue que tu as avec Bethany ? Ce jeu du « je te quitte, je reviens vers toi » ?

Il secoue la tête et grimace.

– Non, ça, c'est terminé. Pour de bon cette fois-ci, m'assure-t-il quand je lève les yeux au ciel, n'y croyant pas une seconde. Je ne suis juste pas quelqu'un de bien…

L'aveu à demi-mot de Max me prend complètement au dépourvu. C'est ce qu'il croit ? J'ouvre la bouche pour répliquer, mais rien ne sort. Parce qu'en réalité, jusqu'à présent, j'étais l'une des premières à affirmer que Maximilien Henderson était un connard. À une époque, je le connaissais, je pouvais deviner ce qui n'allait pas chez lui, mais plus maintenant. Et s'il m'a prouvé durant la soirée qu'il pouvait être aussi doux qu'auparavant, il est évident qu'il a changé. Et le mur qu'il a érigé entre nous ne me permet pas d'avancer avec certitude qui il est…

– Celui-là aussi je le vire, marmonne-t-il, m'extirpant de mes pensées.

Baissant les yeux, je le vois en train de rayer « Avoir mon premier baiser ».

– Quoi, ça non plus je n'en ai pas le droit ? m'écrié-je, outrée.

– Je n'ai pas dit ça. Mais à quoi bon le laisser puisque tu as déjà eu ton premier baiser ?

J'écarquille les yeux, incrédule. Moi ? Mais il a fumé ou quoi ? Il sait très bien que je n'ai absolument rien fait avec un garçon, sinon je ne me serais pas tournée vers lui pour qu'il m'aide à aller vers eux ! Le seul baiser que j'ai reçu, c'était… Je rougis, comprenant qu'il parle de ça.

– Ça ne compte pas, lui assuré-je. On s'est embrassés quand on avait 10 ans pendant une demi-seconde, ça n'est pas ce que j'appelle embrasser un garçon.

Max hausse un sourcil et me scrute en silence. Je reprends la liste et le rajoute de nouveau sous son regard attentif. Puis j'arrache la feuille pour la mettre dans mon sac. N'en pouvant plus d'être assise sans bouger avec ce froid, je me lève. Nous en avons terminé de toute façon et l'équipe ne devrait pas tarder.

– Parfait ! Alors quand va-t-on commencer ? demandé-je, ayant l'intention de rentrer dans le lycée et de me coller à un radiateur pour tenter de me réchauffer.

– Tout de suite, lâche Max en se levant.

Je n'ai pas le temps de lui demander ce qu'il veut dire par là. Me prenant complètement par surprise, Max tire sur sa veste que je porte toujours et glisse sa main autour de ma taille. Puis, aussi soudainement, il plaque sa bouche contre la mienne. Au premier coup, je ne réagis pas. Mais quand je sens sa langue demander l'autorisation d'entrer dans ma bouche, je fonds complètement face aux sensations nouvelles qui s'emparent de moi.

Max est en train de m'embrasser. Et ce baiser ne ressemble pas au microbaiser dont il parlait tout à l'heure, celui de notre enfance. C'est un vrai baiser. Sa langue est chaude et caresse la mienne, m'arrachant un gémissement. Inconsciemment, je ne peux rien faire d'autre qu'y répondre. Mon corps est comme enflammé, c'est une sensation totalement nouvelle. Je ne pense plus au froid mordant, ni à l'équipe de foot qui ne devrait pas tarder. Je ressens seulement cette vague de chaleur qui se répercute dans tout mon être à chaque fois que les lèvres de Max prennent les miennes.

Mon esprit perd tout contrôle, un trouble nouveau s'empare de chaque centimètre de mon corps et je réponds à son étreinte avec une ardeur inconnue. Parce que la chaleur dans mon bas-ventre m'incite à vouloir plus, à désirer cette proximité qui me consume délicieusement. Lorsque les mains de Max se perdent l'une dans mes cheveux et l'autre vers mes fesses, je frissonne. Ne sachant pas quoi faire de mes mains, je les pose sur son buste et sens sa poitrine monter et descendre au rythme de sa respiration qui s'accélère. C'est tellement indescriptible… tellement bon… tellement…

Fini.

En une fraction de seconde, Max se détache de moi, à bout de souffle. Les joues en feu et le souffle court, je le fixe, perdue. Je ne comprends pas ce qui vient de se passer… Et encore moins pourquoi il s'est arrêté.

– Voilà, comme ça, je ne suis plus le seul pour qui ça compte maintenant, marmonne-t-il.

Se léchant les lèvres, il passe sa main sur mes joues. Ses yeux dilatés s'attardent sur ma bouche entrouverte.

– Tu devrais y aller maintenant, les mecs arrivent.

Voilà pourquoi il a mis fin à notre baiser…

J'entends des voix s'approcher du terrain d'entraînement, alors j'acquiesce mollement et récupère mon sac tombé par terre. Puis, ne sachant pas quoi dire après cette expérience, je prends mes jambes à mon cou. Il m'a volé mon premier baiser… Mais curieusement, je n'arrive pas à lui en vouloir. Il est évident qu'il a fait ça parce que, pour lui, notre baiser d'enfant comptait et qu'il désirait que ça compte pour moi aussi, mais maintenant… mon corps est en effervescence.

Arrivant dans le lycée, je me réfugie dans les toilettes et passe un coup d'eau sur mon visage. Face à mon reflet, je ne peux m'empêcher de fixer mes lèvres gonflées par celles, ardentes, de Max. Est-ce que tous les baisers font cet effet ? Bon sang… j'ai embrassé Maximilien Henderson… Et malgré le dégoût que cette idée devrait me provoquer, il n'en est rien. En fait… j'ai terriblement envie de recommencer… Qu'est-ce qui m'arrive ?

12

Max

– Henderson, bon sang, qu'est-ce que tu fous ?! hurle le coach en sifflant. Réveille-toi !

J'acquiesce et le prie de m'excuser, mais je refais la même connerie deux minutes plus tard. Pour la je-ne-sais-combientième fois, on m'envoie valdinguer sur le terrain. Affalé par terre, je ferme les yeux et soupire. *Jesus fucking Christ !* Pourquoi est-ce que je n'arrive pas à me concentrer ?! Ça fait cinq putains de jours que c'est comme ça ! Il faut absolument que j'arrête ça… Que j'arrête de penser à ce putain de baiser lorsque je suis sur ce terrain et que je joue correctement ! D'ailleurs, pourquoi est-ce qu'il a fallu que je l'embrasse ? Voilà ce que je gagne à vouloir absolument que ce qui compte pour moi compte aussi pour Haylee ! Stupide baiser, stupide putain de baiser…

– Max, ça va ?

J'ouvre les yeux et vois Garrett se pencher sur moi, inquiet. Derrière lui, je remarque que mes autres coéquipiers me scrutent, préoccupés. *Merde.* Je me redresse et leur fais signe que tout va bien.

– Désolé, les gars, je n'ai pas beaucoup dormi, c'est tout…

Garrett fronce les sourcils ; il n'en croit pas un mot. Ça fait cinq jours que je lui sers la même excuse et elle ne prend plus. Sans rien dire, il m'aide à me relever et me tapote l'épaule. Au loin, je vois que Warren et Matéo nous observent aussi. Je soupire et enlève mon casque. Quand je m'approche du banc pour boire un coup, le coach me demande ce qui m'arrive et je lui ressors la même excuse bidon qu'à Garrett.

– Max, viens par ici, dit-il en m'entraînant loin des autres. Assieds-toi.

Je m'exécute et il s'installe en face de moi.

– Je ne vais pas y aller par quatre chemins, OK mon garçon ? Nous savons tous les deux que le véritable capitaine de cette équipe n'est pas Scott. Si ça ne tenait qu'à moi… Bref, là n'est pas la question. Il faut que tu comprennes que tes équipiers comptent beaucoup sur toi. Et lorsque le moral du *vrai* capitaine n'est pas au beau fixe, celui de l'équipe s'en ressent. Est-ce que tu me comprends ?

J'acquiesce en silence. Bien sûr que je comprends. Que j'aie obtenu le titre de capitaine ou pas, cela importe peu. Mes coéquipiers m'écoutent et me suivent… Et mon attitude peut impacter leur jeu. Agacé par mon propre comportement, je passe une main dans mes cheveux trempés de sueur et soupire.

– Désolé, coach. Je vais me reprendre.

– Max, je suis aussi là pour vous aider à affronter les épreuves de la vie. Alors, si ça a un lien avec ton père, tu sais que tu peux m'en parler.

Quoi ?

Je lève brusquement la tête. Le coach est l'une des rares personnes au courant pour le traitement que ce salaud nous réservait à ma mère et à moi. Très ami du shérif Green, il a été mis dans la confidence dès que j'ai commencé le football. Thomas s'inquiétait que je cherche à me défouler sur l'adversaire vu l'animosité qui me rongeait à l'époque, alors il a demandé au coach de m'avoir à l'œil. Et c'est ce qu'il a fait. Pendant toutes mes années lycée, le coach Fishkot m'a aidé à canaliser mes émotions. C'est lui qui m'a filé la technique de la respiration pour calmer mes crises de colère. Et je sais que je pourrais lui parler de tout sans aucune honte. Mais, cette fois-ci, le fait que le sujet revienne sur la table me déstabilise. *Pourquoi est-ce qu'il me parle de mon père alors qu'il a quitté le coin il y a des années ?*

– Non, ce n'est pas ça… Je n'ai pas vu cet enculé depuis des années et je m'en porte très bien ainsi.

Le coach ouvre la bouche, mais la referme. Il s'empresse de changer de sujet.

– C'est à cause des études ? Tu sais que tu dois avoir des notes correctes pour continuer à jouer, n'est-ce pas ?

J'acquiesce. Bien sûr que je le sais. Aucun joueur n'ignore que notre coach nous mettra sur la touche si nous négligeons nos études. Il ne supportera pas qu'on enchaîne les F car, pour lui, nos études comptent tout autant que le football pour notre avenir. Alors je me débrouille toujours pour qu'aucune de mes notes ne tombe en dessous de B ou de C en général. Et j'aide ceux de l'équipe qui galèrent le plus dès que je le peux afin qu'eux non plus n'aient pas de mauvaises notes.

– Alors c'est une fille qui te met dans cet état-là ? continue-t-il, soucieux. J'ai entendu parler certains joueurs… Mlle Miller et toi n'êtes plus ensemble ? Est-ce que… ça va poser problème ?

Sa question en cache évidemment une tout autre. S'il a entendu des gars en discuter, il sait avec qui Beth m'a trompé. Et ayant déjà connaissance de notre rivalité, il se demande si cela va m'empêcher de jouer avec ce connard. Mais cette histoire ne m'atteint pas. Plus maintenant. Je laisse Scott se débrouiller avec Beth, avec plaisir ! Après tout, c'est sûrement ce qu'il désirait. Il lui tournait autour à chaque fois qu'on n'était plus ensemble, alors il peut la garder. Je n'en ai rien à foutre. Ce n'est pas une fille qui m'empêchera de jouer. Enfin, en temps normal. Parce que celle qui ne quitte pas mon esprit est en train de le faire.

– Non, cette histoire est du passé, affirmé-je en haussant les épaules. Ne vous inquiétez pas, coach. Je vais me reprendre et l'équipe ne pâtira pas de mon humeur.

– Très bien, soupire-t-il face à mon obstination. Mais n'oublie pas que ma porte est toujours ouverte, si tu as besoin de parler. Allez, va au vestiaire. C'est suffisant pour ce matin.

J'acquiesce et disparais dans les vestiaires. Complètement tendu, je me débarrasse de mon équipement à vitesse grand V et me rue vers les douches. L'eau brûle ma peau gelée, mais j'accueille cette douleur avec bonheur. J'ai besoin de penser à autre chose. La conversation avec le coach m'a laissé un arrière-goût amer dans la bouche qui m'empêche de respirer. *C'est la deuxième fois.* La deuxième fois qu'on me parle de mon père en l'espace de quelques semaines ! Est-ce qu'il traînerait dans le coin ? Non, je ne veux pas le croire. Parce que cette idée m'effraie tout autant qu'elle accentue la haine profonde que je lui voue. Sentant venir l'une de mes fameuses crises de colère, j'accentue la température de la douche.

Pense à autre chose, Max. Pense à autre chose…

Aussitôt, mon baiser avec Haylee me revient en tête. J'ignore si songer à ça maintenant est une très bonne idée… Bon sang, j'ai été un parfait idiot ! J'ignore ce qui m'a pris. J'ai accepté de l'aider à vivre une année de terminale mémorable, mais à aucun moment de l'histoire je n'étais censé la toucher. Ce n'est pas comme ça que je dois la regarder, et ce, même si mes amis ont raison et que je peine à garder en tête la Haylee de mon enfance. Et maintenant, ça va être encore plus compliqué qu'avant ! Je l'ai goûtée… Ses lèvres sont certainement la chose la plus savoureuse que les miennes aient jamais touchée jusqu'à présent. Au souvenir de la chaleur de sa bouche rosée contre la mienne et de sa langue timide, mon corps se tend. Je grommelle et refuse d'assouvir l'envie pressante qui réveille ma queue. Je ne me branlerai pas en pensant à elle. Hors de question. Parce que j'ai déjà assez de mal à me défaire du goût de ses lèvres pour commencer à fantasmer sur elle !

Coupant l'eau, je sors et m'habille rapidement. Aujourd'hui encore, je remarque que je n'ai pas ma veste. Haylee est partie avec il y a cinq jours, et comme elle m'évite plus ou moins depuis, je n'ai pas pu la récupérer. Je soupire et quitte l'annexe sportive. Arrivant dans le couloir, je vais à mon casier. Je me débarrasse de mon sac et prends seulement mon livre pour le prochain cours. Puis je vais m'asseoir dans un coin du hall. Celui-ci est encore vide. Après tout, l'entraînement n'est pas fini et les cours ne commencent que dans une vingtaine de minutes. Très peu d'élèves arrivent plus tôt, encore moins avec ce temps à se geler le cul dehors ! Je profite de ce moment de calme pour m'affaler sur la table en face de moi et enfouis mon visage entre mes bras.

L'excuse que j'ai sortie à Garrett n'est pas aussi bidon qu'il le croit. J'ai du mal à dormir dernièrement. Parce que je n'arrive pas à me défaire de la tension qui gonfle mes veines… Le sport parvient à me calmer temporairement, mais dès que je ferme les yeux, c'est une tout autre histoire. Mes rêves me renvoient vers ce matin où j'ai fait l'une des plus grosses conneries de cette année et me font voir ce qui aurait pu se passer si l'on n'avait pas été en plein milieu d'un terrain de football. Je me réveille constamment en sueur avec une trique d'enfer que je n'arrive pas à soulager complètement sans penser à elle. Et ça me fout en rogne. Comment un simple baiser peut-il me déstabiliser à ce point ?

– Salut.

Je sursaute en reconnaissant cette voix. Finalement, je ne suis pas aussi seul que je le croyais. Haylee s'assoit à côté de moi dans le silence. Je ne me redresse pas. De toute façon, je suis certain qu'elle préfère ça. Elle semble aussi déstabilisée par ce baiser que moi. Après tout, elle m'a plus ou moins évité toute la semaine.

– Tiens, je t'ai ramené ça.

Là, je n'ai pas le choix. J'extirpe ma tête de sa cachette et aperçois ma veste.

– Désolée, je suis partie avec la dernière fois.

– Pas de problème.

Silence. *Damn*, c'est gênant… Moi qui croyais qu'on avait enfin pu retrouver l'amitié qui nous liait enfants, c'est raté… Soupirant, j'enfile ma veste.

– J'ai compris, tu sais ? dit-elle au bout d'un moment. Je t'ai blessé en disant que le… baiser de notre enfance ne comptait pas. Alors tu as voulu faire en sorte que ça compte cette fois-ci.

C'est plus ou moins ça. Ce baiser d'enfant importait pour moi. Elle a été la première fille que j'ai embrassée et, pour je ne sais quelle raison, je voulais qu'elle admette que j'étais aussi son premier. Je n'ai pas pu me résoudre à ce qu'elle coche cette foutue case avec quelqu'un d'autre. Sauf que ce qui me contrarie encore plus, c'est que je lui ai volé son premier baiser par ego. Si ça, ça ne s'appelle pas être un connard, je ne sais pas ce que c'est.

– On n'a qu'à dire qu'on est quittes ? lance Haylee avec un petit sourire timide. Nous n'avons qu'à faire comme si celui-ci remplaçait l'autre.

Au début, je suis surpris qu'elle le prenne ainsi. La connaissant, je m'attendais vraiment à ce qu'elle cherche à me faire regretter mon geste. Mais tout ce qu'elle semble vouloir, c'est… qu'on fasse comme si des années étaient passées depuis ce fichu baiser ? De toute évidence, oui. Est-ce que je vais pouvoir faire ça ? Je l'ignore. Mais je sais que si je n'y arrive pas, elle va s'éloigner de nouveau. Avec cette fichue liste d'expériences et la soirée Halloween, nous avons en quelque sorte mis en pause nos affrontements quotidiens et renoué. Je ne veux pas que ça soit gâché par un moment d'égarement. Alors j'acquiesce et l'ébouriffe. Haylee grommelle un « arrête » qui allège mon cœur. Peut-être que c'était ça qui m'empêchait de me concentrer ? Pas tellement le baiser en lui-même, mais cette distance qui nous éloignait encore une fois ? Dans tous les cas, je me sens mieux.

– Alors, tu as coché des trucs sur ta liste ? demandé-je pour changer de sujet et surtout savoir si elle n'a pas fait de connerie entre-temps.

– Mon entremetteur était aux abonnés absents, dit-elle en riant et en me coulant un regard gêné. Alors, non.

Haylee sort de sa poche une feuille soigneusement pliée en quatre.

– J'avais pensé qu'on pourrait commencer par… sécher les cours ?

– Haylee Green, l'élève modèle, veut rater les cours ? plaisanté-je tout en relisant la liste avec un rictus.

– Pourquoi pas ? Sauf que je ne sais pas ce qu'on

pourrait faire… Qu'est-ce que tu fais quand tu sèches les cours ?

– Voyons pour qui tu me prends ?! Je suis un élève exemplaire, minimoy. Je ne sèche pas…

Mon pathétique air outré ne la dupe pas. Elle secoue la tête et me pince le bras.

– Allez, Max, tu as promis de m'aider ! Et je ne peux décemment pas me balader en pleine rue ! Mon père est le shérif, tu te souviens ? Son boulot est en plein milieu de Main Street, il me trouverait illico presto !

Je soupire et l'incite à se lever. Sérieusement, Haylee est une trop bonne élève. Bien sûr qu'on peut passer sous le radar des parents, et ce, même si la ville est petite. Il suffit de savoir où aller. Lui prenant la main, je l'entraîne vers le parking. Lorsqu'on arrive devant ma moto, je lui tends un casque. Haylee recule d'un pas.

– Pas question. Je ne poserai jamais mon cul là-dessus, fait-elle en désignant ma moto. Je ne suis pas l'une de ces filles que tu emmènes en balade avant de les baiser dans un coin.

– Tu n'es pas censée obéir sagement à tout ce que je te dis pour cocher les trucs sur ta liste ? la taquiné-je, mais elle secoue de nouveau la tête.

Cette fois-ci, elle regarde la moto non avec dégoût, mais avec une pointe d'appréhension. Je comprends immédiatement ce qui la bloque. Elle a peur. Peur de monter sur la moto et d'en tomber.

– Ne t'en fais pas, je ne te laisserai pas tomber. Tu n'auras qu'à t'accrocher à moi aussi fort que tu le veux, je ne te lâcherai pas.

Haylee lève les yeux vers moi et étudie mon visage. J'ignore ce qu'elle y voit, mais ça finit par la décider. Inspirant profondément, elle me tend le casque et me demande de l'aider. Avec un sourire, je m'exécute. J'enfile le deuxième, que je garde dans le coffre, et chevauche ma moto. Puis je lui tends la main. Mon bras reste en suspens une longue minute. Quand elle pose enfin ses doigts fins sur ma paume, je les serre avec tendresse pour la rassurer. Ce n'est que lorsqu'elle me rend mon étreinte que je me décide à l'attirer vers la moto. Haylee l'enjambe sans problème. Ayant gardé sa main dans la mienne, je la pose autour de ma taille.

– Tiens-toi à moi, minimoy. Je te promets que ça va être fun.

Ses bras s'enroulent aussitôt autour de mon buste. Je souris et l'incite à baisser ses mains vers mon ventre.

– Si tu m'empêches de respirer, ça ne va pas le faire par contre !

– Pourquoi est-ce qu'on ne peut pas prendre ma voiture ?!

– Parce que c'est moi qui décide, dis-je en riant tout en mettant le contact.

Elle resserre immédiatement son étreinte. Profitant de la situation, je la taquine et fais quelques à-coups en avançant. J'explose de rire en l'entendant pousser un cri, effrayée.

– Arrête ça abruti ou je descends !

– OK, OK, plus de connerie. Promis.

Haylee soupire et je finis par démarrer. Prenant soin d'aller doucement pour qu'elle se détende, je nous éloigne de Galena High School, puis de la ville. La pression qu'exerce Haylee autour de ma taille me gêne, mais je ne dis rien parce que c'est agréable. J'aime la sentir se coller à moi. Son corps moelleux me fait un effet monstre, même dans cette position. J'inspire pour calmer le désir malvenu qui m'envahit accompagné d'une pointe de nervosité. Je sais que je ne devrais pas faire une fixette sur la chaleur qui me brûle le dos. Sur cette odeur de noix de coco qui m'enveloppe. Pourtant, je n'y arrive pas. Pendant tout le trajet, mon attention est tiraillée entre la route et mon envie de m'arrêter sur le bas-côté pour profiter de ce moment avec elle. Pour réaliser tous ces foutus fantasmes qui m'empêchent de dormir ces derniers jours.

Putain, il faut que j'arrête immédiatement de penser à Haylee de cette façon! Je dois oublier ce baiser et toutes ces nouvelles sensations qu'elle me fait ressentir. Ça ne m'apportera que des emmerdes de me laisser guider par tout ça. Haylee et moi sommes amis, rien de plus.

Une bonne demi-heure plus tard, nous arrivons à destination. Je me gare et arrête le moteur, presque soulagé de pouvoir enfin me décoller d'Haylee. Un peu de distance me fera le plus grand bien pour étouffer dans l'œuf mon foutu désir. Minimoy saute aussitôt sur le sol et enlève son casque. Je souris, amusé par tant d'empressement. Cette fille me fera toujours marrer avec ses réactions!

Descendant à mon tour, je lui fais signe de se retourner lorsqu'elle me demande où nous sommes. Derrière elle se dresse un bâtiment modeste dont la peinture est un peu décrépie, mais qui a le charme architectural typique de la région. Plusieurs panneaux, qui mériteraient clairement d'être refaits à neuf, indiquent les prix et les activités des lieux, mais celui qui m'intéresse est celui qu'Haylee remarque en premier.

– Un minigolf? Tu es au courant qu'il y en avait un à genre six minutes du lycée?!

J'acquiesce et lui reprends le casque pour le ranger.

– Mais ça aurait été beaucoup moins fun! Et puis ici, ils font des parts de pizza démentes! Allez, viens, insisté-je en passant mon bras autour de ses épaules.

L'étudiant s'occupant du service hausse un sourcil en nous voyant débarquer à cette heure, mais finit par nous passer les clubs et nous expliquer les quelques règles du coin. Je l'écoute distraitement, les connaissant déjà, et ne peux m'empêcher de rire quand je vois Haylee prendre son club à l'envers. Lorsque nous allons au premier trou, je lui lance :

– Tu y as déjà joué au moins ?

Haylee m'adresse son majeur. Elle me fait signe d'y aller en premier, alors je m'exécute et mets la balle d'un seul coup dans le trou numéro un, le plus simple. Me retournant d'un air fanfaron, je vois que minimoy fronce les sourcils.

– Si t'es sage, je te laisserai peut-être gagner pour te récompenser d'avoir réussi à tenir en place derrière sans me péter les tympans !

Haylee me lance un regard outré, mais rapidement ses lèvres s'étirent dans un sourire espiègle.

– Tu me laisseras gagner ?! Max, Max, Max, soupire-t-elle, hilare. Ici, ce n'est pas ton terrain de jeu habituel.

Son visage s'illumine et elle s'approche de moi. Je suis statufié par ses billes grises qui brûlent d'un sentiment inconnu. Ma respiration se coupe lorsqu'une de ses mains se pose sur mon ventre et grimpe timidement sur mon tee-shirt. Ignorant ce qui se passe, je regarde ses doigts passer, m'arrachant un frisson au passage. Ses doigts sont chauds, doux et de moins en moins hésitants au fur et à mesure qu'elle continue son exploration jusqu'à ma nuque. Lorsqu'ils s'aventurent vers ma mâchoire dans une douce caresse, puis s'approprient une mèche de mes cheveux, la respiration me manque. Je suis complètement pris de court par son toucher et cette détermination qui brille dans ses yeux. Inconsciemment, je me suis penché vers elle. Son visage n'est plus qu'à quelques centimètres du mien. Le cœur battant à tout rompre, mes yeux fixent les siens.

– Je vais te réduire en bouillie, Maximilien ! souffle-t-elle avec un petit rire sensuel qui me fait vibrer.

Je respire de nouveau dès qu'elle part tirer. Bordel… Passant une main sur mon visage, j'essaie de me souvenir de ce dont on est convenus. Oublier, il faut que j'oublie ce baiser. Parce que sinon, dès qu'elle s'approchera de moi, je vais avoir la foutue envie de l'embrasser encore… Comme à cet instant précis…

– Celui qui perd paie le déjeuner à l'autre ? lance Haylee, m'extirpant de mes pensées.

J'acquiesce et lui fais signe de jouer. Lorsque la balle entre d'un seul coup dans le trou, je hausse un sourcil. Coup de chance ? Non, je n'en ai pas l'impression vu son énorme sourire. De toute évidence, Haylee est dans son élément ici… La bataille va être intéressante.

13

Haylee

Maintenant qu'on a décidé de mettre notre petite guerre en stand-by, Max et ses amis sont revenus à notre point de rencontre, sous le grand saule dans la cour. L'atmosphère y est d'ailleurs beaucoup plus détendue qu'auparavant. Je reconnais que ma petite escapade avec Max y est pour quelque chose. Étonnamment, je me suis vraiment bien amusée avec lui au minigolf, comme lorsqu'on était gamins. *Avec une pointe de rivalité et de tricherie en plus*, pensé-je, amusée en me souvenant du mauvais joueur qu'il peut être parfois. Monsieur le sportif n'aime pas perdre, encore moins quatre fois d'affilée. Il a essayé à plusieurs reprises de me déconcentrer, mais ça n'a pas marché. Enfin, pas complètement. Parce que certaines de ses tentatives ont bel et bien fonctionné. Surtout celles qui incluaient le fait qu'il me touche. Quoi qu'il en soit, cette virée improvisée nous a fait du bien. Elle a fait du bien à notre amitié renouvelée et a participé à changer la dynamique du groupe. Warren et Taylor sont ravis qu'on ne s'embrouille plus constamment et je crois que nos parents aussi. Mais ce n'est pas la seule chose qui a changé. Désormais, ce ne sont plus seulement Matéo et Warren qui traînent avec nous dès que Max est là. Garrett et quelques autres joueurs de l'équipe ont déserté leurs groupes habituels pour se joindre à nous.

Avec les joueurs de football, leurs copines ont suivi et j'ai pu faire la connaissance de plusieurs cheerleaders loin des stéréotypes que les Bethany Miller instaurent. Comme Kim, la copine de Garrett, qui est adorable dans son uniforme et sa coupe à la garçonne et Lara, la copine de Bobby, le *running back* de l'équipe, une Asiatique complètement déjantée.

La bande d'amis avec laquelle je traîne maintenant est tellement diversifiée que l'on peut aisément conclure que la case « Se faire de nouveaux amis » a été réalisée avec succès. Parce que, qu'il le fasse exprès ou non, Max m'aide à être à l'aise avec les autres. Il lance les conversations lorsque je n'y arrive pas et trouve toujours une façon ou une autre pour m'inciter à montrer à nos nouveaux amis que je ne suis pas aussi renfrognée qu'on pourrait le croire au premier abord. Décidément, cette trêve était une bonne idée. Bien que… cela suppose que je doive me taper les tours de magie de Matéo chaque matin.

Plissant les yeux, je regarde les cartes que ce dernier me tend et en prends une au hasard.

– OK, maintenant regarde le numéro et retiens-le.

Je m'exécute et remets la carte dans le paquet comme il me l'indique. Je crois que j'ai eu droit à ce tour au moins quatre fois ce matin, mais je me prête quand même à l'exercice. Matéo a dans l'idée de jouer les magiciens au prochain anniversaire de son petit frère de 5 ans et toute la bande pâtit de ses tentatives pour retenir ses tours. Mais il n'est pas vraiment doué dans ce domaine. Cette fois encore, il me tire une carte qui n'a absolument rien à voir avec celle que j'avais choisie au début du jeu. Je lui adresse un sourire compatissant et il soupire.

– Ça fait une semaine que je m'entraîne et ça ne prend pas !

– Tu devrais lui offrir l'un de ces robots Transformers, ça sera beaucoup plus simple ! intervient Max en nous rejoignant.

Passant son bras autour de mes épaules, il tend un paquet de gâteaux à Matéo pour le consoler de sa défaite. Celui-ci met un long moment à s'en saisir, perdu dans ses pensées.

– Tu n'as pas faim ? demandé-je parce que c'est plus fort que moi.

Je crois que depuis le temps qu'on se connaît, je n'ai jamais vu Matéo dédaigner des sucreries. Encore moins le matin... Est-ce que cette histoire de magie l'inquiéterait à ce point ? Matéo adore ses frère et sœur, et aime faire des trucs pour eux. J'ignore ce que ça fait d'avoir un frère ou une sœur, du moins biologique, puisque je considère Taylor comme telle, mais je comprends qu'il craigne de décevoir son petit frère.

– Ce ventre sur pattes, ne plus avoir faim ? C'est une légende urbaine encore jamais vue à Galena !

Je fous mon coude dans les reins de Max pour qu'il la ferme. Il est évident qu'il y a un truc qui le tracasse et ce crétin avec ses blagues idiotes pourrait le blesser.

– Tu sais, tu n'as pas besoin de lui faire un tour de magie. Je suis sûre que ton petit frère appréciera l'effort.

Matéo lève enfin les yeux et je me rends compte qu'il semblait fixer quelque chose. *Le bras de Max*... Voyant que j'ai compris qu'il n'était pas du tout inquiet pour son tour de magie, il m'adresse un clin d'œil et pique la boîte de cookies à Max. Je rougis légèrement quand je le vois repartir avec un sourire en coin. Mon rapprochement avec Max pourrait être mal interprété. Si nous avons décidé de redevenir amis et que, finalement, on s'amuse plus ou moins avec cette nouvelle entente, il est vrai que j'ai parfois la sensation que la frontière se brouille lorsqu'on est seuls. Mes hormones me jouent toujours des tours quand il est là, à cause de ce baiser… Mais c'est stupide parce que Max ne me regarde pas comme *ça*…

– Tu vois, me souffle Max à l'oreille. Tu offres un paquet de gâteaux à Matéo et il oublie qu'il est nul en magie.

Je secoue la tête pour chasser ces pensées qui n'ont pas lieu d'être. Après tout, nous ne sommes qu'amis, pourquoi est-ce que ça me dérangerait qu'il ne me regarde pas comme ses copines de la semaine ? Notre baiser… Ce n'était rien. Nous en sommes convenus. Alors pourquoi est-ce que je ressens toujours ces picotements sur les lèvres lorsqu'il me touche comme il le fait à cet instant précis ? Quand il se penche vers moi et plonge son regard chocolat dans le mien ? Je n'en sais rien. Ces sensations sont si nouvelles et confuses que je n'arrive pas à distinguer clairement ce que je ressens.

– C'est ce que j'aurais peut-être dû faire la dernière fois au minigolf, plaisanté-je sans pouvoir m'empêcher de rire en le voyant grimacer. Peut-être que tu aurais accepté la défaite avec plus de classe.

Max soupire et joue avec la pointe de mes cheveux.

– Je n'ai pas dit mon dernier mot, minimoy ! On va y retourner et, cette fois-ci, ça sera moi qui t'écrabouillerai !

– Difficile de faire mieux que quatre victoires contre une défaite ! insisté-je en lui rappelant qu'il a perdu salement quatre fois de suite et que, par pitié, j'ai fini par le laisser gagner la dernière partie.

– C'était la chance du débutant, minimoy.

– T'es vraiment un mauvais joueur ! m'exclamé-je en riant. Tu ne veux juste pas reconnaître que je suis meilleure que toi dans un sport !

Mon hilarité redouble quand je le vois renifler avec cet

air grognon, identique à celui qu'il prenait sur le terrain de golf à chacun de mes bons coups.

– Tu tenais ton club de golf à l'envers au début et tu veux me faire croire que c'était autre chose que de la chance ?

– Ce n'était qu'une stratégie pour tromper ta vigilance, me moqué-je. Et ça a marché. Tu m'as crue nulle à chier avant que je ne te mette une raclée.

– Hum, qui aurait pensé que tu étais une vraie petite tricheuse dans ce cas, grommelle Max en me pinçant le ventre d'un air taquin.

– Je n'ai pas triché, contrairement à toi qui essayais de me déconcentrer ! m'insurgé-je en lui foutant un coup dans les côtes pour me venger. Mais OK, on va retourner refaire une partie. Et je gagnerai encore. On pariera même ce que tu veux à ce moment-là ! Ça ne me fait pas peur puisque je t'écraserai !

Haussant un sourcil, Max me dévisage un long moment d'un air pensif.

– Tout ce que je veux ?

J'acquiesce. De toute façon, je doute qu'il parvienne à me battre. Il mise trop sur la force, alors que le golf est un jeu de précision. Un étrange sourire se dessine sur ses lèvres et son bras se crispe sur mes épaules.

– OK, marché conclu.

– Fais gaffe, si tu perds, je ne t'épargnerai pas !

– Moi non plus, minimoy. Moi non plus, m'assure-t-il en tirant sur mes cheveux avant de s'enfuir en courant dès que la sonnerie retentit.

Je lui fais mon plus beau majeur et l'observe se diriger vers sa classe en compagnie de ses amis, hilare. Récupérant mon sac, je me tourne vers Taylor pour qu'on y aille aussi, mais me rends compte à cet instant que mon amie m'observe en compagnie de Kim et de Lara.

– Qu'est-ce qu'il y a ? demandé-je, gênée.

– Qu'est-ce qu'il y a ? répète Kim avec une voix de crécelle. Tu vas me faire croire que ça, là, ce n'était RIEN ?!

– J'étais sûre que ça allait finir par arriver ! enchaîne Lara, enthousiaste. Vous êtes tellement mignons ensemble !

Ne comprenant pas un traître mot de ce que racontent les filles, j'appelle à l'aide Taylor du regard. Mon amie s'esclaffe face à mon expression atterrée.

– Elles pensent que tu sors avec Max.

– Certainement pas ! répliqué-je peut-être un peu trop vite, ce qui les fait toutes les trois sourire. Ce n'est vraiment pas ça. On… a décidé de faire une trêve pour cette année. Je crois que certaines *personnes* ont moyennement apprécié les conséquences de notre dernière engueulade.

En disant cela, je désigne Taylor, qui lève les yeux au ciel. Elle sait parfaitement pourquoi nous avons renoué, Max et moi, mais je peux compter sur elle pour ne rien dire. Parce que Max a raison, cette idée de liste d'expériences, je préfère la garder pour moi. On sait tous comment ça fonctionne au lycée. Si mon désir d'être moins réservée n'a rien de scandaleux, il suffirait que quelqu'un invente une rumeur idiote pour que toute cette histoire vire au drame. Alors autant me tenir loin des projecteurs.

Kim et Lara semblent déçues et râlent. Taylor rit et m'indique qu'elle va en cours. Ce matin, nous n'avons pas le même planning, mais nous nous retrouvons un peu plus tard. Je l'embrasse et la regarde partir. Avec mes nouvelles amies, nous nous mettons aussi en route.

– Moi qui pensais qu'il allait enfin être avec une fille bien, lance en chemin Lara, attristée. Max est un amour, il aide Bobby tout le temps dans ses révisions pour qu'il puisse continuer à jouer au football. Et il est tout aussi bienveillant envers le reste de l'équipe. Il mérite une fille bien.

– Pas cette garce de Bethany en tout cas ! renchérit Kim, dépitée.

Son ton empreint de dégoût me prend au dépourvu. Kim est l'une des pom-pom girls de Bethany. Et jusqu'à présent, elle traînait avec sa bande et semblait bien s'entendre avec elle. Alors je suis surprise par la violence de ses propos. Kim n'a pas l'air d'être le genre de fille qui crache dans le dos de ses amies, elle a beaucoup trop de tempérament pour cacher ce qu'elle pense.

– J'ai l'impression que vous ne la portez plus trop dans votre cœur.

– Nous étions amies, m'assure Lara en reniflant. Beth est difficile à satisfaire, mais j'ai toujours cru qu'elle avait un bon fond. Mais après ce qu'elle a fait à Max… Je ne crois pas pouvoir la considérer comme mon amie encore longtemps.

– Pareil, renchérit Kim. Je ne comprends même pas comment Max fait pour ne pas péter un câble alors qu'elle lui tourne encore autour. À sa place, n'importe quel mec aurait déjà réagi.

Je m'arrête, complètement perdue. La deuxième sonnerie retentit, je vais être en retard à mon premier cours de la journée. Mais la curiosité l'emporte. Qu'est-ce que Bethany a fait à Max ? Celui-ci n'a pas répondu à ma question à la fête d'Halloween et personne n'en parle, alors j'ignore pourquoi ils se sont véritablement quittés cette fois-ci.

– Qu'est-ce qu'elle lui a fait ? demandé-je en rattrapant mes nouvelles amies.

– Tu n'es pas au courant ? s'étonne Lara, ahurie.

Je fais « non » de la tête.

– Merde, peut-être que nous ne devions pas en parler, se reprend Kim en se mordant la lèvre inférieure, inquiète. Haylee, promets-nous de ne rien dire à personne, OK ? De toute évidence, Max n'a pas envie que ça se sache et… comme Garrett et Bobby nous en ont parlé…

– Dites-moi juste ce qu'elle lui a fait, soupiré-je, agacée par tant de mystères.

– Elle l'a trompé… Cet été, quand ils étaient ensemble, elle s'est tapé quelqu'un d'autre. Un bon nombre de fois de toute évidence vu ce que j'ai entendu, continue Lara en grimaçant.

Je dévisage mes amies, incrédule. Bethany l'a trompé ? Je n'arrive pas à y croire une seule seconde ! Malgré leur relation tordue, Bethany a toujours paru adorer Max. Alors si c'est le cas… je suis sur le cul ! Mais le pire dans tout ça, si c'est vrai, c'est qu'elle lui court toujours après.

– Garrett m'a dit que Max l'avait plutôt mal vécu, souffle Kim, peinée.

– Je crois que ce n'est même pas parce qu'elle s'en est tapé un autre qu'il s'est senti blessé, mais plutôt parce qu'elle l'a trahi de cette façon après tout ce qu'il a fait pour elle. Max l'a beaucoup aidée, tu sais ? Beth a un problème avec l'attention, elle en a constamment besoin. *Daddy issues*[1] si tu veux mon avis, continue Lara. Alors il a essayé de l'aider à changer pour qu'elle se fasse des amies. Depuis le début du lycée, Max est là pour la limiter dans ses conneries. Il a dû faire avec plus d'une de ses crises de princesse, mais il ne l'a pas abandonnée… Il ne laisse jamais personne tomber… Et elle a profité de lui. Ça ne se fait pas.

---

1. Des problèmes avec son père.

Secouant la tête, Lara soupire, puis m'indique qu'on doit y aller. J'acquiesce et les suis. La prof nous engueule pour notre retard, mais je l'écoute à peine parce que ce que j'ai appris tourne en boucle dans ma tête durant tout le reste du cours. Je savais que Bethany Miller était une garce, la reine des garces, mais là… ça dépasse l'entendement. Mais le pire dans cette histoire, c'est le doute qui s'empare de moi après avoir passé une bonne demi-heure à ressasser cette histoire. Si Max revient encore et toujours vers Bethany… Est-ce que ça signifie que, quoi qu'elle fasse, il continuera à l'aimer ? Cette idée me rebute et j'essaie de m'en débarrasser aussi vite. Pourtant, elle ne quitte pas mon esprit de toute la matinée.

***

Lorsque l'heure du déjeuner arrive, je n'ai pas vraiment faim. Je joue avec mon assiette de pâtes à la bolognaise sans y toucher. J'entends qu'on soupire face à moi, puis un petit pot atterrit à côté de mon assiette. Un flan. Je relève la tête et croise le regard pétillant de Max.

– Ça t'inspirera peut-être plus ! Tu ne vas tout de même pas dire non à un flan ? insiste-t-il en voyant que je ne réagis pas.

Fronçant les sourcils, il me détaille avec une lueur d'inquiétude. Autour de nous, nos amis sont plongés dans une conversation que je n'ai pas suivie. Max non plus puisqu'il semble avoir passé son déjeuner à m'étudier. Il s'apprête à me demander ce qu'il y a, mais la dernière personne que j'ai envie de voir fait son apparition.

– Maxou, roucoule Beth en posant son cul sur le rebord de notre table. Devine qui j'ai vu hier sur Main Street !

Max soupire et s'affale sur sa chaise sans rien répondre.

Il est évident que l'interruption de Bethany l'agace, et maintenant que je sais pourquoi, cela ne m'étonne pas. Mais il ne lui dit rien. Il la laisse même lui toucher le bras… De nouveau, j'ai l'horrible sensation qu'il tient toujours à elle. Et je ne sais pas pourquoi, je n'aime pas ça. Max ne peut pas être aussi idiot. C'est vrai que quand on était enfants, il était assez con pour aider même ceux qui se moquaient de lui, mais il a grandi. Où est passé le connard que j'ai connu pendant des années avant cette trêve ? Il ne peut pas être aussi naïf pour retourner avec elle. Parce qu'elle va continuer à le blesser, comme les gamins de l'époque le faisaient.

– Je crois que *Maxou* n'en a rien à cirer, intervient Warren.

Détaillant ce dernier avec dédain, Bethany renifle et son regard se rive sur Taylor. Un sourire plus faux que ses ongles acérés se peint sur son visage.

– Taylor, chérie, nous t'attendons toujours pour l'audition.

– Désolée, *chérie*, répète mon amie avec un sourire tout aussi faux. Mais je n'y participerai que si Haylee le fait. Et elle n'a pas l'air bien décidée, donc…

– Je te félicite, Haylee. Pour une fois, tu es bien consciente de ta médiocrité.

Fixant la main manucurée de Beth sur l'avant-bras de Max, je serre ma fourchette entre mes doigts. Si je la lui plante entre ses deux yeux de sorcière, est-ce que ça vaudra le coup de finir mon année de terminale dans un centre de correction pour mineurs ? Peut-être bien. Parce qu'à cet instant précis, l'expression hautaine sur son visage et le regard méprisant qu'elle m'adresse me donnent des envies de meurtre.

– Beth, ça suffit, intervient Max en soupirant.

– Bien sûr, toi tu ne me parles que pour la défendre elle ! s'emporte-t-elle en se relevant et en fusillant Max du regard. Ça a toujours été comme ça de toute façon, depuis le premier jour ! Tu m'en veux pour cet été, mais tu as fait bien pire chaque jour à chaque fois que tu la choisissais, elle !

Max soupire et évite mon regard. Mais il ne s'intéresse pas non plus à Bethany qui a attiré l'attention d'une grande partie du réfectoire avec ses cris d'hystérique.

– Toi ! continue-t-elle en pointant son ongle rose vers moi. Tout ça, c'est à cause de toi ! Tu es toujours au milieu de tout ! Tu n'es qu'une sale petite…

– La ferme, putain ! s'emporte finalement Max en frappant sur la table.

Un silence complet se fait. Je sens les regards de dizaines d'élèves sur nous, ainsi que ceux de nos amis, mais je suis incapable de quitter Max des yeux. La mâchoire crispée, il inspire comme s'il cherchait à contrôler sa colère. Il se retient d'envoyer chier Bethany, ça se sent. Il se contente de lui lancer un regard noir, alors que son agacement évident souhaite s'exprimer. Un instant, l'attitude de Max me déstabilise. Pourquoi est-ce qu'il prend sur lui ? Il a le droit d'être en colère contre elle. Il a le droit de l'envoyer paître. Alors pourquoi est-ce qu'il ne le fait pas ? Sa retenue envers cette garce m'agace. Et comme lorsque nous étions enfants et qu'on se moquait de lui parce que son père ne venait jamais jouer avec lui durant les journées père-fils, l'envie de le défendre s'ancre dans mes veines. Parce que lui ne se défend pas… Il ne le fait jamais… Sentant que Bethany n'en a pas fini, je me lève lentement. Les prunelles chocolat de Max se rivent sur moi et je le vois s'inquiéter, mais je ne lui adresse pas la parole. À la place, j'attrape mon assiette encore pleine et la balance d'un seul geste sur le décolleté de Bethany. Un cri assourdissant retentit dans le réfectoire, brisant le silence qui nous entoure, tandis que les spaghettis glissent contre sa peau, tachant tout son buste. Une poignée tombe par terre quand Beth recule précipitamment et une traînée de sauce tomate nous sépare.

– Tu es devenue complètement folle ?! C'est du Prada !

– Oh, excuse-moi ! répliqué-je sarcastiquement. Je t'ai confondue avec la poubelle. Après tout, il y a tellement de merde qui sort de ta bouche que la différence est minime.

Si un regard pouvait tuer, celui de Bethany m'exécuterait sur place.

– Laisse-moi t'aider. Tu sais ce qu'on dit, une tache sur de la soie, ce n'est jamais bon.

M'emparant de la carafe d'eau sur ma table, je la vide dans son intégralité sur sa coiffure impeccable. Cette fois-ci, j'entends quelques rires autour de moi, mais je ne m'en soucie pas. Tout ce qui m'importe, c'est qu'elle nous foute la paix. Bethany frappe du pied et rougit de fureur.

– Ça, tu vas me le payer, Haylee !

– Je t'en prie, fais-moi ce plaisir, je réplique en croisant les bras. Quoi ? Tu t'attendais à ce que je ne dise rien comme ces trois dernières années ? Figure-toi que j'en ai ras le cul. Tu passes ton temps à dénigrer les autres et à te croire supérieure, mais tu n'es qu'une petite fille capricieuse qui ferait mieux de se remettre en question. Une vraie pimbêche qui se croit tout permis ! Qu'est-ce qu'il y a ? Tu croyais pouvoir faire du mal aux gens et t'en tirer aussi facilement ? Pas cette fois, *chérie*. Je n'en ai rien à foutre de ce que tu penses de moi, mais je te préviens que si tu ne nous fous pas la paix, la prochaine fois, je ne gâcherai pas un si bon repas sur toi. Je te montrerai ce que je sais réellement faire.

Une tonne d'applaudissements retentit dès que je finis ma tirade. Sans grande surprise, personne n'apprécie le caractère de princesse superficielle et hystérique de Bethany. Pendant une longue minute, nous nous regardons en chiens de faïence sous l'excitation croissante de nos camarades, puis elle jette l'éponge. Faisant demi-tour, elle me traite de salope tout en se débarrassant des pâtes sur son buste. Inspirant un grand coup, je me rassois à ma place et évite le regard de tout le monde. Tout particulièrement celui de Max, qui me brûle la peau.

Mon cœur bat à tout rompre dans ma poitrine. Je n'ai jamais fait un truc comme ça. Je n'ai jamais failli déclencher une bagarre et encore moins tenu tête de cette façon à Bethany. Jusqu'à maintenant, je n'en voyais pas l'utilité. Ses remarques ne me touchaient pas. Mais aujourd'hui, après ce que j'ai appris, j'ai craqué… D'une main tremblante, j'attrape mon flan et le démoule sur mon assiette désormais vide, puis j'entreprends de le manger. Les premières cuillerées ont du mal à passer parce que mes amis me fixent toujours avec des yeux de soucoupe volante, mais je finis par me détendre lorsque je sens la jambe de Max toucher la mienne.

Levant la tête de mon assiette, je croise son regard. Il mime un faible « merci », puis m'adresse un sourire qui termine d'avoir raison de mon angoisse. Lorsque la conversation reprend autour de nous et que j'entends mes amis s'esclaffer sur la tête de Bethany lorsqu'elle a reçu mon repas sur son décolleté, je me détends. Parce que je sais que j'ai bien fait d'intervenir… Pour moi et pour Max. Qu'il l'aime toujours ou non, il ne doit pas la laisser l'utiliser de cette façon. Tout comme il m'assure que je voudrais me souvenir de mon premier petit copain, lui doit veiller à faire plus attention avec les filles. Parce que, de toute évidence, pour une raison inconnue, il n'ose pas lever la voix sur elles, et ce, même si elles le blessent. Et refouler ce qu'on ressent n'est jamais une bonne idée. Cela ne fait que retarder l'inévitable, et on finit par exploser comme une cocotte-minute qu'on aurait laissée trop longtemps sur le feu.

14

Max

Dans les vestiaires, j'entends encore parler de ce qui s'est passé ce midi au réfectoire. L'événement a fait le tour du lycée en moins d'une demi-heure et n'a pas l'air de vouloir se tarir. Rien d'étonnant à cela. J'imagine que la réaction d'Haylee en a surpris et ravi plus d'un. Bethany a toujours eu tendance à martyriser les autres, à se moquer d'eux et à les ridiculiser. Lorsqu'on sortait ensemble, j'ai dû intervenir à plusieurs reprises pour qu'elle arrête ses conneries. Mais je n'étais pas tout le temps collé à elle et, de toute évidence, elle faisait des siennes. La tonne d'applaudissements qui a explosé quand Haylee l'a remise à sa place en est la preuve. Beaucoup doivent être enchantés d'avoir enfin vu la reine du lycée, comme elle s'autoproclame, s'en prendre plein la tronche. Et je dois reconnaître que moi aussi. J'ai toujours eu un peu pitié de Beth, j'ai voulu l'aider à se sentir mieux parce que je comprenais son besoin d'attention paternelle, mais après cet été, je ne tiens plus à elle de la même façon. Elle a tout fait pour me blesser, alors elle n'a qu'à se démerder toute seule maintenant.

– Tu as vu la tête que Beth faisait ? ricane Félix à mes côtés, tandis qu'il se change.

Warren, Matéo et Garrett près de moi pouffent et j'entends Bobby imiter le « c'est du Prada » de Bethany.

Oui, bon, ça, c'était marrant. Haylee a ruiné son fichu haut, et c'est tant mieux.

Mais malgré l'hilarité du moment, je n'arrive pas à me réjouir complètement de l'événement. J'ai perdu mon sang-froid. Enfin, j'ai bien failli le perdre quand elle s'est mise à insulter Haylee. Au cours de ces deux dernières semaines, mes crises de colère se sont faites plus rares. J'ignore pourquoi, mais même les petits trucs qui me poussaient à devoir contrôler cette dose d'adrénaline qui m'étreint la poitrine, comme les directives merdiques de Scott durant les matchs et l'attitude de Beth, ne me font plus aucun effet. Je pensais m'être finalement débarrassé de cette caractéristique paternelle qui me ronge l'âme. Mais, tout à l'heure, elle a refait surface à vitesse grand V. J'ai bien cru que c'était fini. Tout le monde allait voir à quel point je ressemble à mon père, à quel point j'étais pourri comme lui. Mais l'intervention d'Haylee m'a sauvé. Encore une fois…

Je continue à m'équiper en silence. Malgré le temps qui est passé et nos engueulades, Haylee a toujours agi ainsi. Elle vient à ma rescousse lorsque je ne tiens plus. Elle l'a fait aujourd'hui avec Beth, une bonne centaine de fois lorsque nous étions gamins et, ce jour-là, lors de mes 10 ans. Savoir qu'elle a retrouvé cette envie de veiller sur moi comme à l'époque devrait me réjouir. Cela veut dire que notre amitié est sur la bonne voie. Mais… ça m'effraie plus que de raison. Et si la prochaine fois qu'elle veut me défendre, ça se termine comme ce jour-là ? Cette idée me fout les jetons. Non, je ne peux pas la laisser faire. Je ne suis plus ce gamin qui se reposait sur elle, je suis beaucoup plus fort. Et je refuse que mes faiblesses retombent sur elle encore une fois.

Perdu dans mes pensées, je bascule quand Warren me saute dessus.

– Oh, allez, Max ! Déride-toi ! Nous savons tous que Beth méritait bien plus que ça !

– C'est qu'une garce, affirme Félix et les quelques mecs qui sont toujours dans les vestiaires approuvent.

Ils sont pour la plupart au courant de son infidélité. Si à la rentrée je ne voulais pas particulièrement en parler, ça a fini par se savoir à l'intérieur des vestiaires. Parce que mes potes sont deux crétins qui couvrent mes arrières avec hargne et qui, de toute évidence, se sont donné comme objectif de démolir Scott. Ils veulent montrer son vrai visage et jusque-là, il faut croire qu'ils réussissent plutôt bien leur coup. Certains membres de l'équipe ont fini par le lâcher définitivement, comme Garrett, Bobby et Félix. Ils ne supportent pas qu'il ait enfreint le *bro code* en touchant la copine d'un autre joueur. Et ce, même s'« il ignorait qu'on était toujours ensemble ». Pour sauver une partie de son autorité, il a fait mine de s'excuser devant moi, mais je n'en crois pas un mot. Scott était au courant et l'a certainement fait exprès. Notre rivalité s'envenime. Mes potes m'ont déjà dit de faire attention, il risquerait de trouver une autre cible pour m'atteindre comme il l'a fait cet été avec Beth, mais je ne vois pas ce qu'il pourrait faire. Je n'ai aucune copine, et je ne compte pas en avoir. Alors je laisse les choses se tasser, pour le bien de l'équipe. Pour le bien de mon avenir parce que, malgré tout, j'ai besoin qu'on soit tous soudés pour passer les *play-offs* en décembre et atteindre les recruteurs.

– Qui aurait cru que ta petite *minimoy* serait capable de tenir tête à Beth ! dit Bobby en riant.

Un faible sourire en coin se dessine sur mes lèvres en imaginant la tronche qu'elle ferait si elle savait que les mecs l'appellent comme ça dans les vestiaires. « Ma petite minimoy. » Je crois que je payerais cher pour la voir se renfrogner et leur mettre une pâtée. Parce que, contrairement à eux, j'étais déjà au courant qu'Haylee peut avoir un sale caractère. C'est une vraie petite peste qui n'en fait qu'à sa tête et qui me rend dingue par moments. Ils ne tiendraient pas une seconde devant elle.

– Ouais, ta copine est géniale, Max ! Tu devrais l'inviter à tu-sais-quoi ! lance un autre mec.

Je hausse un sourcil étonné. Vraiment ? Je savais que les mecs appréciaient de plus en plus Haylee, mais à ce point, c'est surprenant. Après tout, c'est un rituel de notre équipe. Et seules les copines de longue date des mecs sont autorisées à y participer pour éviter toute fuite potentielle et qu'on se retrouve tous dans la merde. Parce que cette année en tant que seniors, on a bien l'intention de marquer le coup !

– En plus, avoir la fille du shérif avec nous au cas où n'est pas une mauvaise idée ! renchérit un autre en me faisant un signe pouce levé.

Les écoutant un à un faire l'éloge d'Haylee et m'inciter à lui proposer de venir, je les observe quitter les vestiaires, enthousiastes. Lorsque la majorité de l'équipe est partie, je me retrouve seul avec Warren et Matéo.

– « Ta copine est géniale, Max », répète Warren en me lançant un regard espiègle. Tu n'aurais pas dû intervenir à ce moment-là pour dire quelque chose comme « Haylee est comme ma petite sœur » ?

– Un « on est juste amis même si je l'ai embrassée à en perdre la tête » aurait pu aussi faire l'affaire ! renchérit Matéo en me voyant grimacer.

– Fermez-la, bande de trous du cul, grogné-je en refermant mon casier.

Ces deux enculés partent dans un fou rire et secouent

la tête. Je vois bien qu'ils se lancent encore ce regard de connivence qui me fait péter un câble. Bordel, je n'aurais jamais dû leur raconter pour ce foutu baiser. Après tout, j'étais censé oublier. Pourquoi est-ce que je leur en ai parlé ? Ils ne risquent pas de me foutre la paix avec ça maintenant.

– On est amis et elle est comme ma petite sœur, m'obligé-je à leur rappeler.

– Matéo, est-ce que tu embrasserais ta sœur ?

– *Good lord !*, j'en ai la nausée rien que d'y penser !

Je soupire parce que je ne peux pas leur en vouloir, après tout, la deuxième partie de mon affirmation sonne faux. Parce que je ne parviens pas à m'empêcher de la mater, de fixer son magnifique cul lorsqu'elle s'éloigne ou tout simplement de la toucher pour m'assurer qu'aucun mec ne tentera un truc. Ce marquage de territoire est complètement grotesque, je le sais. D'autant plus que je suis censé l'aider avec sa foutue liste. Mais je n'arrive pas encore à me résoudre à jouer les entremetteurs pour qu'elle se trouve un petit ami convenable. En fait, délibérément, j'ai centré l'intérêt d'Haylee sur les autres trucs de sa liste. Tous ceux qui ne regardent pas les garçons. Je me sens beaucoup plus serein en pensant qu'elle passera une année mémorable, comme elle le désire, sans pour autant se faire embobiner par un connard. Même si… merde, je dois le dire, mes potes de l'équipe de football ne sont pas tous comme je les ai dépeints à Haylee en septembre. Bon, quelques-uns ne sont vraiment pas recommandables, comme Scott ou Josh, mais pour la plupart, même si le cul fait partie de leur vie tout autant que de la mienne, ils pourraient être de bons partenaires. Warren, Félix, Bobby et Garrett en sont la preuve vivante.

– Où est-ce que vous en êtes dans cette fameuse liste

d'« expériences de lycéenne » ? s'enquiert Warren avec un étrange sourire. Est-ce que tu t'es enfin décidé à l'aider à… c'était quoi déjà, Matéo ?

– « Avoir un rendez-vous galant ! », termine cet enfoiré malgré le regard noir que je lui lance. J'ignorais qu'on pouvait appeler la baise de cette façon, mais c'est très poétique, Max !

– Peut-être que le grand poète va se décider à être celui qui l'aidera à cocher cette case ! Après tout, tu as bien craqué pour celle du baiser !

Je scrute mes deux meilleurs amis, hésitant à leur foutre une peignée. Mon poing me démange vraiment. Ils savent très bien pourquoi j'ai été assez stupide pour l'embrasser. Je voulais être son premier baiser. Je voulais que cela compte pour elle tout comme cela comptait pour moi. Ne me demandez pas pourquoi, j'avais simplement besoin d'équilibrer la balance. Et ces deux cons semblent y voir une tout autre signification.

Depuis que je leur ai annoncé, après la soirée d'Halloween, que j'avais accepté d'aider Haylee avec ses expériences de lycéenne, ils ne me lâchent plus et me tannent avec ça dès qu'ils le peuvent. Et c'est de pis en pis dernièrement. Maintenant qu'on ne se fait plus la guerre, Haylee et moi nous entendons plutôt bien. Ce qui fait marrer mes enfoirés de potes. À eux deux, ils sont même parvenus à faire croire à Garrett et quelques autres mecs qui ont déserté le groupe des gens in qu'on va finir par sortir ensemble. Et j'ai beau avoir repris mes aventures avec mes « petites copines de la semaine », comme Haylee les appelle, les mecs ne semblent pas se lasser de leurs petites manigances. Ce matin, Matéo a même buggé parce que j'avais mis mon bras autour des épaules de celle-ci… De toute évidence, ils cherchent maintenant à la taquiner, elle aussi. Et ça, je ne peux pas le laisser passer. Parce que si elle commence à imaginer que c'est plus que de l'amitié, ça nous mettra dans la merde. Parce que je ne peux pas, je n'ai pas le droit d'aller plus loin avec elle. Jamais. C'est trop dangereux… Je ne peux pas la remettre dans la même position qu'il y a huit ans et encore moins maintenant sachant que j'ai hérité du trait de caractère néfaste de ce salopard.

– Arrêtez ça.

Mes potes froncent les sourcils en me voyant si sérieux.

– Pourquoi est-ce que tu refuses à ce point d'imaginer qu'il pourrait y avoir plus entre vous ? demande Warren, perplexe. Tu as toujours agi bizarrement quand il s'agit d'Haylee. Comme si tu cherchais à garder tes distances avec elle, alors que tu crèves d'envie d'être à ses côtés. Je sais que tu veux continuer à la voir comme la Haylee de ton enfance, mais il n'y a vraiment que ça qui pose problème ?

Préférant ne pas répondre à cette question, je prends mon casque et rejoins le reste de l'équipe sur le terrain. J'entends parfaitement mes amis soupirer et maugréer que je suis un crétin, mais je ne relève pas. Dès qu'on arrive, le coach nous engueule parce qu'on a mis longtemps à bouger notre cul. Mais son petit sermon passe à la trappe quand il sent l'enthousiasme de l'équipe à mon approche.

– Scott, magne-toi le train !

Celui-ci arrive après nous, ce qui m'étonne parce que je croyais qu'on était les derniers aux vestiaires.

– Vous voulez vous qualifier pour atteindre la finale, oui ou non ?!

À l'unisson, on hurle un « oui coach » et nous commençons à nous entraîner. Lorsque je suis sur le terrain, mon regard est attiré vers les gradins. Taylor avec son pull vert fluo est reconnaissable entre toutes les filles. Et à côté d'elle, je peux facilement voir les copines de Garrett et de Bobby qui, sans leur capitaine, ont été dispensées d'entraînement de cheerleaders. Mais celle qui m'intéresse est assise en train de griffonner quelque chose sur un cahier. Je la vois rire et plaisanter avec ses nouvelles amies et je souris. Ça vaut le coup. Même si mes crétins de potes me prennent la tête avec elle depuis Halloween, ça en vaut la peine. Parce qu'Haylee s'épanouit un peu plus chaque jour. Et je suis heureux que les autres voient ce que j'ai toujours vu en elle. Une fille intelligente, drôle et solaire.

Enfilant mon casque, je me place sur le terrain et mets tout mon cœur dans cet entraînement, plus motivé que jamais. Parce que si Haylee peut changer pour réaliser son avenir, je peux aussi faire tout ce qui est en mon pouvoir pour concrétiser le mien.

15

Haylee

– Là, c'est sûr, tu vas prendre au moins deux cents kilos ! ricane Max quand je me ressers une deuxième part de tarte au potiron.

Pour toute réponse, je lui adresse mon majeur. J'entends ma mère soupirer à table, se retenant de me faire une remarque, mais elle a l'air d'avoir abandonné le combat. Après tout, je crois que c'est la cinquième fois que j'adresse ce geste à mon *fucking* voisin.

Ce soir, les Henderson sont invités à la maison, comme chaque année, pour Thanksgiving. J'ai passé la journée aux fourneaux avec ma mère et Mme Henderson pour préparer ce festin. Alors la dinde, la purée de patates douces, la farce et les trois sortes de tartes sur lesquelles on a travaillé méritent amplement mon attention !

Assis juste en face de moi, Max me scrute avec un énorme sourire aux lèvres. Il hausse un sourcil quand je prends de la gelée et l'ajoute sur ma tarte. Son regard lance un franc « sérieusement, minimoy ? », ce qui me fait d'autant plus sourire. Chaque année, je fais exactement la même chose. Je mélange la gelée à mon dessert et ça l'horripile. Il trouve ça dégueu. Parfait. Ça sera la première phase de ma vengeance pour m'avoir traitée une nouvelle fois de « grosse ». J'enfourne un bout de tarte dans ma bouche sans lâcher Max des yeux. La grimace qu'il m'adresse quand je fais mine de gémir de bonheur me ravit.

– Répugnant, marmonne-t-il en secouant la tête.

Nos parents sourient et me laissent continuer à le mettre mal à l'aise. Ce soir, mes parents et Mme Henderson semblent satisfaits du déroulement de la soirée. Et pour cause, pour une fois depuis certainement des années, Max et moi n'avons pas passé la soirée à nous faire de sales tours ou à nous chamailler. Nos échanges ont été plus ou moins cordiaux et enfantins. Alors ils laissent courir certaines de nos gamineries. Lorsque les adultes retournent à leur conversation, je mets en marche la deuxième phase de ma vendetta.

Discrètement, je récupère une énorme cuillerée de gelée. Puis je lève les yeux vers Max pour m'assurer qu'il regarde ailleurs que vers son assiette. Je suis un instant déstabilisée par son air pensif. Visiblement perdu dans ses pensées, Max me fixe. Non, en fait, il fixe mes lèvres encore barbouillées de gelée. Inconsciemment, je passe ma langue sur celles-ci et il se tend. Inspirant un grand coup, je le vois me détailler avec une lueur étrange dans le regard, puis ça disparaît. Il secoue la tête et fait mine de s'intéresser à ce que les parents racontent. Perplexe, je profite de sa distraction pour recouvrir sa part de tarte aux noix de gelée. Ma mission accomplie, je me redresse et continue à manger sagement. Lorsque je le vois lever la tarte et l'enfourner dans sa bouche, je me retiens de sauter de joie. Mais dès que son expression change et qu'il lance un regard plein de dégoût à son gâteau, je ne peux m'empêcher d'exploser de rire.

– Qu'est-ce que tu as foutu ! s'écrie Max en me fusillant du regard, plus ou moins amusé. Je vais te la faire bouffer, tu sais ça ?

– Désolée, Maximilien, mais je suis allergique aux noix.

– Le rouge te va à ravir, alors je tente ma chance, lance-t-il en se levant de table pour en faire le tour.

Ayant déjà sauté hors de ma place, je pars en courant vers l'étage et entends nos parents soupirer. Quoi ? Au moins, on ne s'entre-tue pas. Pas encore en tout cas. Si Max me rattrape, je suis morte ! C'était la dernière part de tarte aux noix et il adore ça. Il va me le faire payer de la lui avoir gâchée. Grimpant les marches deux par deux, je l'entends partir à ma poursuite. J'atteins la porte de ma chambre et m'apprête à la refermer, mais Max est beaucoup trop rapide. La porte s'ouvre à la volée et il s'avance vers moi avec la tarte à la main. Je recule, ne pouvant m'empêcher de rire. Quand je tombe sur mon lit, coincée, son sourire sadique ne me rassure pas.

– Je t'ai dit que c'était dégueulasse, pourquoi est-ce que tu en as mis sur ma part ? C'était la dernière, fait-il, mécontent.

Je lâche un *oups* qui lui arrache un sourire et il me rejoint sur mon lit.

– Tu vas la manger, affirme-t-il en me dominant complètement. Hors de question de gâcher une bonne tarte aux noix !

Je secoue la tête en guise de réponse négative. Mon allergie aux noix n'est pas bien grave, je peux en manger sans en mourir, mais je déteste la sensation qui l'accompagne. Je suis horrible avec toutes ces plaques rouges sur le visage et les démangeaisons, n'en parlons même pas ! Max secoue la tarte au-dessus de mon cou et je sens quelque chose de froid me couler dessus. La gelée.

– ATTENDS ! Tu vas ruiner ma nouvelle robe ! m'exclamé-je en essayant de le repousser.

Max hausse un sourcil et s'éloigne pour scruter avec

plus d'attention ma robe. Son regard s'emplit de nouveau de cette lueur étrange et me fait vibrer. La robe que je porte pour l'occasion est nouvelle. Nous l'avons achetée avec ma mère sur Main Street cette semaine. Dans le style bohème évasé, ma robe rouge est un peu plus courte que ce que j'ai l'habitude de porter, m'arrivant à mi-cuisse. Mais j'ai complètement craqué pour les bretelles fines et le dos nu relié par un nœud.

– Je me disais aussi que je ne t'avais jamais vue avec cette robe, marmonne-t-il doucement.

Je rougis quand son regard brûlant est sur moi. Elle lui plaît, ça, j'en suis certaine… Les dizaines de sensations nouvelles qui m'envahissent lorsqu'il est aussi près de moi refont surface. Quand sa main libre suit ma taille jusqu'à ma nuque, je ne peux m'empêcher de frissonner. Voilà ce dont je parlais. Ces instants de flou qui me perturbent complètement lorsque nous sommes seuls. Dès qu'il me touche, mon corps est comme enflammé et mes hormones n'en font qu'à leur tête. Et j'ignore si c'est normal. Est-ce que je suis censée ressentir toute cette cacophonie d'émotions et ce désir lorsque Max m'effleure ? Est-ce que c'est ça qu'on est supposé ressentir lorsqu'un garçon nous touche ? Ou est-ce que ça signifie… autre chose ?

Ne sachant pas comment réagir, je lève les yeux et croise son regard chocolat intense. Mon souffle s'accélère lorsque sa main frôle ma poitrine et monte sur ma peau. Je frissonne et j'ai la sensation que lui non plus ne sait pas trop ce qui se passe. Les yeux rivés sur le chemin que prend sa main, il a l'air complètement ailleurs. Je suis prise de court lorsque sa langue se pose sur mon cou et aspire la gelée ayant coulé sur moi. Mes mains se crispent sur son tee-shirt et mon cœur s'emballe. Sentir son souffle chaud sur ma peau m'électrise. Je devrais être gênée, vouloir le repousser, lorsqu'il se met à sucer ma peau, doucement, mais je n'y arrive pas. Un frémissement traverse mon corps et je soupire.

– OK, souffle-t-il tellement bas que je peine à l'entendre. Je ne vais pas ruiner ta robe… ça serait du gâchis vu qu'elle te va si bien… Ni te faire manger quoi que ce soit… Mais tu viens avec moi quelque part ce soir.

– Où ça ?

Ma voix tremble légèrement, ce qui attire son attention. Nos regards se croisent et, brusquement, tout s'arrête. Le mur qu'il érige entre nous dès qu'on se retrouve seuls refait surface et la chaleur de sa main disparaît. Rapidement, il me libère de son étreinte. À cet instant, je me rends compte que si les parents étaient entrés dans la chambre, ils auraient pu se méprendre sur la situation. Mon cœur bat la chamade.

– Quelque part, sourit Max en remettant son masque de petit prétentieux. Pas d'inquiétude, ça va être fun.

Se dirigeant vers la porte, il s'apprête à sortir, mais s'arrête et se retourne pour scruter de nouveau ma robe.

– Mais change-toi d'abord. Je reviendrai te chercher vers une heure.

J'acquiesce et le regarde disparaître. Dès que je suis seule, je me laisse tomber sur mon lit, déboussolée. Je sais qu'on est convenus avec Max de ne pas centrer ma liste d'expériences sur les garçons, mais il va falloir absolument que je mette le paquet de ce côté-là. Parce que sinon, je n'arriverai jamais à comprendre pourquoi quand il me touche, je me sens aussi… bizarre. Matéo ne me fait pas cet effet et encore moins Warren. Alors pourquoi Max ? Je soupire et vais passer un coup d'eau sur mes joues rouge pivoine avant de redescendre à table. Je n'en sais rien, mais je vais devoir le découvrir parce que je n'aime pas que des questions restent sans réponse.

***

Vers minuit, un bruit de cailloux jetés sur ma fenêtre m'interpelle. Je m'extirpe de mon lit et vois Max me faire signe. J'attrape mon téléphone qui vibre sur la commode.

[Descends sans te faire
prendre.]

Il plaisante ? Il veut que je fasse le mur ? Mon père est shérif, bon sang ! Comment est-ce qu'il veut que je quitte la maison sans me faire choper ? Je ne sais pas ce qu'il a en tête, ni pourquoi je me laisse aussi facilement convaincre – après tout, c'est moi qui risque d'être privée de sortie si je tombe sur mon père –, mais je m'exécute. L'adrénaline et le stress m'envahissent quand je quitte ma chambre. Prenant soin d'éviter les planches qui grincent, je dévale doucement l'escalier et m'éloigne de la zone rouge : la chambre des parents. Puis, sachant que passer par la porte d'entrée serait trop bruyant, je vais dans la cuisine et ouvre la fenêtre au-dessus de l'évier. Passant un pied après l'autre, je me faufile dehors. Alors que je suis en train de baisser la fenêtre tout en prenant soin de la coincer pour qu'elle ne se referme pas complètement, Max arrive derrière moi.

– Bien joué !

Son souffle dans mes cheveux me fait sursauter et il pouffe doucement. Je me retourne vers lui pour lui demander à quoi rime tout ça, mais il pose un doigt sur mes lèvres pour m'empêcher de parler. Liant ses doigts aux miens, il m'entraîne loin de chez nous. Je comprends qu'on va quitter notre quartier quand je vois qu'il a au préalable laissé sa moto à quelques maisons de là.

– Où est-ce qu'on va ? lui demandé-je enfin quand il me tend un casque.

– Continuer ta liste !

– J'ai l'impression que maintenant que j'ai accepté une maudite fois de monter sur ta bécane, tu ne vas plus me laisser le choix, maugréé-je en enfilant le casque, puis en m'accrochant à lui.

J'entends Max rire et nous quittons notre quartier. Oui, bon, je ne déteste pas complètement sa moto. En fait, j'aime cette proximité entre nous. Ce qui me perturbe encore plus… En silence, j'essaie de comprendre où on va. Galena est l'une de ces villes où il n'y a personne dans les rues à partir d'une certaine heure. Alors je ne suis pas surprise que toutes les routes que nous empruntons soient vides. Ce qui m'étonne en revanche, c'est que je reconnais exactement le chemin. Nous allons au lycée… Qu'est-ce qu'on va faire là-bas à une heure pareille ?

Arrivés devant le bâtiment, nous nous approchons du bahut en catimini. Max nous fait nous arrêter devant les portes, jette un coup d'œil à l'intérieur, puis passe un coup de fil. Je devine qu'il appelle l'un de ses amis vu sa façon de parler et ne suis presque pas étonnée de voir Warren apparaître à une fenêtre pas loin de l'entrée. Ouvrant cette dernière, il nous fait signe d'entrer. Max grimpe avec une facilité déconcertante sur le rebord et passe de l'autre côté. Avant que je ne lui signale que je ne pourrai jamais faire ça, il me tend la main pour me faire entrer à mon tour.

– Bienvenue dans la résistance, Haylee ! s'exclame Warren avec un énorme sourire.

– La résistance? répété-je, perdue. Qu'est-ce qu'on fait au lycée à cette heure? Et comment est-ce que vous êtes arrivés à entrer? Vous vous êtes introduits par effraction?

Mes questions amusent les deux garçons.

– L'effraction consiste dans le forcement, la dégradation ou la destruction de tout dispositif de fermeture ou de toute espèce de clôture, lance Max, ayant visiblement bien retenu une des leçons que mon père a dû lui inculquer en tant que shérif. S'il n'y a pas de destruction, il n'y a pas d'effraction, Haylee.

– C'est vrai, on n'a rien cassé pour entrer, affirme Warren. Deux d'entre nous sont restés après la fermeture du lycée et ils nous ont ouvert de l'intérieur.

– Mouais, je ne suis pas certaine que mon père serait d'accord avec ça.

Je souris parce qu'au regard complice que me lance Max, il sait que mon père ne serait pas *du tout* d'accord avec ça.

– Bon, vous allez me dire ce qu'on fait ici à commettre un crime?

– On voit bien que tu es fille de shérif! ricane Warren.

Me passant une boîte en carton, il m'adresse un clin d'œil. Je l'entends dire à Max que Garrett, Matéo et Félix se sont répartis dans les différentes salles de classe et que la bande de Scott est dans les couloirs, mais je ne comprends toujours pas ce qu'on fait là. Je baisse les yeux vers la boîte dans mes mains et vois plus d'une centaine de ballons dégonflés. Quand Max récupère deux petites pompes à vélo, ça me frappe.

Chaque année, les seniors de Galena High School font une farce à la direction. Parfois, en pleine journée, parfois, ils passent la nuit au lycée pour la préparer. Et de toute évidence, cette année, c'est à notre tour.

– On va s'occuper de la bibliothèque et l'on vous rejoint dans les couloirs du hall ! fait Max en me prenant la main. Tu viens ?

J'acquiesce avec enthousiasme. Je ne pensais pas un jour participer à l'élaboration des *pranks*[1] de seniors. Celles-ci sont toujours organisées dans le plus grand secret par une poignée d'élèves, alors je suis tout excitée d'en faire partie.

– C'est quoi le programme ?

– On va mettre un peu de couleurs dans tout le lycée ! dit-il en riant et en montrant la boîte que je tiens dans les mains.

Il m'explique alors que toute l'équipe s'est arrangée pour réunir des milliers de ballons dans ce genre et ils comptent recouvrir une majorité de zones du lycée avec.

– Ça sera comme quand on était petits dans la piscine à boules ! fait-il en souriant quand on arrive à la bibliothèque.

Le souffle court, je le suis et m'assois à terre à son signal. Après avoir déballé une centaine de ballons, il me tend une pompe et l'on commence à gonfler chacun de notre côté. Pendant qu'on avance doucement, Max m'apprend que certains ballons seront remplis de bien plus que de l'air.

– Mais ceux-là, ils seront spécialement dédiés à nos très chers enseignants ! Ils vont adorer !

Nous échangeons un regard et nous esclaffons. Nous savons tous les deux que les enseignants de Galena détestent ces farces qui célèbrent traditionnellement la fin des cours. L'année dernière, ils avaient tout mis en place pour éviter que les seniors leur en fassent voir de toutes les couleurs. Mais cette fois, les seniors ont prévu leur farce bien avant la période habituelle, alors personne

1. Farces.

ne se doute de ce qu'ils verront demain. Je gonfle un maximum de ballons, imaginant déjà la tête qu'auront les autres élèves et les profs. Oui, ça, c'est une expérience dont je veux me souvenir !

***

– On n'a plus de ballons, informé-je Max en retournant le carton.

– Warren est dans le hall, tu peux lui en demander d'autres. Moi, je vais coller ce qui me reste là-haut !

Avec un sourire d'enfant qui sait qu'il fait une bêtise, Max attrape une poignée de ballons et tire une chaise pour grimper sur les rayonnages. Non content de laisser traîner plus de deux cents ballons par terre, Max s'est mis à les scotcher entre les rayons bien haut pour que la vieille bibliothécaire ne puisse rien faire. Je secoue la tête, amusée, et pars chercher encore une boîte.

Warren est bel et bien dans le hall en compagnie de quelques autres garçons de l'équipe. Mais pour les atteindre, je dois jouer aux équilibristes pour ne pas faire éclater les montagnes de ballons qu'ils ont répandus un peu partout. Seigneur, demain ça va être un véritable carnage ! Il doit y avoir plus d'un millier de ballons ! Tout le hall en est recouvert et, par endroits, j'en ai même jusqu'aux genoux ! C'est complètement dément ! Dans un coin, j'aperçois Josh en train de secouer plusieurs bombes… de crème à raser.

– Vous allez vraiment mettre de la crème à raser dans les ballons ? demandé-je à Warren lorsque je parviens à le rejoindre.

Celui-ci me lance un sourire espiègle.

– Pas seulement, Haylee. Pas seulement !

– Si l'on se fait prendre, on va écoper de pas mal d'heures de retenue.

– C'est ça tout le challenge ! s'exclame Garrett en débarquant en compagnie de sa copine et d'autres joueurs. Le but est de ne pas se faire choper et de s'amuser ! Alors n'oublie pas de faire une tête choquée lorsque tu entreras au lycée demain !

Tout le monde pouffe et je me joins à eux. Garrett annonce qu'ils ont redécoré une bonne partie de toutes les classes et l'équipe de Félix s'est occupée des bureaux de la direction. Oui, demain, ça risque d'être un véritable carnage. Surtout pour les tympans lorsque la direction éclatera tout ça !

– Vous avez fini de votre côté ? me demande Warren en remarquant que Max n'est pas là.

– On est tombés en rade de ballons. Je viens en mission renflouement !

Me passant deux boîtes, Warren me dit de prévenir Max que ce sont les dernières. Je hausse un sourcil, étonnée de voir que déjà une bonne dizaine de boîtes vides s'accumulent derrière lui. Mais combien en ont-ils acheté ?

– Dis-lui de se magner le train, il va être cinq heures du matin. On doit absolument dormir avant demain pour ne pas attirer l'attention du proviseur ! Parce qu'après ça et ce qu'on a trafiqué dans son bureau, il va vouloir chercher les responsables, se marre-t-il. Et tout bâillement risque de nous coûter cher !

J'acquiesce et repars en dansant entre les ballons vers la bibliothèque. Je passe devant la bande de Scott, leur fais un petit coucou et m'apprête à continuer mon chemin quand ce dernier m'interpelle.

– Green, attends !

Je me retourne et lui fais signe d'avancer parce que moi, je suis embourbée dans les ballons. Scott s'esclaffe et me rejoint en dégageant un petit passage.

– Je pensais que tu n'étais finalement pas venue, je ne t'ai pas vue dans le coin.

– On s'occupe de la bibliothèque avec Max.

Scott me regarde bizarrement un court instant, mais j'ai l'impression de rêver puisqu'en un battement de cils, il retrouve son sourire charmeur habituel. Celui qui m'a déstabilisée vers la fin de l'été lorsqu'on s'est croisés à Springfield.

– Ce n'est pas vraiment facile de te parler depuis la soirée d'Halloween, marmonne-t-il en passant une main dans ses cheveux. On dirait bien que celle qui est devenue inapprochable, c'est toi…

Dernièrement, c'est vrai que je n'ai pas pensé beaucoup à Scott. Même si nous nous croisons dans les couloirs et que nous discutons régulièrement pendant le cours de maths, je reconnais que je me suis plutôt laissé entraîner par mon désir de m'amuser avec ma liste d'expériences de lycéenne et mes amis. Mais sa remarque tombe à point nommé. Après le nouveau moment de flottement entre Max et moi plus tôt dans la soirée, j'ai besoin de faire une nouvelle expérience. Il faut que je comprenne pourquoi je me sens aussi perturbée par Max. Est-ce que c'est simplement parce qu'il est le garçon dont je suis le plus proche ou bien… est-ce que je fais partie de ces filles qui tombent finalement sous son charme ? Seigneur, ça serait catastrophique… parce qu'il ne me regarde pas du tout comme ça.

– Eh bien… on pourrait peut-être sortir… ensemble… ce week-end ? bégayé-je, les joues virant au cramoisi.

Le visage de Scott s'illumine et il acquiesce.

– Alors à ce week-end.

Avec un sourire, il dépose un baiser sur ma joue et s'éclipse pour rejoindre ses amis. J'inspire profondément et sens que mon visage est devenu aussi rouge que la robe que je portais plus tôt dans la soirée. Serrant les boîtes de ballons contre moi, je reprends mon chemin. Bon, eh bien, peut-être que Max n'est pas le seul garçon qui me déstabilise. Même si, quand Scott me touche, c'est loin d'égaler ce que je ressens face à la chaleur de Max, c'est un début. Après tout, ça serait complètement déplacé que Max me fasse plus d'effet que celui qui me plaît, n'est-ce pas ?

16

Max

N'ayant plus de ballons à gonfler et m'étant suffisamment amusé à en placer une dizaine hors d'atteinte pour la bibliothécaire, je traîne sans rien avoir à faire dans la bibliothèque.

– Bon sang, minimoy, qu'est-ce que tu fous, soupiré-je en ouvrant au hasard plusieurs livres.

La pièce est déjà ensevelie sous les ballons. Je voulais simplement en rajouter un peu vers la section d'histoire, mais à ce rythme, les élèves seront arrivés avant qu'Haylee donne signe de vie ! Grommelant, je me balade dans les rayons et tombe sur celui de science. Curieux, je fouine un peu dedans à la recherche d'ouvrages sur l'astronomie. À tous les coups, minimoy les a déjà tous empruntés ! Et je ne suis pas loin ! Sur une bonne vingtaine de documents, elle en a déjà lu quinze. Bon sang, c'est vraiment une fana de ce genre de trucs !

– Max ? souffle Haylee, enfin de retour.

– Par ici, fais-je en bougeant ma lampe torche pour qu'elle me repère plus facilement. Tu en as mis du temps !

– Essaie de traverser tout un hall enseveli sous des centaines de ballons sans en crever un seul avec deux boîtes entre les mains et une simple lampe torche, et on en reparle !

Son ton cinglant me fait sourire. Même si nous nous

entendons beaucoup mieux maintenant, les vieilles habitudes ne se perdent pas ! Nous aimons nous chamailler, nous y avons pris goût. Moi le premier. La soulageant du poids des deux cartons, je les pose sur la table la plus proche et entreprends de terminer ce qu'on est venus faire ici. Haylee me dit que les autres ont déjà presque fini, tout en regardant les livres que j'ai ouverts sur la table.

– Tu lisais ? fait-elle, surprise.

– Pas vraiment. J'étais simplement curieux de savoir si l'obsédée que tu es avait bel et bien emprunté tous les livres des lieux concernant l'astronomie.

Haylee lève les yeux au ciel et fait la moue. De nouveau, je fixe ses lèvres rosées avec intérêt. Bordel, pourquoi est-ce qu'elles me font autant envie ces derniers temps ? C'est comme si plus le temps passait et nous nous rapprochions, plus j'avais besoin de jouer avec le feu... De la toucher, de sentir sa chaleur... De ressentir la douceur de ses lèvres fruitées sur ma langue...

– Je ne suis pas une obsédée ! L'astronomie est la science qui étudie l'Univers au-delà de l'atmosphère terrestre. Plus spécifiquement, la formation et l'évolution de l'Univers. C'est passionnant !

– J'imagine. Après tout, *être astronome, c'est être un navigateur de l'espace ! On scrute cette mer d'étoiles à la recherche de nouvelles îles, de nouvelles découvertes, sans jamais s'en lasser*, la taquiné-je en me souvenant du speech qu'elle m'avait servi quand elle m'avait annoncé vouloir devenir astronome.

– Tu te rappelles ça ? marmonne-t-elle au bout d'un moment.

– Bien sûr. Tu m'avais sorti ce discours... quand on avait 9 ans. Franchement, je doute que ta vision des choses ait beaucoup changé depuis ! Tu devrais être notre mascotte ! La *Pirate des étoiles*, ça, ça aurait de la gueule ! Surtout maintenant que tu as foutu la honte de sa vie à Beth.

Malgré le peu de lumière, je vois ses joues rosir. Je souris à l'idée que, pour une fois, mes taquineries provoquent autre chose que de l'agacement chez elle.

– Et toi ? dit-elle enfin en me rejoignant pour m'aider à terminer au plus vite. Pourquoi est-ce que tu es autant passionné par le football ?

– Ton père me l'a enseigné quand…, je m'interromps et cherche comment tourner ma phrase pour ne pas en dévoiler trop.

– Quand le tien est parti ?

Personne ne parle de ça, jamais. Et Haylee doit redouter ma réaction parce que sa question se résume à un murmure. Je me crispe un moment, craignant que cette mention ne déclenche l'une de mes crises. Jusqu'à présent, ça a toujours été le cas. Dès qu'on évoque ce salopard, ma poitrine se comprime et je n'arrive pas à gérer ce que je ressens à son égard. C'est d'ailleurs pour cela que M. Green m'avait appris à jouer au football. Me dépenser sur le terrain m'aidait à me défouler et à canaliser mes émotions. C'est ce qui m'a permis de ne pas péter un câble lorsque ce connard est sorti de ma vie. Cela n'a aucun sens maintenant que j'y pense. Au lieu d'être complètement soulagé de son départ, je me suis senti comme opprimé. Par les souvenirs, par tout ce qu'il nous avait fait endurer, par la peur et la colère… Par la honte de l'avoir laissé blesser Haylee… Alors j'explosais régulièrement. Sans M. Green, je ne serais pas devenu l'homme que je suis aujourd'hui. Même si… ça n'a certainement servi à rien puisque je deviens comme lui…

Quand la main d'Haylee se pose sur la mienne, je me rends compte que je serre la pompe à vélo tellement fort que mes jointures sont devenues blanches. Je fixe un moment sa petite main sur la mienne et inspire pour me calmer.

– Ouais, marmonné-je, la voix enrouée. J'avais besoin d'extérioriser certains trucs. Avec le temps, le football est simplement devenu beaucoup plus intéressant, plus *challenging*[1]... Et maintenant, c'est l'une de mes voies de sortie. Je veux devenir pro et veiller sur ma mère, lui offrir tout ce que ce salopard ne lui a pas offert.

Je reprends ma respiration comme si je l'avais retenue depuis un moment. Je n'ai jamais parlé à personne de ma détermination à rendre à ma mère tout ce qu'elle a fait pour moi. Et honnêtement, je crois que ça me fait un bien fou de pouvoir partager avec quelqu'un ce poids dans mon cœur. Comme si je me sentais en sécurité dans l'obscurité, je me surprends à vouloir continuer.

– J'ai peur de la décevoir... De ne pas réussir à être... quelqu'un de bien. Alors je ferai tout ce que je peux pour devenir pro et la rendre fière.

– Je suis certaine que ta mère est déjà très fière de toi, Max, souffle Haylee doucement.

Peut-être... Mais ça risque de ne pas durer si elle apprend que je suis comme lui... Que j'ai tendance à perdre les pédales moi aussi ! Elle s'inquiétait déjà quand j'étais au collège au vu de mes tendances bagarreuses, je n'ai pas envie qu'elle finisse par voir mon père en moi. Ma poitrine se serre et je déglutis. Ce n'était pas une bonne idée de parler de ça, de m'ouvrir comme ça. Ce n'est pas dans mes habitudes et je comprends pourquoi. Dès que je m'autorise à évoquer tout ce que cette situation

1. Stimulant.

me fait éprouver, je ne sais pas comment gérer ce que je ressens. Pour mon connard de père qui nous a gâché la vie et qui a pourri mon enfance, pour ma mère que j'essaie de rendre fière, mais que je décevrai sans aucun doute si je lui ressemble.

– Pardon, je n'aurais pas dû aborder ce sujet, dit Haylee en enroulant ses bras autour de ma taille à ma plus grande surprise. C'est juste que… personne n'en parle jamais… et… désolée, Max…

Ses mains chaudes se plaquent contre mon torse et elle me serre contre elle. J'inspire profondément et secoue la tête. Tout va bien. Je n'ai pas eu de crise, je suis plus fort que ça. Prenant quelques minutes pour me ressaisir, je laisse Haylee apaiser la tempête qui menaçait de rompre. Comme à l'époque…

Lorsque ça va mieux, je pivote et m'asseyant sur la table, la garde entre mes bras. Avec un petit sourire plein de reconnaissance, je repousse ses longs cheveux blond cendré derrière ses épaules et l'observe. Ses yeux gris clair sont à peine visibles dans l'obscurité de la bibliothèque entrecoupée seulement des faisceaux de nos lampes torches. Mais malgré ça, je sens qu'elle me dévisage avec attention. Attention et curiosité. Je sais qu'elle se demande pourquoi je réagis de cette façon à la mention de mon père et pourquoi personne n'en parle jamais. Ses parents ne lui ont rien dit. Je les ai suppliés de ne pas le faire. Je ne veux pas qu'elle me regarde différemment, avec cette même compassion que sa mère était incapable d'enlever de son visage les premières années ayant suivi le départ de mon père. Mais surtout, je refuse qu'elle apprenne comment les Green ont découvert ce que faisait mon père. Haylee ne se souvient de rien concernant ce jour-là et croit que son passage à l'hôpital était dû à sa maladresse. Si elle apprend la vérité, elle m'en voudra de ne pas l'avoir protégée comme j'aurais dû, de l'avoir mise en danger…

Une longue minute passe, mais aucun de nous deux ne s'éloigne. Le courant qui nous traverse est identique à celui qui m'a déstabilisé dans sa chambre. Je me tends, essayant de repousser mon envie de l'embrasser jusqu'à être rassasié du goût fruité de ses lèvres… Bordel…

Au bout de ce qui me semble être une éternité, je la vois bouger. Mais ce n'est pas pour quitter mon étreinte. Les mains posées sur mon torse, elle se penche vers moi et nos regards se croisent. Une alarme s'allume dans mon esprit quand je remarque cette intensité dans ses billes grises. Mais je suis trop lent à réagir… Ou je n'en ai strictement aucune envie, je n'en sais rien… Quand elle se penche davantage, jusqu'à ce que nos lèvres se frôlent, j'envoie balader cette fichue alarme. Son baiser est timide et maladroit, mais sentir la douceur de ses lèvres me donne la sensation de respirer de nouveau. Ma raison s'envole et je m'empresse de répondre à son baiser.

M'emparant de ses lèvres, je l'embrasse comme j'ai rêvé de le faire au dîner et dans sa chambre. Je l'embrasse comme si j'étais complètement en manque. Et je le suis peut-être un peu. En un seul baiser, je suis devenu accro. Mes mains se perdent dans ses cheveux. Nos langues exécutent une danse maladroite, hésitante de son côté, mais plus les minutes passent, plus elle semble prendre de l'assurance. Son corps se presse contre le mien et je me rends à peine compte que je la soulève pour l'asseoir sur la table où traînent les ballons, les pompes et les livres d'astronomie. Placé désormais entre ses cuisses, je ne peux m'empêcher de la toucher, de laisser mes mains se promener sur ses formes qui me rendent dingue depuis la rentrée. Je perds complètement la tête quand ma main se glisse d'elle-même sous son sweat. Sa peau douce, moelleuse et chaude m'excite comme celle d'aucune autre fille ne l'a fait avant. Est-ce le goût de l'interdit qui me fait vivre toutes ces émotions au centuple ? Le fait que je sache que peu importe ce qui est en train de se passer à cet instant précis, je ne peux pas aller plus loin avec elle ? Je n'en sais foutre rien, mais je ne tiens pas en place quand elle soupire lorsque mes lèvres se posent sur son cou.

Tirant sur ses cheveux d'une main, je l'oblige à me regarder. Ses lèvres sont gonflées par mon avidité, son regard est complètement dilué sous le désir et l'incompréhension de ce qu'on est en train de faire. J'imagine que je suis dans le même état qu'elle. J'ouvre la bouche pour dire quelque chose, quoi que ce soit qui nous aide à y voir plus clair, mais les voix de Warren et Garrett m'interrompent.

– Max ? Haylee ?

Haylee se fige dans mes bras et me jette un regard proche de la panique. Voilà, la magie est rompue et elle se demande certainement ce qui lui a pris de m'embrasser. Parce que cette fois-ci, c'est elle qui m'a embrassé… À vrai dire, je me le demande aussi, mais je n'ai pas le temps de tergiverser maintenant. L'aidant silencieusement à redescendre de la table, j'attrape ma lampe torche et pars rejoindre mes potes. Haylee ne me suit pas tout de suite, et c'est tant mieux. J'ai besoin d'une minute loin d'elle. Loin de son parfum envoûtant et de ce qui vient de se passer.

– Bah alors, qu'est-ce que vous foutez ? me demande Warren.

– On a fini, c'est bon.

Mon pote regarde la pièce. Comme prévu, il y a des ballons partout sauf dans une section. Celle qu'on devait remplir avec Haylee avant que les choses ne dérapent. Il semble hésiter à me poser la question qui lui pend au bord des lèvres : pourquoi n'a-t-on pas vraiment fini ? Mais il se ravise en voyant Haylee apparaître derrière moi. Avec la lampe de Warren, cent fois plus puissante que les nôtres, on aperçoit son visage rougi et ses cheveux en bataille. Je passe une main gênée sur ma nuque quand mon pote me lance un regard et je baisse sa lampe pour éviter qu'Haylee ne se sente mal à l'aise.

– Allez, on se casse.

Sans rien ajouter, mes potes acquiescent et l'on se rejoint vers la fenêtre par laquelle toute l'équipe s'est faufilée. Je descends en premier et récupère Haylee en bas. Son corps glisse sur le mien et, un court instant, son visage se retrouve de nouveau à quelques centimètres du mien. Nos regards s'accrochent et je suis obligé de la relâcher prestement, pris de panique. C'était exactement ce que je voulais éviter. Ce genre de regard… Bordel… Je vais finir par tout faire foirer entre nous.

Sur le chemin du retour, nous n'échangeons pas un seul mot. Et j'ai à peine arrêté le moteur qu'Haylee saute sur le trottoir et me tend le casque avant de partir en courant jusque chez elle. Bordel…

– C'est la merde, soupiré-je en m'affalant sur mon guidon.

Qu'est-ce que je suis censé faire maintenant ? Parce que je ne peux pas continuer dans cette voie. Je vais la mettre en danger. Si mon père revient… Si je deviens comme lui… Et je ne peux vraiment pas m'y résoudre… Je tiens trop à elle pour ça…

17

Haylee

Je ne dors pas beaucoup à mon retour de ma petite escapade avec Max. En fait, je ne dors pas du tout, repensant sans cesse à ce que j'ai fait. J'ignore ce qui m'a pris. Pourquoi je l'ai embrassé ? Quand il parlait de son père, il semblait si différent du Max fort et sûr de lui que je vois tous les jours au lycée, que j'ai simplement eu envie de le réconforter. De prendre une partie de sa peine. Parce que s'il ne l'a pas clairement dit, le départ de son père l'a marqué. Et je voulais simplement… je n'en sais rien. Mais dès que mes lèvres ont rencontré les siennes, impossible de m'arrêter. Sa bouche avait exactement le même goût mentholé que dans mes souvenirs. Sa langue chaude caressant la mienne m'a embrasée. Me laisser aller dans toutes ces sensations nouvelles que seul Max me fait ressentir était excitant et effrayant à la fois. Je ne sais plus quoi penser de tout ça… Je le détestais tellement il y a quelques mois et maintenant… Si je ne devais ressentir qu'une sensation jusqu'à la fin de mes jours, ça serait celle-là. Celle de sa bouche contre la mienne provoquant des montagnes russes dans tout mon être.

Lorsque le jour se lève, l'angoisse de ce qu'il va se passer aujourd'hui m'empêche de déjeuner. Notre petite blague risque de créer des remous au bahut, mais ce n'est pas ce qui m'inquiète le plus. Comment est-ce que Max va réagir après cette nuit ? Il n'a pas prononcé un seul mot quand nous sommes revenus. Et ça me fait flipper… J'ignore comment notre amitié toute neuve va faire face à ça.

Arrivant devant le lycée, je prends une profonde inspiration et fixe le bâtiment rouge avant de me décider à m'en approcher. Comme n'importe quel autre jour, je rejoins Taylor à notre point habituel près du muret à côté du saule dans la cour du bahut.

– Alors, hier soir, tu as fait des bêtises ? me demande Taylor en m'accueillant avec un regard complice.

Involontairement, je rougis. Comment est-ce qu'elle sait ? Je ne lui en ai pas encore parlé…

– J'aurais voulu venir aussi, mais toute la famille avait fait le déplacement cette année pour Thanksgiving. Pas moyen de sortir en douce, soupire-t-elle, dépitée.

Oh ! Elle parle de la farce des seniors, bien évidemment ! Je secoue la tête et tente de calmer les battements frénétiques de mon cœur. Avec un sourire, je donne le change et fais mine de m'intéresser à la conversation en cours du groupe. Mais mon attention faiblit à chaque nouvelle personne qui nous rejoint. Garrett, Félix, Matéo, Bobby… Mais toujours pas de Max. Pourtant, je n'ai pas vu sa moto dans l'allée en partant de chez moi, alors j'imaginais qu'il était déjà au lycée…

– Alors les filles, ça vous dit d'aller à vos casiers ? se marre Garrett en nous adressant un clin d'œil.

Dissimulant plus ou moins l'euphorie du groupe, nous nous dirigeons vers l'intérieur. Lorsqu'on s'engouffre dans une montagne de ballons et de confettis – *tiens, je ne les avais pas remarqués ceux-là hier soir !* –, chaque membre de la bande y met du sien pour paraître aussi étonné que tous les autres élèves présents. Le spectacle en est risible. Garrett lance un « *What the fuck* », choqué. Félix prétend « ne jamais avoir vu autant de ballons de sa vie ». Et leur expression va crescendo lorsqu'à la place de la sonnerie un remix de « Firework » de Katy Perry résonne dans tout le bahut.

C'était donc ça la surprise en plus qu'ils avaient manigancée dans le bureau du directeur, je comprends, amusée.

Dès que la musique retentit en boucle dans les couloirs, les visages de mes camarades s'illuminent et une énorme bataille de ballons est lancée. Les premiers cours ne commenceront définitivement pas à l'heure, pour personne. Prise dans l'effervescence du moment, j'en oublie mon angoisse et suis Taylor qui essaie d'ensevelir Warren sous les ballons. À nous deux, nous nous jetons sur lui.

– À l'aide ! Deux minimoys tentent de me noyer !

Je sens qu'on me soulève et ma prise sur Warren disparaît. Matéo me fait tourner sur ses épaules et mon rire se joint à ceux des dizaines d'élèves présents dans le hall. Tous sans exception semblent s'éclater. Cela valait amplement les heures perdues cette nuit ! Le clou du spectacle arrive quand on voit débarquer le proviseur avec de la crème à raser un peu partout sur son costume. Il a de toute évidence essayé d'éclater quelques ballons et a été surpris du résultat ! Celui-ci regarde d'un air las le foutoir dans le hall et fait un signe aux autres professeurs. Un cri de victoire emporte toute la foule, surexcitée, quand ils repartent. Élèves : 1 – Corps enseignant : 0.

Notre amusement se poursuit encore quelques minutes, puis la musique s'interrompt et l'on nous demande de retourner en cours. Matéo me repose et m'ébouriffe.

– N'oublie pas, on est la résistance ! Ne te fais pas prendre !

Je lève les yeux au ciel. Honnêtement, je doute que la direction imagine un instant que moi, Haylee Green, élève plutôt modèle et fille du shérif, ait quelque chose à voir avec tout ça. Et c'est certainement ce qui est le plus drôle. Sautant entre les ballons ayant résisté à la bataille générale, je me rends à mon casier pour récupérer mes livres avant d'aller en cours. Ce n'est qu'à ce moment-là que j'aperçois enfin Max. Celui-ci ne nous a pas rejoints pendant la partie la plus fun de cette farce. Et quand je vois ce qui l'a retenu, mon amusement s'envole d'un coup.

Très bien… Voilà sa réponse à ce qui s'est passé hier soir. La honte me submerge et quelque chose en moi se comprime, me donnant envie de pleurer lorsque je le vois plonger sa langue dans la bouche d'Ana. De toute évidence, cela ne signifiait rien pour lui. Alors ça ne signifiera rien pour moi non plus. En fait, je devrais lui en être reconnaissante. Au moins, il est cohérent. Il soutient qu'il n'est pas quelqu'un de bien et, de toute évidence, il ne l'est pas. C'est qu'un connard. Rien d'autre.

Refermant mon casier suffisamment fort pour attirer son attention, je serre les dents quand je croise son regard. Celui-ci est tout aussi arrogant qu'il y a quelques mois, tout aussi distant… Parfait, il peut fourrer sa langue où il veut, cela ne me regarde pas. Je pivote et me casse. Voilà pourquoi je dois me recentrer sur Scott. Avec tous ces moments de flottement et ce que j'éprouve, je pourrais bien finir par tomber sous le charme de mon maudit voisin. Et que je sois pendue si je deviens l'une des filles en pâmoison devant Maximilien Henderson !

18

Haylee
Décembre

J'enroule mon écharpe deux fois autour de mon cou et grelotte. Bon sang, on se croirait au pôle Nord ! Noël approchant à grands pas, les températures ont chuté à Galena. À un tel point que je suis incapable de sortir de chez moi sans m'être emmitouflée dans une montagne de pulls, d'écharpes et de bonnets. Pourtant, à ce moment précis, être enroulée comme un burrito dans mes fringues ne m'empêche pas de me geler le cul sur les gradins.

– Ça caille trop pour qu'on reste là, avertis-je mes amies qui, comme à chaque fois, ont de la bave plein le menton à force de regarder leurs petits copains s'entraîner.

Eux n'ont pas vraiment l'air de ressentir le froid. Certains sont en tee-shirt et en short. Ils ne devront pas se plaindre s'ils passent toutes leurs vacances de Noël cloués au lit à cracher leurs poumons ! Ils sont complètement fous. Et l'approche du sixième match de l'équipe, celui qui leur permettrait de dépasser les *play-offs* et d'entrer dans la phase sérieuse de la compétition de cette année, n'arrange pas les choses.

Avec un petit rire, je secoue la tête et scrute à mon tour le terrain d'entraînement des Pirates. Avec Taylor, Lara et Kim, nous avons pris l'habitude de passer une bonne partie de notre semaine ici. Et si en temps normal, Kim et Lara doivent s'entraîner elles aussi avec les cheerleaders, avec ce froid de canard, Bethany a annulé la séance.

– Ce froid polaire est moins glacial que l'ambiance entre toi et Max ! m'interpelle Lara avec ironie.

Les filles renchérissent et Taylor finit par lâcher Warren des yeux pour me fixer, sourcils froncés.

– Bon, tu vas me dire pourquoi vous vous êtes encore engueulés ? demande-t-elle enfin.

Je me mords la lèvre inférieure, hésitant à le lui dire. C'est ma meilleure amie après tout… Je devrais lui en avoir parlé depuis longtemps de ce fichu baiser… Seulement, je n'y arrive pas. J'ai honte de m'être laissé contrôler de la sorte par une faiblesse hormonale d'un instant.

– On ne s'est pas disputés.

Mes amies me dévisagent avec un air dubitatif.

– C'est juste que vous étiez si proches le mois dernier, argumente Kim, hésitante. Et là… plus rien. Vous vous adressez à peine la parole.

Je hausse les épaules et fais mine de me replonger dans mes devoirs.

– Il fait sa vie et moi la mienne. Je ne vois pas où est le mal là-dedans.

Kim et Lara laissent tomber, mais pas Taylor. Celle-ci me scrute avec ce regard qui me fait parfaitement comprendre que quand nous serons seules, je ne vais pas échapper à un interrogatoire dans les règles. Après tout, c'est vrai que depuis l'accident pendant la farce des seniors, c'est devenu… bizarre entre Max et moi. Nous n'avons pas repris nos engueulades habituelles, ce qui doit certainement en soulager certains. Mais nous n'avons plus non plus cette amitié fraîchement retrouvée qui nous rapprochait. En fait, je ne sais plus où nous en sommes tous les deux. Nous ne nous évitons pas, mais c'est tout comme. Le voir embrasser une autre fille juste après le baiser passionnel qu'on avait échangé m'a blessée. J'imagine que pour lui, notre rapprochement ne voulait rien dire, mais ce n'était pas pareil pour moi. Ce baiser m'a déstabilisée. Il m'a fait vibrer. Alors j'espérais ne pas être la seule dans ce cas, mais à l'évidence, Max ne changera jamais. Est-ce que ça m'attriste qu'il soit redevenu le connard qu'il était avant Halloween ? Oui… Non… Enfin, ça ne le devrait pas ! Après tout, il n'y a rien entre nous. Nous sommes simplement amis. Alors je ne dois pas prendre cette histoire trop à cœur. Notamment parce que je dois me concentrer exclusivement sur ma liste d'expériences de lycéenne. Je me suis d'ailleurs activée de ce côté. Je me suis débrouillée toute seule pour cocher la case « Rendez-vous galant ».

Au cours de ces dernières semaines, je suis sortie avec Scott à plusieurs reprises. Si le premier rendez-vous était plutôt malaisant, nous avons rapidement retrouvé cette facilité à discuter de tout et de rien qui nous avait rapprochés cet été à Springfield. Nous sommes même allés au cinéma voir le dernier *Conjuring*. Pendant le film, j'ai bien senti qu'il souhaitait passer à la vitesse supérieure, mais je n'ai pas pu me résoudre à l'embrasser. Pas encore. J'apprécie Scott. Il est sympa, drôle et n'a rien à voir avec Max. Il ne me fait pas tourner en bourrique parce que ça l'amuse, il n'est pas un horripilant coureur de jupons comme Max. Mais je ne me sens pas encore prête à faire ce pas avec lui. Par ailleurs, Taylor m'a mise en garde. Avec la rivalité croissante entre Max et Scott, cette histoire pourrait mal tourner. Toutefois, je ne crois pas que Scott pense à ça quand nous sommes ensemble. Et Max… Il n'a pas son mot à dire. J'ai tout à fait le droit d'être amie, et plus, avec qui je veux.

– Haylee, on t'appelle.

Je lève la tête de mon cahier et vois que Scott me fait signe de le rejoindre. Mes amies le dévisagent, hésitant encore à accepter notre rapprochement, mais je n'y prête pas attention. Descendant les quelques marches qui me séparent du terrain, je le rejoins.

– Salut, dit-il en souriant et en me prenant la main. Tes mains sont gelées, Green.

– Et tu n'imagines pas l'état de mon cul, lâché-je impulsivement, ce qui le fait marrer.

Je rougis et me mords la lèvre inférieure. Merde, je recommence à dire n'importe quoi ! Ça m'arrive souvent avec Scott, alors j'essaie de contrôler le débit de parole qui sort de ma bouche. Tout comme je tente de ne pas parler constamment de science ou d'astronomie pour ne pas passer pour une nerd. J'aime ce qui commence à naître entre nous et je ne veux pas le gâcher.

– Pourquoi est-ce que tu voulais me voir ?

– Il faut une raison en particulier ?

Ma main toujours dans la sienne, il passe la deuxième sur mon visage et écarte les mèches sur mes joues rosies par le froid. Son toucher ne me réchauffe pas comme l'aurait fait celui de Max, mais il est agréable. *Damn it*, il faut que j'arrête de les comparer, ce n'est pas bon !

– Bon, j'avoue que j'avais une raison cette fois-ci, mais je suis toujours heureux de parler avec toi, continue-t-il en me souriant. En fait, j'ai repensé à ce que tu m'as dit la dernière fois.

Je hausse un sourcil, perplexe. Nous avons parlé de plein de choses le week-end dernier quand nous sommes allés au cinéma, alors je ne saisis pas tout de suite à quoi il fait référence.

– J'ai discuté avec Beth, et elle a accepté de vous laisser

faire des essais, toi et ton amie Taylor, pour que vous puissiez intégrer les cheerleaders.

– Tu plaisantes ?

Scott acquiesce avec un sourire satisfait. Je libère ma main de la sienne et la fourre dans ma poche. J'ignore si cette information devrait m'agacer ou plutôt me faire rire. Je n'ai aucune envie de faire partie des pom-pom girls. Surtout pas avec Bethany dans les parages. Depuis notre dispute au réfectoire, elle m'évite et je fais de même. Les choses n'ont jamais été aussi calmes depuis le collège entre nous, alors je ne veux surtout pas mettre de l'huile sur le feu en intégrant son équipe de filles in. Mais c'est vrai que j'en ai parlé avec Scott. Parce que, dernièrement, j'ai l'impression que Taylor regrette un peu sa décision quand elle voit les filles partir avec leurs petits amis pour les soutenir lorsqu'ils ont un match dans un autre bahut. Et j'avais envie d'arranger les choses pour elle. Mais moi… je n'y tiens pas vraiment. Je fixe Scott en cherchant comment le remercier pour Tay tout en déclinant sa proposition sans le froisser, mais je n'y parviens pas. Le regard enthousiaste qu'il m'adresse me fait clairement comprendre que lui aussi tient vraiment à ce que je sois l'une de ces filles-là. Que je fasse partie du club des uniformes. Et ça, ça m'énerve un peu.

– Est-ce que si je refuse cette généreuse proposition, ça va poser problème entre nous ? lâché-je sur un ton plus mordant que prévu.

Scott paraît surpris par mon emportement. Il me détaille, un peu perdu et… irrité ? Non, ça ne peut pas être ça. Scott est toujours très gentil avec moi. D'ailleurs, je ne comprends pas pourquoi une partie de son équipe ne semble plus le supporter. Même s'ils essaient de le cacher pour maintenir l'harmonie sur le terrain, cela devient de plus en plus évident. Pour moi, pour nos amis en commun et certainement pour le reste du lycée.

– Non, aucun. Je pensais simplement te faire plaisir.

OK, je suis parano. Peut-être que je psychote un peu trop sur cette idée qu'il est le quarterback et que je ne suis que moi. Pas une cheerleader, pas une fille populaire, juste Haylee Green. Après tout, être entourée continuellement par tous ces clubs alors qu'on ne fait pas partie complètement de leur monde est assez déstabilisant comme ça pour que je commence à cogiter sur tout le reste.

– Merci, je vais en parler à Tay et… vais y réfléchir pour ma part.

– Ne t'en fais pas, Bethany ne t'ennuiera plus. J'ai…

Un bruit sourd sur le terrain suivi d'un remue-ménage inquiétant l'interrompt. Surpris, nous tournons tous les deux notre attention vers l'équipe. Plus aucun joueur ne s'entraîne, ils sont tous pour la plupart en train de courir en direction de l'un d'entre eux, au sol. Je fronce les sourcils en reconnaissant le numéro de Max. Il s'est fait plaquer ? À quelques pas, je vois Josh, casque enlevé, le regarder sans bouger. Il pâlit légèrement quand Max finit par se redresser et hurle de douleur en se tenant l'épaule.

– On dirait que Max a mal géré son atterrissage, dit sèchement Scott.

Le ton glacial qu'il utilise me fait froid dans le dos. J'aimerais lui demander ce qu'il a contre Max, comprendre cette fameuse rivalité entre eux, mais je n'arrive pas à quitter le terrain des yeux quand j'entends ce dernier grogner de douleur. Taylor apparaît et m'entraîne avec elle sur le terrain.

– Qu'est-ce qui s'est passé ? lui demandé-je au fur et à mesure qu'on avance.

– Max était distrait et Josh lui a foncé dessus.

Rapidement, on rejoint les joueurs, qui s'agglutinent tous autour de Max. Nous faufilant entre eux, j'entends certains dire qu'ils peuvent oublier de gagner le prochain match si Max ne joue pas et d'autres marmonner que Josh l'a fait exprès. Le cœur battant à tout rompre d'inquiétude, je finis par atteindre Max. Celui-ci est assis par terre et le coach est en train de l'aider à enlever ses protections afin de s'assurer que la blessure n'est pas grave.

La tension qui électrise toute l'équipe lorsqu'on voit l'œdème gonflant déjà sur son épaule plonge le terrain dans un silence assourdissant. Seuls le souffle irrégulier teinté de douleur du blessé et les directives du coach finissent par entrecouper cette absence de réaction.

– Pas de fracture, annonce, soulagé, le coach quand Max parvient à lever le bras à plus de soixante degrés sur le côté. Mais cet œdème n'est pas beau à voir. Max, tu vas rester sur le banc au prochain match.

– Il n'en est pas question, grogne celui-ci en récupérant son bras. Je vais bien, coach.

– Henderson, soupire l'entraîneur en se redressant. Tu sais qu'une blessure à l'épaule peut entraîner des complications.

– Comme vous l'avez dit, ce n'est pas une fracture. Et j'ai déjà reçu des coups bien pires dans ma vie pour venir pleurnicher sur celui-là, réplique-t-il en regardant le coach comme s'il comprenait ce qu'il sous-entendait par là. Il va falloir me virer de l'équipe pour que je ne joue pas vendredi, coach. Parce qu'autrement, je serai sur le terrain. Avec mon équipe.

Une bouffée d'espoir envahit les joueurs à mes côtés. Certains commencent à demander à Max s'il est sûr, mais j'entends parfaitement d'autres être soulagés. Sans lui, la motivation de l'équipe ne sera pas la même sur le terrain. J'en ai conscience, et tous ceux qui m'entourent, y compris Max, aussi. Mais…

– Pourquoi es-tu aussi borné ?!

Max se fige et lève lentement la tête vers moi. De toute évidence, il n'avait pas remarqué ma présence. Ma colère, mêlée à mon inquiétude, s'accentue quand je lis de la douleur dans ses yeux.

– Qu'est-ce que tu penses pouvoir faire sur le terrain vendredi ? Tu es incapable de bouger le bras sans faire une putain de grimace !

– Ne te mêle pas de ça, minimoy. Ça ne te concerne pas.

– Non, bien sûr que non. Parce que Maximilien Henderson est tellement fort qu'il n'a pas besoin qu'on lui dise quand il joue au sombre crétin !

Autour de moi, je surprends quelques-uns de ses équipiers tentant d'étouffer un petit rire, mais cela ne m'amuse pas. Je sais que je m'emporte, mais je suis excédée par l'obstination dont il fait preuve. Max m'ignore et se relève avec l'aide de Warren et de Matéo, les premiers ayant accouru à ses côtés. Il fait signe au coach qu'il retourne aux vestiaires, mais je n'ai pas dit mon dernier mot. Me défaisant de l'étreinte de Taylor, je le suis et le pousse aussi fort que je peux sous les regards ahuris de ses camarades. Un grognement de douleur lui échappe.

– Tu es incapable d'encaisser le coup d'une fille, alors comment est-ce que tu penses pouvoir tenir tête à toute une bande bodybuildée pendant une heure ?!

Les épaules de Max se lèvent, puis s'abaissent au rythme de sa respiration. Une longue minute passe avant qu'il se retourne. Le regard froid et contrarié qu'il me lance ne me fait pas peur. Il est cinglé s'il croit pouvoir retourner sur le terrain dans cet état. Je sais qu'il m'a confié vouloir devenir pro pour rendre fière sa mère, mais là… c'est de la folie !

– Et si tu te fais plaquer et que ton épaule ne le supporte pas ? continué-je. Tu crois que ta mère appréciera le spectacle ?!

Mentionner sa mère est l'élément de trop. Je le vois dans son regard, qui s'illumine d'une lueur mauvaise, avant qu'il ne se jette sur moi. Me soulevant comme si je ne pesais pas plus lourd qu'une plume, Max me balance sur son épaule intacte et reprend son chemin.

– Repose-moi, espèce de crétin ! hurlé-je en gigotant. Tu vas te faire mal ! Est-ce qu'il y a quelque chose dans cette fichue tête ou ça brasse de l'air ?!

– Tu voulais que je te prouve que je suis en état de jouer, non ? Alors ferme-la, Haylee ! hurle-t-il en nous entraînant vers l'annexe sportive.

Lorsque nous arrivons dans les vestiaires, il me fait glisser contre lui. Un soupir de douleur lui échappe. Ses traits sont tirés. Il a beau avoir prétendu le contraire, il souffre.

– Voilà, tu vois, je peux jouer. Alors, arrête de t'inquiéter pour moi.

Son souffle court ne me rassure pas, mais quand je lève la tête vers lui pour le lui dire, je plonge irrémédiablement dans l'intensité de son regard. Me bloquant contre la porte qu'on vient à peine de franchir, Max s'affale sur moi. Son visage s'enfouit entre mes cheveux et la montagne de couches de vêtements que je porte. Je me retrouve coincée dans son étreinte.

– Max…, murmuré-je d'une voix rauque. Qu'est-ce que tu fais ?

– J'ai besoin de recharger mes batteries… Tu n'es pas un poids plume, minimoy.

Je grogne, ce qui le fait rire. Mince, ça m'a manqué. Son rire m'a manqué ces dernières semaines. Les filles ont raison, nous nous adressons à peine la parole et ne rions plus ensemble. Et aussi étonnant que ça puisse paraître, ça m'a manqué. Le fait qu'il soit aussi irritant qu'à son habitude, qu'on plaisante ensemble, je crois y avoir pris goût à une vitesse hallucinante. Par réflexe, j'enroule mes bras autour de son torse nu et vais me blottir contre lui. Mes mains froides sont en parfait contraste avec la chaleur de son dos. L'étreinte de Max se referme et je le sens reprendre sa respiration.

– Tu es sûr que ça va aller ?

– J'ai déjà connu pire, ne t'en fais pas. Je suis plus fort que ça.

Cette réponse ne me satisfait pas, mais de toute évidence, je vais devoir faire avec. Tout comme le coach semble avoir accepté que son *tackle* soit obstiné et tête à claques.

Un ange passe et aucun de nous deux ne bouge.

– De quoi est-ce que vous parliez ? souffle-t-il au bout d'un moment.

Comme je ne réponds pas tout de suite, ne comprenant pas sa question, il se dégage et me scrute. Son regard impassible me déstabilise.

– Avec Scott. De quoi est-ce que vous parliez ? Vous m'aviez l'air… proches.

Je hausse un sourcil, surprise qu'il nous ait vus alors qu'il était en plein entraînement. Rien ne distrait Max du foot en temps normal. D'ailleurs, c'est étonnant qu'il n'ait pas vu Josh arriver. Le déclic se fait dans mon esprit alors que je continue à lui faire face. C'est ça qui l'a déconcentré ? Scott et moi ?

– De rien de spécial, marmonné-je, mal à l'aise.

– Tu me mens, soupire-t-il, impassible. Quoi, vous êtes devenus… amis ? C'est ça ?

– En quelque sorte…

Pourquoi est-ce que je me sens comme ça ? Je n'en ai rien à faire de leur rivalité idiote. Je peux être amie avec les deux sans avoir à choisir un camp ! Alors pourquoi est-ce que je n'arrive pas à avouer à Max qu'il pourrait y avoir plus que de la simple amitié entre Scott et moi ?

Max grogne et s'éloigne vers les bancs des vestiaires. Passant sa main valide dans ses cheveux, il soupire.

– OK, OK… Je n'ai pas la force de m'embrouiller avec toi maintenant, mais ne t'approche pas trop de lui. Tu ne sais pas qui il est vraiment, minimoy.

Plus qu'un ordre, cela ressemble à un avertissement. Je me contente donc d'acquiescer pour le rassurer. Parce qu'à cet instant précis, avec la douleur qui marque ses traits, il doit se concentrer sur autre chose que mon amitié avec Scott. Pour m'en assurer, j'ouvre l'armoire à pharmacie des vestiaires pour en sortir une crème anti-inflammatoire et un bandage. Sans un mot, je reviens vers Max et entreprends de l'aider à soulager la douleur. Parce que peu importe ce qu'il dit, il n'est pas en état de jouer et je vais clairement essayer de l'en dissuader dans les jours à venir.

– Visiblement, il faut que je souffre pour que tu sois gentille avec moi, se marre-t-il à mesure que je le tartine de crème.

– Si tu crois que je vais devenir ton infirmière personnelle, ne rêve pas trop.

Le petit sourire qu'il m'adresse en guise de réponse me fait lever les yeux au ciel. Bon, de toute évidence, la guerre froide est terminée. Nous sommes de nouveau amis. Et cela me fait un bien fou. Parce que ses blagues à m'en perforer les tympans m'ont manqué. Parce que sa façon de me taquiner m'a manqué. Lorsqu'il frôle mon visage pour dégager les mèches de cheveux qui m'entravent la vue, je me perds dans le tréfonds de ses prunelles chocolat. Je ne veux pas l'admettre, vraiment pas, mais, *fuck*, ça aussi ça m'a manqué. Bon sang, c'est n'importe quoi ! Qu'est-ce que Max est en train de me faire ? Pourquoi, malgré le fait que j'ai enfin attiré l'attention du garçon qui me plaît, il n'y a que mon foutu voisin qui fasse palpiter mon cœur de cette façon ?

Sans que je m'en aperçoive, sa main s'est perdue dans mes cheveux et il m'a attirée vers lui. Son regard brûlant de milliers d'émotions me détaille intensément et s'arrête sur mes lèvres.

– Minimoy…

Sa voix n'est qu'un murmure, mais cela a un effet ravageur sur mon calme. Son pouce vient caresser ma mâchoire et je frissonne. Max s'apprête à dire quelque chose, mais il s'interrompt en entendant les voix qui approchent. Inspirant profondément, il m'adresse un sourire.

– Je vais me débrouiller pour la suite. Merci.

J'acquiesce quand j'entends la porte s'ouvrir. Lui tendant le bandage, je lui rappelle qu'il doit remettre de la crème régulièrement et quitte le vestiaire. En chemin, je passe devant quelques joueurs de l'équipe, tous avec un petit sourire amusé sur les lèvres. Je déguerpis aussi vite que possible, les joues enflammées.

19

Max

Cette blessure à l'épaule est une vraie plaie ! Malgré mon obstination à jouer vendredi, le coach ne m'a pas laissé m'entraîner avec les autres cette semaine. J'ai dû me contenter de les observer de loin en leur donnant quelques conseils, comme je l'aurais fait d'habitude. Les mecs ont tous été super. Me demandant quinze mille fois si j'étais certain pour vendredi et si j'avais besoin de quelque chose, mais j'ai fini par les envoyer balader. Je vais bien. J'ai déjà reçu plus de coups que cela dans ma vie, je suis plus fort que ça. Au bout de deux jours à les envoyer paître un à un, ils ont fini par comprendre et m'ont simplement promis de tout donner sur le terrain pour qu'on dépasse les qualifications. Et ça, ça me suffit amplement.

Mais il y en a une qui n'a pas saisi que j'allais bien. Haylee est devenue encore plus chiante qu'avant. Elle s'inquiète pour moi, je le vois à la façon dont elle me scrute dès que j'ai le malheur de montrer ma douleur, mais cela ne l'empêche pas d'être la petite peste que je connais. Et qui m'a terriblement manqué ces dernières semaines lorsqu'on se parlait à peine.

Après notre baiser pendant qu'on organisait la farce des seniors, j'ai senti que je devais mettre un peu de distance entre nous. Notre amitié et cette histoire de liste d'expériences de lycéenne nous avaient beaucoup trop rapprochés. À un tel point qu'il m'arrivait d'oublier pourquoi je devais garder une barrière entre nous, pourquoi je ne devais pas la regarder comme je le fais. Avec cette envie de la voir rougir sous mes baisers et de lui faire découvrir tout ce qu'elle désire vivre en tant que lycéenne. Sexuellement parlant aussi... Voilà pourquoi il a fallu que je m'éloigne d'elle. Je sais que je l'ai blessée. Le regard qu'elle m'a lancé quand elle m'a vu avec Ana est encore gravé dans mon esprit, mais c'était pour son bien. Pour l'éloigner du danger qu'être à mes côtés représente.

Toutefois, quand je l'ai vue avec Scott pendant l'entraînement, j'ai compris que ce n'était peut-être pas une si bonne idée que ça de lui laisser de l'espace. Parce que cet enfoiré risquait de s'y insinuer tel le serpent venimeux qu'il est. Ça m'a tellement distrait que je n'ai pas vu Josh arriver. Et le résultat risque de me coûter cher cet après-midi.

Inspirant pour calmer ma nervosité, je ferme les yeux un moment. Ça va aller. Pendant le match, je vais tout faire pour qu'on gagne sans aggraver ma blessure. Et j'y arriverai.

– Max ?

Ah enfin, pensé-je, agacé. Haylee m'a demandé de la rejoindre derrière l'annexe sportive à la fin des cours, mais cette petite peste n'était pas là quand je suis arrivé. Et elle est plus qu'en retard vu le quart d'heure que j'ai passé dans le froid comme un con à l'attendre.

– Putain, minimoy, si je me suis gelé les couilles pour t'entendre une nouvelle fois me prendre la tête avec le match de tout à l'heure, je vais..., je m'interromps dès que mes yeux se posent sur elle.

Haylee saute d'un pied sur l'autre, gênée. Ses joues sont rouges certainement à cause du froid, mais je me doute aussi que sa tenue y est pour quelque chose. Bordel de merde… Qu'est-ce que c'est que ça ?! Pourquoi est-elle dans l'un des uniformes de cheerleader de Galena High School ? Un putain d'uniforme qui moule ses formes à la limite de la tentation et qui la rend incroyablement sexy. Encore plus que d'habitude. Et le niveau est haut ! J'adore voir Haylee enroulée dans ses gros pulls en laine colorés et ses jeans basiques. Elle est tellement belle, sexy et simple à la fois que ça me rend complètement dingue. Sauf que là, c'est un tout autre standing. Sa jupe courte laisse entrevoir ses cuisses pâles et en chair. Son haut met en valeur la forme de ses seins rebondis. Face à ce spectacle, je ne peux empêcher mon corps de réagir et de la désirer plus que jamais.

– Alors ? demande-t-elle face à mon silence qui s'éternise. Est-ce que… ce n'est pas trop ridicule sur moi ?

– Putain, non, m'exclamé-je avant de penser à l'impact de mes mots sur notre amitié.

Ses joues s'enflamment un peu plus. Merde. Si le message n'était pas clair, il est évident que je la trouve incroyable là-dedans.

– Tant mieux, soupire-t-elle, anxieuse. T'es le premier à qui je me montre comme ça. J'avais peur d'avoir fait une énorme connerie en acceptant de suivre Taylor dans cette fichue audition.

– Quelle audition ?

Ma voix est enrouée, je suis mal à l'aise. Fourrant mes mains dans mes poches pour m'empêcher de la toucher, j'essaie de paraître aussi détaché que possible. Mais bon sang… Mon cœur fait un bond dans ma poitrine quand elle ramène sa longue queue-de-cheval sur son épaule.

Une soudaine envie de tirer dessus pour l'attirer à moi et l'embrasser fait son apparition. *Damn it!*

– Ton ADORABLE ex voulait à tout prix que Taylor fasse partie de ses *filles* étant donné que, c'est bien connu, les footballeurs sortent uniquement avec des cheerleaders, ricane-t-elle, dépitée, ce qui me fait sourire. Et Taylor n'a voulu y aller que si je la suivais... Alors, *ta-dam*.

Je suis surpris que Bethany ait accepté Haylee parmi les cheerleaders, et que je n'en aie pas du tout entendu parler cette semaine. Mais peut-être que quelqu'un l'a mentionné et que je n'y ai pas prêté attention? Après tout, Haylee en cheerleader? Je n'y aurais jamais cru. Non parce qu'elle n'est pas aussi sexy et belle qu'une grande partie des cheers, mais parce qu'elle n'a jamais montré aucun intérêt pour la question.

– J'ai hâte de te voir nous encourager, plaisanté-je, ne tenant plus et tirant sur la queue-de-cheval d'Haylee.

– Tu es certain que ça va aller?

– Mais oui, minimoy. Je vais bien.

Haylee me dévisage, dubitative, mais n'ajoute rien. À force d'en discuter cette semaine, elle a compris à quel point ce match comptait pour moi. J'en ai besoin. Pour mes études, mon avenir, mes amis et pour ma mère. Alors elle a fini par l'accepter et me soutenir... *à sa façon*.

– Tu as intérêt à gagner sans te péter le bras... ou je te ferai bouffer ces merdes, fait-elle en levant les pompons bleu et blanc que je n'ai pas remarqués, trop fasciné par la façon dont l'uniforme épouse ses formes.

Je pars dans un fou rire parce que je sais qu'elle en serait capable. Et mes équipiers aussi maintenant étant donné qu'ils l'ont vue me les briser toute la sainte semaine sans se soucier un seul instant des regards noirs que je lui lançais. Bon, eh bien, de toute évidence, je n'ai pas le choix. Ce soir, j'ai intérêt à assurer.

***

Comme à chaque début de match, l'ambiance est à son comble dans les gradins. Nos parents et amis sont tout aussi stressés et excités que nous le sommes sur le terrain. Et ceux étant venus supporter nos adversaires, les joueurs de Hempstead High School, le sont aussi. Ce match permettra à l'une des deux équipes de se qualifier pour entrer dans la véritable compétition, celle menant à la finale. Alors la tension est à son comble. Tout particulièrement parce que le lycée Hempstead nous a déjà mis une raclée l'année dernière.

Le coach nous réunit une dernière fois avant d'entrer sur le terrain pour discuter de notre stratégie et nous encourager. Si, en temps normal, j'écoute attentivement ses dernières mises en garde, cette fois-ci, mon regard se perd en direction de l'extérieur du terrain où se trouvent les cheerleaders. La musique annonçant le début de leur choré pour nous soutenir vient de commencer et je n'ai pas envie de rater ce spectacle. Pas alors que ma minimoy en fait partie pour la première fois.

Le groupe d'uniformes bleu et blanc d'environ trente-six cheers se met en place et tandis que plusieurs chansons remixées s'enchaînent, leur donnant le rythme pour entamer leur danse, je cherche Haylee dans le tas. Étant débutante, elle n'est pas dans la première ligne face au public, mais cela m'arrange. De là où je suis, je la vois bouger son popotin, lever les bras au rythme de la musique et suivre les enchaînements acrobatiques du reste du groupe. Je ne peux m'empêcher de sourire face à ce spectacle. Si on m'avait dit un jour qu'Haylee ferait partie de celles qui nous encouragent en uniforme, je ne l'aurais jamais cru ! Mais elle se débrouille plutôt bien pour une première. Je hausse même un sourcil, surpris, en la voyant brusquement passer sur le devant de la scène en effectuant plusieurs roues de suite avant de se tourner vers un autre petit groupe pour aider une voltigeuse à faire un grand écart dans les airs. J'ignorais qu'elle savait faire ça ! Cette histoire de cheerleader risque de me surprendre plus d'une fois avec Haylee, j'ai l'impression ! Lorsque leur petit numéro s'achève, nous les entendons toutes hurler le cri de bataille du bahut :

« Les Pirates, on compte sur vous ! YO-HO, c'est le cri de guerre des Pirates, en route vers la victoire ! V-I-C-T-O-I-R-E ! YO-HO ! »

La foule de notre côté s'enflamme à la fin du petit spectacle des cheers. Toutes les filles sautillent, folles de joie, et certaines se tournent vers nous. Elles ne s'attendent pas à ce qu'on leur prête une grande attention puisque nous sommes concentrés sur ce que dit le coach, enfin en grande partie, mais elles continuent à nous soutenir. Fixant Haylee depuis le début de sa prestation, je finis par croiser son regard. Avec un petit sourire, elle lève les deux pompons qu'elle tient toujours dans les mains. Je retiens un petit rire parce que je sais que si cela pourrait passer pour un encouragement, elle me rappelle simplement sa menace de me faire bouffer ses accessoires si on perd et que je me casse un truc. *Je n'ai pas intérêt à merder*, pensé-je en me recentrant sur les dernières indications du coach.

– OK, c'est parti ! s'exclame notre entraîneur. Qui sommes-nous ?!

– LES PIRATES YO-HO ! hurlons-nous à l'unisson avant

de taper dans nos mains et de nous disperser pour entrer en jeu.

Le tirage au sort pour savoir quelle équipe commencera à jouer avec la balle au pied en premier nous a désignés comme attaquants. Alors parmi le *Roster*[1], les onze joueurs chargés de l'attaque se précipitent sur le terrain. Étant le *tackle* offensif de l'équipe, je suis mes coéquipiers et nous nous mettons tous en place dans l'attente du coup de sifflet annonçant le début du match. Je prends une profonde inspiration, car dès que l'arbitre lancera le jeu, les événements vont s'enchaîner. Face à moi, le joueur de défense de Hempstead High School m'adresse un sourire prétentieux. Ils sont là pour gagner et ça tombe bien, moi aussi. Peu importe la douleur à mon épaule, je ne laisserai aucun d'entre eux franchir notre bloc et toucher à notre quarterback. Scott a beau être un enculé, sur le terrain, je suis l'un de ses protecteurs. Et peu importe notre rivalité, je ne veux pas que ma blessure affaiblisse notre stratégie.

Le coup de sifflet résonne sur le terrain. Dès cet instant, tout s'enchaîne, ne laissant plus de place à la réflexion ou à aucune distraction. Warren, qui se situe au centre de notre ligne, récupère la balle et l'envoie à Scott dans

---

1. Au football américain, les équipes sont composées d'un très grand nombre de joueurs (de vingt-deux à cinquante-trois). C'est ce qu'on appelle le *Roster*. Chaque joueur a sa spécialité : il est soit attaquant, soit défenseur. Seuls onze joueurs jouent en même temps, car ceux qui sont attaquants ne jouent pas en défense. On retrouve une équipe d'attaquants, chargée de marquer des points, et une équipe de défenseurs, dont le but est d'éviter que l'adversaire marque des points. Le reste des joueurs du *Roster* constitue l'équipe spéciale, troisième équipe de onze joueurs qui remplace l'équipe d'attaque ou de défense sur des phases de jeu très précises, comme les coups de pied d'engagement, les transformations, les *field goals*, etc.

un *snap*[2] parfait. Ce signal provoque un déferlement de violence entre les défenseurs de l'équipe adverse et nous. Leur but est d'atteindre Scott pour l'empêcher d'envoyer la balle à l'un de nos receveurs ou à Bobby, le *running back* de l'équipe. Mais nous faisons tout pour les arrêter. Nous jetant les uns contre les autres, nous nous poussons et bloquons mutuellement. Lorsque mon épaule blessée cogne contre le joueur face à moi, celle-ci m'arrache une grimace, mais je continue à tenir ma ligne. Josh à mes côtés en tant que *tight end* m'aide à les contenir. Warren et Félix, du côté gauche de notre barrière, en font tout autant jusqu'à ce qu'on voie le ballon partir.

De l'autre côté du terrain, Matéo récupère la passe et ne perd pas de temps pour parcourir la distance nécessaire afin de nous rapprocher de la zone d'en-but, juste avant de se faire plaquer. L'arbitre siffle pour annoncer la fin de notre première tentative. Les encouragements de la foule nous parviennent lorsqu'on part se remettre en place à la ligne blanche sur le terrain à quatre mètres du centre du terrain. Nous avons encore trois *downs*[3] pour tenter de franchir les six mètres nous séparant encore de la zone d'en-but. Si nous y parvenons, nous ouvrons le score.

Un nouveau coup de sifflet résonne et nous reproduisons exactement la même action. Ma ligne défend Scott tentant à tout prix de retenir les adversaires. Cette fois-ci, au lieu de passer la balle à Matéo, qui est marqué par le

---

2. C'est le geste qui fait commencer chaque jeu de football américain. Il est effectué par un joueur de la ligne offensive (le centre) qui transmet le ballon au quarterback entre ses jambes.
3. C'est une période durant laquelle s'exécute une action de jeu. Chaque équipe d'attaque a quatre essais pour tenter d'avancer sur le terrain jusqu'à la zone d'en-but adverse. Un *down* commence par un *snap* et s'achève lorsqu'un arbitre déclare l'action terminée.

cornerback[4] des Hempstead, notre quarterback l'envoie à Bobby, qui part telle une fusée sur le terrain. À nouveau, nous avançons vers la zone d'en-but.

À la troisième tentative, c'est la bonne. Lorsque l'arbitre siffle et que nous nous jetons tous les uns sur les autres sur le terrain, Scott parvient à passer la balle à Matéo, qui fonce s'écraser à une vitesse hallucinante dans la zone d'en-but. Premier *touchdown* pour Galena ! Le score s'affiche sur le tableau lumineux : Home : six – *Visitors* : zéro.

Extatiques face à ce début de match, mes coéquipiers et moi courons vers Matéo pour fêter ce but. Remontés à bloc, les Pirates lancent un « Yo-Ho » soutenu par la foule et nous reprenons le match. Cette fois-ci, c'est aux joueurs de Hempstead High School d'attaquer, alors nos défenseurs se mettent en place. Je sors du terrain et tape sur l'épaule de certains d'entre eux pour les encourager. Ce soir, nous allons gagner ce match. J'en suis certain !

***

Après plus de quatre-vingt-dix minutes de jeu, la fin du match approche. Trottinant sur le terrain pour me mettre en place aux côtés de mes coéquipiers attaquants, je jette un coup d'œil en direction du score. Home : trente-six – *Visitors* : trente-huit. L'écart est réduit et nous n'avons plus que quelques minutes pour tenter de renverser la tendance. Bordel…

---

4. C'est un joueur évoluant au sein de la formation défensive de l'équipe. Ce type de joueur est le plus rapide au sein d'une équipe, partageant parfois cet attribut avec ses adversaires directs de l'attaque, les *wide receivers*. Il est chargé de récupérer les passes que le quarterback adverse lance au receveur et d'empêcher ce dernier d'avancer avec le ballon en le plaquant.

Si notre match a commencé en beauté, nous nous sommes fait rattraper par les joueurs en vert et or du lycée Hempstead. Nous avons perdu la balle à un moment donné lorsque Scott a raté son lancer et que Matéo n'a pas été capable de la rattraper. Le *cornerback* adverse en a profité pour récupérer le ballon, nous faisant perdre une tentative. Et à plusieurs reprises, notre défense n'a pas été capable d'arrêter l'avancée de nos rivaux. Regardant rapidement autour de moi, je vois que mes coéquipiers sont épuisés et un peu dépités par le score pour l'instant.

– On ne se décourage pas, les gars, lancé-je assez fort pour que tous m'entendent.

Ma détermination et mes quelques mots d'encouragement semblent ranimer la combativité des miens. Si j'y crois encore, ils peuvent aussi le faire. Lorsqu'on s'installe en attendant le coup de sifflet de l'arbitre, je bouge légèrement mon épaule endolorie. J'ignore si je vais tenir ce coup-ci, mais il va le falloir. Je me suis déjà fait submerger deux fois pendant le match à cause de mon épaule, je ne peux pas recommencer. Surtout pas maintenant alors que nous devons marquer au minimum trois points pour gagner. Inspirant profondément, je retiens une grimace lorsque l'arbitre annonce le début du jeu et que mon opposant vient tenter de me plaquer. Cet enfoiré a senti que mon épaule était fragile et prend un malin plaisir à l'utiliser contre moi. Je le retiens au maximum, ignorant la douleur. Je tiens le coup pendant les deux premiers *downs*, mais au troisième, je faiblis.

Allez, Scott, bouge ton cul pour lancer correctement ce putain de ballon ! pensé-je si fort qu'un instant j'ai l'impression qu'il m'a entendu. Notre quarterback fait une passe parfaite en direction du deuxième receveur,

Franck, et ce dernier avance aussi rapidement que possible sur le terrain. Lorsqu'il est plaqué, il nous a rapprochés de la zone d'en-but. Nous en sommes encore à quelques mètres et c'est notre dernière tentative. Si nous ne parvenons pas à marquer, c'est foutu pour nous. Alors que tout le monde bouge pour prendre place près de la démarcation blanche, je trottine vers Scott.

– Il faut tenter un *field goal*[5], lui soufflé-je en essayant d'être discret.

– Quoi ?

Notre quarterback est dans les vapes. Fatigué, il semble n'avoir qu'une seule envie, que ce match prenne fin. Mais si je me tourne vers lui, c'est parce qu'il est le seul dont le casque est relié au coach par une radio.

– Demande au coach de faire entrer Ryan. C'est notre *kicker*[6].

– T'es malade, à cette distance, il n'y arrivera pas.

– Il y arrivera ! affirmé-je en soutenant le regard de Scott. C'est notre seule chance de gagner.

Scott marmonne un « si on perd, ça sera entièrement ta faute » et fait ce que je lui dis. Si en temps normal, l'équipe d'attaque est censée quitter le terrain pour laisser la place à l'équipe spéciale, nous n'avons pas assez de joueurs pour ça. Alors nous nous débrouillons pour que notre botteur se place derrière Bobby et Scott. Ces deux-là vont devoir l'aider à placer le ballon au sol en pleine action pour qu'il puisse faire la frappe qui nous fera gagner. Quant à ma ligne offensive, elle va devoir tenir pour lui offrir le plus de temps possible. Si l'un de nous se foire,

5. C'est une manière d'inscrire des points. Cela consiste à taper la balle au pied pour la faire passer entre les poteaux. Un *field goal* ne rapporte que la moitié des points d'un *touchdown*, soit trois points.
6. Il fait partie de l'équipe spéciale du *Roster*. Il est chargé de frapper les *field goals*, les bottés de transformation et les *kickoffs*.

nous perdons ce match et on peut dire adieu au reste de la saison. Et ça, il n'en est pas question.

Une fois tous les joueurs d'attaque et de défense en position, le coup de sifflet annonçant le début de notre dernière tentative résonne autour de nous. L'action s'enchaîne. Warren passe le ballon à Scott, les adversaires nous percutent de plein fouet pour tenter de plaquer notre quarterback, tandis qu'à l'arrière, Scott et Bobby se placent près de Ryan pour lui tenir le ballon bien fixement au sol. De longues secondes passent avant que notre *kicker* ne frappe enfin. Trop concentré sur la douleur dans tout mon bras et à plusieurs endroits de mon corps, je ne redresse pas la tête pour voir si la balle passe entre les poteaux. Je persiste à tenir ma ligne, tête baissée. Ce n'est que lorsque le coup de sifflet de l'arbitre retentit sur le terrain que je me laisse submerger par la fatigue et la douleur. Abandonnant toute résistance, je me fais plaquer par mon adversaire qui était beaucoup trop lancé pour arrêter son geste à temps. Je grogne quand mon épaule touche le sol. Bordel, ça fait mal…

– Ça va, mec ?

Le joueur adverse me tend la main pour m'aider à me redresser. Si nous nous sommes affrontés toute la soirée, maintenant que le match est terminé, nous n'avons plus aucune raison de nous jeter sur la gueule. Son geste est fair-play et je l'en remercie lorsque je me remets sur pied.

– Félicitations, c'était bien joué ! lance-t-il d'une voix éreintée avant de s'éloigner vers son équipe.

Je ne saisis pas tout de suite ce qu'il insinue. Ce match a été l'un des plus difficiles que j'aie joués depuis longtemps. Et pour cause, je ne suis pas au top de ma forme. Haylee avait raison, c'est un miracle que je ne me sois encore rien cassé. Maintenant que le dernier quart-temps est terminé, j'enlève mon casque et passe une main dans mes cheveux pleins de sueur tout en regardant le cadran du score. Le match s'est achevé avec un score de 39 – 38.

Je mets une longue minute à comprendre que ça y est, on l'a fait. On a dépassé les *play-offs !* En gagnant ce match, les Pirates de Galena se sont qualifiés pour les derniers matchs de la saison. Ce n'était pas arrivé depuis plus de deux ans ! Une effervescence s'empare de tous les membres de mon équipe et on hurle tous comme des malades. Bordel, on l'a fait ! La foule, extatique, descend sur le terrain et je me retrouve embourbé dans ce ramdam. À un tel point que je ne la vois pas arriver lorsqu'elle me saute dessus, saisie par l'hystérie du moment. Reconnaissant l'odeur d'Haylee, je referme immédiatement mes bras autour d'elle et me laisse aller dans cet instant de pur bonheur.

– Vous l'avez fait ! Et ton épaule ? Ça va ?

Se dégageant légèrement de mon étreinte, elle me dévisage, inquiète. Son visage n'est qu'à quelques centimètres du mien. Les yeux rivés dans ses prunelles grises, je ne sais pas ce qui me prend, ce qui se passe dans ma tête à cet instant précis quand je colle mon front contre le sien. Peut-être que c'est le fait d'être certain d'avoir une chance de voir les recruteurs aux prochains matchs, de pouvoir rendre ma mère fière si j'obtiens une bourse pour la fac ou tout simplement de voir ces billes grises déconcertantes pétiller d'un tel bonheur. Mais oubliant toute conséquence, je cesse de lutter et m'empare de ses lèvres.

Haylee hoquette de surprise et, après une seconde d'hésitation, fond entre mes bras. Notre baiser est beaucoup plus intense que ceux qu'on a déjà échangés. Elle commence à prendre le coup de main et c'est délicieux, putain ! Ses doigts s'emmêlent dans mes cheveux et les tirent, me faisant frissonner d'excitation. Les sensations sont telles que j'en oublie où je suis. Ce n'est que lorsqu'on me pousse et que mes lèvres sont arrachées aux siennes que je me souviens que nous sommes au milieu de tous nos amis, le lycée et nos familles, qui doivent être quelque part. L'effervescence du moment s'évanouit et je dévisage Haylee sans savoir quoi dire, comment justifier le fait que je me sois encore comporté comme un sombre crétin. Parce qu'il n'y aura rien entre nous. Jamais.

Le regret doit être marqué au fer rouge sur mon visage parce que les yeux d'Haylee perdent cette frénésie qui nous a jetés l'un vers l'autre. En une fraction de seconde, elle se détache de moi et disparaît dans la foule. Je jure en la suivant du regard aussi longtemps que possible. Je la vois aller féliciter Warren et quelques autres mecs, dont Scott. Bordel. C'est de pire en pire. Comme si à chaque fois que je déconnais avec elle, ça la jetait encore un peu plus dans les bras de ce connard.

Passant mes mains dans mes cheveux, je soupire. Ça me fout en rogne et me déconcerte. Je ne sais plus quoi faire avec elle. Avec ce que je ressens pour elle. C'est tellement confus. Je n'ai jamais éprouvé ça pour aucune fille.

– Max, trésor !

La voix de ma mère m'interpelle et je fonce vers elle. La prenant dans mes bras, je feins d'être encore empreint de cette effervescence que la victoire devrait me faire ressentir. Il faut que je me reprenne… Et ce soir, seules mon équipe et la victoire comptent. Je verrai ce que je fais avec Haylee plus tard. Beaucoup plus tard…

20

Haylee

Après cette incroyable victoire, toute l'équipe et une bonne partie du lycée se retrouvent dans un coin du parc de Galena, près de la rivière. Quelques-uns ont prévu des bières et de la musique pour fêter l'événement. Toujours dans mon uniforme de cheerleader malgré les températures, je me fonds dans la masse et profite de cette soirée. La deuxième à laquelle j'assiste. Cette fois-ci, je fais plus attention à ce que je bois. Je n'ai pas envie de finir comme à Halloween, la tête dans la cuvette. D'autant plus que, cette fois-ci, je ne me tournerai pas vers Max pour qu'il m'aide. Pas après ce qui s'est passé sur le terrain…

Comme une idiote, je me suis laissé de nouveau faire et ai répondu à son baiser. Mais cette fois-ci, il n'a pas eu besoin d'embrasser une autre fille ensuite pour me faire comprendre qu'il regrettait son geste. Je l'ai vu à la seconde où l'excitation du moment l'a quitté. Et même si j'aurais dû m'y attendre, après tout, c'est de Maximilien Henderson dont on parle, ça m'a donné envie de pleurer. Encore…

– Green !

La voix joyeuse de Scott m'extirpe de mes pensées. Lui offrant mon plus beau sourire, un brin forcé, je le laisse me soulever sous le coup de l'émoi de la soirée et l'alcool. Posant son bras sur mes épaules, Scott m'entraîne vers l'endroit où sont ses amis. Josh me salue et Beth, aussi présente, se contente de me lancer l'un de ces petits regards dont elle a le secret ces derniers temps.

– Tu t'es débrouillée pour une… novice, lance-t-elle, à ma grande surprise. Peut-être qu'on pourra faire quelque chose de toi.

Son sourire est plus faux que jamais. Pourquoi est-ce qu'elle se force à être sympa avec moi ? Nous savons toutes les deux que nous ne serons jamais amies. Alors à quoi joue-t-elle ? Je commence à le comprendre quand je la vois fixer le bras de Scott sur mes épaules d'un air satisfait. Un étrange frisson me traverse l'échine au souvenir du même regard qu'elle lui avait jeté à la soirée d'Halloween. Je sais que Scott ne cherchait qu'à m'éloigner de la fête pour que je me sente mieux, mais être sur le point d'entrer dans une chambre seule avec lui m'avait angoissée. C'est d'ailleurs pour ça que depuis j'évite qu'on se retrouve dans des lieux intimes à chacun de nos rendez-vous. Je préfère y aller doucement.

Profitant de la soirée, je me surprends à m'amuser avec la bande de Scott. Si l'on oublie Bethany un moment, ils sont plus ou moins sympas. Même si, parfois, je ne comprends pas les insinuations qu'ils se font les uns aux autres. À plusieurs reprises, Scott me parle à l'oreille et me scrute avec une insistance de moins en moins dissimulée.

– Tu devrais te joindre à nous plus souvent, lance Bethany avec un petit rire.

Son regard se perd derrière moi et le sourire mauvais sur ses lèvres me pousse à chercher ce qui l'incite à m'accepter dans son groupe aussi facilement. Sans surprise, c'est Max. Mais pourquoi ? Parce qu'il nous fusille du regard depuis un moment à l'évidence. Croisant son regard furieux et empli d'une émotion indescriptible, je réagis inconsciemment et me dégage de l'étreinte de Scott. Mon cœur s'emballe. J'ai l'impression de… l'avoir trahi. Ce qui n'a ni queue ni tête puisque le fait que je sois amie avec Scott ne signifie pas que je ne sois pas la sienne aussi. Enfin, plus ou moins la sienne…

Face à ma réaction, Scott m'entraîne à l'écart du monde. Lorsqu'on se retrouve seuls derrière un arbre, je sens une bouffée de chaleur me submerger. Mais celle-ci n'a rien de comparable avec celle que je ressens lorsque je me retrouve seule avec Max. Un malaise m'envahit quand Scott pose sa main sur ma taille et me plaque contre un tronc d'arbre. Inconsciemment, je crois que je voudrais le repousser. La boule dans mon ventre s'amplifie au fur et à mesure qu'il s'approche et je me sens prisonnière. Je sais ce qu'il va faire, je le lis dans ses yeux. Et cela ne devrait pas me poser de problème. C'est ce que je voulais au début de l'année. Mais maintenant… je me rends compte que ce n'est pas du tout ce dont j'ai envie. Mais c'est un peu tard. Ses lèvres viennent se plaquer contre les miennes dans un baiser avide. Je n'y réponds pas, je n'y arrive pas. Le goût de l'alcool sur sa langue emplit ma bouche et je me dégage de son étreinte plus ou moins discrètement.

– On… ferait mieux de retourner avec les autres, bégayé-je en essayant de me faufiler entre ses bras.

Pourquoi est-ce que je réagis comme ça ? Ce n'est qu'un baiser. Pourtant, j'ai envie de m'essuyer la bouche jusqu'à ne plus sentir sa bouche rugueuse sur la mienne.

– Allons, Haylee, ne fais pas ta timide. Je sais que c'est ce que tu veux… Après tout, on s'entend bien, non ? J'ai été plus que patient avec toi.

Scott me bloque le passage avec un petit sourire qui me fait trembler. Sa voix est si… froide, loin de celle qu'il a en temps normal. Il s'appuie de tout son poids contre moi, empêchant tout mouvement. Une vague de panique s'empare de moi au fur et à mesure que je sens ses mains s'enfoncer dans ma peau. L'une d'elles se glisse sous ma jupe de cheerleader. D'instinct, j'essaie de le repousser, mais il est beaucoup plus fort que moi.

– Je sais que Max t'aide pour tes… expériences de lycéenne, souffle-t-il, me faisant comprendre qu'il est au courant pour la liste. Il ne pourra pas t'aider pour celle-là, ma belle, parce qu'il ne te touchera pas. Jamais. Alors, laisse-moi le faire.

– Scott, arrête, supplié-je presque quand sa langue se balade sur mon cou.

– J'en ai ras le cul que ça soit toujours lui qui ait tout. Il a le respect de mon équipe alors que c'est moi leur capitaine ! Beth retourne constamment vers lui alors que je lui offre tellement mieux ! Pour une fois, je vais prendre ce que lui désire et qu'il protège avec tant de hargne. Toi.

Quand je croise le regard de Scott, je ne vois plus du tout le quarterback charmeur et différent que j'ai rencontré cet été. Il est stone, mais cela ne change rien au fait que son regard est devenu froid, arrogant, calculateur… Alors je comprends que tout cela n'est qu'un jeu pour lui. Je me suis trompée de A à Z sur son compte. Comme je le peux, je me débats. Je veux qu'il arrête. Je ne veux pas qu'il me touche, pas comme ça, pas lui. Une larme s'échappe et glisse sur ma joue quand sa bouche revient sur la mienne avec plus d'agressivité pour m'empêcher de crier. Je sens ses mains presser ma peau et mon envie de pleurer s'accentue. Je veux qu'il arrête… Je ne veux pas… de lui.

Soudain, mes prières sont exaucées. Scott est arraché à moi. Libre de son étreinte, je m'effondre. Je vois que quelqu'un s'agenouille devant moi. Max. Son expression enragée me coupe le souffle. Serrant les dents, il inspire dans une tentative de calmer la colère qui noircit ses prunelles, mais dès qu'il entend Scott, son self-control s'envole.

– Qu'est-ce qu'il y a, Max ? lance Scott en se redressant. Tu ne touches pas aux vierges, non ? Alors pourquoi est-ce que je n'aurais pas le droit de m'amuser un peu avec ta petite minimoy ? Je lui apprendrai des trucs… Et tu pourras l'avoir après. Ça me paraît un bon deal.

Au ralenti, je vois Max se lever et se jeter sur Scott. Des coups de part et d'autre sont échangés. Mais rapidement, Max prend le dessus et frappe Scott avec tant de rage que je vois du sang barbouiller le visage de Scott. Leurs cris alertent le reste de la troupe. Warren et Matéo attrapent Max et l'éloignent du quarterback. Celui-ci a le visage en sang, mais le sourire qu'il arbore est déconcertant.

– Ce qu'on dit est donc vrai, lance-t-il. Tu devrais te méfier de lui, Haylee. Après tout, tel père, tel fils, non ?

Max essaie de se jeter de nouveau sur lui, mais Garrett et Félix se joignent à Warren et Matéo pour l'apaiser.

– Haylee, chérie, est-ce que ça va ?

Taylor apparaît à mes côtés. Sentant des dizaines de regards curieux me fixer, j'acquiesce lentement.

– Ça va…

Mais ça ne va pas du tout. J'ai envie de pleurer. Max avait finalement raison. Je suis naïve. Je n'ai pas voulu croire que Scott pourrait se servir de moi dans leur rivalité sordide. Je n'ai pas vu qu'il se foutait de moi depuis le début. Essuyant mes larmes, je cherche Max des yeux.

Ses amis l'ont éloigné de Scott un maximum et lui parlent pour le calmer, mais Max n'écoute rien. Ses poings sont serrés à l'extrême et il regarde Scott avec des envies de meurtre. Je ne l'ai jamais vu comme ça. Et je ne dois pas être la seule. Autour de moi, les murmures commencent à aller bon train. Le charismatique Maximilien, celui sur qui tout le monde peut compter et qui est un leader pour plus d'un ici, celui qui sourit tout le temps, ressemble à cet instant précis à un voyou prêt à tout pour atteindre sa cible. Craignant que toute cette histoire ne se retourne contre lui, je le rejoins maladroitement. Je me faufile entre les bras de ses amis pour l'étreindre. Immédiatement, Max cesse de se débattre et enroule un bras autour de moi.

– Ça va ?

Sa voix est enrouée par la colère et la douleur. Son épaule doit le faire souffrir même s'il ne le montre pas. J'acquiesce et le serre davantage contre moi. Du coin de l'œil, je vois que Warren et Matéo le lâchent avec un soupir. Il est évident que Max ne va aller nulle part. Pas alors que je m'accroche à lui désespérément.

Prenant une profonde respiration pendant ce qui semble une éternité, Max se décrispe. Le regard des autres est toujours sur nous quand il me soulève et enroule mes jambes autour de sa taille, avant d'avancer dans le parc sans adresser la parole à personne. Le cœur battant à tout rompre, j'inspire son odeur familière, soulagée. Je ne veux pas penser à ce qui aurait pu se passer si Max n'était pas intervenu. Si je le fais, je vais pleurer. Et je ne veux pas pleurer. Pas pour un connard comme Scott. Lorsqu'on arrive près du parking, Max me fait descendre, mais ne se détache pas de moi. Son regard ravagé par une centaine d'émotions m'étudie avec attention, tandis que ses mains parcourent mon visage avec tendresse et soulagement.

– Tu es sûre que ça va ? Tu n'es pas blessée ?

Je secoue la tête en guise de réponse négative. En silence, je m'accroche à sa veste. Inspirant profondément, Max pose son front contre le mien.

– J'aurais dû être plus explicite quand je t'ai interdit de t'approcher de mon équipe, grogne-t-il, s'en voulant de toute évidence. Scott et sa petite bande sont des connards. Ils n'ont aucune limite… S'il le faut, je te raconterai tout ce qu'ils ont fait pour que tu ne t'approches plus d'eux. Je n'en ai rien à foutre de me mettre mes équipiers à dos en enfreignant ce foutu *bro code*. Tout ce qui m'importe, c'est toi.

Interdite par sa réplique, je vais me blottir contre lui. En sécurité dans ses bras, je retiens un sanglot. Il me caresse tendrement la tête pour m'apaiser. Au bout d'une longue minute, il ouvre son coffre pour en sortir les casques. Cette fois-ci, je ne fais aucune remarque et grimpe docilement sur sa moto. Quand le moteur démarre, je m'accroche à lui de toutes mes forces. Parce que malgré l'agressivité inédite dont il a fait preuve et qui nous a tous pris de court, je lui fais confiance. Aujourd'hui encore plus que jamais.

***

Allongée dans mon lit, je regarde mon réveil sans avoir aucune envie de sortir de sous ma couette. Cette nuit, j'ai très peu dormi. J'ai pleuré une grosse partie de la soirée, encore sous le choc de tout ce qui s'était passé et ce qui aurait pu se passer. Et l'autre partie de la nuit, je l'ai passée à repenser à ce que Scott avait dit sur le père de Max. Pour je ne sais quelle raison, le fait qu'il en fasse mention à ce moment-là m'a interpellée. Qu'est-ce qu'il voulait dire par « tel père, tel fils » ?

– Chérie ?

Ma mère entre dans la chambre et me couve du regard.

– Ma princesse, est-ce que tu vas bien ?

J'acquiesce et me débarbouille le visage avec les manches de mon pyjama. Je ne veux pas parler de ce qui s'est passé hier soir avec mes parents. Si mon père l'apprend, il risque de perdre son badge en allant régler ses comptes auprès de Scott. Lui qui a en horreur l'idée que je sorte avec un garçon ne supportera pas le fait que l'un d'entre eux ait voulu me forcer à faire quoi que ce soit. Peu importe ce que Scott avait en tête. Ma mère soupire et vient s'asseoir à mes côtés. Immédiatement, je me colle à elle à la recherche de cette caresse maternelle qui fait tant de bien.

– Est-ce que… tu t'es disputée avec Max ?

Je ne peux m'empêcher de rire. Pourquoi est-ce que tout le monde insinue toujours dès que l'un de nous deux ne va pas fort qu'on s'est disputés ?

– Non, pas du tout.

– Tant mieux, souffle-t-elle avec un petit sourire. Je vais pouvoir dire à ton père de ranger son fusil et de ne pas prévoir un filicide ! Tu sais à quel point il tient à lui.

Et c'est peu dire. Mon père adore Max. À un tel point qu'on pourrait parfois croire que c'est le fils qu'il n'a jamais eu. Bien sûr, je sais qu'il m'aime plus que tout et le fait que je sois une fille ne nous a jamais empêchés de nous amuser ensemble, mais il est différent avec Max. Je ne lui en veux pas, loin de là. Je suis contente que, d'une certaine façon, Max ait une figure paternelle dans sa vie après le départ brutal de son père.

– Maman, tu ne m'as jamais dit pourquoi le père de Max était parti.

Le corps de ma mère se crispe une longue minute.

– Pourquoi est-ce que tu veux savoir ça, chérie ? demande-t-elle enfin, toujours avec cette tendresse qui la caractérise.

Je hausse les épaules et me redresse. Elle semble hésiter à me révéler la raison pour laquelle la famille des Henderson a éclaté du jour au lendemain.

– J'ai l'impression que son départ a marqué Max, insisté-je. Il ne parle jamais de lui et dès qu'on le nomme…

– Il se referme, acquiesce ma mère dans un soupir. Andrews Henderson ne… s'est pas très bien comporté avec sa femme et son fils, chérie. Il a fait des choses qui les ont fait souffrir. Cet homme avait un problème et Max en a payé le prix pendant plusieurs années. Je ne crois pas qu'il soit prêt à entendre parler de lui. Et encore moins à le revoir.

L'image du dos de Max parsemé de cicatrices et sa réplique au coach concernant le nombre de coups qu'il avait encaissés par le passé me reviennent. Liant cela à la remarque de Scott… je comprends qu'Andrews Henderson ne s'est pas simplement mal comporté avec sa famille, avec son fils. Il l'a battu… Je fronce les sourcils, étonnée que personne ne m'en ait jamais parlé. Ma famille est tellement proche de celle des Henderson, alors pourquoi ne suis-je pas au courant de ça ?

Réfléchissant sans cesse, je suis interrompue par mon téléphone qui sonne. Le nom de Max s'affiche. Un petit sourire se dessine sur mes lèvres en lisant son message.

[Devine quel film j'ai
regardé cette nuit.]

[Si tu dis Arthur et les Minimoys, je t'étrangle.]

[Tu es très loin du compte.]

[Alors c'était quoi le film ?]

[La Nuit au musée. Tu es aussi petite que Jedediah. On pourrait presque vous confondre si l'on vous mettait à côté...]

– On dirait que Max et toi... êtes redevenus amis, fait ma mère avec un sourire en coin.

Je rougis en me rendant compte qu'elle a lu notre échange.

– Plus ou moins, marmonné-je, gênée.

– C'est bien, m'assure-t-elle en m'embrassant sur la joue. Max t'a toujours adorée. Je suis contente que vous ayez arrêté de vous lancer des casseroles à la figure. Et ma cuisine aussi !

Elle s'en va en riant, repensant à la fois où j'avais bel et bien balancé une poêle à Max il y a un ou deux ans. Ce crétin m'avait tellement fait sortir de mes gonds que je lui avais balancé tout ce que j'avais trouvé sur le plan de travail de la cuisine. Du Sopalin aux fruits, en passant par la poêle toute neuve que ma mère avait achetée une heure avant. Je souris à ce souvenir. Oui, notre relation a plus ou moins changé depuis cette période. Nous sommes amis et... je me rends compte que j'ai peut-être envie qu'on soit beaucoup plus que de simples amis. Soupirant, je me rallonge sur mon lit et regarde le nouveau message de Max.

[Est-ce que ça va?
Tu as réussi à dormir?]

[Plus ou moins.
Et toi?]

[Plus ou moins.]

[Est-ce que je peux passer?]

J'ai à peine envoyé un « oui si tu veux » que j'entends toquer à ma fenêtre. De l'autre côté de la vitre, je vois Max se tenir aux grilles destinées aux fleurs de ma mère. Sautant de mon lit, je vais lui ouvrir.

– T'es complètement malade! Et ton épaule, tu y as pensé?! Tu tiens tant que ça à te péter un truc ou quoi?!

– Si je voulais avertir toute la maisonnée de ma présence, je serais passé par la porte! fait-il en plaquant sa main sur ma bouche pour me faire taire.

Je lève les yeux au ciel. Comme si cela pouvait déranger mes parents qu'il passe par la porte d'entrée. Ma mère vient de le dire, mon père et elle l'adorent.

– Super, le pyjama! C'est très… toi, se moque-t-il en désignant mon pyjama long d'hiver en laine avec des étoiles filantes.

– La ferme, Maximilien.

– On est revenus à Maximilien?

S'affalant dans mon lit, il s'empare de mon PC et me fait signe de le rejoindre. Avec le peu de sommeil qu'on a certainement eu chacun de notre côté, je n'ai pas la force de m'énerver contre lui. Et pour être honnête, ça me plaît qu'il soit là. Je me sens en sécurité avec lui. Alors je le rejoins et me blottis contre lui.

– Qu'est-ce qu'on regarde ? marmonné-je en enfouissant mon visage dans son pull.

J'inspire son odeur rassurante et ferme les yeux. Je suis épuisée.

– *La Nuit au musée 2*, bien évidemment ! Je veux te démontrer par A + B pourquoi il est urgent de grandir, minimoy. Parce qu'à ce rythme, tu pourrais carrément faire la doublure de Jedediah.

Je grogne un « la ferme, crétin ! » qui fait vibrer sa poitrine d'un petit rire. Le film n'est lancé que depuis quelques minutes que je m'endors. Dans les bras de Max.

21

Max

Le lundi qui suit notre victoire n'a pas le même goût que d'habitude. La rumeur de ce qui s'est passé pendant la fête improvisée dans le parc après notre match s'est répandue comme une traînée de poudre. Et tout le monde semble vouloir y mettre son grain de sel. Certaines rumeurs prétendent qu'Haylee m'aurait trompé avec Scott et que c'est pour ça que je lui aurais cassé la gueule. D'autres, qu'elle aurait joué sur les deux tableaux depuis le début avec sa liste d'expériences de lycéenne et qu'elle est responsable de la tension qui règne désormais au sein de l'équipe. Il y a celle aussi qui prétend qu'Haylee sortait avec ce crétin et que ça serait moi, MOI, qui aurait pété un câble par pure jalousie. Celle-ci est certainement l'une des préférées des élèves de Galena. Surtout celle des filles.

La plupart de mes conquêtes n'ont jamais supporté le fait que j'offre plus d'attention à Haylee qu'à elles. C'est d'ailleurs pour cela que Beth l'avait accusée d'être tout le temps au milieu de tout. Parce que, depuis toujours, je suis incapable de m'intéresser autant aux autres filles qu'à Haylee. J'imagine que maintenant, ces filles-là s'amusent à me descendre avec tous ces ragots. Mais à vrai dire, je n'en ai rien à foutre. Ils peuvent parler sur moi, ça ne m'atteint pas. Ce qui m'inquiète, c'est l'effet que toute cette attention a sur Haylee. Car le plus aberrant dans toutes ces versions, c'est qu'aucune d'entre elles ne raconte ce qui s'est vraiment passé et ce que cet enculé a failli faire.

Après l'agression de Scott, le fait qu'elle doive supporter les ragots pathétiques des lycéennes m'horripile. Assis l'un en face de l'autre au réfectoire, je la fixe, inquiet. Elle n'a pas touché à son assiette. Et la lueur dans son regard à chaque fois qu'elle surprend quelqu'un en train de parler de l'épisode du parc me donne envie de frapper tous ceux qui la regardent de travers. Ils n'ont aucune idée de qui est vraiment Haylee. Ce n'est pas cette traînée que certaines décrivent, et encore moins une salope comme Bethany, qui m'a bel et bien trompé. Haylee est bonne, sensible et foutrement indulgente avec ces connards si l'on me demande mon avis. Ils ont de la chance qu'elle soit là pour me dire de laisser tomber parce que sinon... je crois que je ne tiendrais pas en place. De toute façon, une partie du bahut m'a vu péter un câble hier. Ils ont vu celui que j'étais vraiment, ils ont vu cette partie sombre de moi que je cherchais à tout prix à cacher. Alors un peu plus un peu moins... Je serais prêt à tout pour que personne ne blesse cette incroyable étoile face à moi. Et le savoir ne fait que rendre la situation entre nous plus complexe. Parce qu'après ce week-end, je ne peux pas m'éloigner d'elle.

– Bon sang, à croire qu'il n'y a jamais eu une seule bagarre dans ce foutu bahut de connards ! lâche brusquement Taylor en posant son plateau à côté de son amie. Quoi ? Vous voulez notre photo, bande de trous du cul ?!

Warren pouffe en s'installant à côté d'elle. Matéo renchérit tout en prenant place sur le siège libre à mes côtés. Haylee les calme en leur disant de laisser tomber, mais ça ne plaît pas à nos amis.

– Tu aurais dû le dire à ton père. À cette heure-ci, Scott n'aurait plus de couilles si tu veux mon avis, grogne Taylor.

Haylee lui adresse un faible sourire amusé, mais son regard est attiré par quelque chose au loin. Me retournant, je vois qu'il s'agit du groupe de footballeurs et de cheerleaders. Avec surprise, je constate qu'il semble y avoir une dispute entre plusieurs de mes coéquipiers et la petite bande de Scott.

– Qu'est-ce qui se passe ? demandé-je à mes potes.

Ils doivent bien le savoir. Après tout, c'est moi qui ne me suis pas approché d'eux de toute la matinée. Parce que j'ignore ce qu'ils vont penser de toute cette histoire. Ce qu'ils vont penser de mon pétage de plombs…

– Un ras-le-bol général, marmonne Warren en soupirant.

Je ne comprends pas tout de suite ce qu'il veut dire. Ce n'est que lorsque je vois Garrett, Félix et une grande partie des mecs avec qui je traîne d'habitude se lever de leur table et venir vers la nôtre que je saisis. Ils choisissent clairement leur camp. Et une grande partie abandonne Scott, leur capitaine, pour me rejoindre… moi.

– Bordel, j'aurais aimé que tu le cognes un peu plus fort ! lâche Garrett en s'installant à notre table.

– La prochaine fois, préviens-nous. On se relaiera pour lui donner une putain de correction, ajoute Félix, irrité.

Au même moment, je vois que les nouvelles copines d'Haylee se joignent à nous et commencent à lui parler. Pour la première fois de la journée, je sens le poids qui me comprimait la poitrine s'alléger. Je craignais que mes potes me tournent le dos en découvrant la violence dont je pouvais faire preuve. Pourtant… ils sont tous là. Tous en train de plaisanter et de nous soutenir. Levant les yeux, je regarde Haylee. Elle aussi est restée. J'avais tellement peur ce week-end qu'elle ne veuille plus me voir que j'ai eu du mal à rester loin de chez les Green. J'ai passé mon samedi matin fourré dans sa chambre en train de la regarder dormir et tout le reste de mon week-end à trouver une excuse bidon pour passer. Et à chaque fois, elle m'accueillait sans craindre que je redevienne cette bête enragée. J'inspire, perturbé par tout ça.

– Vous allez faire quoi pendant les vacances ? demande Kim en tendant une serviette en papier à Garrett, qui s'est mis de la sauce plein la bouche. On pourrait peut-être se voir la veille de Noël ?

– Tu veux jouer au *Secret Santa* ? demande Bobby en débarquant avec sa copine.

– Pourquoi pas ? Ça serait marrant de s'offrir des cadeaux sans savoir qui va être notre père Noël !

Ayant à cœur de défendre son idée, Kim se lance dans les explications de ce dernier Noël ensemble avant qu'on parte tous à l'université. Un seul cadeau, pas plus de trente dollars et le nom de celui qu'on a pioché doit rester un secret jusqu'au dernier moment. L'idée ne me tente pas plus que ça, mais je vois qu'Haylee s'anime à leur contact. Pour la première fois de la journée, elle semble redevenir elle-même et ça me soulage.

– OK, ça me va, lancé-je quand on me demande mon avis. Tu prépares les noms à tirer ?

Kim acquiesce et repoussant son plateau, commence à gribouiller sur une feuille les noms de toutes les personnes présentes à table. Lorsqu'elle a fini, elle plie chaque petit bout de papier et les met dans sa main.

– Les dames d'abord ! fait-elle en tendant le tas à Haylee.

Haylee s'exécute avec un petit sourire et regarde le nom

inscrit en silence, tandis que tous les autres piochent à leur tour. Quand son regard se lève vers moi, je me retiens de rire. Plus transparente qu'elle, on ne fait pas ! Amusé, je récupère le dernier papier et l'ouvre. Est-ce que je lutte pour retenir un fou rire quand je vois le nom d'Haylee écrit sur ce bout de papier ? Oui, terriblement. Mais contrairement à elle, je suis plus discret. Je m'empresse de le mettre dans ma poche. J'ai le cadeau parfait pour elle. J'en ai eu l'idée ce week-end quand je traînais dans sa chambre et je suis certain qu'elle va l'adorer.

***

Comme ma mère travaille ce soir afin d'être certaine d'avoir toute la journée de demain de libre, j'ai proposé à mes amis de venir faire cette petite soirée de Noël chez moi. Warren et Matéo sont les premiers à débarquer. Comme je m'y attends, ils ont ramené des sacs de bouffe.

– Vous savez que j'ai de quoi manger dans mes placards quand même ? plaisanté-je en les aidant à ranger.

Étonnamment, aucun des sacs ne contient une goutte d'alcool et cela me soulage. Mes potes font partie des rares qui savent pour mon père et son alcoolisme. Et de toute évidence, ils ont cherché à respecter mon désir de ne pas voir une seule bouteille d'alcool entrer de nouveau dans cette maison.

– Putain, j'adore ta mère ! s'exclame Matéo en voyant qu'elle nous a fait des tartes aux noix comme quand on était petits.

Ma mère a aussi prévu autre chose pour Haylee étant donné son allergie, mais je ne sais pas si elle va y toucher. Après tout, Warren et Matéo ont amené énormément de bouffe. On ne pourra pas tout manger, ça, c'est certain.

– Qu'est-ce que tu vas offrir à Haylee ?

Je sors la tête du dernier sac de courses et dévisage Warren, perplexe.

– Qu'est-ce qui te fait croire que je suis son père Noël secret ?

– Disons que Kim s'est un peu amusée pendant qu'elle préparait le tirage. On a refait un tirage entre nous quand vous êtes partis.

Traduction : il y a eu de la triche. Énormément de triche. J'ignore comment elle a fait ça, mais de toute évidence, Kim souhaitait qu'Haylee tombe sur moi, et inversement.

– C'est ridicule. Au pire, je lui aurais offert un cadeau demain.

– Désolé, mais comme vous ne le faites pas en temps normal, on s'est dit qu'on devait intervenir cette année.

Je secoue la tête, excédé, mais un brin amusé.

– Alors, qu'est-ce que tu as prévu de lui offrir ?

– Ça, c'est une surprise. Pour elle et pour elle seule, marmonné-je avec un petit sourire espiègle.

– Si elle te fracasse le crâne et part en courant, on saura que tu t'es gouré, ricane Matéo.

– Mais s'ils se galochent comme sur le terrain après le dernier match, ça sera bon signe, j'imagine !

Le bol que j'ai dans les mains m'échappe quand j'entends Warren parler de ce moment d'égarement. Merde, alors quelqu'un nous avait bel et bien vus. Je pensais que c'était passé inaperçu avec toute l'effervescence du moment. *Shit.* Je pivote vers mon ami, qui se contente de lever les mains en l'air. Il n'insistera pas sur le sujet, pas pour le moment. Mais maintenant, je sais qu'ils ont prévu de me prendre la tête avec ça… certainement pendant toute la soirée.

Soupirant, je vais ouvrir au reste du groupe qui arrive au compte-gouttes. Mon salon s'anime en une fraction de seconde et je finis par laisser quelqu'un d'autre se charger d'ouvrir. Je suis en train de fourrer le dixième gâteau apéro dans la bouche de Matéo pour voir combien il peut en contenir quand Haylee arrive. Matéo, qui la voit avant moi, recrache une partie de ce qu'il garde en bouche sur mon tee-shirt.

– Putain, Téo !

Celui-ci me frappe le bras pour que je me retourne. Quand je finis par lui obéir, délaissant les taches dégueu sur mon tee-shirt, je comprends pourquoi il semble aussi ahuri. Bordel. Elle l'a remise. Cette robe rouge qu'elle portait à Thanksgiving et qui lui va si bien. Je crois que je reste une longue minute à la fixer comme un abruti. Mon pote me tapote le menton.

– Je t'aide, tu as de la bave partout ! chuchote-t-il, mort de rire.

Grognant, je le frappe. Putain, je suis mal barré pour cette soirée. Vraiment mal barré… Parce qu'entre mes deux trous du cul d'amis qui risquent de sortir des énormités pas possibles et Haylee, je ne vais pas pouvoir parer sur tous les fronts. Encore moins si elle me lance ce genre de regard timide et terriblement sexy.

***

La soirée bat son plein. La musique résonne dans la maison et une partie de mes amis jouent à Time's Up. Bon, je crois que j'ai suffisamment retardé le moment maintenant. Je l'ai regardée danser avec les autres filles un long moment, subjugué. Et je n'ai pas saisi l'occasion quand certains se sont offert leurs cadeaux. Mais il va bien falloir que je me lance. Je ne sais pas pourquoi je suis anxieux. Je sais que mon cadeau va lui plaire, c'est évident. Alors pourquoi je panique constamment dès que je décide de le lui offrir ? Soupirant, je me lève et monte rapidement dans ma chambre récupérer le petit paquet. Je n'ai pas respecté l'une des règles. Mon présent coûte un peu plus que trente dollars. Mais j'ai couplé ce cadeau avec celui de demain pour faire d'une pierre deux coups. Après tout, je n'avais qu'une seule idée avant que Kim ne lance cette histoire de père Noël secret.

Triturant le papier cadeau, j'hésite. Si elle a gardé ce vieux caillou que je lui avais offert quand on avait 9 ans en prétendant que c'était une météorite tombée dans notre jardin, il n'y a pas de raison que le caillou que je vais lui offrir cette année ne lui plaise pas. Parce que cette fois-ci, c'est une vraie roche provenant de l'espace. Un petit fragment lunaire, avec le certificat d'authenticité et tout le tralala, qu'elle pourra même porter autour du cou puisqu'il est dans un médaillon argenté. Ouais, il n'y a pas de raison pour qu'elle ne l'aime pas…

Fourrant le paquet dans ma poche, je redescends. OK, quand c'est l'heure d'y aller… Je m'avance vers mes potes répartis dans le salon, mais m'arrête. Je ne peux pas faire ça ici. Pas avec eux pour me charrier. J'ai une meilleure idée. Me faufilant dehors, j'enfile ma veste et cherche l'entrée de notre fameuse cabane. Celle dans laquelle je n'ai plus mis les pieds depuis le jour où Haylee m'a suivi de mon côté du jardin pour me protéger de mon père. Rapidement, je dégage les quelques branches qui entravent l'entrée et constate que tout est comme à l'époque. M. Green avait construit une véritable cabane à force de nous voir nous cacher dans la haie qui sépare nos deux maisons. Et malgré le temps, elle est intacte.

M'asseyant sur le bois humide, je prends mon téléphone et envoie un message à Haylee lui demandant de me rejoindre.

Je dois attendre une bonne dizaine de minutes seul dans le froid avant que je n'entende des pas s'approcher. Lorsqu'elle s'agenouille pour se faufiler dans la cabane, je remarque qu'elle n'a pas mis sa veste.

– Qu'est-ce qu'il y a de si urgent pour que tu me demandes de sortir alors qu'on se les pèle dehors ?!

– Pourquoi est-ce que tu n'as pas pris ta veste ? la grondé-je en retirant la mienne et l'obligeant à la mettre.

– Je ne pensais pas qu'on allait traîner dehors longtemps, réplique-t-elle en soufflant sur ses mains. Alors, qu'est-ce qu'on fait là ?

Mon stress revient au galop. Merde, je pensais qu'ici ça irait. Après tout, c'est ici qu'on est devenus amis et que je lui ai offert l'autre caillou. Ça ne devrait pas me poser plus de problèmes que ça. La voyant grelotter et essayer de se réchauffer en s'emmitouflant dans ma veste, je l'attire à moi. Haylee se laisse faire et se retrouve sur mes genoux en une fraction de seconde. Aussi proche d'elle, je ne peux m'empêcher de remarquer que son visage a rosi et que sa poitrine se soulève au rythme de sa respiration saccadée.

– Ça fait un moment qu'on ne s'est pas retrouvés tous les deux ici.

Elle acquiesce, nostalgique.

– Tu t'enfuyais tout le temps après ton dixième anniversaire…

Je passe ma main dans mes cheveux. Je ne veux pas lui dire pourquoi je la fuyais à partir de ce moment-là, et ce, même si son regard me supplie de lui expliquer. Elle a oublié… Le coup qu'elle avait reçu à la tête était trop fort et elle avait eu une commotion. Mais, par chance, elle ne se souvient pas de ce qui s'est exactement passé ce jour-là. Alors je ne veux pas lui en reparler. Ça me crèverait le cœur de la voir s'éloigner par peur qu'un tel truc arrive de nouveau.

– Ta-dam, marmonné-je pour changer de sujet en sortant mon paquet de ma poche. Il semblerait que le Père Noël soit passé en avance.

Baissant les yeux sur mon cadeau emballé plus ou moins bien, je la vois esquisser un sourire.

– J'étais certaine qu'il y avait eu de la triche. Bizarrement, j'ai reçu plusieurs idées de cadeaux qui pouvaient t'être destinés par SMS ces derniers jours. Et je n'avais dit à personne que j'étais ton père Noël secret.

Je hausse les épaules parce que je ne veux pas qu'on s'éternise sur les raisons qui ont poussé nos amis à nous duper de la sorte. Impatient de voir sa réaction, je lui tends mon présent.

– Vas-y, ouvre-le.

Ma veste étant trop grande pour elle, Haylee remonte les manches avant de prendre mon cadeau. Elle semble gênée et excitée, et je le suis tout autant qu'elle. Posant mes mains sur ses cuisses, je l'observe déballer soigneusement le papier cadeau, puis découvrir le contenu du petit écrin. Quand je la vois ouvrir la bouche et la refermer sans qu'aucun son n'en sorte, mon stress redouble.

– C'est un fragment d'une roche lunaire qui est tombé sur la Terre, soufflé-je en voyant qu'elle ne dit toujours rien. C'est… pour remplacer la fausse météorite que tu as gardée dans ta chambre.

Levant les yeux vers moi, Haylee me dévisage. Je ne sais pas ce qui se passe dans sa tête à cet instant précis. D'habitude, elle est toujours facile à lire, prévisible, mais là, je n'arrive pas à savoir ce qu'elle va dire… ni faire. Lorsqu'elle bouge et glisse jusqu'à ce que ses fesses soient sur ma queue, je sens mes poumons se vider. Je suis statufié par ses billes grises qui me scrutent avec intensité. Ma respiration se coupe lorsqu'une de ses mains grimpe timidement sur mon tee-shirt. Lorsqu'elles s'aventurent vers ma mâchoire dans une douce caresse, les miennes se crispent sur ses cuisses.

– Mon cadeau est… nul en comparaison, souffle-t-elle.

Son visage est si près du mien que ses lèvres frôlent les miennes quand elle parle, m'électrisant. Bordel. Je me gèle le cul, mais à cet instant, tout mon corps s'embrase.

– Rien n'est nul avec toi.

Un petit sourire se dessine sur cette bouche rosée parfaite. Lorsqu'elle se penche vers moi et pose doucement ses lèvres sur les miennes, je me fige. Son baiser est doux, chaste… Mon regard s'arrime au sien lorsqu'elle s'éloigne et je me perds complètement dans le gris de ses yeux. Et là, je ne sais pas lequel des deux fait le premier pas. Je crois qu'on se jette l'un vers l'autre avec cette même passion qui nous brûle de l'intérieur. Mes mains se perdent dans ses cheveux longs, ainsi que sur sa taille pour la ramener encore plus près de moi. Je caresse ses lèvres douces avec ma langue. J'aspire son souffle court. Elle s'introduit dans ma bouche, comme si elle était soulagée de m'embrasser. Comme si cela lui avait manqué. Et bordel, à moi aussi ! Mon esprit perd tout contrôle. Je ne crois plus jamais être capable de me satisfaire d'autres lèvres que les siennes.

Pendant que j'essayais de mettre de la distance entre nous en fricotant avec d'autres filles, je n'ai pas été une seule fois rassasié par leurs caresses comme je le suis à cet instant précis. Mais ce sentiment de bien-être et d'effervescence que je ressens à la fois est terriblement dangereux. Parce que je n'arrive plus à m'en passer. Parce que je la veux elle, encore et encore. J'ai envie d'elle, putain. J'ai envie de la toucher, de la regarder rougir et perdre tout contrôle avec moi comme elle le fait en ce moment même. Mais par-dessus tout, j'ai envie de la voir me sourire comme elle l'a fait avant de m'embrasser. Parce que son sourire est mon rayon de soleil. Il l'a toujours été.

Finalement, je suis bien content que Kim ait triché avec cette histoire de père Noël secret. Parce que le cadeau qu'Haylee m'offre en cet instant est cent fois mieux que tout ce dont j'aurais pu rêver.

22

Haylee
Janvier

J'aurais dû quitter les cheerleaders après ce qui s'est passé avec Scott. J'aurais vraiment dû… Parce qu'il m'apparaît évident que Bethany savait qu'il voulait m'utiliser pour provoquer Max. Sa gentillesse douteuse tout au long de mon rapprochement avec Scott le démontre. Plus encore, son attitude depuis que cette histoire leur a explosé à la figure en est la preuve. Maintenant qu'elle n'a plus aucun intérêt à m'amadouer pour me rapprocher de Scott, elle est redevenue aussi exécrable qu'avant. Elle ne se gêne pas pour critiquer tout ce que je fais et essaie de retourner mes amies contre moi. Mais ça marche moyen. Kim, Lara et quelques autres filles avec qui j'ai sympathisé au cours des derniers entraînements prennent de plus en plus ma défense et rappellent à Bethany qu'elle n'est pas la seule à décider dans le groupe. Une rébellion qui annonce clairement la couleur. Bethany a beau être leur capitaine, elle a perdu de son pouvoir depuis qu'une partie de l'équipe de football a déserté son groupe et celui de Scott. Mais tout ça, ce n'est pas la seule raison qui fait que j'aurais dû lâcher cette activité extrascolaire dont je ne voulais nullement au début.

– Je vais avoir de ces courbatures, grommelé-je en me massant les fesses.

Je viens de tomber. Encore. Comme je suis plutôt petite et fine, malgré les commentaires sur le sujet de mon *fucking* voisin, il a été décidé que je serais en haut d'une petite pyramide. Au début, l'idée paraissait sympa. Mais maintenant que j'ai compris le sens de l'équilibre et la confiance que cela demandait, j'aime de moins en moins cette position.

– Heureusement pour ton cul que tu n'es censée monter qu'une seule fois pendant la choré, dit Taylor en se marrant et en m'aidant.

– Mais elle pourra toujours demander à Max de soigner ses bobos après l'entraînement, je suis certaine qu'il ne dirait pas non !

La remarque coquine de Kim ne m'échappe pas. Ni à moi ni à Beth, qui émet un reniflement dédaigneux avant de relancer la chorégraphie depuis le début. Suivant le groupe, je recommence et, cette fois-ci, tiens en place sur ma pyramide. Génial ! Peut-être que je ne me casserai pas la gueule devant tout le lycée au prochain match ! Lorsque Beth met fin à notre entraînement, je tombe par terre. Je suis épuisée. Qui aurait cru que secouer des pompons serait aussi fatigant ?! Taylor s'esclaffe en me voyant complètement HS.

– Merci d'être restée dans le groupe malgré la garce.

– Ce que je ne ferais pas pour toi, grommelé-je en commençant à m'étirer.

Si j'oublie encore cette partie-là, demain, je serai incapable de bouger le petit doigt. Taylor sourit et se joint à moi.

– Alors, comment ça se passe entre vous deux ?

Je n'ai pas besoin de demander de qui elle parle, je le sais. Inspirant profondément, je jette un rapide coup d'œil vers le terrain de football. Les garçons semblent avoir fini avant nous pour une fois. Et ils sont tous par terre en train de déconner. Deux camps sont perceptibles, même d'ici. Vers le fond, Scott et Josh se sont réunis après que le coach a annoncé la fin de leur entraînement. Et celui qui est plus proche de nous est celui de Max. Le groupe le plus imposant et le plus bruyant.

– Je ne sais pas trop, soufflé-je lorsque je trouve la tignasse brune de Max dans le lot.

Celui-ci est en train de se faire charrier par ses potes. Il a l'air à la fois excédé et amusé par l'effervescence qui règne autour de lui. Inconsciemment, je porte ma main à mon médaillon. Celui contenant le petit fragment de roche lunaire qu'il m'a offert à Noël. Son cadeau est si personnel que je ne peux m'empêcher de l'adorer. D'autant plus parce qu'il me fait comprendre que Max est l'une des personnes qui me connaît le mieux à Galena. Mon comportement avec lui n'a rien à voir avec celui que j'adoptais avec Scott ou les autres garçons. Je n'ai pas besoin de restreindre mon caractère parfois insupportable, ni mon envie de parler d'astronomie et de tous ces trucs de nerds qui en agaceraient d'autres. En repensant à la veille de Noël, je ne peux m'empêcher de rougir.

– Est-ce que tu crois qu'il pourrait y avoir un truc entre nous ? demandé-je à mon amie, hésitante. Je veux dire… Je ne ressemble pas aux filles qu'il fréquente, je suis juste… moi.

– Chérie, est-ce que tu sais pourquoi je t'ai conseillé de demander à Max de t'aider avec *tu-sais-quoi* ?

Bien sûr que je le sais. Taylor pensait que Max serait le meilleur entremetteur possible pour m'aider à intéresser un garçon de son genre. Bon, maintenant que je sais que celui pour qui j'ai voulu devenir plus entreprenante n'est qu'un connard, ma motivation de l'époque me semble un peu puérile. Heureusement pour moi, Max a donné un tout autre sens à ma liste d'expériences de lycéenne. Grâce à ça, je me suis fait de nouveaux amis et me suis amusée chaque jour au lycée. Parce qu'avec cette bande, il est impossible de ne pas s'amuser. Ils sont tous cinglés et ont constamment des idées grotesques. Comme… venir au lycée en pyjama… Ouais, ça, ils l'ont fait et je me suis laissé entraîner aussi… Mais par-dessus tout, grâce à cette liste, j'ai pu retrouver mon ancien ami d'enfance. Alors oui, Taylor avait raison de me pousser vers Max pour rendre cette année mémorable. Et c'est ce que je lui réponds, mais mon amie secoue la tête avec un petit sourire.

– Non, ce n'est pas pour ça. Tu me connais, je t'aurais soutenue dans ton projet à cent pour cent et aurais fait en sorte que tu vives une année mémorable. Si je t'ai poussée vers lui, c'est à cause de sa façon de te regarder.

Je hausse un sourcil, ne comprenant pas vraiment ce qu'elle insinue.

– Max est fou de toi depuis des années. C'est tellement évident que c'est pour cette raison que notre capitaine, fait-elle en désignant discrètement Beth, te déteste. Tu as toujours eu toute son attention, tout son intérêt… Et maintenant plus que jamais.

D'un hochement de tête, elle m'indique le groupe de Max et je constate que celui-ci nous regarde. Je vois ses lèvres bouger, donc j'imagine qu'il participe à la conversation autour de lui, mais ses yeux sont braqués sur nous. Sur moi. Je gigote sous son regard intense.

– Alors quoi, tu as voulu nous maquer ensemble ?

– Je n'étais pas certaine que ça pourrait aller jusque-là, m'assure Tay en haussant les épaules. Je voulais simplement que tu te rendes compte qu'il ne te détestait pas et que tu ne le détestais pas non plus. Malgré ses plans foireux, tu lui trouvais toujours une excuse pour rester près de lui. J'étais certaine que vous pouviez redevenir amis et que ça rendrait ton année de terminale mémorable. Mais… de toute évidence, vous voulez être plus que ça, n'est-ce pas ?

Je scrute mon amie et soupire. Je n'en sais rien. Je m'en suis rendu compte avant même que Scott m'agresse, mais les papillons que je ressentais avec Max n'apparaissaient avec aucun autre garçon. Et peut-être que, depuis, j'hésite à vouloir que notre amitié passe un cap. Après tout… Noël n'est pas le seul moment où nous nous sommes embrassés. Cela arrive souvent… Très souvent lorsque nous sommes seuls. Et à chaque fois, je préfère me laisser entraîner par toutes ces sensations excitantes et nouvelles qu'il me fait ressentir plutôt que de m'éterniser sur ce qu'on est en train de devenir.

– Max… n'a pas l'air décidé de ce côté-là, marmonné-je.

À chaque fois que la conversation dérive sur nous, sur ce qui se passe entre nous, qui dépasse clairement la simple amitié, Max se referme. Il ne me rejette pas ouvertement et ses baisers me prouvent bien que ce n'est pas l'envie qui lui manque lorsqu'on est ensemble, mais il y a quelque chose qui le bloque. Peut-être que c'est cette histoire avec Bethany ? Peut-être qu'il ne se revoit plus en couple ? Cela m'étonnerait puisqu'il a l'air de se foutre comme de l'an quarante de ça maintenant. Alors qu'est-ce que ça peut être ?

– Mets-le au pied du mur, chuchote mon amie en me faisant signe qu'on approche. Rends-le dingue et tu verras bien s'il se décide.

Que je le rende dingue ? Comment est-ce que je suis censée faire ça ? C'est lui qui me fait complètement perdre la tête à chaque fois que sa main frôle ma peau et que sa langue s'enfonce dans ma bouche. Je n'ai pas le même pouvoir sur lui que lui sur moi. Je suis beaucoup trop inexpérimentée, alors qu'il a déjà connu pas mal de filles… Perdue dans mes pensées, je crie lorsqu'on me soulève.

– L'entraînement semble avoir été compliqué.

M'aidant à me remettre debout, Max me détaille avec ce sourire qui ne le quitte pas. Sa main traîne plus que de raison sur le morceau de peau visible entre mon haut et ma jupe, et je sens son pouce faire de petits cercles discrets. Mon corps s'enflamme immédiatement. Il est rare qu'il me touche au lycée, pas de cette façon en tout cas. Il ne m'embrasse pas non plus ici. En fait, il ne semble se laisser aller dans cette partie-là de notre relation que lorsque nous sommes seuls.

– Je te ramène ?

J'acquiesce. Je crois que je commence à prendre goût à sa moto, à être collée contre lui… Max sourit et son regard se rive un instant sur mon médaillon.

– Je prends une douche rapide et j'arrive.

– Prends ton temps, fais-je en m'étirant. Je vais en prendre une aussi et crois-moi, vu les courbatures qui se profilent déjà, je ne suis pas certaine d'en ressortir avant trois quarts d'heure !

Il part dans un éclat de rire et m'ébouriffe avant de suivre Warren et les quelques joueurs étant passés saluer les cheerleaders. Prenant soin d'éviter le regard noir de Beth, je rejoins mes amies. Lorsque j'arrive dans les vestiaires des filles dans l'annexe sportive, je me rue sous la douche. Je soupire d'aise en sentant le bienfait de l'eau chaude sur mes muscles.

Oh, bon sang, ce que ça fait du bien !

Comme je l'ai prédit, je reste un peu plus longtemps

que nécessaire sous l'eau. La majorité des filles sont déjà parties quand je termine de me rhabiller. Malgré le temps toujours un peu frais, je choisis de mettre un legging et mon sweat de l'université de Springfield, puis annonce à mes amies que j'y vais. Taylor accourt vers moi et me prend dans ses bras. Avant de me relâcher, elle murmure :

– Maximilien Henderson n'a d'yeux que pour toi, chérie. C'est une cocotte-minute près d'exploser. Alors profites-en et torture-le. Ils ont beau faire croire le contraire avec toute cette testostérone et leurs gros muscles, il suffit d'un baiser de la fille qu'ils désirent et ils tombent à genoux. Ça, Haylee, c'est aussi l'une des expériences les plus fun quand on a un petit copain. Alors, fais-le craquer… Et utilise ce que la nature t'a donné.

Me pinçant les fesses, elle part dans un éclat de rire. Je la repousse toute rouge et secoue la tête. Cette fille est impossible. J'ignore comment Warren fait pour la gérer aussi bien. Avant qu'elle ne se lance dans un autre laïus sur comment je dois séduire Maximilien, je fuis les vestiaires.

Ce dernier m'attend déjà lorsque j'arrive au parking. En m'approchant, je vois qu'il discute avec le coach et qu'il semble préoccupé. Mais son inquiétude s'envole quand je le rejoins.

– Promis, coach, je vais m'en occuper.

– C'est tout ce que je voulais entendre, mon garçon. Petite Green, me salue l'entraîneur avec affection avant de s'en aller.

– Je déteste quand il m'appelle comme ça, marmonné-je en le regardant partir. J'ai grandi depuis qu'il passait à la maison regarder les matchs avec mon père.

Avec un sourire en coin, Max me détaille de la tête aux pieds. Son regard s'enflamme en caressant mon legging moulant. Serrant les dents, il me tend un casque.

– Votre carrosse, mademoiselle.

– Tu dois donc être l'une des affreuses petites souris transformées en cocher par marraine la bonne fée ! plaisanté-je en enfilant le casque.

Max lève les yeux au ciel et m'ordonne de monter avant qu'il ne change d'avis et que je doive prendre le bus scolaire. Enfourchant la moto, je n'omets pas de lui pincer le ventre lorsque je m'accroche à lui. J'ai beau être attirée par Maximilien Henderson, ce n'est pas demain la veille qu'il va me donner des ordres. Ma réaction le fait rire et, en représailles, il part en trombe du parking, m'obligeant à resserrer encore plus mon étreinte. Même si je commence à m'habituer à sa moto, j'ai encore terriblement peur d'en tomber. Et ce connard en profite.

***

– Je te déteste, grommelé-je quand on entre dans sa chambre.

Marmonnant un faible « mais oui, mais oui », Max récupère le casque que j'ai toujours entre les mains et m'attire à lui. Il enfouit son visage dans mes cheveux et inspire. Je soupire, ne pouvant pas faire abstraction de son corps contre le mien. Mes mains glissent sur ses larges épaules, il passe les siennes derrière mes cuisses et me soulève. Instinctivement, je croise les jambes autour de sa taille, stupéfaite par le naturel avec lequel mon corps réagit au sien.

– J'adore l'odeur de ton shampoing… Est-ce que je te l'ai déjà dit ?

– On n'a jamais parlé cosmétique ensemble, il me semble, le taquiné-je, le souffle court au fur et à mesure que sa bouche s'approche de mon cou. J'ignorais que tu avais ce genre d'intérêt, Maxou.

Je grogne quand il me pince la cuisse et il rit.

– Hé ! Ça fait super mal ! Surtout après toutes ces acrobaties sans queue ni tête ! Seigneur, dire que je vais devoir me ridiculiser encore longtemps comme ça. J'ai atterri en enfer…

– Ce n'est pas ridicule, c'est plutôt intéressant à regarder. Ma partie préférée, c'est quand tu tombes sur les miches. Ça, c'est hilarant !

Il se fout de moi. Parfait, je vais rentrer chez moi et le laisser s'éclater tout seul. J'essaie de me dégager de son étreinte, mais nous basculons tous les deux en arrière. Je me rends compte qu'il n'a pas cessé de reculer jusqu'à ce qu'on se retrouve sur son lit. Avec un petit sourire satisfait, il s'allonge dessus et m'attire par les hanches contre lui. L'une de ses mains se pose sur mes fesses et malgré mon legging, je sens toute sa chaleur se répandre dans mon être.

– Alors, de… quoi est-ce que vous parliez avec le coach ? lui demandé-je, sentant mon esprit dériver.

Face à son regard chocolat qui me fait fondre et sentant chaque parcelle de son corps contre le mien, j'ai du mal à me concentrer. Max met un petit moment à me répondre, lui aussi ailleurs.

– Des recrutements… de l'université, marmonne-t-il, perdu dans ses pensées.

– Tu sais dans quelle fac tu veux aller ?

Je frissonne en sentant l'une de ses mains glisser doucement sous mon pull. Lorsqu'elle frôle ma peau, je me crispe une seconde. Une bouffée de chaleur m'envahit, tout particulièrement vers mon bas-ventre. Bon sang, comment un simple contact peut-il me faire un tel effet ?! Max semble satisfait par ma réaction et il continue en direction de mes seins. J'ai chaud, terriblement chaud…

Voilà ce que j'aurais dû expliquer à Taylor lorsqu'elle m'a dit de le rendre dingue. C'est lui qui me rend dingue. Avec ses baisers, ses caresses, sa façon de me regarder… Tout cela est nouveau pour moi, mais lui n'a pas l'air du tout déstabilisé par la situation.

– Apparemment, l'un des recruteurs de l'université de Chicago pourrait être intéressé par mon profil.

– Chicago… C'est loin, non ?

Ma voix n'est qu'un murmure, mais j'essaie de garder une contenance. Bientôt, nous ne serons plus voisins… Nous n'aurons plus l'opportunité de nous voir au lycée, ni de traîner dans la chambre de l'autre comme aujourd'hui. Et si j'ai toujours dans l'idée de faire mes études dans le département d'astronomie de Springfield, je me rends compte que la crainte de le perdre de vue me comprime la poitrine. C'était ce que je désirais au début du semestre, me débarrasser de mon *fucking* voisin. Mais maintenant… C'est différent. Tout est différent entre nous. Et je n'ai pas envie de perdre ça. Pas alors que j'ai déjà perdu notre amitié il y a huit ans pour ne la récupérer qu'aujourd'hui. Pas alors qu'il me rend complètement dingue. Ayant besoin de le voir tout aussi désemparé que moi par cette attraction qui nous domine, j'agis. Suivant une impulsion, mon corps se met à se balancer d'avant en arrière. La pression de ses mains sur ma taille se fait plus forte. Ses doigts s'enfoncent dans ma peau, mais la douleur est exquise.

– Trois heures et onze minutes de l'université de Springfield, souffle-t-il hors d'haleine.

Il a regardé. Ce qui me fait croire que lui aussi s'inquiète de ce qui va se passer après avoir obtenu notre diplôme. Plus ou moins soulagée de ne pas être la seule à m'interroger sur ça, je dépose un faible baiser sur ses lèvres. Je découvre une sensation inconnue quand je le sens durcir contre moi. Voilà donc ce que Taylor voulait dire par « rends-le dingue ». Avec un petit sourire satisfait, je deviens un peu plus entreprenante. Sans cesser de bouger mon bassin contre le sien, mes mains se perdent dans ses cheveux. Nos regards se croisent. Ses yeux sont dilatés et emplis d'une telle intensité qu'ils me font vibrer. Ne tenant pas, je m'empare de ses lèvres et me perds dans toutes ces sensations que lui seul me fait ressentir.

Max réagit immédiatement. Tirant sur mes cheveux, il me plaque contre lui, ne laissant aucun centimètre entre nos deux corps enflammés. Ses mains s'agrippent à mes fesses et je gémis en sentant son intimité d'autant plus imposante s'enfoncer contre mon bassin. C'est tellement bon. Je ne veux pas qu'il s'arrête. Jamais. Il détache ses lèvres des miennes le temps de m'ôter mon pull. Nos regards se croisent, puis le sien descend sur ma poitrine et il se mordille la lèvre.

– Mais je ne suis pas encore sûr d'y aller…

– Pourquoi ?

– Mes notes ont baissé… ces… derniers temps.

Sa voix n'est qu'un murmure. Sa respiration s'accélère. Tout en continuant à bouger contre lui, je glisse mes mains timidement sous son tee-shirt. Je rêve de faire ça depuis l'instant où je l'ai vu torse nu dans les vestiaires il y a plusieurs mois déjà. Malgré moi, je me suis toujours demandé si ses abdos étaient aussi robustes qu'ils le semblaient. Et la réponse est oui. Bon sang, oui ! Max est terriblement bien foutu…

– Dans quelles matières ?

Je glisse ma main entre nous et rejoins la lisière de son pantalon. Il gémit contre ma bouche, mord ma lèvre inférieure alors que le premier bouton saute. Je ne sais pas exactement ce que je fais, ni jusqu'où je suis prête à aller… Mais je n'arrive pas à arrêter. Tout mon corps est transporté par un désir brut, nouveau. Rien à voir avec ce que je ressentais quand Scott m'a touchée. Et j'adore cette sensation. J'adore voir l'effet que je lui fais. Parce que si je croyais qu'il ne me regardait pas comme il le fait avec toutes les autres filles, à cet instant, je sais que j'ai tort. Son regard est brûlant de fièvre, de cette fièvre qui m'indique qu'il est à deux doigts de craquer.

– Biologie… principalement…

Je ne peux m'empêcher de sourire.

– Toi qui t'y connais tellement en anatomie, c'est très étonnant.

Ma voix tremble tout autant que ma main, qui s'est plaquée contre son ventre nu. Max sourit et attire ma bouche à la sienne.

– Putain, Haylee… C'est… Tu es tellement…

Ne trouvant pas ses mots, il m'embrasse de nouveau. Nos souffles rauques et nos corps enflammés se cherchent. Dans un grognement, il me fait basculer sur le côté pour me dominer. S'emparant de mes mains, il les maintient au-dessus de ma tête. Cette scène m'est familière. Je me retrouve coincée sous son corps robuste comme dans ce placard douteux de l'annexe sportive. Max doit penser à la même chose que moi parce qu'il émet un petit rire avant de se pencher de nouveau vers moi.

– Max ? Chéri, tu es rentré ?

– Merde…

Aussi vif que l'éclair, Max saute hors du lit et m'incite à me redresser quand on entend les pas de sa mère approcher. Attrapant son sac, il vient s'asseoir à côté de moi et me tend le premier livre qu'il récupère dedans. Le cœur battant à tout rompre, je m'assois en tailleur et passe ma main dans mes cheveux au moment même où la porte s'ouvre sur Mme Henderson.

– Oh, Haylee ! Je ne savais pas que tu étais là.

– Ouais… Minimoy m'aide à… réviser.

Sa mère hausse un sourcil et nous étudie une minute. Elle n'y croit pas une seule seconde et l'on ne peut pas l'en blâmer. J'ai les joues aussi rouges que mon pull qui est toujours posé négligemment par terre et mes cheveux sont en bataille. Sans parler de la gêne évidente de Max. Mais pour toute réponse, elle se contente d'acquiescer et de nous souhaiter bon courage pour les cours avant de dire à son fils qu'elle part travailler. Lorsqu'elle referme la porte, Max s'affale sur le lit et passe une main sur son visage. Le voyant aussi gêné, je ne peux m'empêcher d'éclater de rire.

– Ce n'est pas drôle, elle va en parler à ta mère…

– Elle va lui dire que je t'aide à réviser ta… biologie ? lui fais-je en montrant le livre qu'il m'a tendu.

Max me lance un regard espiègle.

– Tu crois qu'on pourrait réviser ensemble ? Rien que tous les deux ?

– Pourquoi pas ? Je suis plutôt douée en science je te rappelle !

– Oh, ça, je n'en doute pas, mais je suis un très mauvais élève. J'ai tendance à me distraire… Surtout lorsque ma tutrice est aussi sexy…

C'est la première fois qu'il me fait ce genre de compliment et je ne sais pas trop comment réagir. Gênée, je coince mes mèches rebelles derrière mes oreilles et lui lance le livre.

– Une chance que je sois beaucoup plus rigoureuse que toi. Je ne me laisse pas facilement distraire.

Avec un sourire proche de la prétention, Max se

redresse. Sa main se glisse derrière ma nuque et il dépose un petit baiser sur mes lèvres.

– Tu veux parier, minimoy ?

– Et qu'est-ce que j'y gagnerais ?

Mordillant ma lèvre inférieure, Max rive son regard brûlant au mien. Ma respiration se coupe lorsque sa bouche frôle mon oreille pour murmurer un « tout ce que tu veux ». Déglutissant, j'acquiesce pour accepter son pari. Voyons lequel des deux remportera cette manche…

23

Max
Février

Je vais perdre ce foutu pari, j'en ai la certitude. Appuyé contre la tête de mon lit, je fixe Haylee, qui s'obstine à me faire réviser.

– Quelle est la différence entre les procaryotes et les eucaryotes ?

– Les procaryotes sont tous des organismes unicellulaires, marmonné-je, distrait par sa façon de mâchouiller son crayon.

Attiré comme un aimant vers elle, je me redresse et joue avec la seule mèche qui s'échappe de son chignon désordonné. Elle est belle, putain ! Même avec ce simple tee-shirt beaucoup trop large pour elle et ses cheveux attachés à la va-vite.

– Et les eucaryotes ? Max, concentre-toi !

Comme depuis le début de mon calvaire, elle me fout une tape sur la main pour que je ne la touche pas. Putain. Elle va me rendre fou !

– Des organismes qui peuvent être soit unicellulaires, soit pluricellulaires.

– Bien, dit-elle en souriant, satisfaite. Maintenant, donne-moi les éléments de leurs organisations génétiques.

Je fais mine de réfléchir même si je les connais. Haylee est une tutrice d'enfer. Une vraie tortionnaire si je me distrais un court instant, certes, mais j'adore réviser avec elle. C'est cent fois plus amusant. Surtout parce que j'ai trouvé une tout autre façon de la taquiner. Cette fois-ci, je ne cherche pas à la faire sortir de ses gonds en lui balançant de petites blagues. J'ai trouvé bien mieux…

– Les eucaryotes possèdent une membrane nucléaire, commencé-je en laissant remonter le bout de mes doigts sur ses jambes.

Malgré l'épaisseur de son legging, je sens la chaleur de son corps. Je souris en la sentant frémir. Alors je continue mes révisions tout en la torturant à ma façon. Parce que s'il y a bien une raison pour laquelle j'adore ces séances de révisions, c'est à cause de ce foutu pari. Celui de voir si je parviens à la distraire suffisamment des cours pour qu'elle s'intéresse à autre chose… Moi, par exemple. Jusqu'à présent, je ne suis pas encore parvenu à mes fins. Parce qu'Haylee est foutrement têtue et parce que j'ai tout de même dans l'idée que je dois réussir mes examens pour continuer à jouer au football. Mais ce soir… Peut-être que tout est permis. Après tout, c'est mon anniversaire… Peut-être qu'elle va me laisser gagner ?

– Ils ont plus de chromosomes dans leur code génétique, poursuis-je quand ma main frôle désormais sa cuisse.

Je souris et continue à réciter les autres éléments de leur organisation génétique, ma main poursuivant son chemin.

– Bien, bégaie-t-elle, la voix enrouée. Et les pro-procaryotes ?

Son souffle s'emballe quand ma main joue avec le bas de son haut. Je ne vais pas aller plus loin. Je m'amuse simplement à la torturer avec cette idée parce que si je fais ça, je ne sais pas si j'arriverai à m'arrêter. La dernière fois… je ne sais pas ce qui m'a pris d'aller aussi loin. En l'observant gesticuler dans cette petite jupe de cheerleader et après l'avoir vue dans son legging, je me suis laissé emporter. Et depuis, j'ai du mal à me souvenir de la promesse que je me suis faite dès que j'ai compris que je n'arriverai pas à m'éloigner d'elle après Noël. Je ne ferai jamais rien pour la blesser, ni lui foutre la pression. Je refuse qu'elle croie que tout ce que je veux, c'est coucher avec elle. Parce que la vérité est bien loin du compte. Je la désire. Bordel, ça, c'est de plus en plus évident… Mais je ne veux pas qu'elle se sente obligée à quoi que ce soit. Je me satisfais déjà pleinement de ce qu'on a, même si j'ignore ce dont il s'agit exactement…

Levant les yeux vers elle, je remarque que ses joues se sont enflammées sous mon toucher. Bordel, ce qu'elle peut être réceptive ! Ce n'est vraiment pas facile de se retenir alors que ses réactions me donnent envie de faire tellement plus. J'ai envie de découvrir ce qu'elle ressentira si je glisse ma main de nouveau sous son tee-shirt, j'ai envie d'entendre son souffle s'emballer contre ma bouche et… *Merde, reconcentration, Max ! Pense à tes examens… Ne pense pas à ce que, de toute façon, tu ne feras pas avec elle.*

Même s'il est évident qu'il se passe un truc entre nous, je ne suis pas encore certain que ça soit une très bonne idée. La peur de devenir comme mon père est toujours ancrée en moi. Plus particulièrement maintenant que j'ai craqué et ai foutu une raclée du tonnerre à Scott devant une grande partie du lycée. Alors je n'irai pas très loin avec elle. Et puis, je doute qu'elle apprécie de se souvenir de toutes ses premières fois avec un connard tel que moi. Un play-boy, un colérique qui ne sait pas se contrôler, un mec incapable d'aimer une fille comme elle le mérite.

– Les procaryotes n'ont pas de membrane nucléaire.

Ils ont un seul chromosome dans leur code génétique, généralement, un chromosome circulaire, et n'ont pas d'histones ni de nucléoles.

– Parfait ! s'enthousiasme-t-elle en s'éclaircissant la gorge. Tu… n'as qu'à réviser la suite avant que les autres n'arrivent. Tu seras prêt pour l'examen de la semaine pro.

J'acquiesce et suis déçu de la voir fuir mon contact à l'autre bout du lit. Putain. Ces révisions vont me rendre fou. Parce qu'en plus de retenir toutes les merdes qu'elle essaie de faire rentrer dans mon crâne, je dois constamment lutter contre mon imagination. Être dans ma chambre pour ces sessions privées n'aide pas. Particulièrement après ce qui s'est passé la dernière fois ici… Mais je ne me vois pas réviser ailleurs. J'aime l'avoir rien que pour moi pendant ce laps de temps.

Au bahut, maintenant que mes potes sont devenus proches d'elle, ils sont constamment dans les parages à l'accaparer. Encore plus en cette période d'examens. Elle est la plus douée de toute la bande et elle n'hésite pas à aider mes amis pour qu'ils puissent eux aussi continuer à jouer. Et ces crétins ne se décollent plus d'elle. À la fois pour qu'elle les assiste, mais je les suspecte aussi de vouloir me faire chier. Depuis Noël, ils ont compris qu'il s'était passé quelque chose, mais comme je ne lâche pas le morceau, ils m'empêchent d'être seul avec elle. Je ne sais pas ce qu'ils veulent que j'admette… Que je suis incapable de rester loin d'elle ? Que je suis incapable de ne pas désirer reprendre ces lèvres fruitées entre mes dents et me blottir contre son corps tout doux ? Ils peuvent toujours crever pour que je leur avoue ça. Je ne le reconnais même pas encore moi-même, putain… Alors pas question.

– On pourrait peut-être faire quelque chose d'autre avant qu'ils arrivent ? demandé-je en repoussant mon livre de biologie, n'en pouvant vraiment plus. C'est mon anniversaire après tout.

Haylee garde les yeux rivés sur son téléphone, mais je vois le petit sourire sur ses lèvres.

– Tu as décidé de fêter ton anniversaire ce week-end, alors aujourd'hui, ça ne compte pas.

– On fait bien une soirée horreur ce soir pour marquer le coup, alors ça compte peut-être un peu ? insisté-je, mourant d'envie de la toucher.

Haylee secoue la tête en guise de réponse négative et n'en démord pas. Soupirant, je récupère mon livre, n'ayant pas vraiment d'autre choix. Mais rapidement, son fessier me déconcentre.

– Qu'est-ce que tu lis ? lui demandé-je, espérant que ça m'aidera à lâcher son magnifique popotin des yeux.

Les yeux rivés sur son téléphone depuis tout à l'heure, elle semble complètement ailleurs. Je suis obligé de lui caresser la jambe pour qu'elle réagisse. Revenant à elle, elle m'interroge du regard.

– De quoi parle ton article ?

Je suis certain qu'il s'agit d'un de ces articles scientifiques qu'elle dévore à longueur de journée. Elle hésite un court instant avant de me rejoindre.

– Des chercheurs ont perçu un signal radio inexpliqué provenant du centre de la Voie lactée !

S'affalant à mes côtés, elle m'explique qu'au cours de l'année 2020, ce signal aurait été capté à six reprises entre janvier et septembre de façon très irrégulière avant de disparaître, ne donnant pas suffisamment d'indices aux chercheurs pour comprendre de quoi il s'agit. Lorsqu'elle s'embarque dans la dernière découverte concernant ce signal qui concerne sa polarisation, je cligne des yeux, perdu.

– La plus étrange propriété de ce signal est sa très grande polarisation. Cela signifie que sa lumière oscille dans une seule direction, mais cette direction tourne au fil du temps, ajoute-t-elle certainement pour que je suive son charabia. La lumière, quel que soit le domaine, est une onde électromagnétique composée d'un champ électrique (E) et d'un champ magnétique (B), perpendiculaires l'un à l'autre. Ils sont situés dans un plan lui-même perpendiculaire à la direction de propagation du rayon lumineux. Lorsque l'onde n'est pas polarisée, le couple (EB) tourne autour de cet axe de manière aléatoire. En revanche…

Cette fois-ci, je décroche complètement. Merde. J'ai toujours su qu'Haylee était intelligente, mais là… je suis bluffé. Moi qui galère avec ma bio et elle qui lit ce genre de trucs pour le plaisir… Il est évident qu'on ne joue pas dans la même cour sur ce plan-là. Si je ne comprends qu'un mot sur deux de son charabia, je l'écoute avec attention. J'adore l'entendre me parler de sa passion et voir les étoiles qui pétillent dans ses yeux. Tout particulièrement parce que j'ai l'impression qu'elle ne se laisse pas souvent aller de cette façon devant les autres.

Même si Haylee s'est fait de nouveaux amis et s'entend bien avec eux, elle se bride souvent lorsqu'il y a du monde. Elle n'aime pas passer pour une intello simplement parce qu'elle a cette obsession pour tout ce qui touche à l'astronomie et que son esprit est beaucoup plus scientifique que les nôtres. Alors elle n'en parle pas. Mais moi, je sais que cette obsession fait partie d'elle. Et j'adore ça. J'adore la voir aussi animée et découvrir chaque jour un peu plus comment fonctionne son côté scientifique. J'aime la retrouver de cette façon aussi simple, sans qu'on ait besoin de se lancer des vannes pour avoir une conversation et sans que j'aie à la provoquer pour qu'elle brille ainsi.

– Bien sûr, plusieurs phénomènes peuvent être à l'origine d'une polarisation de la lumière. En astronomie, les plus courants sont la diffusion de la lumière à travers des nuages de poussière ou la présence de forts champs magnétiques. Et…

Haylee s'interrompt soudainement et se mord la lèvre, gênée. Lorsqu'elle me coule un petit regard, je sais ce qui la bloque. Elle est vraiment transparente. Je souris, amusé qu'elle pense qu'elle puisse m'ennuyer. Même si je ne comprends pas tout ce qu'elle raconte, je suis fasciné par la passion qui l'anime et ça, c'est loin de m'ennuyer.

– Je vois, dis-je en jetant un petit coup d'œil à son article. Un signal radio mystérieux… Tu crois qu'on devrait se préparer à un remake de *La Guerre des mondes* ou *La Cinquième Vague* ?

– Bien sûr que non, crétin, plaisante-t-elle, soulagée.

– Quoi, tu ne crois pas qu'il y ait une autre forme de vie dans l'immensité de l'Univers ?

Sans pouvoir m'en empêcher, je l'incite à venir sur moi. J'aime l'avoir aussi près de moi. Et cette fois-ci, elle n'évite pas mon contact.

– Je n'ai pas dit ça, dit-elle en souriant, espiègle. Mais honnêtement, s'il y avait une quelconque forme de vie intelligente dans l'Univers, je suis certaine qu'ils ne prendront pas contact avec nous de sitôt.

J'ai définitivement perdu notre pari. Parce que, alors que je suis complètement à sa merci, elle reste encore maîtresse de ses réactions. Elle entreprend même de m'expliquer pourquoi les aliens ne viendraient pas tout de suite vers nous. Apparemment, les barbares que nous sommes les cloueraient au pilori dès qu'on en aurait l'occasion. Les humains ont du mal à accepter les différences, cela a été démontré par l'Histoire elle-même, alors si une espèce inconnue débarque, cela risque d'être tendu.

Cette fois-ci, je n'écoute plus vraiment sa théorie. Son corps contre le mien me déconcentre et ses mains sur mon torse sont une torture. Haylee a une façon bien à elle de me faire perdre la tête. Contrairement aux autres filles, elle aime prendre son temps. Elle semble éprouver du plaisir à découvrir chaque parcelle de ce qu'elle touche, à l'étudier, comme si c'était la première fois qu'elle voyait le corps d'un homme. C'est sans doute le cas d'ailleurs… Mais c'est tellement différent des caresses des autres filles, que cela me fait un effet monstre. Ses doigts frôlent ma clavicule avec lenteur tout en parlant et se perdent doucement, mais sûrement vers mes biceps. Le débardeur que je porte lui donne accès à une grande partie de mon torse et elle ne se prive pas pour en tirer avantage.

– Tu ne m'écoutes pas, dit-elle en soupirant avec un demi-sourire car, au bout d'un moment, elle se rend compte que je fixe sa bouche avec avidité.

– Bien sûr que si, marmonné-je en bougeant pour la faire basculer davantage sur moi.

Je resserre aussitôt mes bras autour d'elle et inspire son parfum. Bordel, c'est divin !

– Non, tu me regardes sans m'écouter… Qu'est-ce qu'il y a, Maximilien ? Je te déconcentre ?

– Tu n'as pas idée à quel point…

Ne tenant plus, je m'empare de ses lèvres. Mon esprit perd tout contrôle. La sensation de sa bouche sur la mienne a pris le pas sur mes sens. Je l'attire contre moi, agrippe plus fort ses hanches et m'allonge sur le lit en l'entraînant avec moi. Haylee répond avidement à mon étreinte. Sa langue joue avec la mienne sans jamais se décoller de ma bouche. Bordel, elle apprend vite. Tellement vite, putain !

Je presse son corps contre le mien et avale ses gémissements lorsque mes mains se perdent sur ses fesses. Mes doigts s'enfoncent dans sa peau, signe que je perds de plus en plus le contrôle. Ses cheveux retombent sur ma peau et je détache mes lèvres des siennes. Le soupir plaintif qui en sort à ce moment-là fait pulser mon érection. Elle a envie de moi. Ses mains bougent de haut en bas sur ma poitrine, testant ses limites, je le vois. Et son regard ardent en est aussi la preuve. Mais je n'irai pas plus loin. *Même si ça ferait un cadeau d'enfer !*, ajoute ma salope de petite voix qui a terriblement envie d'elle. Pourtant, je n'arrive pas à me décoller d'elle et à arrêter ce qu'on est en train de faire. Et cette fois-ci, c'est moi qui dois être horriblement transparent parce qu'Haylee sourit et revient à la charge.

Ses mains se perdent dans mes cheveux et ça me rend complètement dingue lorsqu'elle les tire. J'ai l'impression que chaque parcelle de mon corps s'est dispersée à travers la chambre.

– Putain.

Je murmure en sentant ma queue forcer dans mon jean. Je retire mes mains de sa taille et ses fesses pour tirer sur le bas de son tee-shirt. Quand ma main frôle sa peau brûlante, elle gémit et je vrille. Je décolle ma bouche de la sienne pour le lui enlever. Mon regard se pose sur ses yeux, ses lèvres rosées et sa poitrine. Ses seins sont serrés dans un soutien-gorge noir. Pas de dentelle, pas de paillettes, rien de spécial. Juste un basique noir. Si innocent, si simple et normal qu'il en devient étrangement attirant. Je mordille ma lèvre et prends sur moi pour ne pas l'arracher de son corps tout doux.

– Tu es si sexy, Haylee.

Je souffle sur ses lèvres, dans sa bouche. Elle couine et j'accueille ce son incroyable. Lorsqu'elle se remet à bouger sur moi, je sens que je vais avoir du mal à arrêter ce qu'on a commencé…

– Max.

Elle chuchote dans mon cou tout en faisant glisser sa langue jusqu'à mon oreille. *Putaaaiiin*, c'est tellement bon. J'ai besoin de la toucher, je ne vais pas tenir longtemps. Mes mains trouvent sa poitrine, mais son soutien-gorge se dresse comme un mur entre son corps et le mien.

– Est-ce que je peux… enlever… ton… soutien-gorge ?

Je veux la sentir. Sentir son corps sexy et tout doux sous mes doigts. Sentir le poids de ses seins parfaits entre mes mains. Haylee souffle un « oui » à peine audible. Mes mains tremblent lorsque je dégrafe l'attache et libère sa poitrine. Ses lèvres se décollent de moi le temps que je le lui enlève complètement et je la vois refermer ses bras autour de sa poitrine.

– Ne te cache pas. Tu es magnifique, lui assuré-je en accrochant son regard pour m'assurer qu'elle est toujours d'accord lorsque mes mains remontent doucement de son ventre à sa poitrine nue.

Timidement, elle me laisse la place et je caresse cette poitrine qui me fait tellement de l'œil depuis qu'elle est apparue de nulle part. Je pince légèrement ses tétons tout durs et elle gémit. L'expression sur son visage me dit qu'elle est un peu perdue face à toutes ces nouvelles sensations, alors je l'embrasse langoureusement, lentement, pour qu'elle se décontracte. Parce que, ici, entre mes bras, elle ne risque rien. Je ne ferais jamais rien qui la mettrait mal à l'aise ou la blesserait. Au bout de quelques minutes, elle se détend et fait glisser ses mains de nouveau vers ma nuque. L'une d'elles se perd sous mon tee-shirt et je ne peux m'empêcher de sourire. Sa petite main caresse mon ventre et je frissonne quand elle s'approche de mon jean. Mon entrejambe réagit immédiatement. J'aime tellement sa façon de m'embrasser, doucement, mais passionnément, et son toucher… Que je perds complètement pied. Merde, je ne vais pas avoir la force d'arrêter… Mais il le faut.

– Est-ce que… est-ce qu'on va…, commence-t-elle timidement quand sa main descend vers le renflement dans mon jean.

Même si elle ne finit pas sa phrase, je saisis immédiatement ce qu'elle veut dire. Et même si j'en crève d'envie, je secoue la tête.

– Non, bébé, parviens-je à souffler avec difficulté.

Elle semble paniquée et ses traits se figent un court instant, alors je continue.

– Ce n'est pas que je n'en ai pas envie. Bordel, Haylee, regarde ce que tu me fais, grogné-je en plaquant son bassin sur le mien et elle hoquette, les joues rouges. Mais tu n'as jamais rien fait… *Rien du tout*. Et il y a tellement d'autres choses que je veux te montrer avant ça…

– Des choses ? marmonne-t-elle, la voix rauque, alors que mes mains sont encore sur ses seins, sa taille, impossible de m'en détacher. Quoi comme choses ?

Son innocence me frappe de nouveau en pleine poire et me calme un peu. Même si je meurs d'envie d'être dans sa chaleur et de l'entendre gémir mon nom, le désir de lui faire découvrir bien plus prend le dessus. Parce que Haylee est une page blanche et elle mérite qu'on lui dévoile toutes les sensations qu'une main et une langue peuvent procurer. Alors, avec un petit sourire, je la fais basculer pour me retrouver au-dessus d'elle. Je ne devrais pas m'embarquer aussi loin. On est déjà allés tellement loin aujourd'hui… Mais je crois que c'est déjà un peu tard pour arrêter maintenant. Pas alors qu'elle me regarde de cette façon si intense, si envoûtante et pure. Je m'applique à lui faire comprendre qu'il y a des choses qui valent la peine d'être vécues avant d'aller jusqu'au bout.

Je prends appui sur mon coude et caresse son cou, puis fais courir doucement mes doigts entre ses seins. Ils sont doux. Tout chez elle est tellement doux que ça me fascine. Mes doigts continuent leur découverte sur son ventre. Elle frissonne et soupire lorsque j'arrive à l'ouverture de son legging. À sa façon de me regarder, nerveuse et excitée, je sais qu'elle en a envie. Son corps en a envie. Alors tout en rivant mon regard dans le sien, je glisse ma main sous les couches de vêtements. Dès que je m'aventure à la recherche de son clitoris, sa main s'agrippe à mon débardeur. Son sexe est trempé et gonflé de désir, son corps s'abandonne sous l'effet de cette simple caresse. Sentir sa moiteur entre mes doigts est un pur délice. Mais ce qui m'excite encore plus, c'est sa réaction. Bordel, c'est tellement bandant de la regarder se laisser envahir par le bien-être que cette simple caresse lui procure !

Respirant difficilement, excité et nerveux à l'idée de commettre un impair avec elle, je continue. Je relâche son clitoris et insère un seul doigt en elle. Elle gémit. Ce son est tellement sublime, putain ! Tout en continuant à la titiller, je l'embrasse tendrement.

– Max, souffle-t-elle entre mes lèvres, le regard ravagé par le désir.

Toute résistance s'est désormais envolée et sa gêne initiale aussi. Voir la confiance avec laquelle elle se laisse aller de cette façon devant moi, surtout après Scott, me réconforte, alors je continue jusqu'à ce qu'elle respire de plus en plus fort. Ses doigts sur mon débardeur se crispent et ses baisers deviennent de plus en plus avides. Ses jambes se raidissent et je sens qu'elle y est presque. Si proche. J'aimerais tellement faire plus, lui faire perdre encore plus la tête en utilisant ma langue… Mais peut-être que c'est un peu trop tôt. Je suis en train de lui faire vivre quelque chose qu'elle n'a jamais expérimenté auparavant, alors je dois y aller pas à pas.

– Ne lutte pas, soufflé-je, la sentant se tendre face à la vague de plaisir qui l'envahit. Laisse-toi aller, bébé. Tu vas adorer.

Je l'encourage. Je l'embrasse sur la bouche, mordille son cou, caresse de ma langue la pointe de ses seins tendus à l'extrême en me promettant de ne pas les négliger la prochaine fois. Quand mon regard retrouve le sien, mon cœur fait un looping face à son intensité. Lorsque je la sens exploser autour de mes doigts, ma queue me fait mal dans mon pantalon. Je bande tellement que ma vue se trouble.

Haylee ne bouge pas, même lorsque les contractions de son orgasme prennent fin. Elle respire fort tout en essayant de reprendre contenance. Ses joues sont terriblement rouges. Je la vois fermer les yeux, soudain mal à l'aise. Je ne veux pas qu'elle se sente gênée, pas avec moi. Alors je retire ma main doucement et essuie mes doigts sur mon débardeur avant de l'embrasser.

– C'est tellement bandant de te regarder jouir… Et ça, ce n'est que l'une des choses dont je te parlais, soufflé-je, la voix rauque.

– Il… y en a d'autres… comme ça ? demande-t-elle à la fois timidement et si enthousiaste que ça me fait sourire.

J'ouvre la bouche pour lui dire qu'elle n'a pas idée du nombre de trucs que j'aimerais lui faire, mais la voix approchant de ma chambre m'arrache à ce moment.

– Hé Max !

Warren. Merde ! Haylee réagit beaucoup plus vite que moi. Se dégageant de mon étreinte, elle saute du lit, récupère son soutien-gorge et l'enfile à vitesse grand V. Elle est en train de remettre son tee-shirt lorsque la porte s'ouvre à la volée.

– J'ai amené *The Nun*, mais les autres pensent que…

Warren s'interrompt. Haylee termine d'enfiler son tee-shirt à la hâte sous le regard éberlué de mon trou du cul de meilleur pote.

– Oh, désolé… J'ai interrompu quelque chose ?

– Non, rien du tout, marmonne-t-elle, le visage aussi rouge qu'une tomate. On révisait, c'est tout.

Warren hoche la tête sans se défaire de ce sourire moqueur et j'ai vraiment envie de le frapper, là tout de suite. Bordel, il vient de gâcher ce putain de moment…

– Euh, les autres sont déjà là ?

Warren acquiesce et Haylee s'empresse de déguerpir. À peine a-t-elle disparu que je m'effondre sur mon lit dans un soupir. Bordel. Ces révisions vont me tuer. Vraiment me tuer… Surtout si je commence à déconner comme ça… À vouloir être celui qui lui fait vivre ses premières fois…

– Seulement amis, hein ? se moque mon pote en haussant les sourcils.

– La ferme, putain !

– Hé, ne t'en prends pas à moi si tu as décidé de lui sauter dessus alors que tu savais pertinemment qu'on serait là ce soir ! Mais après tout… maintenant que tu as préparé le terrain, peut-être que pendant les films d'horreur, elle voudra que tu la rassures.

Cette fois-ci, je craque. Je me lève d'un bond et me jette sur mon pote. Celui-ci se marre et pare mon petit coup avec facilité avant de me plaquer. Nous valdinguons tous les deux par terre et ça me fait du bien. Parce que la frustration dans mon corps doit sortir. D'une façon ou d'une autre.

***

Après nous être un peu défoulés, Warren et moi rejoignons le reste de la bande qui s'empiffre déjà devant la télé. Dans un coin du canapé, je vois qu'Haylee s'est retranchée avec Taylor et évite mon regard. Warren me donne une petite tape sur l'épaule et marmonne un « dommage, tu ne pourras pas la peloter quand elle aura les chocottes ». Je grogne et le regarde prendre la place libre à côté de Taylor avec un petit sourire moqueur. Quel enculé… Soupirant, je vais m'asseoir dans un coin et, récupérant un paquet de chips, m'enfonce dans ma place.

– Franchement, Max, il n'y a que toi pour organiser une soirée horreur pour ton dix-huitième anniversaire ! marmonne Kim, un brin dépitée.

Oui, bon, peut-être que j'aurais pu faire une vraie fête. Mais comme ma mère n'a pas pu trouver un remplaçant pour ce soir, j'ai préféré décaler la célébration de ce fichu dix-huitième anniversaire à ce week-end. De cette façon, ceux qui compteront pour moi seront vraiment là. Je me serais contenté de rien de spécial ce soir, mais Warren et Matéo n'ont pas du tout été d'accord. Ils m'ont demandé ce que j'aimerais faire… Alors nous voilà tous prêts à nous lancer dans un marathon de films d'horreur.

– Je ne savais pas que tu étais fan de ce genre de films, fait Félix en me tendant une cannette de soda.

Je ne le suis pas particulièrement. En fait, je crois que j'ai eu ma dose d'horreur dans mon enfance pour chercher le frisson avec ces films. Et puis, mes cauchemars sont beaucoup plus effrayants que tous les films qu'on pourrait regarder parce qu'ils sont si réels… Même si je n'en fais plus depuis un moment. Alors pourquoi est-ce que j'ai choisi un tel marathon ? Parce que je sais qu'Haylee adore ça. La scientifique en elle a du mal à croire aux fantômes, aux esprits et à ce genre de conneries. Alors elle aime regarder les films et démonter un à un leurs aspects « effrayants ».

À cette pensée, je croise son regard. Je déglutis, nerveux, mais ne détourne pas les yeux. Pas même lorsque Matéo éteint la lumière et que quelqu'un d'autre enchaîne sur *The Grudge*. Si tout ce petit monde n'était pas dans mon salon à cet instant précis, j'aurais bien aimé passer mon anniversaire autrement finalement. Peut-être en lui faisant découvrir d'autres expériences qui ne figurent pas sur sa fichue liste ? Au bout d'un moment, je m'oblige à m'intéresser au film. Parce que sinon, je risque de me lever et d'embarquer Haylee pour qu'on étudie ensemble les autres choses dont je lui parlais. Celles que je rêve de faire avec elle…

***

Une sonnerie me tire de mon sommeil. J'ai dû finir par m'assoupir parce que lorsque j'ouvre les yeux, on a changé de film. La plupart de mes amis sont toujours là, les yeux rivés sur l'écran et la main suspendue au-dessus du bol de pop-corn. Bâillant légèrement, je cherche par réflexe Haylee des yeux. Elle n'est pas là. Pourtant, c'est l'un des passages les plus « effrayants » de *Sans un bruit*. Perplexe, je demande à Matéo, affalé à côté de moi, où elle est.

– Ça a sonné, elle est allée ouvrir.

Ouvrir ? Mais il est vingt-trois heures passées… Qui pourrait débarquer à cette heure-ci chez moi ? Ma mère est de garde, alors ce n'est pas elle. Perplexe, je me lève et me dirige vers le hall. J'aperçois Haylee sur le pas de la porte. Je sens que quelque chose ne va pas à la façon dont elle se tient en travers de la porte, rigide. Ma véritable soirée d'horreur commence à ce moment-là, lorsque j'entends le timbre masculin de l'autre côté du seuil. Une voix que je reconnais à peine sans ce bégaiement dû à l'alcool.

– Bonsoir, Haylee. Ce que tu as grandi ! Tu es devenue une très belle jeune femme.

– Merci, monsieur…

– Je sais que Jessica m'a dit de ne pas passer, mais… je voulais…

Mon cœur s'emballe d'un seul coup. Putain… Ce n'est pas possible…

– Monsieur Henderson, commence Haylee, mal à l'aise. Je suis désolée, mais Max s'est endormi et…

Lorsqu'elle se décale légèrement et que je le vois, je dois m'appuyer maladroitement contre le meuble du hall parce que le bol où ma mère laisse toujours ses clés s'écrase par terre. Haylee se retourne en entendant le bruit de verre cassé, mais mon attention est rivée sur l'homme que je n'ai pas revu depuis des années. Mon père, Andrews Henderson.

La première chose qui me passe par la tête lorsque je le vois, c'est de remarquer à quel point il a vieilli. Ses traits sont tirés par les rides et marqués par son passé d'alcoolique. Ses cheveux grisonnants et sa barbe négligée lui donnent une allure de vagabond. Il ferait presque… *pitié* avec son apparence d'homme marqué par le temps et les vices. La deuxième chose qui me traverse l'esprit est plus une compréhension globale. Voilà pourquoi ma mère et mon coach m'ont reparlé de mon père. Il est de retour à Galena…

Je frissonne et ma poitrine se comprime. Ma respiration s'accélère et je sens mes jambes me faire défaut. Merde, pas maintenant… Je ne veux pas faire une crise d'angoisse, ni aucune autre crise de la sorte maintenant… Pas avec autant de monde autour de moi… Pas avec Haylee ici… Mais c'est plus fort que moi. Mon cauchemar est devant moi…

– Hé, Max, qu'est-ce qui t'arrive ?

La voix de Matéo me semble venir de loin, mais je sens ses mains se poser sur moi. Quelque chose a dû interpeller mes amis parce que Warren l'accompagne, ainsi que Garrett, qui semble prêt à faire face à l'un des fantômes du premier film. Sauf que ce soir, c'est moi qui fais face aux fantômes de mon passé. Et le coup est dur…

Lorsque mon géniteur lève la main en guise de salut timide, j'ai la sensation d'étouffer. La bouffée de chaleur qui m'envahit n'est pas bon signe. Tirant sur mon tee-shirt, j'essaie de retrouver mon souffle. Mon cœur bat tellement fort que j'ai l'impression qu'il va me lâcher. Est-ce que c'est possible de mourir d'une crise d'angoisse ? Je n'en sais rien. Je n'arrive pas à me concentrer sur autre chose que ce mal-être que je ressens. Mon ventre se tord et j'ai la nausée. L'état de faiblesse dans lequel je me trouve me rend encore plus anxieux. Je n'aime pas ça, je n'aime pas me sentir faible. Je ne le suis pas. Je ne le suis pas… Plus depuis longtemps… Comprenant que je fais une crise d'angoisse, Haylee intervient.

– Je suis désolée, monsieur, mais vous devez partir, tente-t-elle en posant la main sur son buste, s'interposant entre nous deux.

Mon père me regarde tristement, mais tout ce que je vois moi, c'est Haylee de nouveau entre nous deux. À cet instant, le pire souvenir que j'essaie de refouler au plus profond de moi refait surface. Je revois la Haylee de 9 ans et demi s'interposer entre mon père et moi, le suppliant de ne pas me frapper. Je le revois s'énerver contre elle et la pousser. Le passé se superpose au présent : elle tombe par terre et s'effondre comme une poupée désarticulée, sa tête ayant heurté une pierre. Je frissonne en revoyant la petite qu'elle était immobile par terre… La tête en sang… Ce souvenir effroyable provoque un électrochoc.

– Ne la touche pas ! hurlé-je en me défaisant de l'étreinte de mes amis et en me lançant vers lui avec toute la rage qui a supplanté la peur.

Les bras et le cœur gonflés à bloc de cette haine profonde que je lui voue et d'une peur effroyable pour Haylee, j'interviens. Je le pousse avec une telle force qu'il sort d'un bond de la maison. Mais cela ne m'arrête pas. Je l'ai promis à ma mère. S'il revenait, je lui rendrais au centuple ce qu'il lui a fait vivre. Et je tiens toujours mes promesses…

24

Haylee

Demandant à Taylor d'aller chercher mon père, je suis Max dehors pour essayer de le calmer. Merde, merde, merde ! Pourquoi est-ce que son père a refait son apparition maintenant ?! Il est clair que Max ne veut pas le revoir. J'ignore exactement ce qu'il lui a fait vivre, mais si mon intuition est bonne et qu'il l'a battu, Max n'est pas prêt à se montrer conciliant. Pas alors qu'il semble aussi remonté.

Faisant barrage de mon corps entre son père et la maison, je vois qu'il ouvre et ferme ses poings en essayant de se maîtriser. Andrews Henderson lève une main pour tenter de calmer son fils, mais ça a l'effet inverse.

– Fiston, je…

– Ne m'appelle pas comme ça ! hurle Max, hors de lui.

Son père baisse la main et se tait. Pendant une longue minute, j'ai l'impression qu'il va comprendre qu'il n'est pas le bienvenu et s'en aller. Mais sa détermination semble inébranlable face à la rancœur de son fils. Avec un petit sourire paternel, il s'approche et lui tend un paquet cadeau.

– Je suis passé pour t'offrir ça. Tu as 18 ans maintenant ! Tu as tellement grandi que je…

Son cadeau va s'écraser par terre. Max a frappé tellement fort sur le carton que celui-ci est un peu cabossé. Je frissonne en le sentant aussi furieux.

– Barre-toi, grogne-t-il, sans aucune pitié pour l'homme en face de lui. Je ne veux pas de ton cadeau, tu m'as laissé suffisamment de souvenirs comme ça.

Andrews Henderson pâlit. À cet instant, même si je ne connais pas toute l'histoire, je ne peux m'empêcher d'avoir pitié de cet homme. De toute évidence, le temps n'a pas joué en sa faveur. Dans mes souvenirs, M. Henderson était grand et robuste. Presque tout autant que Max l'est aujourd'hui. Maintenant, il est chétif et semble fragile. Ses mains tremblent lorsqu'il se penche pour récupérer le cadeau.

– Ta mère m'a dit que tu n'allais pas aimer que je sois de passage…

– Tu as osé t'approcher d'elle ?! Après tout le mal que tu lui as fait ?!

Cette fois-ci, Max craque et fonce sur son père. L'attrapant sans difficulté par le col de sa chemise, il le soulève et l'examine avec un regard si noir que j'ai l'impression qu'il va le passer à tabac sans jamais s'arrêter. Son père se laisse faire. Comme si cela pouvait arranger les choses… Ou comme s'il n'avait tout simplement pas la force de l'arrêter. Je comprends que c'est un peu les deux quand je vois qu'il peine à rester debout.

– Max, soufflé-je en m'approchant. Lâche-le. Tu es en train de lui faire mal…

– Parce que tu crois que cet enfoiré ne lui a pas fait mal à elle ? hurle-t-il. Qu'il ne l'a pas frappée à répétition jusqu'à ce qu'elle pleure et qu'elle le supplie d'arrêter ?! Qu'il ne m'a pas frappé jusqu'à me briser presque les os ?!

Plus il dévoile petit à petit ce qu'il a vécu avec sa mère, plus ses poings se serrent sur le tissu. Son père touche à peine le sol et se contente de regarder Max, désespéré.

– Je suis tellement désolé, fiston… Je… je n'ai aucune

excuse pour ce que j'ai fait à ta mère et à toi… Je suis tellement désolé…

– La ferme, putain ! La ferme ! s'emporte Max en le secouant comme un vulgaire sac.

Cette fois-ci, j'ai vraiment peur que Max n'aille trop loin quand son père s'effondre. Me retournant vers la maison, je vois que tous nos amis assistent à la scène sans savoir comme intervenir. Warren et Matéo, quant à eux, se contentent d'acquiescer comme s'ils trouvaient ça normal. Après tout, j'imagine qu'ils sont au courant pour ce que Max a vécu avec son père. Bien plus que moi, sinon, ils essaieraient de l'arrêter. Cette constatation me glace le sang. Ils ne vont pas s'interposer. Et même si je suis certaine que la colère de Max est justifiée, je ne peux pas le laisser s'emporter de cette façon. Parce que je sais qu'il ne supporterait pas qu'on le voie s'énerver ainsi. J'ignore pourquoi il craint autant qu'on le voie péter un câble, mais après ce qui s'est passé avec Scott, j'ai très bien vu qu'il était soulagé qu'aucun de nous ne s'éloigne de lui. Alors j'interviens et pose ma main sur son bras.

– Max ? Max, s'il te plaît, regarde-moi.

Une longue minute s'écoule, mais il finit par m'obéir. La douleur et la colère que je lis dans ses yeux d'habitude pétillant d'espièglerie me compriment la poitrine. Mais ce que je décèle derrière tout ça me brise le cœur. De la peur pure et dure. Le petit garçon en lui craint encore son père. Sa crise d'angoisse lorsqu'il l'a vu en est la preuve. Mais il y a une autre peur qui le ronge et aveugle son jugement. Celle-ci s'accentue en me regardant.

– Lâche-le, s'il te plaît, insisté-je doucement.

Au prix d'un énorme effort, il desserre les poings et son père tombe par terre, ne tenant pas sur ses jambes.

Par pur réflexe, je me penche vers ce dernier pour l'aider, mais je suis brutalement tirée en arrière par Max.

– Ne t'approche pas de lui ! Est-ce que tu crois qu'il s'est précipité à ta rescousse lorsque tu pissais le sang il y a huit ans ?! Laisse-le crever !

– De quoi est-ce que tu parles ? demandé-je, complètement perdue.

Je ne me souviens d'aucun accident où M. Henderson ne serait pas intervenu. Comprenant qu'il vient de dire un truc qu'il n'avait pas l'intention de dévoiler, Max se fige et me scrute, effrayé. Il me cache quelque chose, c'est évident. La peur dans son expression est plus vraie que la rage qu'il ressent pour son père, mais je ne comprends pas de quoi il parle.

– Bon sang, Andrews ! Je t'avais dit qu'il n'était pas prêt !

La voix de mon père m'arrache un court instant au regard déboussolé de Max. Accourant avec Taylor sur ses talons, je le vois faire signe à nos amis de retourner à l'intérieur de la maison avant de venir vers nous. Doucement, il pose sa main sur l'épaule de Max pour attirer son attention, mais celui-ci ne me quitte pas des yeux. Sa respiration s'emballe, puis il vrille. Sans que personne ne s'y attende, il se jette sur son père.

– Tout ça, c'est ta faute ! Je te hais ! Je te hais ! Je te hais !

Son poing s'abat à plusieurs reprises sur le visage de son père avant que le mien ne réagisse et essaie de le séparer de ce dernier. La force de Max est décuplée par la colère parce qu'il résiste et continue à frapper l'homme désormais à terre, qui tente de se protéger maladroitement.

– Fiston, arrête ! ordonne mon père. Arrête, Max !

Mais il n'écoute pas. Comme si j'assistais à la scène de loin, je vois Max devenir quelqu'un d'autre. Son comportement de play-boy taquin, d'irritant petit connard qui a réussi à me séduire malgré tout a complètement disparu. Les mains qui quelques heures plus tôt me caressaient avec tellement de passion et de tendresse sont désormais couvertes de sang. Je recule à un moment, prise de court, effrayée… Mais quand j'entends renifler entre deux coups de poing, je réagis. Il est en train de se faire du mal plus qu'il n'en fait à son père. Cette violence… Ce n'est pas lui. Et je refuse de le laisser s'enfoncer là-dedans. Pas alors qu'il souffre. Venant en aide à mon père, j'attrape son bras et tire pour l'éloigner de sa cible.

– Max, s'il te plaît, arrête !

Je le supplie, mais aveuglé par le flot d'émotions, de douleur, de peur et de rage, qui a pris le contrôle, il ne m'écoute pas. Je tire sur son bras, mais il se libère de mon étreinte et je tombe par terre. C'est à ce moment-là qu'une Ford grise débarque à toute allure. Avec une pointe de soulagement, je vois la mère de Max sortir en courant de la voiture.

– Max, trésor, arrête ça !

L'effet est immédiat. En entendant la voix de sa mère, Max se fige, son poing en suspens.

– Chéri, tout va bien. Je suis là, marmonne sa mère en s'agenouillant à ses côtés.

Tendrement, elle lui prend le visage entre les mains et lui demande de respirer. La facilité avec laquelle elle maîtrise en très peu de temps la crise de Max me fait comprendre une chose : ce n'est pas la première fois qu'elle doit gérer ce genre de situation.

– Thomas, s'il te plaît, occupe-toi d'Andrews.

Mon père hésite, plus inquiet pour Max que pour l'homme à terre nageant dans son propre sang, mais il s'exécute au bout d'un moment.

– Tout va bien, continue Jessica en prenant les mains de Max pour les serrer contre les siennes. Tout va bien…

Le silence se fait autour de nous. Toujours affalée par terre, je regarde Mme Henderson calmer son fils avec brio. Et pendant les minutes qui s'écoulent, je ne peux cesser de m'en vouloir. Parce que je n'ai jamais vu que Max n'était pas aussi fort qu'il le prétendait. Parce qu'il est évident qu'il y a quelque chose qui le ronge, qui le détruit de l'intérieur, lui faisant avoir ces terribles crises de colère et d'angoisse, et que je n'ai jamais rien vu. J'ai toujours cru qu'il s'était éloigné de moi sans aucune raison, mais aujourd'hui, j'ai la sensation que j'avais tort là-dessus.

Max se défait brusquement de l'étreinte de sa mère et se lève. Je le vois regarder en direction de mon père. Le shérif est en train de relever M. Henderson pour l'emmener à l'hôpital. Parce que si ça n'a duré qu'une fraction de seconde, Andrews Henderson a le visage recouvert de sang. Impassible, Max le regarde disparaître dans la voiture de fonction de mon père.

– Pourquoi est-ce que tu ne m'as pas dit qu'il était là ? dit-il finalement à l'attention de sa mère. Tu me l'as caché !

– Il n'était pas censé venir te voir, trésor. Je le lui avais interdit. Je lui avais dit que tu n'étais pas prêt pour…

– Tu es en train de me dire que tu l'as vu à plusieurs reprises ?! s'écrie Max, de nouveau hors de lui. Après tout ce qu'il a fait ?!

– Ce n'est plus le même homme, trésor. Ton père…

Jessica Henderson n'a pas le temps de terminer. Max émet un rire malsain et passe une main sur son visage. Je l'entends murmurer des « je n'y crois pas, putain » avant de se retourner. Son expression se fige lorsqu'il me voit toujours à terre. Il doit être en train de se souvenir que j'ai essayé de l'éloigner de son père parce qu'il jure et se rue vers moi pour m'aider à me lever.

– Putain, Haylee, je…, commence-t-il en me tendant la main, mais il la retire aussitôt en voyant qu'elle est tachée de sang.

Son regard passe de ses mains à moi et je vois de nouveau cette peur viscérale qui le rongeait pendant qu'il tenait son père. Avant que quelqu'un ne dise quoi que ce soit, il part en courant vers le fond de l'allée. Eh merde ! Sautant sur mes pieds, j'ai à peine le temps de me lever que j'entends le moteur de sa moto démarrer au quart de tour.

– Max !

Je hurle pour le supplier de rester, mais c'est trop tard. Appuyant sur l'accélérateur, il quitte l'allée en trombe. Mon cœur se serre en le voyant disparaître, bouleversé. Bon sang, comment en est-on arrivé là ?

25

Max

Putain, putain, putain ! Il faut que je me casse d'ici. Que je m'éloigne de cette foutue ville au plus vite ! Appuyant sur l'accélérateur, je prends la première route et quitte Galena. Ma poitrine me fait mal et j'ai des difficultés à respirer. Je fais encore l'une de ces maudites crises d'angoisse… Après tout ce qui s'est passé ce soir, pas étonnant ! Mais je ne m'arrête pas. Je dois m'éloigner de Galena… De ma mère… D'Haylee… parce qu'ils ont tous vu à quel point j'étais un putain de taré… Il n'y a plus de retour en arrière possible.

La route devant moi se trouble. Je comprends que je pleure. Pour la première fois en huit ans… La dernière fois, c'était lorsque j'ai vu Haylee inerte après qu'elle a essayé de m'aider contre mon père. Par la suite, je me suis interdit de pleurer. Parce que je devais devenir plus fort. Plus fort que ce gamin chétif qui avait laissé son connard de père s'en prendre à sa meilleure amie. Mais ce soir, je suis incapable de retenir mes larmes. Pas après avoir déversé toute cette rage qui me consume depuis tant d'années sur celui qui en est l'instigateur. Pas après avoir vu ma mère trembler en touchant mes mains maculées de sang. Et encore moins après avoir vu Haylee à terre, à cause de moi, effrayée.

Je suis comme lui. Je suis exactement comme lui.

Et maintenant, tout le monde le sait. Elles le savent... Elles ne vont plus m'aimer comme avant. Ni ma mère... ni Haylee... Mon cœur se brise à cette constatation et j'accélère, ignorant la pluie qui commence à tomber. J'ai tout perdu... Toutes ces années que j'ai passées à cacher à ma mère que j'étais comme l'homme qui lui avait gâché la vie... Tous ces mois durant lesquels j'ai essayé de recoller les morceaux avec Haylee... Tout cela a complètement volé en éclats. Parce qu'il n'y a aucune chance pour qu'elles oublient ce qui vient de se passer.

Ce fils de pute a encore tout foutu en l'air. Il a détruit ma vie une fois et, aujourd'hui, il recommence. Il m'enlève ce qui compte pour moi, il me fait lui ressembler. Et je préfère crever plutôt que de lui ressembler un tant soit peu. Pas comme ça. Alors j'accélère encore plus, n'ayant plus les idées claires. Parce que je préfère disparaître avant de devenir le nouveau bourreau de ma mère. Je préfère m'en aller avant de lever la main sur Haylee ou n'importe quelle autre femme. Parce que ce soir m'a prouvé une chose : je ne contrôle pas ma colère. Je ne contrôle rien... Et elle est encore plus en danger avec moi qu'avec mon père. Je suis un putain de monstre. Scott avait raison. *Tel père, tel fils...*

Perdu dans mes pensées et ravagé par la douleur qui me broie l'âme, je ne vois que trop tard la voiture qui arrive en face. Tournant le guidon un peu trop brusquement, ma moto fait des zigzags incontrôlables sur la route mouillée. Lorsque je sens que je perds le contrôle, ma peur s'évapore. Au moins, de cette façon, personne n'aura à affronter l'une de mes prochaines crises. Le monde se portera bien mieux sans un autre Henderson dans les parages.

Pourtant... *je ne veux pas mourir !* Parce que ça

signifie que je ne verrai plus ma mère. Ni elle ni Haylee. Haylee… Je ne pourrai plus jamais la prendre dans mes bras et sentir sa chaleur enivrante… Je ne pourrai plus jamais la voir s'emporter face à mes petites blagues, ni entendre son rire ensorcelant… Je ne pourrai plus jamais ressentir ce bien-être qu'elle seule fait naître en moi… *Non, je ne veux pas mourir…*

La peur revient au galop, mais c'est trop tard. Comme au ralenti, je suis brusquement arraché à ma moto et je vole. Un bruit de glissement de métal frottant contre le goudron me parvient, mais, quand je vais à la rencontre de quelque chose de plus ou moins dur, tout devient silencieux autour de moi. *J'aurais vraiment aimé passer ce dix-huitième anniversaire autrement… Avec elle*, pensé-je en sentant quelque chose d'humide et de rugueux contre ma joue. C'est ma dernière pensée avant que tout ne devienne noir et que je ne perde connaissance.

26

Haylee

Dans le noir le plus complet, je ne quitte pas des yeux l'écran de mon téléphone.

– Réponds-moi, crétin, dis-moi où tu es, grommelé-je tout en écrivant un énième message à envoyer à Max.

L'angoisse me prend aux tripes quand je vois qu'il est plus de trois heures du matin et qu'il n'a répondu à aucun de mes SMS. Pas un seul depuis qu'il est parti en trombe. Récupérant son oreiller, j'enfonce mon visage dedans pour inspirer son odeur rassurante. La boule dans ma gorge me donne envie de pleurer. Parce que je suis inquiète pour lui, parce que, après ce que j'ai découvert, je culpabilise de l'avoir laissé lutter seul contre ses peurs pendant toutes ces années. Comment est-ce que j'ai pu être aussi aveugle ? Max est mon voisin, un membre presque permanent de ma famille, alors comment est-ce que j'ai fait pour ne pas voir ce qu'il vivait ?! Pour le détester autant parce qu'il s'était éloigné de moi alors qu'en réalité, il ne pensait qu'à me protéger ?

Après son départ, mon père m'a tout raconté. Je ne m'en souviens pas, mais à ses 10 ans, j'aurais essayé d'intervenir lorsque M. Henderson s'en est pris à son fils en sortant de notre petite cabane. Ce dernier m'aurait repoussée pour m'ordonner de rentrer chez moi, mais j'aurais glissé et me serais cogné la tête… Mon père était furieux sur le coup et, après avoir découvert ce qu'il faisait à Max, il a voulu que Jessica porte plainte. Mais comme la mère de Max craignait que cela perturbe davantage son fils, elle a tout simplement fait en sorte qu'il sorte de leurs vies. Mon père l'a aidée en virant Andrews Henderson de Galena. Mais le départ d'Andrews n'a pas fait oublier cet accident à Max. Voir son paternel s'en prendre à moi l'a marqué et mon père m'a expliqué pourquoi. Pendant un instant, il a cru qu'Andrews m'avait tuée. Mon père a eu énormément de mal à le calmer lorsque l'ambulance est arrivée et que ma mère m'a emmenée à l'hôpital. Et cela lui a demandé cent fois plus de temps pour lui faire comprendre que je n'avais qu'une petite commotion cérébrale et un black-out complet sur ce qui s'était passé. Même si je n'ai aucun souvenir de ce moment, il n'est pas difficile de deviner que Max s'est senti responsable de cet incident.

Sachant cela, tout son comportement de l'époque fait enfin sens. Sa façon de m'éviter, de refuser catégoriquement de me voir. Il avait peur de me mettre de nouveau en danger, et ce, bien que son père ait quitté la ville. Et aujourd'hui, les choses n'ont pas vraiment changé. Même si, grâce à l'intervention de mon père, Max a fini par refaire surface, il n'est jamais redevenu aussi intime avec moi qu'à l'époque. Il me taquinait, mais gardait toujours ses distances. Du moins jusqu'à aujourd'hui… Ce qui s'est passé entre nous dans cette même chambre un peu avant que tout ne vrille en est la preuve. Nous sommes proches, tellement proches… mais j'ai peur que tout cela ne change. Le retour de son père a tout chamboulé. Mais ce qui m'angoisse le plus, c'est qu'il disparaisse complètement. Et s'il ne revenait jamais à Galena ?

– Thomas, bon sang, dis-moi que tu l'as retrouvé !

La voix étouffée de ma mère m'extirpe de mes pensées. D'un bond, je saute du lit et m'approche de la porte entrouverte. Mon père est parti à la recherche de Max tout comme Warren et Matéo. Dans l'état où il est, il n'est pas en mesure de conduire. Alors on a tous peur qu'il ne fasse une connerie.

– Un accident ?

Je me crispe en entendant la voix de ma mère se briser. Mon cœur s'emballe et je tremble.

– Tu as retrouvé sa moto sur la 20 ? Et lui, est-ce qu'il va bien ?… Comment ça, il n'y a personne ?!… Les hôpitaux, tu as essayé de les joindre ? Quelqu'un a dû l'y emmener, débite ma mère, en panique. Oui, oui, je vais les appeler… Thomas… Qu'est-ce que je dis à Jessica ? D'accord… Oui… Retrouve-le chéri, retrouve-le.

Elle raccroche et prend une profonde inspiration, retenant un sanglot. Puis j'entends ses pas s'éloigner vers l'escalier. La boule au ventre, j'essaie de joindre Max encore une fois. Pitié, faites qu'il n'ait rien eu dans cet accident…

[Mon père vient de trouver
ta moto. Bordel Max,
où es-tu ?!]

[Est-ce que tu vas bien ?]

[Je t'en supplie,
réponds-moi…]

[Je suis au courant.
Alors pitié, réponds-moi.]

Au bout d'une bonne dizaine de minutes durant lesquelles je tourne en rond dans la chambre, sanglotant, incapable de ne pas imaginer le pire, le bip de mon téléphone me fait sursauter. Je m'effondre presque lorsque je reconnais le nom de l'expéditeur. Max. Ouvrant frénétiquement le SMS, je cligne des yeux en voyant qu'il n'y a absolument rien d'écrit. Seule une photo accompagne le corps du message.

On dirait qu'il m'indique où il est avec cette simple photo… Mais il fait tellement sombre qu'on n'y voit pas grand-chose. Il n'y a qu'une étendue de petites collines et… attendez… Est-ce que ce sont des drapeaux ? Les mains tremblantes, je zoome sur l'image. Ça fait immédiatement tilt dans ma tête lorsque je crois voir un petit smiley pouces en l'air dessiné sur le drapeau le plus proche. Je sais où il est.

Sans y penser à deux fois, j'attrape mon sac, laissé dans la chambre de Max un peu plus tôt dans la soirée, et dévale l'escalier. Ma mère est au téléphone, essayant de contacter les hôpitaux les plus proches, alors elle ne me voit pas passer. Quant à Mme Henderson, elle ne verrait pas traverser un troupeau d'éléphants s'ils n'avaient pas la tête de Max. Depuis qu'il s'est enfui, elle est comme en transe. La peur doit lui nouer l'estomac. J'aimerais lui dire que je pense savoir où il est, mais j'ignore s'il y sera toujours lorsque j'arriverai, alors je me faufile dehors sans un mot. Ouvrant ma portière, je vide mon sac sur le siège passager pour récupérer mes clés. Le cadeau d'anniversaire que je comptais offrir à Max tombe sur le siège. Je n'y prête aucune attention. Mes mains tremblent, mais je suis déterminée à le retrouver. Alors je mets le contact et quitte mon quartier.

***

Lorsque j'arrive au minigolf, je me gare. Étudiant d'un regard critique la bâtisse à la peinture défraîchie, j'espère ne pas m'être trompée. En examinant la photo, les drapeaux m'ont rappelé le minigolf où l'on était allés quand on avait séché ensemble. Alors j'espère vraiment ne pas m'être fourvoyée.

Sortant de la voiture, je m'avance vers le bâtiment. Comme je l'imagine, c'est fermé. Alors je fais le tour en suivant les grillages, cherchant l'endroit où l'on voit les deux derniers trous. Ceux que l'on distingue sur la photo. Après quelques minutes à frissonner dans le froid, main sur le grillage et la boule au ventre, je finis par tomber sur le lieu exact qui figure sur la photo. Espérant qu'il n'ait pas escaladé pour s'y introduire, je pivote et fouille les alentours à sa recherche. Je sens mon cœur s'arrêter en repérant une forme immobile de l'autre côté de la route. Assis par terre, l'homme se tient la tête entre les mains, il ne porte qu'un simple débardeur. Et Max est parti sans rien sur lui…

– Max ?

Je hausse le ton pour qu'il m'entende et lève la tête. Me jeter dans les bras d'un vagabond ne serait pas une très bonne idée… Mais quand je vois la tignasse brune de l'individu bouger et lever lentement les yeux vers moi, je ne tiens plus. Je reconnaîtrais ce regard entre mille. Partant en courant, je le rejoins en une fraction de seconde et m'effondre devant lui. L'herbe est mouillée de la pluie qui est tombée un peu plus tôt dans la soirée, mais je n'y prête pas attention. Ma vue se trouble quand je croise ses prunelles chocolat éteintes. Les mains tremblantes, je prends doucement son visage trempé et sale entre mes mains.

– Seigneur, Max… Tu vas bien ? J'ai entendu mes parents parler d'un accident et… Tu vas bien ?

Je débite, morte de trouille. Qu'est-ce qui lui est arrivé ? Il est trempé, sale et couvert de… de foin ? Il a aussi l'air frigorifié et dans un état second. Enlevant mon manteau, je le pose sur ses épaules pour essayer de le réchauffer. S'il est en hypothermie, je ferais mieux de l'emmener à la voiture, mais je n'arriverai jamais à le porter. Et dans l'état où il est, je doute qu'il puisse m'aider. Figé, Max m'observe sans rien dire, sans même bouger. Comme s'il ne me voyait pas vraiment. Je ne l'ai jamais vu comme ça… Si effrayé, si vide, si… *fragile*. Et ça me brise le cœur.

– Est-ce que tu vas bien ? redemandé-je pour la centième fois, mais cette fois-ci, j'éclate en sanglots.

Il faudrait qu'on aille à l'hôpital le plus proche, que j'appelle mon père et sa mère, n'importe qui… Mais je n'y arrive pas. J'ai le cœur lourd et suis terrifiée de le voir aussi désemparé. Sa main gelée frôle ma joue.

– Haylee ?

J'acquiesce en reniflant. D'un geste brusque, il m'attire à lui et fond en larmes. Ayant moi aussi terriblement besoin de le sentir contre moi, je glisse au sol et me blottis contre lui. Je pleure tout autant que lui.

– Ça va aller, ça va aller, soufflé-je, l'embrassant sur la joue. Est-ce que tu as mal quelque part ? Qu'est-ce qui s'est passé ?

– Moto… Accident… Atterri sur… foin, marmonne-t-il au bout d'un moment, le souffle coupé entre les larmes.

Même s'il semble avoir quitté cet état de transe dans lequel je l'ai trouvé, il n'est toujours pas revenu complètement à lui. J'ai même du mal à croire qu'il ait marché jusqu'ici alors que mon père a retrouvé sa moto un peu plus loin. Plus inquiète que jamais, j'essuie mes larmes et passe mes mains un peu partout pour vérifier qu'il n'est pas blessé. Je palpe ses jambes, ses bras, sa nuque, essayant de le bouger le moins possible. Lorsque mes doigts frôlent son épaule, il grimace. La blessure qu'il s'était faite au football s'est sans doute réveillée. Je remarque qu'il a également pas mal d'égratignures, mais ce qui m'interpelle le plus est cette tache sombre près de son oreille. Passant mes mains dessus, je frissonne au contact du liquide poisseux. Du sang.

– OK, Max, reste avec moi, d'accord ? lui demandé-je tout en prenant son visage entre mes mains. Tu t'es cogné la tête et tu saignes. Je vais appeler les urgences, mais je t'en supplie, ne t'endors pas, d'accord ? Tu peux faire ça pour moi, bébé ?

– Bébé ? marmonne-t-il avec un petit sourire sur le côté. Je dois vraiment être mort… pour que tu sois aussi gentille avec moi.

– Je le serai cent fois plus si tu restes réveillé, OK ? Tu pourras me demander tout ce que tu veux après ça, mais ne t'endors pas…

Max émet un très faible « d'accord », mais s'affaisse. Étant beaucoup trop lourd pour que je puisse l'empêcher de tomber, je roule en boule mon manteau et le place sous sa tête. Paniquant complet, je sors mon téléphone et appelle les urgences en donnant le nom de mon père, le shérif du comté.

– Max ? fais-je dès que j'ai raccroché pour m'assurer qu'il ne s'est pas endormi.

– Je suis désolé, marmonne-t-il les yeux fermés. Je ne voulais pas… te montrer le monstre que je suis…

Mon cœur se serre en l'entendant parler ainsi de lui.

– Tu n'es pas un monstre.

– Si… Je suis comme lui… Comme lui…

Comme lui ? Il fait référence à son père. Déglutissant,

je lui caresse la joue pour l'inciter à ouvrir les yeux et à me regarder.

– Tu n'es pas comme ton père, Max, tu m'entends ? lui assené-je fermement, mais avec douceur. Ton père a fait des choses horribles… Il t'a fait des choses horribles, mais tu n'es pas comme lui. Il suffit de voir comment tu traites les membres de ton équipe pour le comprendre. Tu veilles sur eux et les encourages. Tu ne rabaisses jamais personne, même lorsque ces derniers te font du mal. Tu es aussi attentionné, drôle, charismatique… Un vrai chieur parfois, mais tu n'as rien à voir avec lui.

Max ne réplique rien, mais son regard reste accroché au mien jusqu'à ce que j'entende les sirènes de l'ambulance rompre le silence qui nous enveloppe. Pendant tout ce temps, je lui tiens la main pour lui assurer que je ne vais nulle part et que ce qu'il dira ne m'éloignera pas. Je le comprends à cet instant, mais ce que je ressens pour Max, ce n'est pas qu'une affaire d'hormones… Je suis tombée amoureuse de lui… Je ne sais pas comment ces sentiments sont apparus aussi soudainement ou s'ils ont toujours été là, mais c'est un fait. Je suis amoureuse de Maximilien Henderson. Et rien de ce qu'il pourra dire ne me tiendra à distance. Pas cette fois-ci.

– Haylee ! Max !

La voiture de mon père suivant l'ambulance se gare et il accourt vers nous. D'un coup d'œil, il me demande si je vais bien, mais celui qui a besoin de lui, ce n'est pas moi. Les pompiers arrivent à leur tour et m'obligent à m'écarter de lui. Ils essaient d'attirer l'attention de Max pour évaluer les dégâts de son accident, mais celui-ci ne me quitte pas des yeux, me suppliant de ne pas partir. Lorsque mon père et les pompiers décident d'emmener Max à l'hôpital le plus proche et le font monter dans l'ambulance, je le vois tendre la main vers moi. Je ne demande pas la permission de grimper dans le véhicule, je le fais. Parce que je ne le quitterai pas. J'ai besoin de le savoir sain et sauf pour calmer la boule d'angoisse dans mon cœur et il semble plus que jamais avoir besoin de moi. Alors, je lie mes doigts aux siens dès que l'ambulance démarre.

***

Je passe le reste de ma nuit et une grande partie de ma journée du samedi à l'hôpital. À notre arrivée, les infirmiers ont emmené Max pour lui faire passer des radios et soigner sa blessure à la tête. L'un d'entre eux est venu nous rassurer à un moment donné. Malgré le côté impressionnant de la chose, Max a eu beaucoup de chance lors de son accident. À l'évidence, lorsqu'il a perdu le contrôle, au lieu de s'écraser contre le goudron, ce qui aurait pu lui être fatal vu la vitesse à laquelle il roulait, il s'est enfoncé dans des bottes de foin renversées par un tracteur dans la soirée sur le bas-côté. Ce sont ces bottes de foin qui lui ont sauvé la vie. S'il avait eu cet accident un peu plus tôt ou plus loin, il en serait mort... Il s'en sort finalement avec une commotion cérébrale, des points de suture et pas mal d'ecchymoses. Il risque d'avoir mal un peu partout dans les prochains jours et devra porter un collier cervical les premiers temps, mais il va bien.

Plusieurs membres de son équipe viennent le voir pour prendre de ses nouvelles. Mais les visites n'étant pas encore autorisées puisqu'il a besoin de repos, ils repartent quelques heures plus tard. Seuls Warren et Matéo ne bougent pas de l'hôpital malgré l'insistance de mes parents et de la mère de Max. Ils veulent être là quand « ce connard sans cervelle se réveillera pour lui en faire voir de toutes les couleurs », disent-ils. En d'autres termes, ils sont tout autant morts de trouille que moi. Max est leur meilleur ami depuis des années. S'il lui arrivait quelque chose, ils ne s'en remettraient pas. Et moi non plus…

Passant une main lasse sur mon visage, je sens ma mère venir me prendre dans ses bras.

– Tu es certaine que tu ne veux pas rentrer, chérie ?

Je secoue la tête en guise de réponse négative. Je ne partirai pas. Pas avant de l'avoir vu. Ma mère soupire, puis m'emmitoufle dans une couverture dont j'ignore complètement la provenance.

Recroquevillée sur moi-même, je pose mon front contre mes genoux. J'ai l'impression que ma tête et mon cœur vont exploser. L'adrénaline et la peur se sont dissipées et, maintenant, je n'arrive plus à penser qu'à une seule chose : je suis amoureuse de Max. Je suis complètement amoureuse de lui… Et j'ignore ce que ça va vouloir dire pour nous deux. Parce que même si je suis certaine qu'il n'a rien à voir avec son père malgré la rage qui s'est emparée de lui il y a quelques heures, il n'en croira pas un mot.

Mon père m'a confié au cours de la nuit que Max avait une peur viscérale qui ne le quittait pas depuis que son père était parti. Celle de devenir comme lui. D'être aussi violent que lui et de détruire tout ce qu'il touche. Et vu ce qu'il m'a dit à demi conscient lorsqu'on attendait l'ambulance, il croit avec ferveur que ça y est, il est devenu la version colérique, dangereuse et néfaste de son père. Et ça, ça me brise le cœur. Parce qu'il se fait du mal en croyant de telles conneries. Parce qu'il me rejettera sans aucune hésitation s'il pense devoir me protéger de lui-même.

– Haylee ?

La voix fatiguée, mais soulagée de Mme Henderson m'incite à lever la tête. Avec un faible sourire, elle me fait signe de la suivre.

– Il veut te voir.

Je saute de ma chaise et la suis, le cœur tambourinant à tout rompre, jusqu'à la chambre de Max. Étant infirmière à l'hôpital de Galena, Mme Henderson s'est assurée qu'il ait une chambre individuelle. Ce qui fait que je me retrouve rapidement toute seule avec lui lorsque celle-ci referme la porte après m'avoir fait entrer. À pas furtifs, je m'approche du lit où Max est allongé. La boule dans mon estomac se dissipe un peu lorsque je vois que malgré son état, il a l'air d'aller bien. Quand mon regard accroche le sien et que je revois cette pointe d'espièglerie toujours présente habituellement, je ne peux m'empêcher d'éclater en sanglots.

– Hé, minimoy, ne pleure pas… Viens là, souffle-t-il en bougeant légèrement pour que je le rejoigne sur le lit.

Ne me faisant pas prier, j'accours vers lui. Un soupir mi-douloureux, mi-soulagé lui échappe lorsque je me blottis contre lui. Ses mains égratignées se perdent dans mes cheveux et tirent dessus doucement pour m'inciter à lever la tête. Avec une tendresse infinie, il essuie les larmes sur mes joues et esquisse un sourire au fur et à mesure qu'il me détaille. Son regard est différent. J'ai l'impression qu'il enregistre chaque détail de mon visage pour les imprimer dans son esprit, comme s'il avait peur de ne plus jamais me revoir. Je comprends alors qu'il s'est vraiment vu mourir hier soir et je dois me retenir pour ne pas fondre de nouveau en larmes.

– J'ai dû te faire flipper, dit-il enfin. Je suis désolé.

– Si tu me refais un coup comme ça, même ta mère ne

te reconnaîtra pas, Maximilien ! soupiré-je, laissant enfin mon angoisse s'évaporer.

– On en est revenu à Maximilien, grimace-t-il, feignant d'être outré.

Son sourire en coin m'arrache un faible rictus et je secoue la tête. J'ai envie de lui dire trente mille choses. De lui répéter qu'il n'est pas comme son père, qu'il ne le sera jamais ! De lui assurer que ce n'est pas parce qu'il s'énerve qu'il est un monstre, parce que cela arrive à tout le monde d'exploser et de perdre son sang-froid. J'ai envie de l'embrasser et de lui avouer que j'ai fini par apprendre à aimer son côté agaçant, ses blagues qui me font sortir de mes gonds et même ce foutu surnom qu'il n'utilise qu'avec moi. Mais rien ne sort. Absolument rien.

– Pourtant, c'est moi ou hier soir tu m'as appelé « bébé » ?

Ses mains sont partout sur moi, comme s'il essayait de s'assurer que j'étais bel et bien là. Comme s'il tentait de s'imprégner de mon odeur, de ma chaleur…

– Tu t'es cogné un peu trop fort la tête, Maximilien, murmuré-je, ce qui lui arrache un petit rire.

Emprisonnée dans son étreinte, je me laisse aller pour la première fois depuis que je l'ai vu disparaître sur sa moto. Le silence et le calme qui nous entourent sont apaisants. La tête posée sur l'épaule valide de Max, je me laisse porter par le son réconfortant de sa respiration, et rapidement, la fatigue s'installe. Avant de m'endormir, je perçois un faible murmure :

– Haylee… Je…

Mais je n'entends pas la suite. Je sombre, beaucoup trop épuisée pour résister à l'appel du marchand de sable.

27

Max
Mars

Assis sur le banc de touche, je regarde mes équipiers se prendre une énorme raclée. Putain… Ce match, nous n'allons pas le gagner. Et il est inutile que j'insiste auprès du coach pour entrer sur le terrain, ni lui ni aucun de mes équipiers ne me laisseront faire. Pas alors que je récupère encore de mon accident de moto. J'ai déjà de la chance d'être autorisé à rester sur le banc de touche pour les encourager.

Lorsque le dernier quart-temps s'écoule, la victoire est loin devant nous. Dépité, je vois mes équipiers quitter un à un le terrain pour se rendre dans les vestiaires. N'ayant pas joué, je n'ai pas le droit d'aller dans les vestiaires que le lycée Montmonth a mis à notre disposition pour ce match. Mais lorsque je les vois une bonne demi-heure plus tard monter dans l'autocar le moral au plus bas, je ne tiens plus. Me moquant parfaitement de ne pas être le capitaine, je me lève sur mon siège et les interpelle.

– Allez, ce n'est pas grave, lancé-je avec ferveur. On n'a perdu qu'un seul match depuis ce début de saison ! Cela ne nous disqualifie pas encore ! Le prochain, on va le démolir !

Ma remarque m'attire un regard noir de la part de

Scott. Il est évident que c'est à lui de remotiver les troupes, mais il ne le fait pas. Alors je ne vais pas attendre qu'il se décide à jouer son rôle. De toute façon, une grande partie de l'équipe ne le reconnaît plus vraiment comme capitaine depuis qu'il a déconné avec Haylee. Pas de chance pour lui, ce petit bout de femme a conquis les cœurs de plusieurs de mes coéquipiers. Ils apprécient son mordant, son innocence et adorent par-dessus tout la voir me faire tourner en bourrique. Alors avoir déconné avec elle était une erreur monumentale.

– Bien sûr qu'on va les démolir les prochains ! s'écrie Warren à mes côtés, comprenant ce que j'essaie de faire. Qui sommes-nous ?!

– LES PIRATES YO-HO ! hurle à l'unisson une grande partie du car.

– Qui sommes-nous ?! renchérit mon ami.

– LES PIRATES YO-HO !

L'atmosphère se détend soudainement et les mines s'illuminent. L'espoir est de retour et nous allons tout donner au prochain match. Satisfait, je me rassois et grimace légèrement.

– Tu as mal ?

Haylee lève les yeux de son téléphone et me dévisage. Je souris pour la rassurer. Je vais bien. Vraiment bien. Je n'aurais pas cru ça possible il y a quelques semaines lorsque mon père a débarqué sans prévenir et que, sous le coup de l'émotion, j'ai joué au con avec ma moto… Mais je vais bien. Premièrement, parce que j'ai eu énormément de chance lors de mon accident. Si j'avais dérapé juste avant ou après ces fameuses bottes de foin, je ne m'en serais pas sorti indemne… Et deuxièmement, parce qu'elle est encore là à mes côtés… Même après ce qu'elle m'a vu infliger à mon père, même après avoir appris que j'avais été incapable de la protéger il y a huit ans… Haylee ne m'a pas tourné le dos. Elle est restée et je me suis accroché à elle encore plus désespérément qu'avant.

– Tu te débrouilles plutôt bien en cheer, fais-je en passant mon bras autour de ses épaules pour l'attirer à moi. D'habitude, je suis en plein match, donc je n'ai pas la chance de te regarder, mais aujourd'hui, c'était un vrai régal pour les yeux. Mon seul regret, c'est que je ne t'ai pas vue tomber sur les miches comme tu le fais si bien pendant tes entraînements !

Haylee lève les yeux au ciel, mais je vois qu'elle sourit. Avec Haylee… les choses ont énormément évolué depuis mon accident. Même si nous ne sortons pas officiellement ensemble, il est devenu évident pour tous ceux qui nous connaissent qu'il se passe un truc. Peut-être à cause de sa réaction lorsque j'ai eu mon accident. Ou plus certainement parce que je ne suis plus capable de refouler mon envie de la prendre dans mes bras lorsqu'elle est dans le coin. Cette peur de la perdre à tout moment maintenant qu'elle sait qui je suis réellement est tellement ancrée en moi que je veux profiter de chaque instant à ses côtés. Je veux l'embrasser lorsque l'envie m'en prend, je veux lui tenir la main dans les couloirs du bahut et passer chaque fin d'après-midi enfermé avec elle dans ma chambre à réviser…

Enfin, réviser est un grand mot. Une fois que je me retrouve dans mon pieu avec elle, c'est comme si mon cerveau se déconnectait et que, pour respirer, j'avais besoin de la toucher, de l'embrasser, de la faire vibrer jusqu'à en perdre la tête. Si au début, elle me repoussait à cause de mes blessures, je suis rapidement parvenu à faire taire ses inquiétudes pour la regarder découvrir pas à pas les préliminaires. Et si habituellement, après cette phase plus ou moins longue, je passe à la marche supérieure, avec Haylee, j'adore prendre mon temps. La voir trembler, tandis que je l'embrasse et titille ses seins, son intimité si parfaite... Rien que d'y penser, je me crispe. Putain, ça fait des mois que je me branle tout seul en imaginant tout ce qu'on pourrait faire si je ne m'arrêtais pas à chaque fois et je commence à être frustré ! Je pourrais lui demander de me renvoyer l'ascenseur, mais je n'ose pas. Je veux qu'elle le fasse parce qu'elle en a envie et non parce que je l'y oblige. Après tout, tout cela est nouveau pour elle. Je suis déjà tellement heureux qu'elle se laisse aller dans mes bras malgré ce qu'elle a vu de moi dernièrement que je me satisfais de cette situation.

– Tu vas devoir trouver quelqu'un d'autre pour te ramener à la maison, lance-t-elle pendant que je m'amuse distraitement avec ses mèches de cheveux. J'ai un truc à faire.

– Quoi comme truc ?

– Un truc, Max.

Son téléphone bipe et elle se dégage de mon étreinte pour lire le message reçu. Je me crispe légèrement face à son comportement cachottier. Je n'ai jamais été du genre jaloux. Même lorsque Beth faisait tout pour me provoquer en flirtant avec d'autres mecs dans le but que je revienne vers elle, cela ne m'a jamais fait beaucoup d'effet. Si je retournais vers elle, c'était parce qu'elle me faisait pitié. Je voulais l'aider à se défaire de ce besoin constant d'attention, en vain. Et avec toutes mes ex-copines et mes flirts, je n'ai jamais ressenti un tel sentiment de possessivité. Alors je suis un peu pris de court quand un pic de jalousie à l'idée qu'elle me cache quelque chose s'empare de moi.

Pas très certain de la manière dont je dois réagir face à cette nouvelle sensation, je fais mine d'écouter la conversation en cours chez mes coéquipiers. Lorsque le car s'arrête devant le lycée et que tout le monde descend, Haylee m'embrasse rapidement sur la joue et déguerpit. Bordel, mais où est-ce qu'elle va avec tant de hâte ?

– On dirait que tu t'es fait jeter, se marre Warren en me faisant signe qu'il me ramène.

Soupirant, je monte devant et ronchonne dans mon coin. Mon trou du cul de meilleur pote trouve la situation hilarante puisqu'il se met à formuler des hypothèses sur les raisons qui amènent Haylee à disparaître sans rien me dire.

– Elle est sûrement avec Taylor, grogné-je pour qu'il arrête ses conneries qui commencent vraiment à me taper sur le système.

– Ça, j'en doute ! Tay est rentrée direct chez elle.

Je ne réponds rien. Je sais ce que cet abruti est en train de faire. Il s'obstine sur ce genre de truc depuis que je suis revenu au bahut et ai pris tout le monde par surprise la première fois quand j'ai embrassé Haylee sur un coup de tête. Et sa détermination ne fait que s'accentuer au fur et à mesure que je me montre différent avec elle. Des filles, j'en ai embrassé plein. Cela n'aurait pas dû créer toute une histoire. Mais voilà, avec Haylee, c'est pas pareil. Je suis un autre. Il est évident que je ne suis pas avec elle pour le cul. Bordel, je ne l'ai même pas encore touchée comme j'en rêve… Et ce connard de Warren essaie de me faire comprendre que mon comportement a une raison. Sauf qu'il arrive trop tard pour ça.

J'ai saisi tout seul, lorsque j'ai valdingué dans les airs, que je tenais à elle… plus que comme une simple amie, plus que comme une simple fille que je pourrais baiser…

Et comme un con, lorsqu'elle m'a rejoint dans ma chambre d'hôpital, j'ai failli dire un truc que je ne suis pas sûr de ressentir. Parce que l'amour, de cette façon-là, je ne sais pas à quoi ça ressemble. Je n'ai jamais aimé Beth et je ne suis jamais tombé amoureux de mes copines de la semaine. Ce n'était que charnel. Alors j'ignore si ce que je ressens pour Haylee peut être qualifié d'amour. De ce type d'amour là. Pourtant...

– Je crois que je suis amoureux d'elle, lâché-je si faiblement que je ne sais pas si je m'adresse à mon pote ou à moi-même.

Un étrange silence me répond et je gigote, mal à l'aise. Est-ce que j'ai bien dit ce que je pense ? De toute évidence, oui... Je n'ai jamais aimé aucune fille, mais je crois qu'il n'y a que ce mot-là pour désigner ce que je ressens pour Haylee. C'est tellement puissant, tellement différent, que rien d'autre ne pourrait décrire ce que j'éprouve.

– Il t'en aura fallu du temps pour le comprendre, soupire Warren avec un petit sourire satisfait. Officialise les choses avant qu'elle en ait marre de tes conneries.

J'acquiesce distraitement parce que cette constatation me fait flipper.

– Pourquoi est-ce que ça n'a pas l'air de te faire plaisir ? me demande Warren face à mon silence. Tu n'as pas envie de l'aimer de cette façon ? Après tout ce qui se passe entre vous ?

– Putain, bien sûr que si, grommelé-je en passant une main dans mes cheveux nerveusement. Mais ça va tout compliquer...

– Qu'est-ce que ça va compliquer, Max ?

Warren s'arrête devant chez moi et d'un hochement de tête m'incite à m'ouvrir. Il sait. Je suis sûr qu'il sait. Depuis que j'ai pété un câble lorsque mon père a débarqué, il m'observe bizarrement. Comme s'il s'attendait à ce que je craque. Et il n'a peut-être pas tort d'attendre que le couvercle que je pose sur toute cette histoire finisse par se fissurer.

Depuis que j'ai revu mon père, je n'arrive plus à faire abstraction de cette colère qui rampe perpétuellement dans mes veines, en attendant d'avoir une excuse pour exploser de nouveau. Et c'est encore pire si l'on sait que tous mes cauchemars sont revenus… Ceux où il me frappe en continu, ne prêtant aucune attention à mes pleurs… Ceux où je le vois s'en prendre à ma mère sans pouvoir intervenir… Mais les pires, ce sont ceux qui essaient de me rappeler les bons moments que j'ai tout de même vécus avec lui. Ces instants qui me faisaient croire pendant ces quatre années d'enfer que c'était fini, qu'il allait redevenir le papa que j'aimais malgré tout. Ceux-là me donnent envie de vomir. Parce que je le déteste. Je le hais de toutes mes forces et je ne veux pas me souvenir de tout ça. Encore moins reconnaître que l'homme que j'ai eu face à moi la dernière fois n'était plus cet homme dangereux que j'ai craint pendant tout ce temps.

– Tu crois encore que tu vas être comme lui, pas vrai ?

– Il est bien connu que les enfants de parents alcooliques ont un risque majeur de devenir… comme leurs parents.

– Ne te fous pas de moi, grogne-t-il, mécontent. Tu ne touches pas à une seule goutte d'alcool. Et crois-moi, si tu étais quelqu'un de violent, tu n'attendrais pas de perdre les pédales pour frapper.

Mon meilleur pote me dévisage, contrarié et… *peiné* ?

– Tu n'es pas comme lui, Max. Tu as tabassé Scott ? Et alors ! Il s'en était pris à Haylee ! Tu as perdu ton sang-froid devant ton paternel ? Je pense que ce n'est qu'une juste rétribution pour tout ce qu'il t'a fait ! Alors arrête de te torturer l'âme avec ça et accepte enfin qu'être impulsif ne signifie pas forcément lui ressembler ! Pourquoi est-ce qu'il faut toujours que tu veilles sur les autres, mais que tu repousses la seule chose qui te rende heureux, toi ?!

Comme je ne réponds pas, Warren soupire.

– Max, il faut que tu fasses quelque chose pour ça, mon pote. Tu ne peux pas continuer à croire que tu lui ressembles d'un seul iota. Je sais que le revoir t'a déboussolé, mais… il faut que tu cesses de le craindre et de croire que tu deviendras comme lui. Nous ne devenons pas tous comme nos parents.

J'acquiesce et ouvre la portière pour fuir cette conversation. Je ne veux pas en parler. Je ne le peux pas. Dès que le sujet arrive sur la table, j'ai toujours cette bouffée de chaleur qui m'envahit et me rend nerveux… anxieux… Warren comprend que je le fuis et laisse tomber pour le moment. Avant de partir, il me dit qu'il viendra me récupérer pour aller faire un tour histoire que je ne broie pas du noir dans ma piaule sans Haylee et déguerpit. Je soupire et rentre chez moi.

– Max, trésor, alors comment s'est passé le match ? lance ma mère en venant me prendre immédiatement dans ses bras.

Je la serre contre moi, sentant qu'elle a encore besoin de s'assurer que je n'ai rien. Mon accident n'a pas seulement impacté Haylee et moi-même, il a aussi foutu un énorme coup à ma mère. Lorsque Mme Green lui a appris que j'étais à l'hôpital, elle a failli s'effondrer. Je le sais parce que Thomas Green me l'a dit. Il a voulu me rappeler que je n'étais pas le seul à qui je faisais du mal en agissant comme un abruti. Les Green ont eu une peur bleue et ma mère, si je n'avais pas eu autant de chance, je crois bien qu'elle serait morte de chagrin. Et sa façon d'agir avec moi depuis en est la preuve. Elle a considérablement réduit ses *shifts* et passe toutes ses soirées à la maison avec moi. Et comme à cet instant, elle me scrute avec un soulagement évident gravé au fond des yeux.

– On a perdu, soupiré-je en allant m'asseoir sur le canapé.

Je retiens une légère grimace quand mon épaule s'enfonce dans le dossier. Ça, je vais devoir le surveiller parce qu'il faut que je me remette au plus vite si je veux pouvoir revenir sur le terrain. Maintenant que les recruteurs nous observent, je dois me reprendre. Ma mère m'assure qu'au prochain match, nous aurons plus de chance et va chercher des gâteaux dans la cuisine.

– Haylee n'est pas avec toi ?

Le sourire plein de tendresse qui s'affiche sur son visage lorsqu'elle mentionne la fille d'à côté me rend mal à l'aise. Oui, bon, tout le monde sait qu'il se passe un truc entre nous. Et quand je dis tout le monde, cela inclut aussi nos parents. Ma mère et Mme Green semblent plutôt bien le prendre, comme si cela allait de soi. M. Green, lui, est plus réservé. Il me voit comme un fils depuis huit ans, alors l'idée qu'Haylee et moi puissions être ensemble le déstabilise un peu. Mais j'imagine que tant que je n'aurai pas son flingue braqué sur la tête, cela voudra dire qu'il est plus ou moins d'accord avec la tournure que prend notre amitié. Enfin, je l'espère, sinon les prochains repas entre nos deux familles vont être tendus.

– Non, elle avait un truc à faire.

Ma mère acquiesce et triture un cookie entre ses doigts, hésitante. Une alarme s'allume aussitôt dans mon esprit. Ma mère devient toujours nerveuse lorsqu'elle va aborder un sujet délicat. Est-ce que je vais avoir droit à une conversation fils-mère sur les relations ? Pitié, faites que non… Je suis certain que ma mère sait que je suis déjà sexuellement actif. Alors je prie tous les saints pour qu'elle me parle d'autre chose.

– Et où est-ce que vous en êtes dans votre relation ?

– Maman ! grogné-je, dégoûté.

Je n'ai vraiment pas envie d'avoir ce genre de conversation avec elle, vraiment pas ! C'est à ça que M. Green sert d'habitude. C'est avec lui qu'on parle de filles. Même si cette fois-ci, je doute vraiment qu'il veuille m'entendre parler de *sa* fille…

– Te connaissant, tu n'oseras pas en parler avec Thomas ! Alors si jamais tu as besoin d'en discuter… je veux que tu saches que je suis là.

– OK, d'accord, j'ai saisi l'idée.

Je soupire et grommelle en essayant de retrouver l'appétit. Mais il s'envole complètement quand je vois ma mère récupérer une petite boîte bleue au pied du canapé. Je m'étrangle presque quand je comprends ce que cette boîte contient. Bordel de Dieu ! Là, c'est trop. Ma mère qui me sort une boîte de préservatifs de nulle part, dans quel but au juste ?

– Je sais que tu es un grand garçon, fait-elle face à ma mine horrifiée. Et que Thomas a déjà eu pas mal de conversations avec toi sur le sujet. Mais… voilà, si jamais Haylee et toi, vous franchissez un cap, eh bien…

– OK, OK, stop ! On va arrêter là, dis-je en bondissant du canapé, hyper mal à l'aise.

– Max, je suis infirmière ! On peut discuter de ce genre de chose.

– Certainement pas, marmonné-je en m'enfuyant vers l'escalier. Mais si ça peut te rassurer, on n'en est pas là, d'accord ? Alors… pas besoin de… discussion.

Ma mère soupire et acquiesce, mais avant que je ne disparaisse complètement, elle me lance la boîte de préservatifs « au cas où », ajoute-t-elle. J'hallucine. Bordel, j'hallucine…

***

Quand Warren vient me récupérer pour qu'on aille faire un tour, il a un énorme fou rire lorsque je lui raconte la soudaine conversation que ma mère a voulu avoir. Moi, je ne trouve vraiment pas ça drôle. Putain, la dernière chose dont j'ai envie, c'est de parler de sexe avec ma mère ! Tout particulièrement parce que j'essaie moi-même de ne pas trop y penser lorsqu'il s'agit d'Haylee. Je ne veux pas lui foutre la pression même si je suis terriblement en manque… Agacé par toute cette journée, je ne fais pas attention à la route. Ce n'est que lorsque je repère le Mississippi que je tilte.

– Où est-ce qu'on va ?

– Ça, mon pote, c'est une surprise.

Quand Warren s'engage dans une allée en terre et qu'une maison de campagne apparaît, je fixe l'endroit, ne comprenant pas ce qu'on fout là.

– Tu comptes me tuer et m'enterrer dans le coin ?

Mon pote se marre et m'incite à descendre. Nous nous dirigeons ensuite vers l'entrée de la maison. Il déverrouille la porte et me pousse gentiment à l'intérieur. Mais qu'est-ce qu'on fout là ?

– Joyeux anniversaire, mon pote, marmonne-t-il avec un sourire tout en allumant la lumière.

Un énorme salon me fait rapidement face, mais ce n'est pas ce qui m'interpelle en premier. Sortant de nulle part, tous mes potes hurlent un « surprise » qui me fait sursauter. Un à un, ils viennent me sauter dessus en me souhaitant un bon anniversaire.

– Euh… mon anniversaire est passé depuis un moment, les gars.

– On sait ! s'exclame Haylee, sortant de nulle part dans cette magnifique robe rouge que j'adore sur elle. Mais comme on n'a pas vraiment eu l'occasion de le fêter… Eh bien, on rattrape le coup maintenant !

Avec un petit sourire timide, elle vient vers moi. OK, je vois. C'était ça son truc. Elle m'organisait avec tous ces enfoirés une fête d'anniversaire pour rattraper celle qu'on n'a jamais pu faire comme prévu. Amusé et reconnaissant, je prends son visage entre mes mains et l'embrasse passionnément. Haylee s'accroche à moi, déstabilisée par l'intensité de mon baiser. Ses joues sont plus rouges que sa robe lorsqu'elle s'écarte en entendant nos amis ricaner.

– OK, à mon tour maintenant ! s'écrie Warren en essayant de m'attraper pour me rouler un patin. Bah quoi, *Maxou*, j'ai aussi participé à l'organisation de tout ceci ! Galoche-moi avec autant de passion !

– Je préfère embrasser un crapaud ! dis-je en riant et en le repoussant.

– Aïe ! Tu as entendu ça, Haylee ? Honnêtement, si j'étais sa copine, je ne sais pas si ça m'aurait plu, chuchote faussement Matéo en posant son épaule sur ma minimoy, qui éclate de rire.

Tout le monde s'esclaffe et Garrett s'écrie « PAARRTYY » avant de lancer la musique. Porté par l'ambiance, je laisse Warren m'entraîner vers mes coéquipiers qui ont une meilleure mine que tout à l'heure.

– Tu remarqueras que nous avons été très sélectifs

dans le choix des invités, se marre Félix.

Je constate en effet que Scott et sa petite bande ne sont pas là. À cette fête, il n'y a que ceux que je voulais inviter la dernière fois. Warren, Matéo, Garrett, Félix, Bobby, quelques juniors de l'équipe et leurs copines respectives. Je ne peux m'empêcher de sourire, ravi. Cette fête risque d'être la meilleure à laquelle j'ai jamais assisté !

***

La soirée est bien avancée. Il doit être environ minuit et tout le monde s'amuse. Bien sûr, même si je ne bois pas, mes amis ont quand même apporté quelques bouteilles pour que tout le monde profite à sa façon. Je n'impose jamais mon choix aux autres et je suis content que même si l'on fête mon anniversaire, ils puissent tous faire ce que bon leur semble. D'ailleurs, je crois que moi aussi je vais bientôt faire ce que je meurs d'envie de faire depuis vingt bonnes minutes… Regarder Haylee se déhancher dans cette putain de robe me rend dingue. Et quand la musique de Dua Lipa, « Fever », commence, je sais que je ne vais pas tenir longtemps. Pas alors qu'elle fait glisser ses mains sensuellement sur sa poitrine et son cou sans me lâcher du regard. Quand elle finit par s'approcher pour m'attirer avec elle sur la piste de danse, je ne résiste pas.

Fredonnant les paroles de la chanson distraitement, elle bouge contre moi et m'entraîne dans un dédale de sensations difficiles à contrôler. Elle est si belle, si sexy… Ses yeux gris clair m'observent avec une telle intensité que je commence à comprendre pourquoi ma mère a soudainement eu envie d'avoir cette conversation avec moi plus tôt dans la soirée. Si elle était au courant pour cette fête d'anniversaire loin de la maison, elle devait craindre que quelque chose n'arrive. Et je commence à le redouter moi aussi…

– Tu as l'air nerveux, chuchote-t-elle, visiblement amusée.

– Non, ça va.

Ma voix vrille sur le dernier mot. Merde, pourquoi suis-je aussi inquiet à l'idée qu'il puisse se passer quelque chose durant cette soirée ? Ce n'est pas comme si j'étais puceau… Mais elle, si. Elle est vierge. Et je ne veux rien faire qui puisse lui foutre la pression ou l'effrayer.

Avec un étrange sourire, elle me prend la main et m'entraîne avec elle loin de la piste de danse. Personne ne nous prête attention. Quand on monte à l'étage et qu'elle referme la porte de la chambre, mon trouble redouble.

– Je n'ai pas pu t'offrir mon cadeau la dernière fois ! s'exclame-t-elle en me poussant vers le lit.

Je recule maladroitement, partagé entre l'excitation et la nervosité. Je crois que je n'ai jamais été aussi anxieux de toucher à une fille qu'à cet instant. Haylee sourit d'autant plus, me voyant plus ou moins désemparé par son comportement. Lorsqu'elle me grimpe dessus, mes mains se posent par automatisme sur ses cuisses.

– Tu veux des indices sur ton cadeau ?

J'acquiesce lentement, mon regard se perdant dans son décolleté. Mon cœur s'emballe et mes doigts s'enfoncent dans sa peau quand elle se penche pour chuchoter à mon oreille.

– C'est quelque chose de rouge…

Immédiatement, mes yeux se rivent sur sa robe. *Putain.*

– Et de doux, continue-t-elle en faisant glisser ses

mains sur mon torse. J'ai eu du mal à le trouver…

Ce dernier indice me fait lever la tête. Du mal à le trouver ? OK, alors… ce n'est pas elle mon présent. Étrangement, je crois que je suis déçu. Parce que depuis que je l'ai embrassée sur un coup de tête en novembre, je la désire comme aucune autre avant elle. Mais j'essaie d'étouffer ce sentiment pour qu'elle ne s'en rende pas compte.

Maintenant que mon esprit comprend qu'elle ne m'a pas emmené ici pour ça, j'entends un bruit de papier cadeau derrière moi. Je ne sais pas comment j'ai fait pour ne pas le voir en entrant dans la chambre, mais Haylee tire de mon dos un gros cadeau et me le tend.

– Ouvre-le !

Je m'exécute, certain que, peu importe ce dont il s'agit, je vais l'adorer. Mes doigts se figent un court instant quand je déchire le papier et vois le symbole sur le tissu rouge que celui-ci dissimulait. Avec une soudaine impatience, je déchire le reste et ne peux m'empêcher de sourire, béat. C'est une veste de l'université de Chicago, celle que portent les joueurs de football…

– Comment est-ce que tu as fait pour avoir ça ? demandé-je, ahuri et excité.

Bon, même si je me serais contenté de n'importe quelle bourse universitaire pour devenir pro, il est vrai que quand le coach m'a dit que le recruteur de Chicago s'intéressait à mon dossier, j'ai sauté au plafond. Cette fac est celle que je rêvais d'intégrer. Alors je suis encore plus déterminé pour y entrer.

– Tu te souviens de Francis, mon tuteur de colo ? Je lui ai demandé s'il n'avait pas quelques contacts à Chicago… Je me suis dit que comme dernièrement tu ne peux pas jouer, ça te motivera pour revenir sur le terrain. Elle te plaît ?

Le regard timide qu'elle m'adresse me fait fondre.

– Beaucoup, merci…

Laissant mes mains se perdre dans ses cheveux lâchés, je craque. J'attrape le haut de ses cuisses et l'attire vers moi. Je la tiens contre moi et mon cœur bat si vite, putain. Elle m'excite tellement que je ne sais pas ce que je vais faire par la suite. Mais ce qui est sûr, c'est que je vais l'embrasser jusqu'à ce qu'elle perde la tête… et la perdre moi aussi.

28

Haylee

Quand Max pose brusquement ses lèvres sur les miennes, je sens que ce baiser n'est pas comme les précédents. Il est empli de tellement de tendresse, d'une telle passion refoulée, d'un tel désir que je fonds immédiatement sous ses coups de langue aguerris. Je me rends à peine compte qu'on s'allonge sur le lit. Tout ce qui compte pour moi est sa bouche contre la mienne, sa main qui se glisse sous ma robe et empoigne mes fesses, faisant naître une flopée de nouvelles sensations dans mon ventre. Max m'a déjà touchée et l'onde de plaisir que ses mains et sa bouche m'ont procurée n'est comparable à rien d'autre. Mais cette fois-ci, c'est différent. Je n'ai pas envie que ça s'arrête. Je veux… tellement plus… Et quand je le sens durcir dans son jean, je sais que lui aussi.

– Haylee…

Sa voix n'est plus la même. Elle est plus rauque, plus basse… Cessant de m'embrasser, il m'observe, le souffle court. Son pouce passe doucement sur ma lèvre inférieure gonflée par son baiser.

– Max… Je veux… Je voudrais…

Les mots sortent de ma bouche en se bousculant et il sourit.

– Qu'est-ce que tu veux, bébé ?

Lui. Je veux qu'il continue à me faire ressentir ce désir

qui m'enivre. Mais ce que je veux par-dessus tout, c'est le voir craquer. Depuis le début de notre relation, il n'a pas perdu le contrôle de lui une seule seconde. Alors que moi, je suis constamment enivrée par les émotions qu'il me fait ressentir. Honnêtement, je crois que j'aurais déjà craqué et fait tomber ma petite culotte devant lui depuis longtemps s'il ne s'était pas montré si… prévenant. Avec moi, il prend constamment son temps, se maîtrise toujours lorsque nos caresses s'enflamment. Alors ce soir, je veux le voir perdre complètement le fil de ses pensées… Avec moi. Mais je n'arrive pas à m'exprimer. Je ne parviens pas à décrire ça avec des mots simples. *Pourquoi est-ce que c'est aussi difficile ?*

Max me caresse tendrement la tête et sourit. J'inspire quand ses doigts jouent avec l'élastique de ma culotte.

– Non !

Je recule avant de me laisser aller dans la vague d'émotions que ce simple geste me procure. La main de Max s'arrête et il me dévisage, inquiet.

– Non… ce que je veux… c'est autre chose…

Haussant un sourcil, un brin perdu, Max s'allonge sur le lit.

– Fais ce dont tu as envie, souffle-t-il. Arrête de réfléchir et montre-moi ce que tu veux.

Je me penche un peu en arrière pour agrandir l'espace entre nous et prends une profonde respiration. Puis je remonte lentement son tee-shirt en effleurant au passage ses muscles ciselés. Le ventre de Max tressaute, mais il me laisse faire. Lorsque je le lui enlève, je lui adresse un petit sourire timide et continue mon exploration. Il a l'air très calme, les yeux braqués sur moi, mais à sa respiration qui s'accélère, je sais qu'il l'est beaucoup moins qu'il n'y paraît. Satisfaite, je laisse mes mains se perdre sur son torse et ne peux m'empêcher encore une fois d'être impressionnée par son physique. Pas étonnant qu'il intéresse tellement de filles au lycée… *Intéressait*. Depuis un petit moment, Max ne leur prête plus aucune attention et elles semblent passer à autre chose. J'en ai entendu certaines dire que même lorsqu'il était en couple avec Beth, il n'était pas ainsi. Si nous ne sommes pas un couple, pas encore, je suis contente qu'il soit différent avec moi.

Nerveuse tout d'un coup, je continue à faire descendre mes mains sur son torse jusqu'à ce que mes doigts trouvent le bouton de son jean. Sous moi, je sens ses jambes se crisper. Sa réaction me fait lever les yeux vers lui. Est-ce que c'est moi ou il a l'air… nerveux ?

– Est-ce que… je… peux ?

J'espère qu'il va comprendre ce que je veux dire. J'ai envie de lui faire plaisir, de le sentir entre mes mains… Max doit percevoir ma gêne parce qu'il acquiesce avec un petit sourire.

– Oui, bien sûr.

Le cœur battant à tout rompre, j'observe mes mains s'affairer maladroitement sur le jean. Max m'aide et il se retrouve en boxer. C'est la première fois qu'il est aussi peu vêtu devant moi. Enfin, non, c'est la deuxième si l'on compte mon passage dans les vestiaires des mecs au début de l'année scolaire… Et voir l'énorme bosse sous le vêtement me met soudain mal à l'aise. Je ne sais pas quoi faire par la suite. Déglutissant, je me contente de laisser courir mes doigts lentement dessus en bougeant de haut en bas. Il aspire l'air bruyamment, tandis que j'expérimente.

– Tu veux que je te montre comment faire ?

L'intervention de Max m'oblige à lâcher son entrejambe des yeux. Rougissant, j'acquiesce. Sa voix est basse et tremble un peu. Je veux lui faire plaisir. Alors je le laisse me guider. Il ouvre ma main et entoure son membre de mes doigts. Je le regarde chercher son souffle un moment entre ses lèvres, puis il enlève sa main pour me redonner le contrôle. Ma main s'active de nouveau sur le tissu et un petit gémissement lui échappe. Je resserre ma prise, désirant l'entendre de nouveau, c'est tellement excitant… Je n'aurais jamais cru que toucher l'autre pouvait être aussi grisant. Je comprends mieux pourquoi Max est toujours à bout de souffle quand il me caresse. C'est tellement enivrant de voir l'effet que l'on fait à l'autre.

Me mordant la lèvre inférieure, je continue sans le quitter du regard. Je tremble. D'excitation, de nervosité face à mon audace et de frustration. J'ai une soudaine envie qu'il me jette sur le lit et qu'il me fasse vibrer entre ses bras. Max me caresse la joue et, les yeux rivés sur mon visage tandis que je continue à le toucher, il tire sur ma lèvre inférieure pour que j'arrête de la mordiller.

– Ces lèvres… quand je pense à tout ce qu'elles pourraient faire…, marmonne-t-il, perdu dans ses pensées.

Une bouffée de chaleur monte en moi et je deviens toute molle dans ses bras. Max plonge son regard brûlant dans le mien. Ses pupilles sont si dilatées que j'ai encore plus de mal que d'habitude à discerner le mince cercle de son iris. J'ai envie de lui enlever son boxer… Je veux le toucher encore plus et le voir perdre complètement les pédales. Alors j'entreprends de le libérer.

– Attends, souffle-t-il, hésitant. Si tu fais ça… Je ne vais pas pouvoir arrêter.

Ne pas pouvoir. C'est exactement ce que je veux. Qu'il se laisse aller avec moi et qu'il abandonne tout contrôle. Et s'il ne le fait pas pour qu'on aille plus loin, pas encore, je veux qu'il le fasse au moins pour ça. Avec un petit sourire, je lui enlève son caleçon. Un étrange silence s'installe quand sa virilité apparaît. OK… Ouah. Euh, elle est grosse. Comment est-ce que… est-ce que c'est normal ?

– Bordel, Haylee, ricane-t-il tout d'un coup. Ne la regarde pas comme ça.

– Pardon, bégayé-je, gênée. Je… OK, c'est bon… C'est juste que dans les livres de science, c'est beaucoup plus… beaucoup moins…

Max se marre et m'attire à lui pour m'embrasser, hilare.

– Je ne sais pas si c'est un compliment, pouffe-t-il.

Un brin soulagée qu'il prenne ma réaction de novice aussi bien, j'esquisse un faible sourire.

– Je ne… peux pas vraiment faire de comparaison… Donc… disons que c'est un compliment ?

– Et j'espère que tu n'auras pas besoin d'aller comparer quoi que ce soit, marmonne-t-il en m'embrassant de nouveau.

Quand il se met à me mordiller la lèvre inférieure, je gémis, ce qui l'incite à recommencer. Oh, c'est tellement bon. Je ferme les yeux et me laisse aller dans cette sensation de bien-être et ce désir qui me donne l'impression que je vais exploser. Alors je reprends là où je me suis arrêtée. Max me guide au début et je suis soulagée. Il me montre comment mettre mes doigts et remuer sans trop la serrer. Et plus je prends le coup de main, plus je le sens perdre le contrôle.

– Merde… putain, Haylee… continue…

Je souris, satisfaite quand je le vois fermer les yeux. Reculant un peu pour avoir plus de liberté, je l'observe vriller. Les mains enfoncées dans le matelas, Max respire de plus en plus fort. Quand il rouvre les yeux et que son regard se rive sur ma bouche, ce qu'il a dit tout à l'heure revient au galop dans mon esprit. Est-ce que… est-ce qu'il veut que j'utilise autre chose que mes mains ? Je sais que beaucoup de filles le font. Taylor m'en a déjà parlé et elle m'a dit que ça rend dingue les mecs. Et Max a passé des tests à l'hôpital, alors cela ne risque rien. Hésitante, je me lèche les lèvres, en pleine réflexion, et vois les yeux de Max papillonner.

Suivant l'impulsion du moment, je recule encore plus sans le lâcher. Je vois sa mâchoire se contracter quand il comprend ce que j'ai en tête, mais il ne m'arrête pas. S'il ne m'incite pas non plus à poursuivre, je sens qu'il en meurt d'envie. Alors j'inspire profondément et me penche en avant. Nerveuse, j'écarte les lèvres et la prends dans ma bouche. Un peu au début, puis jusqu'à la moitié lorsque je l'entends siffler.

– Putain.

Sa voix n'est plus qu'un murmure, alors je continue. Je me fie à ses réactions pour m'assurer que ce que je fais est agréable. Et au vu de ses tremblements lorsque je passe ma langue timidement au-dessus de son membre, je sais que je suis plus ou moins sur le bon chemin. Les mains de Max viennent se perdre dans mes cheveux et son souffle devient de plus en plus fort.

– Putain… putain… Haylee… Il faut que tu arrêtes. Je vais… Si tu ne veux pas que je… Putain. Je vais jouir dans ta bouche, bébé… Arrête… Tout de suite.

Je lève les yeux vers lui et le garde en bouche. Il perd le contrôle et c'est grâce à moi, alors pas question de reculer. Je l'entends jurer de nouveau et il tire sur mes cheveux pour que je continue à le regarder jusqu'à ce qu'il explose. Son corps se tend comme un arc et il prononce mon prénom à plusieurs reprises. Le voir ainsi… me fait un drôle d'effet. Des picotements trouvent leur place dans mon bas-ventre. Je sens un léger soubresaut dans ma bouche quand un liquide chaud et salé fuse dans ma gorge à petits jets. Je recule. OK, ce n'est pas aussi dégueu que certaines filles le prétendent. Ce n'est pas non plus un milk-shake à la fraise. Mais je n'ai plus trop le temps de m'arrêter sur la question. Max m'attire à lui et, en une fraction de seconde, sa bouche est sur la mienne. Le souffle rauque, il reprend difficilement sa respiration. Je m'allonge dans ses bras et attends.

– C'était… comment ? demandé-je nerveusement.

– La meilleure fellation qu'on m'ait jamais faite, grogne-t-il.

Je m'empourpre à ces mots. Max bouge et me surplombe. Ses joues sont rouges et son regard encore dilaté. J'aime le voir comme ça. Avec un petit sourire, je passe mes mains sur sa nuque.

– Cette façon que tu as d'être si… pure… C'est terriblement excitant.

– OK, OK, marmonné-je, gênée, parce que je ne trouve pas ça attirant du tout quand je pense à toutes les filles beaucoup plus expérimentées que moi qu'il a eues dans son lit.

Max hausse un sourcil, mais n'en démord pas.

– Je t'assure que c'est vrai. Tu es différente. Tout est différent avec toi…

Différent ? Est-ce que c'est sa façon délicate de dire que c'est… ennuyeux ou nul ? Je me renfrogne légèrement et il ricane. Son sourire espiègle de charmeur revient au galop et ses mains se perdent sous ma robe. Cette fois-ci, je ne l'arrête pas. Parce que lui faire plaisir m'a excitée…

– Dans le bon sens du terme, ajoute-t-il, lisant dans mes pensées. C'est tellement enivrant… Tellement phénoménal que j'ai l'impression de ne jamais avoir touché à aucune autre fille avant toi. Tu me fais ressentir des trucs que personne d'autre n'est jamais parvenu à me faire ressentir. Et ce n'est pas simplement physique.

En disant cela, il tire sur ma culotte et l'un de ses doigts vient me titiller. Je soupire et il sourit. Même si je meurs d'envie qu'il continue ce qu'il est en train de dire. Qu'est-ce qu'il entend par « ce n'est pas simplement physique » ? Je me laisse entraîner par les sensations qu'il me procure. Je pourrai toujours le lui demander après. Lorsque je ne me sentirai pas fondre sous ses doigts et sa bouche qui va se cacher sous ma robe.

– Finalement, j'aurai passé ma véritable soirée d'anniversaire avec toi. Comme j'en avais envie ce jour-là.

Je souris et m'apprête à lui rappeler qu'on n'est pas tout seuls dans la maison, mais mon esprit s'envole lorsque sa langue entre en contact avec mon intimité. Heureusement que, cette fois-ci, j'ai pensé à mettre le verrou sur la porte… Parce que je ne pense pas sortir de cette chambre. Ni ce soir… Ni jamais. Je veux rester dans les bras de Max, pour toujours.

29

Max

Traînant devant le casier d'Haylee, je l'attends avec impatience. Je veux qu'elle soit la première à le savoir. Avant mes potes, avant ma mère. Anxieux, je regarde mon téléphone. Elle est en retard. D'habitude, ma minimoy est toujours à l'heure. Pourquoi est-ce qu'il faut qu'elle soit en retard *ce* matin ? Mais je ferais mieux de ne pas me plaindre puisque je sais pertinemment pourquoi. Ces derniers temps, elle a du mal à dormir. Est-ce que j'en suis le principal responsable ? Oui, en quelque sorte. Parce qu'après la soirée d'anniversaire qu'elle m'a organisée avec mes potes, je suis incapable de me passer d'elle.

Cette soirée restera la meilleure de tous les temps. Deux semaines ont passé depuis, mais je n'arrive pas encore à oublier le regard sensuel et satisfait qu'elle m'a lancé lorsqu'elle m'a fait exploser. Dès que je ferme les yeux dans ma chambre, je la revois elle… Sa bouche et ses mains sur ma bite, son regard brûlant sur moi… Et ça me fait bander immédiatement et me réveille. Parfois, j'arrive à me rendormir tout seul en me branlant, mais d'autres soirs… j'ai besoin de l'entendre. Alors je l'appelle pendant des heures au téléphone.

Avec Haylee, les sujets de conversation ne manquent pas. Parce qu'avec elle tout est étonnamment facile et compliqué à la fois. J'aime l'écouter parler pendant des heures de ses trucs d'astronomie même si je n'en comprends que la moitié. Son côté nerd et passionné me fait craquer. Et quand le sujet glisse sur nous et ce que je rêve de lui faire, l'échange devient tout de suite beaucoup plus amusant. L'imaginer rougir dans son lit, le souffle court, hésitant à se toucher parce que mes mots l'auront tellement excitée qu'elle ne pourra pas trouver le sommeil sans ça me fait vibrer. Alors autant dire que nos nuits sont plutôt agitées ces derniers temps.

Lorsque je la vois enfin entrer dans le hall du lycée, je me redresse avec un petit sourire. Bordel, ce qu'elle est belle ! Même si, actuellement, elle est aussi trempée qu'un chien errant. De toute évidence, elle a oublié son parapluie. Quand elle arrive à mon niveau, je m'apprête à lui en faire la réflexion, mais elle m'arrête, de mauvaise humeur.

– Si tu fais un seul commentaire, je t'en colle une, Maximilien.

Maximilien. OK, elle est de très mauvaise humeur. Si avant ça me faisait chier qu'elle utilise mon prénom complet, maintenant ça m'amuse. Parce qu'elle ne le fait que lorsqu'elle s'énerve contre moi et j'adore la voir ainsi. Sans aucune délicatesse, elle me pousse et ouvre son casier. J'ai toujours aimé la voir s'énerver, on dirait un petit bichon maltais qui aboie, espérant paraître dangereux. A.DO.RA.BLE.

– Bonjour à toi aussi, plaisanté-je, mais je reçois un livre sur la gueule. Eh bien, tu as mal dormi ?

J'évite de justesse un deuxième livre. Le regard noir qui suit me fait éclater de rire. Oui, bon, je ne devrais pas continuer sur cette voie. D'autant plus que j'ai quelque chose à lui demander, mais c'est plus fort que moi. Elle est irritable quand elle manque de sommeil et, pourtant, elle adore passer ses nuits pendue au téléphone avec moi. Je le sais parce que, dernièrement, c'est elle qui m'appelle avant même que je ne le fasse.

– Qu'est-ce qu'il y a, bébé ? Tu n'as pas pu dormir à cause de ce que je t'ai dit hier soir ? lui susurré-je à l'oreille.

Soupirant, elle referme son casier et pose son front contre le métal.

– Pourquoi est-ce que tes mots me font un tel effet ?

– Parce que tu sais ce dont ma bouche et mes doigts sont capables, lui rappelé-je en me collant contre elle pour la prendre dans mes bras.

Haylee relève la tête et la penche en arrière pour me regarder. Je déglutis en lisant le manque dans ses yeux. Depuis ma soirée d'anniversaire, nous n'avons pas vraiment pu nous retrouver seuls. Soit nos parents étaient toujours dans les parages, soit nos amis respectifs. Alors hier soir, j'ai craqué et je lui ai raconté ce que je rêvais de lui faire dès qu'on se retrouverait seuls. Je suis totalement en manque d'elle. De ses baisers langoureux, de ses mains sur mon corps et… Bon Dieu, je bande rien que d'imaginer de nouveau ses lèvres rosées autour de ma queue. Et vu la frustration dans ses magnifiques prunelles grises, elle aussi en a tout autant envie que moi. Pour ça, ma bonne nouvelle va vraiment lui plaire.

– Un week-end rien que tous les deux, ça te tente ? lancé-je avec un petit sourire timide.

– Un week-end ?

Elle paraît surprise par ma proposition, mais j'ai piqué sa curiosité.

– Disons que durant le *spring break*, j'ai été invité pour visiter le campus de Chicago… Et je me suis dit que ça serait sympa si tu venais avec moi ?

Haylee pivote et me dévisage, ahurie.

– Tu as eu une réponse de la fac de Chicago ?!

J'acquiesce avec un étrange sourire sur les lèvres. Est-ce qu'elle sera fière de moi si je lui raconte la conversation que j'ai eue avec le coach ce matin après l'entraînement ? Depuis que je suis retourné sur le terrain, complètement remis de mon accident, nous n'avons fait que gagner. Parce que ma détermination a contaminé toute l'équipe. Et le coach n'a pas été le seul à le remarquer. Le recruteur de Chicago lui a donné une invitation à mon nom pour aller visiter le campus en ce week-end annonçant le début du *spring break*. Si officiellement cela ne signifie encore rien, il est évident que j'aurai bientôt une réponse positive de leur part. Et je veux partager ça avec elle. Alors je lui raconte toute ma discussion avec le coach. Lorsque j'ai fini, elle me saute dessus, extatique.

– C'est tellement génial ! Tu en as parlé à ta mère ? Elle doit être tellement heureuse.

– Non, pas encore. Tu es la première à qui je le dis.

Je ne sais pas pourquoi, ça me fait bizarre de l'admettre. Nous ne sommes pas officiellement ensemble… mais j'agis comme si nous l'étions. Bordel, est-ce que je serais en train d'oublier que je suis en sursis ?

Après mon accident, j'ai voulu mettre de côté le fait que, peu importe ce qui se passerait, je ne pourrais pas être avec Haylee. Parce que malgré ce qu'elle dit, elle finira par comprendre que je suis aussi mauvais que mon père… J'ai voulu oublier en me perdant dans ses bras, profiter au maximum du temps qu'elle me laissait rester à ses côtés. Mais maintenant, les choses sont pires qu'avant. Parce que je la veux pour moi, uniquement pour moi. Je veux être celui qui la voit trembler en découvrant les plaisirs de la chair, je veux être celui avec lequel elle se sent libre de discuter de sa passion sans craindre que je ne me moque d'elle. Je veux être celui qui fera partie de sa vie aussi longtemps que possible. Je suis dingue d'elle… Et j'ignore si je vais réussir à la laisser partir quand elle n'aura plus envie de demeurer auprès de moi si je fais une nouvelle crise.

Cette idée me fout un coup au moral et Haylee s'en rend compte.

– Alors tu veux que je t'accompagne pour visiter le campus ? dit-elle pour me distraire de mes sombres pensées.

– Ouais, fais-je en m'éclaircissant la voix. On pourrait y aller ensemble ? Et en profiter pour être un peu… seuls.

Ses yeux s'illuminent quand je mentionne qu'on pourra être deux nuits complètement seuls, elle et moi. *Putain.* Comment est-ce que je fais pour résister à ça ? À ses réactions toutes plus enivrantes les unes que les autres ? Je n'y arrive pas. Je fonce droit dans le mur en l'aimant comme je le fais. Mais j'accepte ma sentence. Parce qu'être avec elle est devenu une putain de drogue dont je ne peux pas me passer.

– OK ! Par contre, tu en parleras à mon père. J'ai hâte de voir sa tête, dit-elle en riant alors que je grimace.

Moi, pas vraiment, mais j'acquiesce tout de même quand la sonnerie retentit. Haylee se dégage de mon étreinte et s'apprête à y aller, mais je la retiens. Enlevant ma veste, je l'incite à la mettre. Elle frissonne et je ne supporte pas de la voir se les geler comme ça. Ma galanterie lui fait hausser un sourcil et elle rougit quand elle surprend quelques élèves en train de nous regarder. Bien malgré elle, elle est au centre de l'attention de Galena High School maintenant que je passe mon temps à la coller. Beaucoup pensent qu'elle est ma petite amie et mon geste ne va rien faire pour calmer les rumeurs. Pour un joueur, filer sa veste à une fille n'est pas anodin. Mais ce qui risque d'en surprendre plus d'un, c'est que moi je le fasse. Je n'ai jamais passé ma veste à une fille. Pas même à Beth. Alors mon geste a beaucoup de signification…

– Ça t'évitera de tomber malade avant ce week-end, parce que même avec de la morve pendouillant de ton joli petit nez, je t'emmène, bredouillé-je, un peu nerveux face au regard intense qu'elle me lance.

Haylee sourit. Elle remonte un peu les manches pour faire ressortir ses mains et baisse les yeux vers la veste qui lui arrive à mi-cuisse.

– J'ai l'impression d'être toute petite avec ça sur le dos.

– Tu crois que je t'appelle minimoy sans aucune raison?

Je me reçois un coup et je ris.

– Tu sais que je ne vais pas te la rendre de sitôt? plaisante-t-elle en prenant ce timbre de voix qui m'oblige à inspirer pour ne pas bander en plein milieu du lycée.

– Garde-la autant que tu veux.

Et je pense chaque mot. Parce que même si je sais que ça risque d'être compliqué entre nous dès qu'elle me verra de nouveau craquer, je veux encore croire à ce que nous avons. Juste encore un peu…

***

Convaincre Thomas Green de laisser Haylee partir avec moi à Chicago a été plus simple que je ne l'aurais cru. Moi qui pensais qu'il avait encore du mal avec l'idée que je sorte avec sa fille, moi le garçon qu'il a presque élevé et le coureur de jupons, j'ai soudainement l'impression qu'il est… *heureux pour nous*. Je n'en sais rien.

Son petit sourire satisfait quand je lui ai promis qu'elle ne craindrait rien avec moi m'a donné cette sensation.

– Mon père t'adore, tu sais ? fait Haylee en entrant dans sa voiture, côté passager.

Je préfère conduire jusqu'à Chicago parce qu'elle n'a pas l'habitude de faire plus d'une petite heure de route. Même si j'aurais préféré prendre ma moto… Mais après mon accident, je n'ai pas encore pu la faire réparer. Ma mère refuse catégoriquement de mettre un seul dollar dans cet « engin qui a failli me tuer », alors j'attends cet été pour trouver un job et la faire remettre en état.

– Tu crois qu'il n'a pas envie de me tuer à l'idée que j'emmène sa fille chérie à plus de deux cents kilomètres d'ici et que je sois seul avec elle ? dis-je en riant.

Si elle croit le contraire, elle connaît mal son père. Thomas Green adore Haylee. C'est son petit bébé. Et si je n'avais pas plus ou moins découragé n'importe quel mec de l'approcher, il s'en serait chargé. Qui serait assez fou pour draguer la fille du shérif en sachant pertinemment qu'il risque de truffer de plomb celui qui la blessera ? Hum, de toute évidence, moi. Mais cela en vaut carrément le coup.

– Je t'assure, je crois qu'il est super heureux qu'on soit… ensemble, dit-elle doucement avant de s'arrêter pour étudier ma réaction.

J'imagine qu'elle s'attend à ce que je me referme comme d'habitude quand elle évoquait notre relation, ou que je la détrompe… Mais je ne fais ni l'un ni l'autre. Je veux y croire, juste encore un peu.

– Parce qu'il n'aura pas besoin de me chercher bien loin pour me plomber si je te fais du mal ?

Je ris, mais ma bonne humeur se tarit quand je me rends compte que mes mots ont un double sens. Si je deviens comme mon père, Thomas Green n'aura pas à me traquer bien loin pour me le faire regretter. Et je suis presque rassuré de savoir qu'il n'aura aucune pitié pour moi si ça arrivait. *Quand ça arrivera.* Mes mains se referment sur le volant et j'ai besoin d'air.

– J'ai… oublié un truc, bégayé-je en sautant hors du véhicule et courant presque jusque chez moi.

Filant droit vers le jardin, je m'effondre sous la fenêtre de ma cuisine. L'angoisse grandissant à mesure que ma relation avec Haylee évolue me comprime la poitrine. Ma respiration s'accélère et j'ai du mal à respirer. Putain… Et si je la blesse ? Et si pendant ce week-end, je perds le contrôle et m'en prends à elle ? Je ne peux pas voir Haylee pleurer comme ma mère l'a fait avec mon père. Jamais. *Ce n'est pas une bonne idée.* Ce que j'essaie de vivre avec elle… ce n'est pas une bonne idée. J'ai cette colère grandissante en moi qui ne me quitte pas et elle est tellement douce et innocente… Je la détruirais… Je ne peux pas…

– Je t'ai dit qu'il n'est pas prêt…

La voix de ma mère m'extirpe du début de crise d'angoisse dans laquelle je m'enfonçais lentement. Elle est dans la cuisine au téléphone. Et elle semble plutôt lasse. Ma mère était ravie que je parte à Chicago pour découvrir le campus avec Haylee. Elle a essayé encore une fois d'avoir avec moi l'une de ces conversations malaisantes sur le besoin de se protéger, mais j'ai encore évité le coup. Parce que peu importe ce qui se passera à Chicago, je refuse encore et toujours d'avoir cette discussion avec elle !

– Je sais qu'il ne te reste plus beaucoup de temps, fait-elle, doucement compatissante. Mais… j'ai failli le perdre la dernière fois. Il n'est pas prêt, Andrews. Et je ne sais pas s'il le sera un jour. Je ne veux pas qu'il commette une nouvelle folie…

Je me fige en l'entendant prononcer le nom de mon père. Elle est au téléphone avec lui ? Ma crise d'angoisse se transforme en quelque chose de plus sombre. Plus dangereux. La colère que j'éprouve pour mon père refait surface comme lors de son passage. Mais cette fois-ci, ma rage est aussi tournée vers ma mère. Pourquoi est-ce qu'elle discute avec lui après ce qu'il lui a fait ?! Il lui avait promis de l'aimer et de la protéger jusqu'à la fin de ses jours. C'était ça que ces putains de vœux à leur mariage signifiaient. Et au lieu de tout cela, il l'a fait pleurer, il l'a frappée et l'a rendue malheureuse. Alors comment peut-elle encore lui adresser la parole ?! Putain, j'hallucine !

Hors de moi, j'hésite à me relever pour essayer de faire comprendre à ma mère qu'elle est en train de déconner. Mais je ne me résous pas à lui crier dessus. Parce que si j'ouvre la bouche, ce seront des hurlements qui en sortiront. Et je ne supporte pas d'élever la voix sur elle…

Alors, me levant d'un bond, je fonce vers la voiture et y remonte sans un mot. Là tout de suite, Chicago me semble être la meilleure échappatoire possible. Sans un mot pour Haylee, qui s'étonne de ma soudaine contrariété, je démarre et nous fais quitter Galena à toute allure.

30

Haylee

Nous nous promenons sur le campus de l'université de Chicago depuis plus de deux heures désormais. Dès que nous sommes arrivés dans la ville, Max nous a emmenés à la location qu'il a réservée pour déposer nos bagages, puis nous a entraînés jusqu'au campus. Nous avons mangé un bout et avons récupéré son pass pour pouvoir entrer dans les installations du campus sans problème. Sauf que tout cela, Max l'a fait sans prononcer un seul mot. Et ça commence à m'inquiéter… et à m'irriter. Ce n'est pas comme ça que j'imaginais ce week-end. Je ne comprends pas ce qu'il a et, à l'évidence, il n'a pas l'intention de cracher le morceau.

Soupirant, je m'arrête pour admirer l'architecture du bâtiment principal devant lequel on se trouve. Si je suis tombée sous le charme de Springfield à cause des amitiés nouées cet été, je reconnais que l'architecture gothique anglaise traditionnelle de la fac de Chicago me séduit tout autant. Le campus est immense et magnifique avec son jardin botanique, ses gargouilles atypiques et cette juxtaposition de bâtiments gothiques et d'autres, beaucoup plus contemporains. Une partie de moi pourrait presque s'imaginer l'année prochaine ici avec Max. Dans ces mêmes jardins, en train de déjeuner ou assistant à ses matchs dans le grand stade qu'on a vu plus tôt. Oui, je pourrais vraiment nous y voir…

Et même s'il se comporte en parfait crétin en ce moment, je suppose que s'il m'a demandé de l'accompagner, c'est certainement pour cette même raison. Springfield est beaucoup trop loin de Chicago pour qu'on puisse se voir aussi souvent qu'on le fait en ce moment. Alors je pensais qu'il essaierait de me convaincre d'envoyer mon dossier ici en même temps que lui. Après tout, Chicago possède l'un des départements d'astronomie les plus réputés de l'État. Il figurait en deuxième position sur ma liste de fac où je voulais étudier, détrôné seulement par Springfield à cause des amitiés forgées là-bas. Mais il n'en fait rien. Max se contente de me suivre, perdu dans ses pensées, sans se défaire de cet air ronchon qu'il a depuis qu'on a quitté Galena.

– Bon, est-ce que tu vas me dire ce que tu as ? demandé-je, ne tenant plus.

– Tu veux aller voir l'une des bibliothèques ? lance-t-il froidement en feuilletant le prospectus qu'on a récupéré. Apparemment, il y en a six. Il doit y avoir un paquet de bouquins qui t'intéresseraient.

– Non, je ne veux pas aller voir la bibliothèque ! m'emporté-je. Je veux que tu me dises pourquoi tu fais la gueule. C'est parce que j'ai dit qu'on était ensemble ? Très bien, alors je retire ce que j'ai dit ! Je… j'ai juste mal interprété certains trucs…

Max me fixe, impassible. Son attitude m'angoisse et me donne envie de lui en foutre une. Pourquoi est-ce qu'il ne s'ouvre jamais à moi ?! Pourquoi est-ce qu'il faut toujours que je le pousse dans ses retranchements pour ça ? Je sais qu'il tient à moi, il me l'a prouvé plus d'une fois par son attitude attentionnée et sa façon d'être. Mais, dès qu'il faut parler, il se défile. Oh, bien sûr, on parle beaucoup ces derniers temps, que ça soit par téléphone ou face à face, mais jamais de lui. Il entraîne toujours les conversations sur moi, sur des sujets qui m'intéressent ou qui nous font rire. Et ça m'inquiète de plus en plus. Je déteste cette manie qu'il a d'utiliser des subterfuges comme le coup de la veste pour remplacer les mots concrets. Je déteste le fait qu'il ne veuille toujours pas aborder ce qui l'a mené à avoir un accident, à savoir le retour de son père. Dès que j'essaie de savoir comment il gère encore ça, parce qu'il est évident que ça lui ronge l'âme, il se referme et me distrait. Et ça commence à bien faire.

– Haylee, soupire-t-il en me caressant tendrement la joue. Nous sommes ensemble, OK ? Je croyais que c'était plus ou moins clair. Après tout, je ne refile pas ma veste adorée à n'importe quelle fille.

J'acquiesce, mais je ne suis pas satisfaite. Il essaie de me distraire, encore…

– Alors pourquoi est-ce que tu es comme ça ?

– Comme quoi ?

– Ne joue pas au con avec moi, Maximilien ! Tu sais très bien ce que je veux dire. Je t'ai vu paniquer quand j'ai dit qu'on était ensemble. Est-ce que… c'est parce que tu crois encore que tu ressembles à ton père ?

Sa main se fige sur ma joue et il fronce les sourcils. La peur que je lis parfois dans ses yeux réapparaît et ça me brise le cœur.

– C'est ce que tu crois ?

– Non, bien sûr que non ! Mais c'est ce que tu m'avais dit après ton accident… Et j'ai l'impression que plus ça évolue entre nous, plus ça tourne en boucle dans ta tête.

Max retire sa main et la passe dans ses cheveux. OK, j'ai vu juste. Voilà pourquoi il garde encore ce fichu mur entre nous. Il croit dur comme fer qu'il est comme son père et qu'un jour il me fera du mal. J'ai essayé de ne pas y prêter attention quand on l'a retrouvé après son accident. Je pensais qu'en lui montrant que je n'irais nulle part il finirait par avoir confiance en nous, en lui. Mais, plus ça va, plus la situation empire. Il faut qu'on en parle. Il faut qu'il me parle…

– Parle-moi, Max, demandé-je doucement en posant mes mains sur son torse pour réduire la distance entre nous.

Je n'aime pas cette distance. J'ai l'impression qu'à tout moment il pourrait s'enfuir une nouvelle fois comme ce fameux soir et disparaître. Alors j'essaie de me montrer la plus douce possible pour qu'il comprenne qu'il n'a rien à craindre venant de moi. Je l'aime. Bordel, je suis complètement accro à lui. Je suis même en train de remettre en doute mon choix de fac pour lui… Alors je ne vais aller nulle part. Parce que je sais qui est Maximilien Henderson.

Ces derniers mois, il m'a montré qu'il était toujours aussi attentionné, doux et drôle que dans mon enfance. Mais il est aussi beaucoup plus prévenant que n'importe quel autre garçon. Il cherche à me faire vivre tout ce que je n'ai jamais tenté avec un autre. De faire de chacune de mes premières fois une expérience unique dont je pourrai me souvenir avec plaisir. Il m'offre des moments intenses, pleins de plaisir et dans lesquels je peux me laisser aller sans aucune gêne. Parce qu'il me met à l'aise, parce qu'il me fait passer avant tout pour que je me sente en sécurité et que je lui fais confiance. Alors je veux l'aider et lui faire comprendre qu'il n'a rien de son père. La violence n'est pas dans sa nature et je ne suis pas la seule à le penser. À leur façon, nos amis savent que malgré ses récents éclats de colère, il est toujours le Max qui les encourage, les aide au besoin et se montre présent pour chacun d'entre eux.

– Parle-moi, insisté-je en l'embrassant tendrement.

– Je ne vois pas ce qu'il y a à dire d'autre.

Dans ses yeux, je vois qu'il lutte pour laisser le mur qu'il garde encore entre nous en place. Il a peur. Peur que ce qu'il me dira me fasse fuir. Je ne sais pas comment le rassurer, comment lui faire comprendre qu'il en faut plus pour m'effrayer. Bon sang, je suis assez grande pour choisir mes batailles toute seule ! Et je veux être à ses côtés pour l'aider à dépasser les traces qu'a laissées son père dans son âme d'enfant. Il ne devrait pas me repousser pour m'épargner.

– Arrête, insisté-je, irritée. Je ne suis plus une gamine que tu dois protéger. Je n'ai pas besoin de protection. Certainement pas contre toi.

Il renifle d'un air dédaigneux et me repousse physiquement cette fois-ci.

– Tu ne sais pas ce que tu dis. Tu as très bien vu ce dont j'étais capable. Je… J'ai hérité de son trait de caractère.

– Mais ça ne veut pas dire que tu es comme lui, ni que tu me feras du mal !

– Ça, tu l'ignores… Je ne le sais pas moi-même, putain, Haylee ! grogne-t-il en passant les mains dans ses cheveux.

– OK, d'accord… Alors luttons ensemble contre ça. Je veux être là pour toi, pour t'aider à te défaire de cette colère, de cette souffrance… Raconte-moi ce qui s'est passé, parle-moi de tes craintes, laisse-moi t'aider, Max. Ne me repousse pas.

Je le vois hésiter. Encore. Mais sa peur reprend le dessus et il secoue la tête.

– On est ici pour visiter le campus, non ? Alors, continuons à…

– Continuons à quoi ? À faire semblant que tu vas bien ?

l'interromps-je, contrariée. À faire comme si le retour de ton père ne t'avait pas bouleversé ? Comme si ton passé ne t'impactait pas ? Comme si je ne voyais pas que tu as tout le temps l'impression que tu vas me perdre ?

Max lève immédiatement les yeux vers moi. Il me supplie de me taire, mais je ne le fais pas. Si l'on ne crève pas l'abcès maintenant, il va continuer à en souffrir.

– Max, marmonné-je en me rapprochant pour prendre son visage entre mes mains et le forcer à me regarder. Je t'aime. Je t'aime et tu ne vas pas me perdre simplement parce que tu n'es pas ce mec parfait que tu t'obstines à paraître. Tu ne peux pas être parfait, tu ne l'es pas… Mais ça ne change rien à ce que je ressens. Alors laisse-moi t'aider et arrête de tout garder pour toi. Je…

Je m'interromps et renifle. J'ignore comment gérer la situation. Je veux l'aider, mais je me sens si impuissante et inutile. Le regarder tout refouler, prétendre que ce qu'il ressent, cette blessure laissée par son père, n'existe pas, c'est tellement douloureux. Et ça m'effraie. Parce qu'à n'importe quel moment il pourrait de nouveau craquer sous le coup des émotions et refaire une nouvelle folie.

– Et voilà, je te fais encore pleurer, dit-il à mi-voix.

Je ne me rends compte que lorsqu'il m'attire à lui que mes joues sont baignées de larmes. Je me blottis contre lui.

– Ça me fait mal de te voir lutter tout seul contre ce qui se passe dans ta tête. Et j'ai peur que tu ne disparaisses de nouveau, lui avoué-je entre deux sanglots. Je ne veux pas te perdre à cause de ça.

Max me serre contre lui et marmonne des mots apaisants pour me calmer. Mais ce n'est que ce qu'il dit au bout d'un moment qui finit vraiment par faire effet.

– OK, d'accord, souffle-t-il à peine perceptiblement. Je vais… tout te raconter… Mais arrête de pleurer, bébé, s'il te plaît.

M'extirpant de son étreinte, j'essuie les larmes sur mes joues plus ou moins discrètement. Quelques passants nous regardent, imaginant certainement qu'on se dispute. Ce qui est en quelque sorte le cas… Quand je lève les yeux vers Max, je fais face à son expression chagrinée. Ses mains vont et viennent sur mon visage pour me débarrasser de mes pleurs et m'apaiser. La tendresse qu'il met dans chacun de ses gestes me donnerait presque envie de pleurer de nouveau. Comment est-ce qu'il peut croire une seule seconde qu'il serait capable de lever la main sur moi ou sur une autre femme à l'instar de son père ? Max ne s'est jamais montré désobligeant avec aucune fille de Galena High School, pas même Bethany alors que cette garce l'avait trompé. La seule qu'il faisait tourner en bourrique, c'était moi, et même face à mes blagues les plus tordues, il ne s'est jamais énervé. Comment peut-il croire qu'il est aussi mauvais qu'il l'imagine ? Qu'est-ce que son père lui a fait vivre pour qu'il ait une si mauvaise opinion de lui-même ? Il faut que je sache, qu'il me laisse l'aider… Parce que je ne veux pas le perdre à cause de cette histoire.

***

Lorsqu'on arrive à la location, il est déjà plus de dix-huit heures. Max nous entraîne vers la chambre et s'affale sur le lit. Tapotant la couette, il m'incite à venir m'asseoir face à lui. Je lui obéis et attends. Dans le silence le plus complet, il prend ma main dans la sienne et inspire pour se donner du courage.

– Andrews… Mon père, commence-t-il, hésitant, a perdu son job quand j'avais 6 ans. Je ne me souviens plus vraiment de ce qu'il faisait comme boulot… Je n'ai jamais cherché à savoir après son départ… Mais ça a été le début des emmerdes.

Avec plus de vigueur, il se met à serrer ma main et à dessiner des petits cercles avec ses pouces sur ma paume comme si ça l'apaisait. Je déglutis en le voyant lutter contre l'angoisse que cette conversation ranime en lui. En une fraction de seconde, je revois le petit garçon apeuré que je retrouvais dans notre cabane lorsqu'on était enfants. Je revois celui qui a fait face à son père il y a quelques mois de cela. Voir Max si déstabilisé, indécis et fragile, me bouleverse. J'aimerais éviter de lui faire revivre cette histoire, mais je sens qu'il faut que ça sorte. Non seulement pour que je puisse comprendre comment l'aider, mais aussi pour lui.

– Enfin, pas au début… Tout n'a pas été sombre à cette période. Avec son travail, mon père n'avait pas souvent le temps de jouer avec moi. Alors, pendant un moment, il avait essayé de se rattraper. Nous jouions au base-ball… et allions manger des burgers comme je les aimais avec une tonne de fromage et de ketchup.

Max inspire et ses mains tremblent. Ne supportant pas de le voir ainsi, je m'avance et me blottis contre lui pour l'encourager. Dans mon cou, je le sens inspirer, soulagé. Puis, au bout d'un moment, il reprend, mais je ne bouge pas. Je reste sur ses genoux, lui communiquant tout mon amour et ma force pour l'aider à se replonger dans ses souvenirs. Pour lui faire comprendre qu'il a le droit de s'épancher sur ses propres sentiments sans se juger trop durement, ni se sentir coupable de parler de lui.

– J'étais plutôt heureux de cette situation, tu sais ? Je

ne comprenais pas à l'époque tout ce qui était en jeu. Mes parents avaient une hypothèque qu'ils devaient terminer de payer et quelques problèmes d'argent. Mais du haut de mes 6 ans, je ne pouvais pas saisir toute l'importance que cela avait. En toute honnêteté, je m'en fichais. Ce qui comptait pour moi, c'était que j'avais enfin mon papa. Je pouvais enfin faire comme les autres petits garçons et passer du temps avec lui. Participer à la course père-fils du quartier sans qu'on se moque de moi parce que je m'y présentais avec ma mère.

Oui, je me souviens de ces concours. Chaque année, notre quartier organisait une course de voitures père-fils et Max s'y inscrivait tout le temps avec sa mère. Je n'y voyais pas le mal, les adultes non plus d'ailleurs, mais je me souviens parfaitement que certains petits garçons le charriaient à cause de ça. Au bout de deux années consécutives à endurer les brimades de ces idiots, Max avait fini par cesser de vouloir y participer tant que son père n'était pas de retour. Mon cœur se serre quand je revois le visage du petit garçon qui regardait le départ de la course tristement. À l'époque, je lui avais proposé de demander à mon père d'arrêter tous ceux qui avaient été méchants avec lui, mais il m'avait assuré que ça allait. Parce que son père allait revenir et allait concourir avec lui. Finalement, il n'y a plus jamais participé.

– Mais plus le temps passait, plus les choses ont commencé à changer. Mon père a toujours bu une ou deux bières de temps en temps. C'est sans doute pour ça que je n'ai pas senti le vent tourner. Après quelques mois à chercher un boulot sans y parvenir, les packs de bières sont devenus de plus en plus courants en journée. Peu importe le moment, il avait une cannette entre les mains.

Quand il commence à parler de l'alcoolisme de son père, Max se tend. Le silence revient et je m'applique à le calmer. Je l'embrasse dans le cou tendrement, lui caresse le dos… Je le sens se détendre et il reprend.

– À partir de ce moment, il est devenu irritable. Les disputes entre mes parents se sont faites plus fréquentes, plus violentes… Ma mère ne supportait pas qu'il perde espoir et boive autant devant moi. Parce que malgré tout, je continuais à passer du temps avec lui. Nous ne sortions plus comme au début, mais nous regardions des films ensemble. Nous mangions des cochonneries et passions un bon moment même s'il s'endormait toujours au milieu du film. Avec du recul, je me rends compte qu'il n'y a que moi qui prenais ces instants pour des moments père-fils. Pour lui, continue-t-il, la voix enrouée par l'émotion, cela devait simplement être un moyen de me maintenir calme tout en buvant à loisir. Je crois qu'on a passé un an dans cette situation. Les cris, les engueulades et les cannettes vides se sont accumulés dans ma vie et ça a fini par devenir ma normalité.

Mon cœur vrille quand je le sens s'accrocher à moi. Je comprends aussitôt que le pire reste à venir.

– Et puis un jour, parce que j'ai voulu te rejoindre dehors pour jouer avec toi et ton père, qui nous avait promis de construire une cabane pour qu'on arrête de se cacher dans les buissons, mon père m'a mis une gifle. Il n'avait jamais levé la main sur moi jusque-là. J'ai cru… j'ai cru que j'avais fait quelque chose de mal. Après tout, peut-être que mon père s'était senti abandonné parce que je décommandais notre habituelle séance télé pour aller te rejoindre toi et ton père. Alors je ne suis pas venu, je suis resté avec lui pour qu'il ne soit pas triste.

– Oui, je me souviens de ce jour-là, marmonné-je

doucement. Nous avions été surpris que tu ne viennes pas. Ni ce jour-là ni les suivants. Ça m'avait rendue triste et j'avais voulu arrêter la construction de la cabane. Mais mon père m'avait dit que ça ferait une superbe surprise si on la terminait avant que tu ne reviennes.

Je commence à comprendre pourquoi il n'est réapparu que vers la fin de sa construction. Il avait peur de fâcher son père. Il se sentait coupable de vouloir vivre quelque chose sans lui alors qu'il avait tant insisté pour qu'il passe du temps avec lui dès que son père l'avait pu. Je resserre mon étreinte quand je me souviens de tous les moments où Max s'est volatilisé de la sorte au fil des années. Il ne me disait jamais pourquoi il me faisait faux bond, mais je comprends beaucoup de choses à présent. Et ça me brise le cœur de penser que pendant que je l'attendais pour m'amuser, il devait affronter son père.

– Après ça, reprend-il en inspirant difficilement, perdu dans ses souvenirs, les ont été de plus en plus réguliers. Les cris aussi, tout comme les remarques désobligeantes. Au bout d'un moment, je ne savais plus vraiment à quoi m'attendre avec lui. Un jour, il était aimant, le jour suivant, il me hurlait dessus et m'en foutait une. Pendant les trois ans qui ont suivi, la situation à la maison est devenue si tendue que j'ai essayé de passer autant de temps que possible dehors. À chaque retour de l'école, la peur me prenait au ventre. Je ne savais pas à quelle facette de mon père j'allais avoir droit. Alors je m'attardais dans notre cabane jusqu'à ce que je n'aie plus d'autre choix que de rentrer. Je crois que c'est à ce moment-là que je suis devenu un peu collant avec toi.

Sa faible tentative pour détendre l'atmosphère me fait sourire. Pendant trois ans environ, Max s'est mis à traîner dans notre cabane à n'importe quelle heure de la journée après l'école et à me demander de rester avec lui. Cela ne me dérangeait pas plus que ça parce que j'adorais passer du temps avec lui. Déjà à l'époque, j'aimais voir sa petite mine toute tristounette s'éclairer et retrouver le garçon joyeux que je connaissais. C'est sans doute parce qu'on a passé autant de temps ensemble dès que notre cabane a été construite que sa soudaine décision de s'éloigner de moi m'a tellement impactée.

– Ma mère faisait toujours en sorte de s'interposer entre lui et moi lorsqu'il perdait les pédales à cause de quelque chose que je faisais ou disais, continue-t-il sans se rendre compte que mon envie de pleurer revient avec plus d'intensité au fur et à mesure que j'imagine tout ce qu'il a vécu pendant cette période. Lorsqu'elle était là, il ne me frappait pas souvent. J'étais soulagé de savoir que ma mère savait le calmer. Mais ce que j'ignorais, c'était que tous les coups qu'il ne me filait pas, c'était elle qui les recevait. Elle a encaissé tellement de choses pour me protéger. Quand j'ai compris ce qu'il lui faisait à ma place, j'ai toujours fait en sorte qu'il soit calme quand elle revenait du boulot, quitte à endurer ses coups sans rien dire à personne.

À cette pensée, je touche son dos et me souviens de toutes les traces qu'il arbore sur la peau. Bon sang… Je comprends pourquoi Max a semblé si affecté par le retour de son père. Il lui a fait tellement de mal. Le manque d'amour, de sécurité et l'impression de ne pas être digne d'être aimé par son propre père ont marqué son âme d'enfant au fer rouge. Une larme s'échappe quand je saisis que tout cela a joué un rôle dans la peur qu'il a aujourd'hui de devenir comme lui. Sa peur n'est pas seulement liée à l'idée de me faire mal physiquement, elle l'est aussi à celle de me blesser émotionnellement, comme son père l'a fait avec lui.

– C'était un véritable enfer… Et tu m'as en quelque sorte sauvé le jour où tu m'as suivi en essayant de me défendre contre mon père, continue-t-il sans que j'aie le temps de dire quoi que ce soit. C'est à ce moment-là que ton père a compris ce qui se passait juste à côté de chez lui. J'imagine qu'il avait du mal à y croire avant ça. Il connaissait mon père depuis tellement de temps, qu'il n'aurait jamais imaginé que la situation était devenue invivable à la maison. Mais dès qu'il t'a vue, dès qu'il a compris, il a conduit mon père jusqu'à la limite du comté en lui disant que s'il revenait, il aurait affaire à lui. Et ça m'a sauvé. Du moins, partiellement. Je… Après son départ, je n'ai pas été capable de gérer les choses comme on l'attendait de moi. C'était ma faute si mon père était parti. C'était ma faute si tu avais été blessée.

– Ce n'était pas ta faute, Max, soufflé-je, la voix tremblante.

Je n'arrive pas à croire que, pendant toutes ces années, il ait enduré tout cela sans jamais rien dire. Et surtout, que je n'aie rien vu. Ni pendant que son père le frappait, ni après son départ. Comment a-t-il fait pour garder le sourire avec tout ça ? Comment arrive-t-il à veiller à ce point sur tous ceux qui lui sont proches sans jamais laisser entrevoir cette blessure dans son âme ?

Max pose son front contre le mien. Dans un soupir, il ouvre les yeux et je me perds dans son regard ravagé par la douleur, la peur et les regrets. Ses émotions sont si brutes, si bouleversantes… que je peine à croire que je pourrais l'aider à moi toute seule.

– Tu m'as sauvé… Et ton père aussi, murmure-t-il en repoussant les mèches de mes cheveux qui me barrent le visage. Il n'a pas seulement viré mon père de chez moi, il a veillé sur moi et ma mère par la suite. Il m'a aidé à ne pas devenir comme Andrews. Il m'a montré ce qu'un véritable père était en m'encourageant, en m'accompagnant à mes matchs et en cherchant à être cette figure parentale masculine que je n'avais plus depuis longtemps. C'est pour ça, parce que je vous dois tellement, à lui et à toi, que je ne veux pas te faire du mal.

– Tu ne m'en fais pas, marmonné-je entre deux sanglots.

– Pas encore, Haylee, pas encore… Malgré les efforts de ton père, j'ai hérité de l'impulsivité du mien. Je m'emporte et deviens violent. Je pensais que tant que je refoulais ce que je ressentais, ça le ferait. Mais dernièrement, je n'y arrive plus et j'ai tellement peur de te faire du mal.

Sa voix vrille et ses yeux brillent. Cela lui coûte de l'admettre, mais il se met à nu devant moi. Il fait l'effort de me parler comme je le lui ai demandé, et cela me bouleverse. Parce que je ressens toute sa douleur et sa peur. Parce que je perçois l'amour qu'il me porte sans même qu'il ait besoin de prononcer les mots. Et quand mon regard accroche le sien, je devine que je ne suis pas la seule à ressentir tout ça.

– Même si je sais que je devrais te laisser partir, continue-t-il en écho avec mes pensées. Je n'y arrive pas. Haylee, ma minimoy… Je…

Il s'interrompt, effrayé par la lourdeur des mots qu'il souhaite prononcer. Après tout ce qu'il m'a avoué, tout ce qu'il a dû faire remonter à la surface, me dire qu'il m'aime et a peur de me perdre est de trop. Je ne lui en veux pas. Je comprends sa réaction. Alors je l'embrasse pour qu'il ne se force pas, parce que je n'ai pas besoin qu'il le dise pour savoir qu'il tient à moi. Je le sais.

31

Max

Au beau milieu de la nuit, je me réveille en sursaut. J'ai refait l'un de ces foutus cauchemars. De ceux où je revis chaque coup que mon père me filait et entendait en boucle ses insultes qui démolissaient ma confiance en moi. Rien d'étonnant à ce que ces cauchemars soient revenus après tout ce que j'ai avoué à Haylee. Reparler de tout ça, je crois que c'est sûrement la chose la plus difficile que j'ai faite depuis un sacré paquet de temps. *Mais il le fallait*, comprends-je en sentant la petite silhouette blottie contre moi dans le lit.

Après un moment à continuer à discuter, nous avons fini par nous endormir sur la couette lovés l'un contre l'autre. Essayant de ne pas trop bouger pour ne pas la réveiller, je lui fais face. Grâce à la lumière de la lune qui entre par la fenêtre, je discerne les traits de son visage. Et cela me détend. La peur et l'angoisse que mon rêve a fait ressortir me survolent comme un voile et disparaissent. C'est dingue l'effet qu'elle peut avoir sur moi. C'est comme si, dans ses petits bras, j'étais en parfaite sécurité.

Je soupire parce que même si je me suis ouvert à elle, cela ne change rien. Savoir pourquoi je suis ainsi et ai peur de la perdre ne va modifier en rien le fait que je pourrais toujours devenir comme mon père. Haylee ne s'en rend pas compte, mais je pourrais la blesser. Tant physiquement que psychologiquement. Je pourrais devenir aussi cruel que lui l'a été avec ma mère. J'ai lutté contre ça toute mon adolescence en restant aimable avec les filles et en refusant d'élever une seule fois la voix sur elles. Mais toutes ces filles… je ne les aimais pas comme elle. Je pouvais m'éloigner d'elles dès que la situation était tendue et risquait de vriller. Avec Haylee, ça ne sera pas le cas. Je ne peux pas me passer d'elle, comment est-ce que je le pourrais alors que je brûle corps et âme dès qu'elle m'embrasse et me dit qu'elle m'aime ? Bordel… Elle m'aime… Comment est-ce que je pourrais renoncer à ça ?

– Max ?

Sa voix endormie m'extirpe de mes pensées. Je me rends compte que j'ai commencé à jouer avec ses mèches de cheveux, ce qui l'a sans doute réveillée.

– Rendors-toi, minimoy, murmuré-je en l'embrassant sur le front. Il est encore tôt.

En fait, j'ignore l'heure qu'il est, mais il fait encore nuit dehors, alors il ne doit pas être plus de trois heures du matin. Haylee bouge et vient se glisser sur ma poitrine. Je retiens un faible sourire face à la facilité qu'elle a maintenant à se montrer intime avec moi. Ce n'était pas gagné quand on y repense vu notre relation au début de l'année. Mais je crois que je n'échangerais tout ce qui s'est passé entre nous pour rien au monde. Me surplombant, Haylee repousse ses cheveux et me scrute avec inquiétude.

– Est-ce que ça va ?

Je souris et acquiesce.

– Ça va.

Et je pense mes mots. Même si les souvenirs ont refait

surface un à un pendant que je lui parlais, tout va bien. Être avec elle m'apaise et me pousse à me rappeler le plus important : profiter de chaque instant à ses côtés avant qu'elle ne disparaisse. Dans le silence de la chambre et la semi-obscurité, je la regarde m'observer un long moment. Puis elle se lève.

– Je vais mettre mon pyjama… Dormir en short n'est pas confortable. Tu devrais en faire autant.

Je me fige un court instant. Je n'ai pas de pyjama. Je dors généralement en caleçon, uniquement en caleçon. Mais je ne sais pas si ça pourrait la mettre mal à l'aise. Notre logement a deux chambres, j'en ai réservé deux exprès pour rassurer les parents. Je n'avais pas vraiment l'intention de passer la nuit loin d'elle, mais je n'ai pas eu le temps d'aborder le sujet. Voyant sa silhouette bouger, je finis par me décider.

– Je n'ai pas de pyjama, minimoy. Je dors en boxer.

– Dors en boxer alors, marmonne-t-elle à moitié endormie, si bien que je ne sais pas si elle a saisi l'information correctement.

Je fais néanmoins ce qu'elle me dit, parce que mon jean me broie les couilles. Je m'en débarrasse, mais garde mon tee-shirt. Au moins, ça fera une barrière entre nos deux corps, juste au cas où. Je m'affale sur le lit et ferme les yeux, attendant qu'elle revienne dans son mignon petit pyjama plein de constellations. Ce truc est tout sauf sexy, alors ça devrait le faire.

Le lit bascule quand Haylee est de retour, mais elle ne s'allonge pas tout de suite. Je ne sais pas ce qu'elle fout. Ouvrant les yeux, je la découvre sur les genoux en train d'hésiter à venir sur moi. Sa réaction m'étonne puisqu'elle l'a fait il y a quelques minutes. J'ouvre les bras pour qu'elle se décide. Elle me rejoint illico presto. Son corps chaud se presse contre le mien et j'inspire profondément son odeur familière. Putain, ce que ça me fait du bien de l'avoir comme ça, si proche de moi ! Mes mains vont se perdre d'elles-mêmes vers ses fesses. Je pourrais m'endormir en une fraction de seconde ainsi. Je pourrais dormir toute ma vie ainsi avec elle. Mais, ce soir, quelque chose me force à ouvrir les yeux. Le tissu qui m'effleure n'a rien à voir avec celui de son pyjama habituel. Je le sais parce que j'ai déjà vu et touché son pyjama d'hiver. C'est du coton ou quelque chose comme ça. Alors que le short qu'elle porte… est déjà un short. Le pyjama que je connais n'en est pas un. Mes mains frôlent ses cuisses nues et ce simple contact me trouble. Sa peau est douce, putain… ça me fait un effet monstre.

– Tu as changé de pyjama ? demandé-je, surpris, en l'incitant à se redresser pour que je voie ce qu'elle porte.

Putain de merde ! C'est quoi, ce truc ? Elle porte une camisole et un short rose pâle brodé de dentelle. Je n'ai jamais vu ça de ma vie sur elle. Pas même les étés quand elle passait devant sa fenêtre avec son pyjama Mickey. Qui porte encore des pyjamas Disney à 17 ans ? Elle, bien évidemment. Voilà pourquoi je suis étourdi quand je découvre ce nouveau vêtement.

– Mon ancien pyjama d'été ne m'allait plus… Alors je m'en suis acheté un nouveau.

Elle est gênée, alors qu'elle ressemble à une déesse avec sa longue chevelure blond cendré en bataille, ses jambes lisses, ses lèvres rosées entre lesquelles ma bite rêve de retourner. Mais le pire, c'est vraiment ce truc qu'elle porte. Bordel, mais qu'est-ce qu'elle me fait ? Elle n'imagine pas le danger qu'elle court en se pavanant avec ce truc qui la rend si femme devant moi !

– À l'évidence, je n'ai pas besoin de te demander s'il

te plaît, plaisante-t-elle en frôlant subtilement la bosse qui gonfle dans mon caleçon.

Je serre les dents et retiens un fou rire en comprenant qu'elle a fait exprès de prendre ce nouveau pyjama pour ce week-end. Elle souhaite me rendre dingue… C'est chose faite. Je vais avoir un mal fou à me rendormir maintenant. Et mes cauchemars n'auront rien à voir avec ça.

– C'est une putain de torture, tu t'en rends compte ?

Je caresse la camisole au niveau de ses seins et regarde ses tétons se dresser au contact de mes mains. Puis je descends lentement vers son short. *Ce truc doit lui faire un cul d'enfer…* Brusquement, Haylee se penche vers moi et ses lèvres viennent s'écraser contre les miennes. Je suis emporté par la douceur de son baiser et l'ardeur de celui-ci. Sans détacher ses lèvres des miennes, Haylee bouge pour me chevaucher. La chaleur de son corps se répand en moi.

– Max… Je veux… J'ai envie de…

Je souris parce que ça me rassure de ne pas être le seul en manque.

– J'ai compris, bébé, soufflé-je en mordillant son cou. Laisse-moi me rattraper pour cette journée.

Haylee soupire d'aise quand l'une de mes mains va se perdre vers son short. Bordel, rien qu'en la touchant ainsi, je sens que ce nouveau pyjama moule à la perfection ses fesses et ça m'excite. Ma seule préoccupation est désormais de lui faire plaisir et de la voir vibrer.

Enivré par le goût de sa langue et de ses lèvres fruitées, je glisse mes mains sous sa camisole pour l'enlever. Il faut que je la touche. Ça me manque tout autant qu'à elle. Quand le vêtement finit quelque part dans la chambre, je reste un moment à observer ses seins, fasciné. *Tic* et

Tac m'ont perturbé dès son retour de colo. Je suis incapable de cesser de les dévorer du regard, mais j'aimerais être *réellement* en train de les dévorer. Le rose de ses tétons magnifiques me fait saliver. Haylee a un drôle de sourire satisfait et prend ma main pour que j'agisse, que je la touche. J'obéis. Sentir le poids et la douceur de ses seins ronds et parfaits est enivrant. Mon regard suit mes doigts frôlant ses tétons, jouant avec eux et massant ses seins, et je ne peux empêcher ma bite d'enfler dans mon caleçon. Je suis complètement envoûté. Ce n'est que lorsque je sens les mains d'Haylee effleurer le bas de mon tee-shirt que je lève la tête. Mon cœur bat terriblement vite quand j'accroche son regard et qu'elle remonte le vêtement pour me l'enlever. Quand ses mains reviennent sur mon torse nu et me touchent de cette façon qui la caractérise si bien, avec lenteur et curiosité, mais avec tellement de détermination, je vrille.

– Putain, gémis-je et mes mains vont s'enfoncer dans ses cuisses.

J'avais prévu de la toucher, de lui faire plaisir, mais j'ai l'impression que ce n'est pas du tout moi qui mène la danse. Haylee fait ce qu'elle veut de moi. Elle me retient d'une seule main sur le lit, tandis qu'elle explore mon torse ; elle fait bouger son bassin contre le mien alors que j'essaie de rester calme pour ne pas aller trop loin. Je la désire. Putain, elle n'a aucune idée d'à quel point ! Mais je lui ai déjà pris tellement de premières fois. Sa virginité, c'est l'une des choses que je ne pourrai pas prendre sans culpabiliser un minimum. Parce qu'elle se rappellera ça toute sa vie. Et je tiens à ce que ce souvenir soit plaisant pour elle. Je ne veux pas qu'elle regrette de l'avoir fait avec un mec comme moi. Un mec qui lui ferait du mal…

Je tente de reprendre le contrôle de la situation en la faisant basculer sur le lit. Si je la laisse mener, je vais me perdre dans ses réactions. J'ai déjà énormément de mal à garder la tête froide face au spectacle qu'elle m'offre. Putain, elle est allongée sur un lit à moitié nue ! Et nous sommes seuls cette fois-ci. Pas de potes ou de parents qui débarqueront pour nous interrompre. Je comprends qu'Haylee pense à la même chose que moi quand je croise son regard gourmand et excité. Elle passe sa langue sur ses lèvres avant de les mordiller. Elle me murmure quelque chose, mais je serais incapable de dire de quoi il s'agit. Même si ma vie en dépendait, parce que mon attention est déjà repartie. Je ne pense à rien d'autre qu'à son corps qui m'appelle. Je pose un genou sur le lit et m'allonge sur elle pour embrasser ses lèvres mouillées et gonflées. Sa langue danse avec la mienne avec avidité et je frissonne. Putain, je joue un jeu dangereux ! Je me retiens depuis si longtemps que ça ne m'étonnerait pas si je glissais ce soir. Comment résister alors qu'elle est si délicieuse ? Si avide de mes caresses ?

Ses doigts tirent mes cheveux. Sa langue s'enroule autour de la mienne et je deviens plus accro à chaque son qu'elle émet. Le contact de sa poitrine écrasée contre mon torse me rend dingue et je n'arrive pas à me décoller d'elle. Inconsciemment, je rapproche mon corps du sien pour y caresser ma queue. Le soulagement que je ressens me terrifie. Elle contrôle mon corps et mon esprit, même dans cette position. Bordel…

– Qu'est-ce que tu veux que je te fasse, Haylee ? demandé-je pour me recentrer sur son plaisir.

Uniquement le sien. Parce que si je pense au mien, je vais franchir la dernière ligne. Je le sens. Attendant sa réponse, je promène mes doigts le long de son ventre jusqu'à l'ourlet de son short. Même si j'adore ce truc, je vais le virer illico presto. J'essaie de me contrôler, mais elle gémit. Putain, j'ai besoin de l'entendre recommencer ! Ma main se glisse sous le short. Du doigt, je tapote doucement son pubis gonflé et sens sa culotte mouillée. J'ai envie de la goûter, encore. J'adore ça, j'adore voir l'effet que ma langue seule lui fait. Sans attendre de réponse, je vire finalement tout vêtement et insère deux doigts en elle. Elle est si étroite, c'en est étourdissant. Et ses couinements à chaque fois que je la pénètre ne font rien pour calmer ce désir brûlant qui m'envahit. J'ai envie de la sentir se refermer ainsi autour de ma queue, putain… Tellement envie !

– Je veux qu'on aille… plus loin, dit-elle entre deux gémissements. Max… Je te veux toi…

L'effet que cette déclaration me fait est immédiat. Mon corps et ma queue meurent d'envie de lui obéir. Tout particulièrement quand elle enroule sa petite main autour du gonflement dans mon caleçon. Putain, j'en meurs d'envie… Pourtant, ma raison est encore là. Je ne dois pas la prendre. Pour elle, mais aussi pour moi. Si j'ai du mal à accepter l'idée de devoir la perdre à un moment donné, maintenant, je serais incapable de la laisser me quitter après ça. Parce qu'elle me rend complètement dingue. Et ce que je ressens pour elle ne m'aide pas. Putain, je l'aime tellement… Je la veux tellement !

– Je ne peux pas, marmonné-je, noyé sous la peur, mes émotions et le désir grandissant. Si je fais ça, il n'y aura plus de retour en arrière, bébé. Même si j'en ai envie et que je t'aime plus que tout, je ne veux pas que tu regrettes d'avoir offert ta virginité à un mec comme moi…

Haylee cesse de bouger et ouvre soudainement les yeux. La surprise sur ses traits me prend au dépourvu.

Pourquoi est-ce qu'elle semble si surprise ? Je lui ai déjà dit que je n'étais pas un mec bien… Alors pourquoi tant d'étonnement ? Je repasse en boucle ce que je viens de dire et comprends. *Oh, putain !* Je viens de le lui avouer. Alors que je n'ai pas pu trouver la force tout à l'heure après tant d'aveux, je viens de lui avouer que je l'aimais… Maintenant… Ce n'est vraiment pas le bon moment… Putain, quel crétin !

– Je ne dis pas ça pour que tu veuilles…, dis-je, mal à l'aise. Ce n'est vraiment pas pour ça que j'ai… ça m'a échappé… ça ne change rien à…

Haylee se redresse et m'embrasse pour m'obliger à la fermer. M'attirant à elle, l'une de ses mains va tirer sur mon caleçon.

– Tu es sûre ?

Ma voix tremble et elle me sourit. Son sourire m'éblouit et il n'y a pas de retour en arrière. Plus pour moi.

– Arrête de te poser des questions et fais-moi l'amour.

L'ironie de la situation ne m'échappe pas. D'habitude, c'est elle qui réfléchit tout le temps et c'est moi qui essaie de la détendre. Mais là, j'ai l'impression de redevenir un puceau. Je suis si près de l'avoir, mais je suis si nerveux… Je déglutis.

– OK, OK… Je t'aime, Haylee. Tu le sais, hein ?

Est-ce qu'elle sent la panique dans ma voix ? Si c'est le cas, elle n'en montre rien. Elle m'embrasse lentement et avec douceur.

– Oui, je le sais. Je t'aime aussi, Max.

Les jambes d'Haylee tressautent comme si son corps ne pouvait plus endurer le plaisir de mes doigts allant toujours en elle. Sa respiration devient plus forte au fur et à mesure qu'elle m'embrasse. Des images clignotent dans mon esprit de son corps tremblant sous le mien pendant que je romps sa chair et prends possession d'elle. Mais je n'initie rien. Je la laisse faire le premier pas. Je ne la forcerai à rien si elle change d'avis.

– Max… je suis… s'il te plaît…

Elle gémit quand je retire mes doigts. Elle est si « prête », putain ! Soudain, je suis un homme affamé. J'oublie mes dernières réticences quand je croise son regard gris ravagé par le besoin de me sentir en elle. Quittant le lit d'un bond, je vais chercher mon sac. Je dois bien avoir un préservatif quelque part.

– Regarde dans mon sac.

– Dans ton sac ? répété-je en m'exécutant distraitement.

Tout mon sang est descendu dans ma queue, je ne réfléchis plus trop clairement. Pas avec ce besoin de la sentir autour de moi qui me ravage de l'intérieur. Quand je déniche une boîte de préservatifs dans le sac d'Haylee, je retrouve néanmoins un moment de lucidité. Est-ce que j'hallucine ?

– Ta mère a parlé à la mienne. J'ai eu droit à une longue, très longue conversation, se justifie-t-elle timidement quand je me tourne vers elle et la lui montre, hésitant à exploser de rire ou à la remercier d'avoir prévu le coup. Elle m'a refilé ça. Je me suis dit que ça pouvait toujours servir.

Le sourire aux lèvres, je la rejoins pour l'embrasser et la rassurer. Moi aussi j'ai eu droit à la boîte de préservatifs donnée par ma mère. Putain, rien que d'y penser, j'en ai la nausée ! Mais je dois reconnaître que, finalement, sur ce coup, leur présence d'esprit nous sauve la mise. Parce que ça aurait été une torture d'arrêter maintenant. Me débarrassant de mon caleçon, j'hésite avant de mettre le préservatif face à son expression. Haylee est devenue toute rouge et fixe mon entrejambe.

– Est-ce que tu…

– Je suis certaine, me coupe-t-elle frénétiquement. C'est juste que… je me demande comment tout ça va… entrer en moi.

Je m'étrangle, tandis que j'enfile le préservatif. Putain, il n'y a vraiment qu'elle pour me sortir ce genre de truc à un moment pareil !

– Des fois, tu me sors de ces trucs, c'en est déstabilisant, dis-je en riant et en l'embrassant tendrement.

Elle rougit d'autant plus. Si cela me donne envie de la taquiner, je ne le fais pas. Je ne veux pas qu'elle soit mal à l'aise parce qu'elle n'a aucune expérience. Et je souhaite encore moins lui rappeler que je me suis tapé pas mal de filles avant elle. Maintenant, à cet instant précis, il n'y a qu'elle et moi.

– On va y aller doucement.

Elle acquiesce et s'allonge en m'entraînant avec elle. Elle est impatiente et nerveuse. Je le suis aussi. M'installant entre ses jambes pour la pénétrer, je gagne du temps en l'embrassant, la rendant folle avec ma langue et mes mains. Elle gémit en me griffant le dos et les bras.

– Tu es trempée, soufflé-je, mes doigts en elle, ça va être plus facile.

Elle gémit quand je me retire de nouveau. Elle est si réceptive, putain, ça me rend dingue ! Je frotte mon sexe gonflé et près d'exploser contre elle. Quand elle m'attire à elle pour que je nous libère tous les deux, je ralentis.

– Doucement, bébé. Ça risque de faire un peu mal au début, OK ? Alors si tu veux que j'arrête, dis-le-moi.

Je la regarde droit dans les yeux pour qu'elle m'assure qu'elle le fera. Ses pupilles sont complètement dilatées, ses joues brûlantes et ses cheveux étalés sur l'oreiller. Elle déglutit et acquiesce. Sans la lâcher des yeux, je prends une grande inspiration et pousse doucement à l'intérieur. Elle est si étroite, si chaude pour moi… Je gémis pendant qu'elle grimace.

– *Putain…*, ça va ?

Elle hoche la tête, lèvres pincées. Je rentre encore un peu et attends avant de bouger qu'elle s'adapte à moi, que cela soit moins douloureux pour elle. Est-ce que ça l'est ? Putain, je n'en sais rien ! Je n'ai jamais touché à une vierge avant elle… Quand son bassin bouge légèrement pour m'inciter à remuer, j'ai la sensation que même si la douleur est là, le plaisir aussi et cela me rassure. Parce que, être en elle, dans sa chaleur, est un putain de paradis. Je n'ai jamais ressenti quelque chose d'aussi enivrant, excitant et… bordel, je n'ai jamais ressenti un tel désir pour quiconque.

Lentement, je commence à bouger en gardant toujours mes yeux dans les siens. Je veux qu'elle voie à quel point je l'aime, à quel point ce qu'elle m'offre est important pour moi. Elle est à moi maintenant, et pour toujours, même quand nous aurons quitté ce lit. Je ne pourrai jamais l'oublier, elle fera toujours partie de moi, même si elle venait à me quitter. Et savoir que ça sera aussi le cas pour elle compte pour moi. Parce que je l'aime plus que tout.

À chaque baiser que je lui donne, je sens sa pression sur mon bras se relâcher. Face à son silence, je lui demande si elle veut que j'arrête, mais elle me dit de continuer, alors j'obéis et me laisse glisser vers le septième ciel avec elle à mes côtés. Mon corps se tend lorsqu'elle se cambre un peu plus pour m'offrir plus de place au fond d'elle. Je gémis en la sentant se contracter autour de ma queue et c'en est trop pour moi. D'un coup de reins puissant, j'explose à mon tour. Un plaisir incandescent traverse mon corps et je sais que je n'ai jamais ressenti un truc pareil avec une autre fille. C'est le nirvana, putain! Cela m'électrifie de la tête aux pieds. Mon cerveau se déconnecte un moment, m'offrant le meilleur orgasme de ma vie. Lorsque nos spasmes s'apaisent, je m'écroule sur Haylee et la prends dans mes bras. Légèrement stone, je sens son cœur battre à toute allure contre ma poitrine. Nos souffles rauques se mêlent l'un à l'autre quand je me redresse pour l'embrasser. Je fonds sous ses baisers timides et me rends compte qu'il n'y a vraiment plus de retour en arrière. Haylee m'a offert une part d'elle ce soir, et moi, je lui ai offert mon cœur. Parce qu'à cet instant précis, elle le tient entre ses mains et pourrait bien en faire ce qu'elle veut, cela m'importerait peu. Je l'aime et je ne suis pas prêt à la laisser me filer entre les doigts.

***

Lorsque le soleil se lève, je ne bouge pas. Je voudrais aller tirer le rideau pour qu'Haylee ne se réveille pas, mais si je fais ça, elle va se réveiller. Parce que, après la nuit qu'on a passée, elle s'est complètement blottie contre moi. Ou moi contre elle. Je ne sais pas lequel de nous deux s'accroche le plus à l'autre. Quoi qu'il en soit, je ne bouge pas d'un iota.

Avec tendresse, je lui caresse la tête et écarte ses cheveux de son visage. Sa petite frimousse est tellement adorable et sexy. Plus que jamais maintenant, je me rends compte de la chance que j'ai. Sursis ou non, elle est à moi, elle est avec moi, elle m'aime moi. Elle ignore à quel point ça me rend heureux. Ça et le fait qu'elle ait eu assez confiance en moi pour m'offrir cette nuit inoubliable. Voyant qu'elle se réveille, j'embrasse avec amour son petit nez, ses lèvres rosées et désirables, ses yeux, son front… Je l'accompagne dans son réveil comme elle le mérite.

– Huuum, grogne-t-elle mi-agacée, mi-satisfaite. Max…

– Oui, bébé ?

– Trop de lumière.

Je souris et m'apprête à aller tirer le rideau, mais elle m'empêche de bouger.

– Ne t'en va pas.

– Je vais fermer le rideau, comme ça, tu pourras te rendormir.

– Je ne me rendormirai pas, soupire-t-elle en se redressant sur les coudes et m'adressant un petit sourire timide. Salut. Tu… as bien dormi ?

Je ris doucement et l'embrasse. Mon baiser est lent, tendre, gorgé de toutes ces émotions nouvelles qu'elle seule a éveillées en moi. Haylee soupire quand nos lèvres se séparent et son sourire s'élargit.

– Plus que bien, lui assuré-je. Et toi ? Comment est-ce que tu te sens ?

– Plus que bien, répète-t-elle en venant sur moi.

Elle grimace légèrement quand elle me chevauche et je m'alarme. La faisant basculer sur le dos, je l'examine, inquiet.

– Tu as mal ?

– Un peu, mais ça va, ajoute-t-elle face à ma mine défaite. C'était… comment pour toi ?

Sa question me prend au dépourvu.

– Tu es mon paradis sur terre, lui dis-je très honnêtement. Je suis redevenu puceau hier soir rien que pour toi.

– Ça, ce n'est pas possible, sourit-elle, amusée.

– Oh, je t'assure que tout ce que tu me fais ressentir, je ne l'ai jamais vécu avec aucune autre, Haylee.

Je l'embrasse et mordille sa lèvre inférieure. Elle soupire, comme soulagée.

– Et toi ?

– C'était… bizarre au début, marmonne-t-elle timidement. Ça faisait mal, mais c'était bon à la fois… Je ne sais pas comment expliquer ça. Dès que la douleur a laissé la place au plaisir, ouah… Est-ce que c'est toujours comme ça ?

– C'est cent fois mieux les fois suivantes, bébé, je la rassure en l'embrassant, ne pouvant pas enlever mes mains d'elle une seule seconde.

Haylee réagit immédiatement à mes baisers et glisse ses mains sur mon torse. Vu son empressement à vouloir recommencer, elle a envie de découvrir ce que cela fait la deuxième fois. De ressentir seulement le plaisir. Je la comprends. J'ai envie de retourner dans sa chaleur dès maintenant. Mais je l'arrête. Même si je suis content que cette expérience n'ait pas été que douloureuse comme ça semble l'être quand on en entend parler, je doute que son sexe apprécie de remettre le couvert aussi tôt.

– Aussi tentante que soit la proposition, argumenté-je en m'arrachant difficilement à ses baisers. Nous avons quelque chose à faire aujourd'hui.

Je me lève et l'entraîne avec moi. La soulevant, j'embrasse son cou et l'emmène vers la salle de bains.

– Où est-ce qu'on va ? me demande-t-elle quand je lui enlève mon tee-shirt qu'elle a enfilé avant de s'endormir.

Faisant couler l'eau chaude, je l'incite à entrer dans la douche. Elle rougit un court instant en me voyant la suivre et prendre du savon pour la laver, mais elle se laisse faire. Elle paraît même adorer l'idée que j'ai eue de nous entraîner sous l'eau. Sa bouche ne se décolle plus de la mienne, tandis que je la savonne avec déférence.

– Nous amuser, marmonné-je. Visiter ce qu'on n'a pas vu hier du campus et aller dans Chicago. Il doit bien y avoir des trucs à faire ici.

– Tu ne préfères pas garder la surprise pour quand tu seras étudiant dans le coin ?

Je secoue la tête et essaie de ne pas trop relever le fait qu'elle a dit « tu » au lieu de « nous ». Je sais que c'est peut-être égoïste de ma part de vouloir qu'elle me suive ici alors qu'elle avait déjà choisi sa fac, surtout sachant que notre relation risque de connaître des complications si je vrille, mais je ne veux pas m'éloigner d'elle. Ni aujourd'hui ni à la fin de l'été.

– Je préfère qu'on découvre la ville ensemble, dis-je finalement. Et puis, peut-être que… ça te fera reconsidérer la question de ta fac pour l'année prochaine ?

Haylee m'étudie attentivement et, un court instant, j'ai peur qu'elle refuse catégoriquement de réfléchir à la question. Mais à la place, elle m'adresse un sourire rayonnant.

– Le département d'astronomie de Chicago n'est pas trop mal.

Mensonge, je sais qu'il est génial. Comment je le sais ? Parce que je me suis renseigné avant de lui proposer de m'accompagner. Je voulais être certain qu'elle ne renonçait pas à ses rêves si elle acceptait de me suivre.

– Voyons si tu sauras me convaincre d'envoyer un dossier ici, me taquine-t-elle en m'embrassant langoureusement.

C'est un défi. Et je l'accepte avec grand plaisir. Parce que quitte à ce qu'on ne soit qu'amis au bout du compte lorsqu'elle verra qu'elle se trompe sur ce que je suis, je veux l'avoir près de moi. Pour toujours.

32

Haylee
Avril

– Vous l'avez fait, avoue ! me supplie Taylor pendant qu'on révise sur les gradins.

L'entraînement des cheerleaders ayant été annulé, Taylor et moi avons décidé de reprendre nos anciennes habitudes et de venir travailler en admirant l'équipe au travail. Et Kim et Lara se sont jointes à nous pour admirer les garçons. Ils sont si proches de la demi-finale que l'enthousiasme de l'équipe est au plus haut. Surtout maintenant que Max peut rejouer avec eux. Je le cherche automatiquement du regard. Je le retrouve en train de se diriger vers les vestiaires avec le reste de la bande.

– Haylee ! s'écrie Tay, tout excitée.

J'acquiesce et les filles poussent un petit cri hystérique.

– J'en étais sûre ! Il te dévore constamment du regard depuis Chicago ! fait Lara, surexcitée.

– Il est incapable de ne pas la toucher dès qu'il en a l'occasion tu veux dire ! pouffe Kim, hilare. Avec lui, tu ne risques pas de t'ennuyer !

Je rougis. C'est si visible que ça ? Je suis gênée... Mais partager ça avec mes amies me fait plaisir. Elles me posent ensuite trente-six mille questions, mais je ne réponds pas à toutes, préférant garder certaines choses pour moi.

Le souvenir de notre week-end à Chicago est gravé en moi pour toujours. Ça a été deux jours si… mouvementés que je ne pourrai pas les oublier même si je le voulais. Non seulement à cause de ce que Max m'a avoué sur son histoire avec son père, qui me trotte encore dans la tête, mais aussi au vu de l'évolution de notre relation. Même si je sens qu'il a toujours cette peur que je ne l'aime plus s'il vrille, il est plus confiant dans notre couple. Et puis, tous les efforts qu'il a faits pour que j'apprécie Chicago en sont aussi la preuve. Il veut que je reste avec lui, tout autant que moi j'en ai envie. Je souris bêtement en me souvenant de la deuxième raclée que je lui ai foutue au minigolf. Nous en avons trouvé un autre près du campus et je l'ai laminé. Il prétend m'avoir laissée gagner histoire de me pousser à accepter de postuler à l'université de Chicago, mais c'est un vil mensonge.

– Ah, ils arrivent ! fait Tay en se levant pour rejoindre Warren.

Je n'ai pas le temps de me lever pour les accueillir moi aussi. On me soulève de mon siège et je lâche le livre que j'étais en train de lire. Les bras de Max s'enroulent autour de moi.

– Refuse toute proposition qu'on te fera, me murmure-t-il à l'oreille.

– Que je refuse ? répété-je, confuse.

Max n'a pas le temps d'en dire davantage. Le reste de la bande nous rejoint.

– Hé Haylee, Max nous a dit que tu l'aidais à réviser et visiblement, depuis, ses notes en biologie ont grimpé en flèche ! m'interpelle Matéo avec un petit sourire ravi en me voyant dans les bras de son ami. Est-ce qu'on pourrait organiser une séance de révisions cet aprèm pour que tu nous aides nous aussi ?

– Je t'en supplie, accepte, insiste Garrett en s'agenouillant théâtralement devant Max et moi. Je vais me faire laminer par mes parents si je ramène encore un D à la maison…

– Oui, si vous voulez.

Max grogne et je me souviens de ce qu'il m'a dit. Je le dévisage, un court instant, surprise qu'il ne veuille pas aider ses amis, lui qui file ses notes à toute l'équipe au besoin. Je surprends quelques regards amusés de ses coéquipiers lorsqu'il me prend la main pour m'entraîner vers le parking.

– Tu m'expliques ? lui demandé-je une fois dans ma voiture après avoir convenu avec nos amis de nous retrouver chez Max.

– Ces connards veulent te voler à moi.

– Me voler, carrément.

Je ne peux m'empêcher de sourire face à son expression ronchonne. Je ne l'ai jamais vu aussi adorable et ça me fait fondre. Amusée, je mets le contact et l'on quitte le lycée.

– Félix a lu un putain d'article qui prétend que si les sportifs se répriment sexuellement avant un match, les performances seront meilleures.

Je fais un léger écart sur la route quand il me lâche ça comme ça. Max pose une main sur le volant et soupire.

– Heureusement que ma moto va bientôt être réparée. Je vais pouvoir reprendre le volant. Tu ne conduis pas trop mal, mais tu te déconcentres trop facilement.

– Premièrement, tu ferais mieux de la fermer sur ma façon de conduire, Maximilien, si tu ne veux pas prendre le bus pour aller au bahut, grogné-je en tapant sur sa main pour qu'il lâche le volant.

Il s'exécute avec un petit sourire. Bizarrement, avant,

il détestait que je l'appelle par son nom complet et maintenant, j'ai l'impression que ça l'amuse. Ce garçon est incompréhensible…

– Ensuite, c'est quoi cette histoire de moto ? Je croyais que ta mère était catégoriquement contre ?

– Je suis parvenu à l'amadouer en lui promettant de ne plus faire de conneries. Ça me manque de rouler en deux-roues !

Je soupire en l'entendant être fier de sa victoire. Sa mère va être morte d'inquiétude à chaque fois qu'il montera sur sa moto après ce qui lui est arrivé. Et moi aussi.

– Un accident ne t'a pas suffi ?

– Minimoy, c'était une situation… exceptionnelle.

– Et la prochaine le sera aussi, je suppose ? Si tu montes sur cet engin… tu pourras dire adieu aux câlins.

Max grogne et se tape la tête contre le siège. Qui aurait cru que le priver de câlins pouvait le rendre si docile ? Taylor a bien raison là-dessus.

– Putain, qu'est-ce que vous avez tous à vouloir me faire du chantage avec ça ?

Sa remarque me rappelle ce qu'il a dit sur Félix. Ils veulent l'empêcher de me toucher avant le match qui approche. La demi-finale est hyper importante pour eux, alors ils souhaitent remonter à bloc tout le monde. Max y compris. Et depuis qu'on a couché ensemble à Chicago, on ne peut pas vraiment dire qu'il soit beaucoup remonté à bloc ces derniers temps. Majoritairement parce que pendant nos sessions de révisions, nous n'arrivons pas à garder nos mains dans nos poches. Max avait raison, la deuxième fois est cent fois mieux… Et la troisième aussi… Bon sang, rien que d'y penser, je regrette d'avoir accepté qu'on révise avec les autres. Ce laps de temps où nous sommes censés réviser, c'est le seul moment où aucun de nos parents ne peut nous surprendre et je viens de laisser passer cette occasion.

– Tu comprends mieux pourquoi je t'ai dit de refuser toute proposition, se moque Max en devinant mon regret et mon envie.

Soupirant, il sort de la voiture et l'on rentre chez lui. Nos amis nous rejoignent en un claquement de doigts. Bon, eh bien, j'imagine que, cette fois-ci, nous ne ferons qu'étudier théoriquement notre cours de biologie anatomique.

***

Fouillant dans mon placard, je cherche un nouveau tee-shirt à mettre. Garrett a renversé sa boisson sur moi en faisant le pitre, alors je dois me changer avant de retourner à la session révisions de groupe. Finalement, ce n'est pas si mal. On s'amuse bien, même si les garçons rendent Max fou. Ils l'empêchent même de m'embrasser, ça en devient presque hilarant de le voir bouder dans son coin. Enfilant un tee-shirt, je m'apprête à repartir quand j'entends qu'on toque… à la fenêtre.

– Je n'y crois pas, marmonné-je en voyant Max perché dans le vide. Il va vraiment falloir que tu arrêtes d'escalader comme ça !

– C'est plus rapide ! s'exclame-t-il, essoufflé.

Je hausse un sourcil, étonnée qu'il soit aussi fatigué. Qu'est-ce qu'il a fabriqué encore ? D'ailleurs… comment est-ce qu'il a réussi à échapper à la vigilance de ses potes ?

– Qu'est-ce que tu fais l…

Je n'ai pas le temps de terminer ma phrase. Max plaque sa bouche contre la mienne et m'attire à lui. Un courant électrique me parcourt au fur et à mesure qu'il dévore avidement mes lèvres. Je reconnais ce genre de baiser langoureux et frénétique. Et je fonds immédiatement en sachant pourquoi il est là. Il lui suffit de glisser sa main sous mon tee-shirt et de plaquer sa paume chaude sur ma peau pour que j'aie tout autant envie que lui d'oublier l'article de Félix et de le sentir en moi. Je ne pensais pas que c'était possible, mais je crois que je suis devenue encore plus accro à Max qu'avant.

– On doit faire vite, Haylee. Ton père arrive dans moins de vingt minutes… Et je ne veux pas qu'il nous surprenne, susurre-t-il en me mordant le cou et me débarrassant de mon tee-shirt à peine enfilé.

– Tu as fait tout ce parcours rien que pour ça ? dis-je en riant et en tombant sur mon lit, Max à ma suite. Pour m'embrasser ?

– Pour t'embrasser… Te regarder prendre ton pied… Je serais prêt à bien plus que m'enfuir par ma fenêtre et escalader la tienne…

– Ça, c'est de la déclaration romantique !

Max rit et va récupérer la boîte de préservatifs dans ma commode. J'entends le bruit du plastique d'aluminium qu'il déchire, puis il revient rapidement vers moi. Un petit sourire fend son visage. Sa bouche revient plus avidement sur la mienne.

– Ça va être plus rapide que d'habitude, OK bébé ?

En disant ces mots, il fait glisser ma culotte sur mes cuisses et s'occupe de se libérer. Impatiente, j'acquiesce. Étrangement, cela m'excite presque de devoir me dépêcher. Max avait raison quand il disait que le risque de se faire prendre excitait certaines filles, j'en fais partie de toute évidence. Je me positionne au-dessus de lui, il prend mes hanches et, d'un coup brusque, m'incite à m'asseoir sur lui. Je le sens tellement dur, tellement chaud… Et ça m'enivre. Bougeant les hanches, je m'appuie sur lui pour aller et venir.

– *Putain*, c'est tellement bon, grogne-t-il en enfonçant ses doigts dans mes hanches. Continue, Haylee…

Je m'exécute parce que je ne peux pas faire autrement. J'en ai tellement envie. Le voir exploser et exploser avec lui… Voir cette expression sur son visage, pleine d'amour et de désir… J'en meurs d'envie. Nos souffles rauques résonnent autour de nous. Mes ongles se plantent sur ses biceps quand on approche de la jouissance. Nous y sommes presque lorsqu'on entend la porte d'en bas s'ouvrir. Merde, mon père est en avance. Lançant un regard à Max, je le préviens de ne pas me laisser comme ça. Avec ce désir inassouvi. C'est trop frustrant. Nous l'avons déjà fait une fois et je déteste lorsqu'il n'est plus en moi.

– Tu ne… vas… pas faire… de bruit, OK ? marmonne-t-il difficilement en posant une main sur ma bouche et continuant à me pilonner.

Je hoche la tête et il me fait basculer pour prendre les rênes. Dès qu'il me surplombe, il accélère la cadence. Je halète, agrippant ses biceps pour résister à l'assaut.

– Tu aimes quand c'est comme ça ? souffle-t-il à mon oreille. Vite et fort ?

J'acquiesce à ces deux questions. J'aime quand il prend son temps et qu'il est doux, mais là, c'est une tout autre chose. Et la tension grandissante dans mon corps à chaque coup de reins avide me fait vibrer. Ses mouvements deviennent plus heurtés et nous arrivons tous les deux à la jouissance dans une poussée finale. Je mords sa main pour ne pas crier. C'est tellement bon… Quand nos spasmes se calment, il m'embrasse langoureusement et me claque les fesses pour m'inciter à me rhabiller en vitesse. Max en fait de même et ouvre la fenêtre.

– Pas question de redescendre tous les deux par la même porte, fait-il quand je le regarde, surprise. Rejoins-moi chez moi.

M'embrassant encore avec cette tendresse qui le caractérise, Max redescend en escaladant. Je le regarde faire et passe un coup dans ma coiffure avant de descendre à mon tour par la grande porte. En chemin, je croise mon père.

– Ça va, ma chérie ? Tu es toute rouge.

– Oui, oui, tout va bien. Je vais chez Max, on révise avec un groupe d'amis.

Quand je suis presque sortie, il m'interpelle de nouveau.

– Haylee. Est-ce que tu pourrais dire à Max de passer par la porte la prochaine fois ? Il va finir par péter ce grillage où ta mère met ses fleurs et je vais devoir passer tout un week-end à le réinstaller.

Je m'étrangle et deviens livide à l'idée qu'il ait compris ce qui se passait à l'étage. Mal à l'aise, je me tourne vers lui, mais mon père est déjà affalé devant la télé, un paquet de chips au barbecue entre les mains. Il profite du temps qui lui reste avant que ma mère ne revienne pour lui interdire de manger ce genre de cochonnerie. Ne voulant pas m'éterniser après ce qu'il vient de dire, trop gênée, je décampe.

Quand je reviens dans le salon de Max, celui-ci est tranquillement assis sur un fauteuil. Il transpire légèrement. L'escalade ne doit pas être aussi simple qu'il le laisse paraître finalement. À moins que ça soit l'autre type de sport qu'il a pratiqué, il y a à peine quelques minutes, qui l'ait fatigué ? Quoi qu'il en soit, nos amis sentent que d'une façon ou d'une autre, il m'a rejointe. Je vois Félix soupirer et lever les bras en l'air, signe qu'il abandonne dès qu'il voit Max me tendre la main pour que je m'assoie sur ses genoux.

– Si l'on perd, ça sera en partie de ta faute, Haylee. Je crois que je préférais presque quand il te courait derrière en se prenant mur après mur.

Tout le monde rit et Warren frappe Félix pour qu'il la ferme. Oui, de toute évidence, tout le monde sait que Max n'est pas capable de rester loin de moi depuis Chicago. Tant pis pour l'étude qui dit que les joueurs frustrés gagnent plus. Parce que je ne suis pas capable non plus de demeurer loin de lui. Je ne le veux pas.

***

Malgré les craintes de Félix, Max se débrouille toujours aussi bien. Nous approchons de la fin du match où l'équipe de Galena doit maintenir le score pour éviter que le lycée Shullsburg ne parvienne à remonter lors de la prochaine et dernière action où nous serons en défense. Et comme à chaque fois que l'équipe d'attaquants est sur le terrain, le maillot bleu et blanc avec le numéro cinquante-deux attire mon regard. Max évolue comme un vrai poisson dans l'eau sur le terrain. Je m'en suis rendu compte tout au long de cette saison, mais je comprends maintenant pourquoi mon père louait tant ses mérites quand il revenait d'un de ses matchs. Même s'il ne touche jamais le ballon puisque sa position de *tackle* est de défendre majoritairement les autres attaquants, on ne peut pas rater Max pendant un match. En tout cas, moi, je ne vois que lui.

Quand le sifflet de l'arbitre résonne sur le terrain pour annoncer le début de la tentative pour l'équipe de Galena, l'action s'enchaîne. La balle passe de main en main, les défenseurs de Shullsburg tentent de percer la ligne offensive des Pirates. Je vois Max en prise avec l'un des joueurs d'en face. Le type est costaud, bien plus que Max, qui peine à le maintenir loin de Scott le temps que ce dernier lance la balle. Mais mon petit copain est plein de ressource. Je crie, à l'instar de mes camarades cheerleaders et de la foule, pour encourager notre équipe. On y est presque. Si on fait un autre *touchdown*, même si l'équipe adverse marque à la dernière action, c'est fini pour eux. Il y aura un écart de six points impossible à rattraper.

– Allez les Pirates ! hurlé-je en synchronisation avec les filles de mon groupe.

Ayant eu suffisamment de temps pour choisir quelle stratégie adopter, Scott finit par lancer la balle. Nous la voyons voler dans les airs jusqu'à être interceptée par Matéo, l'un des receveurs de l'équipe. Téo court à une vitesse hallucinante jusqu'à la zone d'en-but et se jette sans peur contre le sol quand il sent qu'on va tenter de le plaquer. Le score change immédiatement sur le panneau lumineux : Home : cinquante – *Visitors* : trente-huit. La foule dans nos gradins devient extatique. Ça y est ! Même si, à la prochaine action, l'équipe d'en face marque six points, c'est trop tard. Nous avons gagné ! Nous allons aller en finale !

Taylor me saute dessus en comprenant ça et avec les filles, nous entamons une dernière choré afin d'encourager l'équipe de défense qui entre sur le terrain pour les dernières minutes de jeu. Même si les joueurs de Shullsburg savent qu'ils ont perdu, ils tentent le tout pour le tout durant les derniers instants de match. Pour le beau jeu. Quand l'arbitre siffle la fin des quatre *downs*, le match est terminé. Nous avons gagné. Les Pirates se qualifient officiellement pour la finale qui aura lieu en juin, après les examens.

Lorsque la foule rejoint les équipes sur le terrain, je me précipite vers Max pour le féliciter. Celui-ci me saute dessus et me soulève pour me faire pivoter, pris dans la frénésie du moment.

– Finalement, c'étaient des conneries, l'article de Félix ! J'espère qu'on va me récompenser comme il se doit.

Son regard taquin me fait sourire.

– Ma petite danse avec les pom-pom girls *était* ta récompense.

Max grogne et s'apprête à dire quelque chose, mais ses potes l'entraînent vers les vestiaires, extatiques. Je le laisse s'en aller, amusée.

– Haylee !

Pivotant pour voir qui m'appelle, je me fige en reconnaissant le père de Max. Mon euphorie s'évapore d'un seul coup. *Fuck !* Je cours dans sa direction en pleine panique. Si Max le voit… J'ignore comment il va réagir. Ce n'est pas une bonne chose qu'il soit là. Andrews Henderson doit sentir ce que je m'apprête à lui dire parce qu'il lève une main pour m'arrêter et m'adresse un regard si désespéré que je le laisse parler.

– Je sais ce que tu vas me dire, fait-il en toussant. Jessica m'a déjà demandé de ne plus revenir de façon si… improvisée. Elle veut lui parler pour qu'on essaie d'arranger les choses.

– Arranger les choses ? répété-je, un brin incrédule. Arranger quoi, au juste ? Ce que vous lui avez fait ne va pas disparaître avec un seul « pardon ».

Je m'emporte, je le sais, mais maintenant que je connais toute l'histoire, j'ai du mal à être conciliante avec lui. M. Henderson me scrute un moment, puis acquiesce, mal à l'aise.

– Je tiens à te présenter mes excuses pour ce qui s'est

passé il y a huit ans. Je n'aurais pas dû me comporter ainsi… Et je sais que… je n'ai pas été un bon père. Je suis le premier à le regretter… Mais je veux aider Max. Je veux l'aider à avancer… Et s'il doit me frapper autant de fois qu'il le désire à son tour, je le laisserai faire…

– Ce n'est pas ce dont il a besoin, marmonné-je tout en le dévisageant. Et vous non plus, monsieur.

C'est moi ou il a l'air plus pâle qu'avant ? Plus chétif et mince ? Son état maladif calme un court instant la colère que j'éprouve pour cet homme.

– Est-ce que vous allez bien ? demandé-je par réflexe, mais il ne répond pas.

C'est de famille d'être renfermé à l'évidence.

– Je ne vais pas lui parler ce soir. Je ne veux pas gâcher son bonheur. Toi et le football le rendez tellement heureux. Mais est-ce que je pourrais te demander de lui donner ceci ? Je préfère être celui qui lui explique plutôt que de laisser Jessica s'en charger. Après ce que je lui ai fait à elle et au petit, je ne veux pas l'obliger à me défendre auprès de lui.

– Je ne vous défendrai pas non plus, lui assuré-je en prenant néanmoins la lettre.

Sa main tremble tellement que c'en devient alarmant. Vu son état et sa façon de parler, je dirais qu'il est malade… Mais j'ignore si ça devrait autant me préoccuper. C'est le bien de Max qui m'intéresse, uniquement le sien.

– Je sais, dit-il doucement en souriant. C'est sur lui que tu veilles, tu l'as toujours fait. Je veux seulement que tu donnes le choix à Max, je ne veux pas qu'il regrette par la suite de… donne-lui simplement la lettre, d'accord, petite Haylee ?

J'acquiesce. Satisfait, M. Henderson me remercie et disparaît dans la foule. Je le regarde s'en aller sans savoir si ce que je vais faire est une bonne idée. Un court instant, je songe même à lire la lettre pour m'assurer que ça soit une bonne idée de la remettre à Max. Mais je n'ai pas le temps de tergiverser. Rapidement, Max refait surface et me prend dans ses bras.

– Les gars vont aller fêter ça dans le parc de la dernière fois. Ça te dit de venir ?

J'hésite à accepter, pensant à la lettre que je tiens toujours entre les mains. Max le sent et réagit.

– Ne t'en fais pas, je ne te quitte pas d'une semelle cette fois-ci, m'assure-t-il, pensant que mon hésitation vient de mon accrochage passé dans ce parc avec Scott.

Scott qui ne fait plus trop le fier dernièrement. Ayant perdu le soutien de la majorité de l'équipe, il n'est plus aussi bien vu dans le bahut. Surtout parce que si une rumeur peut se répandre comme une traînée de poudre, la vérité, elle, fait beaucoup plus de dégâts. Et si je n'ai pas porté plainte pour ce qu'il a essayé de faire, tout le monde sait qu'il a déconné avec moi et qu'il méritait la correction qu'il a reçue.

– Non, ce n'est pas pour ça que… Je… J'ai un truc pour toi, marmonné-je en levant la lettre entre nous. Elle vient de… ton père.

Max se fige et regarde la lettre, perplexe. Il doit certainement se demander comment une lettre de son père est arrivée jusqu'ici. Quand ça fait tilt dans sa tête, il lève les yeux et commence à le chercher partout. Son expression est froide et je sens qu'il se tend.

– Il était là ? Il t'a approchée ?

– Il ne m'a rien fait, Max. Il voulait simplement que je te remette ça. Il a parlé… d'un choix qu'il te laissait pour que tu ne regrettes rien. Je ne sais pas non plus de quoi il s'agit, ajouté-je devant son regard désorienté.

Scrutant de nouveau la lettre, il me l'arrache des mains et s'apprête à la déchirer en deux sans la lire. Puis, à la dernière minute, il se ravise. Sans me dire pourquoi, il l'ouvre sans un mot. Son expression rageuse change du tout au tout au fur et à mesure qu'il la lit. Une multitude d'émotions passent sur son visage : rage, souffrance, tristesse et… une autre, indéchiffrable. Lorsqu'il termine sa lecture, son regard se perd dans le vide un court instant. Regrettant d'avoir joué les postiers, je m'apprête à la récupérer, mais Max recule d'un bond. Sa réaction me prend au dépourvu. *J'aurais dû la lire*, pensé-je, craignant ce que contenait cette lettre. J'aurais dû m'assurer que ça n'allait pas le blesser. Max m'observe, puis regarde de nouveau la lettre. Tout à coup, il se met à la déchirer, hors de lui. Il marmonne des injures et s'énerve de plus en plus à chaque morceau de la lettre qu'il met en lambeaux. Nous y revoilà. Il perd son calme, mais je ne crains rien. Il ne me fera jamais de mal malgré ce qu'il pense. Tout ce qui m'inquiète, c'est qu'il se fasse du mal à lui-même dans cet état.

– Max, regarde-moi… Tout va bien. Dis-moi ce qu'il t'a écrit, on va gérer ça ensemble.

– NON ! hurle-t-il, me faisant sursauter. Je ne veux pas gérer ça, je ne veux rien savoir ! Quel fils de pute, putain ! Comment ose-t-il venir me dire ça, maintenant ?! Après tout ce qu'il a fait ?! Qu'est-ce qu'il espère, que je vais avoir pitié de lui ?! J'hallucine, putain !

Faisant les cent pas devant moi, il serre si fort les bouts de la lettre entre ses mains que tout se froisse.

– De quoi est-ce que tu parles, Max ? Laisse-moi t'aider.

Je m'approche de lui, j'essaie de le toucher pour le calmer, mais il me repousse. Complètement hors de lui, il ignore les quelques spectateurs encore présents dans le coin et marche à une allure hallucinante en direction du parking. Il a emprunté la voiture de sa mère aujourd'hui, ce qui me rassure vu l'état dans lequel il est. Au moins, sa moto, même réparée, reste au garage pour le moment. J'ai été bien claire sur le sujet et il a sagement fait son choix.

– Max, attends.

Il pivote d'un coup et je m'écrase contre son torse.

– Je n'ai pas envie d'en parler ! Ni avec lui, ni avec toi, ni avec personne ! Foutez-moi juste la paix avec ça, est-ce que c'est clair ?!

– Mais je veux t'aider !

C'est bien la première fois qu'il me parle comme ça… Aussi froidement…

– Tu ne peux pas m'aider, Haylee. Tu… ferais mieux de te barrer avant que ça ne soit trop tard pour toi.

Sans un mot de plus, il monte dans la voiture et démarre en trombe, me laissant sur le parking. Les larmes me montent aux yeux parce que je ne comprends pas ce qui vient de se passer. Et je ne le comprendrai pas puisqu'il a déchiré cette lettre. Sentant qu'on a fait trois pas en arrière dans notre relation, je retourne dans ma voiture et ravale un sanglot.

Sur le chemin du retour, ma tristesse et ma peine qu'il ne veuille pas s'ouvrir à moi alors que nous étions si bien partis se muent en quelque chose de plus agressif. Parfait, il ne veut pas me parler, qu'il ne me parle pas ! Maximilien Henderson n'est qu'un abruti de toute façon ! Je le déteste, voilà ! Je déteste qu'il soit aussi têtu. Je ne peux pas être la seule à vouloir que ça marche même lorsque ça ne va pas ! Alors cette fois-ci, je ne ferai pas de compromis. Soit il me parle… soit… L'idée de le perdre m'est intolérable… Alors je lui rendrai la vie impossible. Parce que je ne suis pas une gamine qu'il doit protéger et encore moins l'une de ces filles qu'il peut baiser sans rien partager avec elles. S'il me veut, il va devoir me le prouver.

33

Max

J'envoie mes poings s'écraser encore et encore sur le sac de frappe. Pourquoi est-ce que je n'arrive pas à oublier ce qu'il y avait d'écrit dans cette foutue lettre ? Pourquoi est-ce que ça me fait tant d'effet ? Tout s'embrouille dans ma tête depuis que j'ai posé mes yeux sur les lettres tremblantes couchées sur cette feuille, et je déteste ça. Je le déteste, putain ! Je le hais ! Poussant un cri, je cogne mon sac, qui se décroche du plafond. Je jure et le ramasse pour le réinstaller. L'accroche s'est défaite…

Soupirant, je le laisse retomber par terre et vais m'asseoir sur mon lit. Ça ne m'a pas calmé. Les deux heures que j'ai passées à cogner contre ce truc ne m'ont pas débarrassé de cette frustration qui me ronge depuis des jours. Je me crispe et envoie à l'autre bout de la pièce mes gants. Putain, ça me fout les boules ! Pourquoi est-ce que ce connard a donné cette lettre à Haylee ? D'un bond, je vais à mon bureau et la récupère. Je l'ai déchirée en plusieurs morceaux, mais j'ai passé toute la nuit d'hier à la recoller. Je dois être un sacré maso pour ressasser chaque putain de mot malgré le mal que ça me fait. Et, tout en sachant que ça ne calmera pas le bordel dans ma tête, ni mon cœur, je la relis une nouvelle fois.

Fils,

Je sais que cette lettre ne risque pas de te faire plaisir. Honnêtement, j'ignore même si tu la liras, mais je tente le coup. Je refuse de laisser ta mère prendre la responsabilité de t'en parler. Jessica est une femme merveilleuse que je n'ai pas su chérir comme elle le méritait. Elle méritait beaucoup mieux que moi… Toi aussi, mon fils. Tu méritais tellement plus que moi… Je sais qu'un simple « je suis désolé » n'arrangera rien. Je t'ai fait tellement de mal que même si tu trouvais la force de me pardonner, je ne pourrais pas me pardonner moi-même. J'ai été lâche, j'ai choisi d'essayer de noyer mes problèmes et ce que je ressentais dans l'alcool sans penser une seule fois à l'impact que ça aurait sur vous. Et j'en suis tellement navré… Tu méritais un père plus fort, un père qui ne cherchait pas à oublier dans l'alcool qu'il était un raté. Un père qui t'aiderait à grandir sans que tu le voies lutter contre ses propres démons. Je suis désolé, Max, de ne pas avoir été ce père que tu mérites.

Jessica voulait t'en parler, mais je ne veux pas l'y obliger après tout ce que je lui ai fait. Alors je te l'annonce moi-même. J'ai un cancer en stade terminal. Je ne m'attends pas à ce que tu aies pitié de moi, ce n'est pas le but de cette lettre. Je voulais seulement que tu saches qu'il y a énormément de choses que je regrette dans ma vie. Et voir l'homme fort et grand que tu es devenu sans que je puisse y assister est mon plus gros regret. Voilà pourquoi je ne veux pas partir avec celui de ne pas t'avoir aidé. Je ne peux qu'imaginer à quel point tu souffres encore aujourd'hui de mes actions passées. Après ce que m'a raconté ta mère et t'avoir vu si furieux… Je ne peux pas me résoudre à t'abandonner de nouveau avec cette douleur qui te ronge l'âme, cette colère qui a failli te coûter la vie. Tu es sûrement déjà bien entouré, mais s'il y a quoi que ce soit que je puisse faire pour t'aider, sache que tu pourras compter sur moi. Si c'est la seule chose que je peux faire de bien pour toi, je suis prêt à prendre toute ta colère avec moi, fiston. Pour te libérer de ce fardeau que tu endures par ma faute. Tout ce que je souhaite, c'est que tu vives pleinement le bonheur que tu mérites.

Je comprendrais néanmoins que tu ne veuilles pas me voir, ni me parler, Max. Mais si jamais tu as besoin de moi, pour quoi que ce soit, tu pourras me trouver à l'hôtel River G, à Galena. Je resterai autant de temps que tu en auras besoin.

Je t'aime, fils.

Andrews Henderson

Je froisse la lettre scotchée de partout entre mes mains. Pourquoi est-ce que ça me fait autant souffrir d'imaginer que ce connard va enfin recevoir la monnaie de sa pièce ? J'ai ce poids au niveau de ma poitrine qui ne veut pas s'en aller. Mon père ne fait plus partie de ma vie depuis tellement longtemps, alors pourquoi est-ce que j'ai envie de pleurer à l'idée qu'il soit en train de crever comme il le mérite ? Pourquoi est-ce que je ressens cette culpabilité et cette tristesse ? Je le déteste, putain ! C'est à cause de lui que je suis aussi impulsif et dangereux lorsque je perds mon calme. C'est parce que j'ai hérité de son fichu caractère qu'à tout moment je risque de perdre la seule chose qui me rende heureux : Haylee.

En repensant à elle, j'ai du mal à respirer. Qu'est-ce qui m'a pris de lui parler de cette façon ? Elle qui est si douce avec moi, qui ne veut que m'aider à ne pas devenir ce monstre que je suis… Coulant un regard en direction de sa fenêtre, je vois que les rideaux sont encore tirés. Elle me fait la gueule. Ça fait une semaine que c'est ainsi et ça ne fait qu'accentuer l'angoisse et le bordel qui règnent dans ma tête en ce moment. Tout allait tellement bien, putain ! Tellement bien entre nous, au lycée… Pourquoi est-ce qu'il faut que tout le monde se mette à vouloir parler de choses qui sont passées ? Pourquoi est-ce qu'ils ne veulent pas accepter que je ne veuille m'ouvrir à personne ? J'ai déjà fait un effort à Chicago, je n'ai pas envie de m'éterniser sur cette histoire. Je veux… refouler tout ce que je ressens. C'est tellement plus simple de laisser de côté ces sentiments que je ne comprends pas et n'arrive pas à gérer. Les ressentir pleinement, en parler, ce n'est pas pour moi. Pourquoi est-ce que personne ne le comprend ?!

Passant une main rageuse dans mes cheveux, je vais à la salle de bains pour prendre une douche. Je transpire et pue le rat mort. Ce n'est certainement pas comme ça que je vais me pointer à cette fichue soirée que les gars organisent chez l'un d'entre nous. Espérant me détendre, je mets l'eau chaude au maximum. Il faut que je me calme. Je risque de vriller à tout moment dernièrement. Entre Haylee, qui n'a pas l'air de vouloir me reparler tant que je ne lui dirai pas ce que j'ai, et mon père, je n'arrive pas à cacher ma contrariété. Et plus ça va, plus je suis irrité et ai peur de commettre de nouveau un impair.

Il faut que je calme le jeu. Et la première chose à faire, c'est de récupérer Haylee. Parce que ça me fait mal de ne pas être avec elle. De ne pas pouvoir la toucher, passer des heures à l'écouter parler… J'ai toujours détesté quand on se disputait et se faisait la gueule. Même malgré ses coups foireux, je ne suis jamais parvenu à rester loin d'elle. Et maintenant que notre amitié a évolué en quelque chose de plus fort, de tellement plus intense, c'est encore pire. Je déteste être en froid avec elle, ça me ronge de l'intérieur. J'ai envie de tout péter rien qu'à l'idée que ça ne s'arrange pas.

Déterminé à faire quelque chose durant cette soirée, parce qu'il est hors de question que je la perde, je sors de la douche et m'habille vite fait. Quand je vois que Warren passe me chercher dans moins de cinq minutes, je quitte ma chambre, mais récupère la lettre au passage. Je ne sais pas pourquoi, je n'arrive pas à m'en séparer. Puis je vais chercher dans la buanderie la veste de Chicago qu'Haylee m'a offerte pour mon anniversaire. Je ne la porte pas souvent, attendant de recevoir l'avis positif de l'université de Chicago avant d'affirmer que j'y étudierai l'année prochaine. Mais ce soir, je la mettrai. Je suis certain que ça apaisera la colère de ma minimoy, que ça lui rappellera de bons souvenirs.

Je la retrouve accrochée à un cintre. Je m'en empare et m'apprête à repartir quand un détail attire mon regard. Une boîte cabossée enroulée de papier cadeau. Je me fige en reconnaissant le présent. C'est celui que mon père a essayé de m'offrir pour mes dix-huit… Ma mère l'a gardé ?

Je me sens détaché de moi-même quand je déchire le papier. Mon cœur s'emballe face à son contenu. Récupérant la petite balle de base-ball, je la serre entre mes doigts, le cœur au bord des lèvres. C'est la même balle que j'avais apportée à un match de base-ball avec mon père et qu'on était parvenus à faire signer à Josh Hamilton. C'est la même balle qu'on avait utilisée avant ça pour jouer ensemble au début de son chômage lorsqu'il était encore sobre. Il l'a gardée tout ce temps ? Ma main tremble quand je la repose à l'intérieur pour récupérer le petit cadre photo accompagnant le cadeau. Le verre est cassé. Il a dû se fendre quand j'ai balancé le cadeau à terre… Mais la photo de mon père et moi est encore parfaitement visible. C'est l'une de ces rares photos où nous ne sommes que tous les deux. L'une des rares photos de ce jour où l'on était allés voir un match de base-ball.

Une soudaine bouffée de chaleur m'envahit et je ne me sens pas bien. J'ai du mal à respirer. Un poids me tombe sur la poitrine, et ma vision se trouble. Je serre les poings, sentant cette pression rampant dans mes veines. Une fraction de seconde, j'ai la sensation de redevenir ce petit garçon apeuré d'il y a huit ans. Celui qui avait tout le temps envie de pleurer. J'ai envie de pleurer, putain… Mais non, je suis plus fort que ça… Plus fort que ça… Paniqué face à la montagne d'émotions qui me submerge, je repose le contenu du cadeau à sa place sans prendre la peine de refermer la boîte. Il faut que je sorte d'ici. Dévalant l'escalier, je sors de chez moi au moment même où la voiture de Warren apparaît. Sans un mot, je monte et le salue.

Mon ami soupire et secoue la tête. À lui non plus, je ne lui ai rien dit, ni à Matéo. Mes potes pensent que je me suis simplement embrouillé avec Haylee et que je suis trop têtu pour reconnaître mes torts. Mais il n'y a pas que ça… Je suis en train de me noyer dans une vague de sentiments que je ne contrôle pas, que je n'arrive pas à repousser, et je ne parviens pas à demander de l'aide.

Lorsqu'on arrive à la soirée, je me rends compte que je n'ai finalement pas pris la veste de Chicago. Je passe une main lasse sur mon visage et essaie de refouler ce que je ressens pour remettre de l'ordre dans ma vie. De récupérer la seule chose qui m'importe. Parce que ce soir, j'ai plus que jamais besoin d'elle et du bien-être qu'elle est la seule à me faire ressentir.

Suivant Warren dans la maison déjà remplie de monde, une grande partie des seniors sont là, je cherche Haylee. Je fais le tour du rez-de-chaussée, saluant au passage quelques coéquipiers, et je finis par la trouver dans la cuisine. Elle est en train de rire avec Matéo et quelques autres gars de l'équipe. Taylor et Kim l'accompagnent. Je m'arrête sur le seuil de la pièce, hésitant à les rejoindre. Haylee s'est étonnamment bien intégrée à mon monde, celui des « uniformes », comme elle l'appelait. Tous les mecs l'adorent et elle s'est fait de nouvelles amies au sein des cheerleaders malgré la présence de Beth. Il est évident qu'elle est en train de passer un bon début de soirée. *Et je vais la lui plomber en me pointant.* Parce que c'est toujours ce que je fais. J'ai failli gâcher notre week-end à Chicago, j'ai gâché la soirée d'après-match… *Elle serait tellement mieux sans moi…*

Je ne me décide que trop tard à m'en aller. Haylee m'a déjà repéré et a quitté le groupe pour venir me voir. Sa mine renfrognée s'évapore au fur et à mesure qu'elle s'approche.

– Salut…

Le soulagement que je ressens en entendant enfin sa voix me terrifie. Je déglutis et cherche quoi dire. Je ne me suis jamais senti aussi con et mal à l'aise avec elle.

– On va jouer à « tu préfères » version Matéo, tu… te joins à nous ?

Elle s'est rendu compte que je ne sais pas comment réagir et elle essaie de détendre l'atmosphère. Sa main s'accroche timidement à mon tee-shirt. Putain, je ne la mérite pas… Vraiment pas… Cette pensée fait revenir les mots de mon père sur ma mère en boucle dans mon esprit. Impulsivement, je l'oblige à me lâcher. Elle va souffrir avec moi, tellement souffrir… Je ne peux pas lui faire ça, même si j'ai désespérément besoin d'elle à mes côtés. Ma réaction la déstabilise. Puis, après m'avoir dévisagé un long moment, elle soupire.

– Tu ne veux toujours pas me dire ce qu'il y avait dans cette lettre ?

Je secoue la tête en guise de réponse négative. Ses lèvres se plissent et je vois ses yeux briller. Sans rien dire d'autre, elle retourne auprès de nos amis. Je remarque à ce moment-là qu'ils nous observent, plus ou moins dépités par mon comportement. Je suis un enculé, je le sais… Prenant la fuite face à eux, je m'enfonce dans la foule. Quand je croise l'un des juniors qui joue dans l'équipe et qu'il me tend un verre en plastique par pur réflexe, je le lui prends et bois son contenu cul sec. Le junior me dévisage, surpris, venant de se souvenir que je ne bois jamais en temps normal, mais je m'éloigne déjà de lui avec la brûlure de l'alcool dans les veines. J'ai besoin d'un truc pour calmer tout ce bordel que je ressens, éteindre le feu dans ma tête. Ce soir, je comprends plus que jamais ce que mon père voulait dire en affirmant qu'il avait été lâche. Lui aussi cherchait un moyen de fuir la déception qu'il était… Fuir ce qu'il ressentait. Et je me retrouve dans le même cas ce soir. Alors sans penser aux conséquences, je me perds dans cette solution de facilité lorsque j'arrive près du buffet. C'est tellement plus facile que d'affronter ce que j'éprouve.

***

– Maxou.

Je reconnais ce roucoulement. Je grimace en voyant

la chevelure rousse de Bethany apparaître de nulle part. Un sourire séducteur sur les lèvres, elle vient s'asseoir sur mes genoux.

– On dirait que ça ne va pas fort dernièrement, bébé. Est-ce que je peux faire quelque chose pour t'aider ?

Oui, te casser, putain !

Je n'ai aucune envie de la voir. Mais ma bouche ne s'ouvre pas. En fait, depuis que je me suis assis parce que mon monde ne cessait de tourner, j'ai l'impression que je ne suis plus vraiment maître de mon corps. L'alcool est un putain de traître. Avec les premiers verres, il m'a fait me sentir mieux. Ma frustration s'est apaisée et je suis parvenu à oublier une partie du bordel dans ma tête. J'ai même eu l'impression de profiter de cette soirée sans Haylee, sans mes potes, rien que moi et mon verre. Puis toutes les pièces ont commencé à virevolter. J'ai failli me casser la gueule plus d'une fois et j'ai arrêté d'essayer de suivre la conversation des mecs avec qui je traînais. Mais maintenant, c'est le revers de la médaille. Depuis que je me suis assis, j'ai la sensation de planer. Mes sens sont émoussés et j'arrive à peine à entendre ce que me raconte Beth.

– Je sais ce qu'il te faut, bébé, continue Beth en me chevauchant comme elle le faisait à l'époque. Cette fille ne peut pas te donner ce que je t'offrais, ce dont tu as besoin, Max.

Je ferme les yeux dès que je sens la langue de Bethany contre mes lèvres. Putain, ça me donne envie de vomir. Je lève mes mains pour la repousser, je ne veux pas qu'elle me touche. Il n'y a qu'une fille que je veux et ce n'est pas elle ! Mais mon corps est tellement au ralenti. Mes forces m'ont déserté, je n'arrive même pas à me dégager de son étreinte.

– Je te pardonne de t'être affiché avec elle, Maxou. Maintenant, tu sais que tu dois revenir vers moi. On est faits pour être ensemble, tu ne le vois pas ? Toi et moi, on revient toujours l'un vers l'autre. On est faits pour être les futurs reine et roi du bal. Pour être le couple le plus populaire du bahut.

– Non, bredouillé-je, confus. Fous…-moi… la paix.

Beth sourit, mais continue son petit manège. Putain, je n'ai aucune envie d'elle ! Est-ce qu'elle ne s'en rend pas compte ? Je m'apprête à réessayer de la repousser quand elle disparaît d'elle-même. Soulagé de ne plus l'avoir sur moi, je soupire et mets un moment à comprendre qu'elle n'est pas partie toute seule.

– Qu'est-ce que tu fous, sale garce ? s'écrie Beth en essayant de se dégager de la poigne d'Haylee sur ses cheveux.

Comme si j'assistais à une scène venant d'un autre monde, je vois Haylee tirer sur les cheveux de Beth et l'éloigner de moi, contrariée. Sans un mot, elle la relâche et revient vers moi. Je frissonne face à l'expression blessée et hors d'elle qu'elle affiche. Le regard qu'elle me jette me fait dessaouler un court instant et je me rends compte de ce à quoi ça pouvait ressembler de l'extérieur.

– Haylee…

Je tente de me lever, mais la pièce commence à tourner. Je bascule et elle me rattrape in extremis avant de me repousser sur le fauteuil. Son regard m'examine et sa colère disparaît. Avec douceur, elle me caresse la joue et je ferme les yeux à son contact. Ça fait du bien. Être avec elle me fait toujours du bien. Mais Beth vient gâcher ce moment.

– Qu'est-ce que tu as cru ? Qu'il n'allait pas revenir vers moi ?

– Tu ferais mieux de te barrer, Bethany. Te voir essayer de sauter mon copain alors qu'il est ivre m'a déjà bien énervée. Alors si tu ne la fermes pas, je ne réponds plus de rien.

– Ton copain ? Et puis quoi encore ! Max t'a peut-être baisée, mais c'est avec une fille comme moi qu'il terminera. Parce que nous sommes du même monde, lui et moi. Toi, tu n'es qu'une pièce rapportée de nerd qui s'entête à être dans un univers qui ne lui correspond pas.

J'assiste vraiment à une scène venue d'un autre monde parce que je vois Haylee se jeter sur Beth. Elle lui met une gifle monumentale et s'apprête à lui faire regretter chacun de ses mots quand Matéo arrive pour les séparer. Je vois nos amis intervenir en faveur d'Haylee. Ils attrapent Beth et, à la grande surprise de tous, la mettent à la porte. Un étrange silence nous entoure quand les choses se calment tout à coup. Est-ce que c'est l'alcool qui me donne des hallucinations ? Mon père aurait dû mettre ça dans sa fichue lettre. *Les dix inconvénients de boire*, ça, ça m'aurait peut-être aidé ce soir. Perdu dans mes pensées, je commence à la faire moi-même, cette liste, quand je sens deux mains se poser sur mes joues. Levant la tête, je croise deux billes grises brillant de mille feux. Ouah, est-ce que je lui ai déjà dit qu'elle avait des yeux magnifiques ? Non ? Je devrais… Peut-être que je devrais faire la liste des dix trucs qui me rendent le plus dingue chez Haylee, même si je doute de pouvoir me décider. Dix, ce n'est pas suffisant…

– Tu as bu… beaucoup, constate Haylee, inquiète. Pourquoi Max ? Qu'est-ce qui t'arrive ?

Ce qui m'arrive ? Oui, qu'est-ce qui m'arrive ? Ah oui… La lettre ! Désorienté, je sors le papier rafistolé de ma poche. J'avais oublié qu'elle était là… Mais elle ne l'est plus. Haylee vient de me la prendre des mains et la lit. Non ! Il ne faut pas qu'elle lise. Elle va savoir que je suis un connard qui a tabassé un mec en train de crever. Elle va lire que même mon père sait qu'il y a une noirceur en moi qui me dévore. Mon ventre se tord quand je la vois lever lentement les yeux vers moi.

– Max… Je… OK, dit-elle doucement en me voyant paniquer. On en parlera plus tard, d'accord ? Maintenant, on va aller prendre l'air. Toi et moi. Rien que toi et moi, Max.

Elle et moi ? Oui, ça me plaît bien. Déterminé à rester avec elle, je me lève et la laisse se glisser sous mon bras pour nous emmener dehors. Je sens au bout de quelques pas que quelqu'un d'autre me soutient.

– Ça va aller, mon pote, murmure Warren accompagné de Matéo.

Je hoche la tête et me laisse aller. Mon cul rencontre le trottoir quand on s'assoit dehors. La soirée a repris de plus belle, mais nous n'en faisons plus partie. Tant mieux. Le vent tiède de la nuit me fait du bien. Mon envie de vomir se dissipe sous les caresses d'Haylee, qui m'incite à boire de l'eau. Putain, elle m'aura forcé à boire l'équivalent de la rivière de Galena à ce rythme ! Mais petit à petit, ça a l'effet escompté. Je commence à retrouver quelques repères, retrouver un brin de lucidité qui me fait du bien. Quand ça va mieux, je me rends compte d'une chose plus clairement à présent. Beth m'a embrassé… Devant elle…

– Haylee…

Ma voix est rauque et pâteuse. Je déteste m'entendre parler à cet instant. Cela me rappelle mon père…

– On en reparlera plus tard, m'assure-t-elle en déposant un petit baiser sur mes lèvres. On en reparlera plus tard…

J'acquiesce et la prends dans mes bras. J'avais tellement besoin de ça… d'elle… J'enfouis mon visage dans son cou et inspire son odeur. Pendant les minutes qui suivent, je ne bouge pas. Je ne veux pas bouger d'un centimètre de peur de la perdre de nouveau. Haylee finit par me repousser.

– Je vais aller chercher mon sac et on rentre, d'accord ? Tu ne bouges pas d'ici. Tu me le promets, Max ?

Sa voix est si suppliante que je ne peux rien faire d'autre qu'accepter. Je ne vais pas aller bien loin de toute façon à pied et à moitié ivre, mais elle semble effrayée à l'idée que je disparaisse. Comme si… Je me souviens d'un coup qu'elle a la lettre de mon père. Je comprends pourquoi elle a aussi peur. Après l'avoir lue, elle craint que je ne commette une nouvelle folie.

– Je reste ici, promets-je pour la rassurer.

Ça a l'effet voulu. Elle me répète qu'elle revient rapidement et je la regarde disparaître dans la maison. Putain, qu'est-ce que j'ai fait ? Ce soir, j'ai complètement déconné. Avec elle, avec l'alcool, avec tout… Qu'est-ce que je vais faire maintenant ?

– Hé, Max !

Levant la tête, je vois débarquer un Scott courroucé, accompagné de Josh et des fidèles qui ne l'ont pas abandonné. Bethany le suit en pleurs, enfin, ce sont des larmes de crocodile. Je les reconnais, ce sont les mêmes qu'elle lâchait pour me faire culpabiliser quand on était ensemble.

– Où est ta garce de copine ? Elle a osé s'en prendre à Beth !

– La seule garce ici, c'est elle, marmonné-je en désignant mon ex. Déjà, parce qu'elle a couché avec toi. Mais aussi parce qu'elle a essayé de profiter de la situation à l'intérieur pour me sauter dessus. La gifle d'Haylee était amplement méritée.

Scott hausse un sourcil, déstabilisé. De toute évidence, Beth ne lui a pas expliqué pourquoi Haylee lui en a mis une. Il la dévisage, puis la repousse, contrarié. Je m'attends à ce qu'il s'en aille, ayant saisi qu'il faisait fausse route, mais il n'en fait rien. Scott retourne sa colère contre moi.

– Encore ! Il faut que tu aies tout, hein ?! Me voler mon équipe n'a pas suffi ! Il faut que tu aies toutes les meufs de ce putain de patelin ! Tu crois qu'elles réagiraient comment si elles savaient qu'elles sont toutes fascinées par un putain de psychopathe ? Après tout, tu es comme ton père, non ? Alcoolique, cogneur, toxique !

Sa remarque me fait tilter. Comment est-ce qu'il est au courant de ça, lui ? Je n'ai confié mon passé à personne en dehors de Warren, Matéo, le coach et Thomas Green. Enfin, non, ce n'est plus tout à fait vrai puisque mes plus proches amis sont maintenant au courant vu ma réaction le jour de mon anniversaire. Alors comment est-ce que lui l'a découvert ? Est-ce qu'il m'aurait entendu discuter avec mes potes ? Sûrement. Cet enfoiré de Scott adore laisser ses oreilles traîner dans les vestiaires pour glaner des informations et enfoncer les autres. Il ne doit pas s'être gêné avec moi vu qu'il me déteste.

– Pourquoi est-ce qu'on n'irait pas leur dire que tu es un menteur et que tu es comme ton pathétique vieux ? poursuit-il avec véhémence. Qu'est-ce qu'il y a, Max ? La vérité te blesse ?!

Quand Scott me pousse, je me rends compte que je me suis redressé et que je serre les poings. Cet enculé me fait sortir de mes gonds. Il a toujours su où frapper pour m'agacer, mais ce soir… je ne contrôle rien. Et le premier coup part quand il me pousse de nouveau. Scott sourit, étrangement satisfait, et repart à la charge. En une seule seconde, je vrille. Toute ma frustration et ma colère reviennent au galop, et je le frappe tellement fort que j'ai l'impression que je vais le buter. Scott ne se défend pas, ou presque pas… Qu'est-ce qu'il fout ? Il est venu pour avoir cette bagarre qu'il désire depuis tant d'années, non ? Alors pourquoi est-ce qu'il me laisse le frapper sans rien faire ? Aucun de ses amis n'intervient non plus… Cette situation pue la merde, mais ma colère me rend aveugle.

– Max, arrête !

Le cri d'Haylee est la seule chose qui traverse le brouillard de rage dans lequel je suis plongé. Je sens qu'on me tire en arrière, mais d'un geste brusque de la main, je me dégage. Le regard rivé sur Scott, ma fureur s'amplifie quand je le vois sourire.

– Mon père va tout faire pour que tu ailles en taule après ça, grogne-t-il doucement. Et crois-moi quand je t'assure que je me réjouirai de te voir tout perdre.

Déstabilisé, je le relâche. Des gyrophares m'éblouissent et, cette fois-ci, je comprends. Il avait prévu le coup. Il a fait en sorte que je devienne violent pour que je sois arrêté. Mon sang ne fait qu'un tour dans ma tête et j'ai envie de lui fracasser la tête contre le gravier. Je suis brusquement plaqué contre le sol. L'un des officiers me hurle dessus et me menotte les mains. Mon cœur s'emballe lorsque je parviens à lever la tête et croise le regard d'Haylee à quelques pas. Je cesse de me défendre quand je la vois à terre, la lèvre ouverte… Elle me dévisage, terrorisée. Et je me souviens à cet instant qu'on a essayé de me tirer en arrière… Bordel… Je l'ai blessée… Mon pire cauchemar est en train de se dérouler sous mes yeux… Alors je fonds en larmes. Je craque définitivement.

Parce que je n’en peux plus. Je n’en peux plus d’être comme ça, de devoir ressentir tout ce bordel… Je n’ai plus la force de maintenir la tête hors de l’eau, je me noie.

34

Haylee

– Je t'assure que ça va, papa !

Je le repousse dès qu'il a fini de soigner ma lèvre et quitte mon siège. Morte d'inquiétude, je fais les cent pas dans son bureau. Je n'aurais jamais dû le laisser seul. Pas avec tout ce qu'il vit. Il ne va pas bien, ça se voit à des kilomètres ! Et après avoir lu ce que contient la lettre de son père, je comprends pourquoi. Apprendre que son père est mourant a dû lui faire un choc. Il ne doit plus savoir ce qu'il doit ressentir à son égard, ni ressentir tout court. L'interdépendance entre l'enfant et le parent alcoolique est difficile à soigner, même après tant d'années. Je le sais, parce que je me suis renseignée. Je voulais pouvoir lui venir en aide… Et Max a tellement été impacté par les actes de son père qu'il est désormais perdu entre sa colère et sa tristesse. Il se noie dans ses émotions sans savoir comment s'en sortir. Et les provocations de Scott n'ont pas dû l'aider. Je ne suis arrivée que lorsque c'était déjà trop tard, mais j'ai parfaitement entendu Scott le chercher. Et il a obtenu ce qu'il voulait. Le père de Scott est un homme puissant à Galena, il va tout faire pour porter plainte et détruire la vie de Max. Je ne peux pas laisser faire ça. Pas alors qu'il a déjà tellement à gérer.

– Papa, il faut que tu fasses quelque chose ! le supplié-je. Scott est celui qui l'a provoqué !

– Peut-être, chérie, soupire mon père en se levant de son fauteuil à son tour. Mais Max est celui qui a frappé en premier et le seul qui a frappé… Je ne pourrai pas empêcher les Olson de porter plainte.

– Très bien, alors laisse-moi porter plainte aussi !

Mon père se fige et me dévisage. Son regard se porte sur ma lèvre. J'évite de passer ma langue sur la petite coupure que j'ai parce que ça fait un mal de chien.

– Contre Max ?

– Non, bien sûr que non ! Je veux porter plainte contre Scott.

Mon père soupire, un brin soulagé. Même s'il a l'air contrarié de voir qu'en tentant de l'arrêter, Max m'a frappée sans le faire exprès, il ne semble pas vouloir l'empêtrer davantage dans les problèmes.

– Et pour quelles charges, chérie ? On ne peut pas porter plainte aussi facilement parce que…

– Il a tenté d'abuser de moi.

Mon père pâlit et me lance un regard qui est très clair. J'ai intérêt à m'expliquer et plus rapidement que ça.

– Il y a quelques mois, quand l'équipe a dépassé le sixième match… On est tous allés participer à la petite soirée dans le parc. Eh bien, à l'époque, Scott et moi nous fréquentions un tout petit peu. Il m'a emmenée à l'écart pendant la soirée pour m'embrasser.

Je frissonne en repensant à la nausée qui m'avait saisie quand ses lèvres avaient touché les miennes. Beurk. C'est à se demander comment j'ai pu le trouver intéressant une seule seconde pendant cet été à Springfield !

– Mais ça ne m'a pas plu, alors j'ai essayé de le repousser. Il n'a rien voulu entendre. Il a commencé à me toucher. Il répétait que Max lui volait petit à petit tout ce qu'il avait et qu'il voulait lui prendre la seule chose que Max protégeait… Moi.

– Haylee ! Pourquoi est-ce que tu ne m'as pas parlé de ça ? grogne mon père, furieux, en passant une main contrariée dans ses cheveux grisonnants.

– Parce que Max est arrivé à temps. Il m'a aidée et a veillé sur moi. J'ai voulu laisser courir pour qu'au lycée ça ne fasse pas toute une histoire.

Mon père vient me prendre dans ses bras et me cajole. Je sais comment il se sent. Il a l'impression de ne pas m'avoir protégée comme il le faut. Mais ce n'est pas sa faute. J'ai été idiote d'avoir eu un tant soit peu confiance en Scott. Je n'ai pas voulu écouter Max, ni personne d'autre. Et à trop espérer vivre le grand amour, j'ai sauté à pieds joints dans un piège… Sauf que ce soir, s'il faut que je ressorte cette histoire pour m'assurer d'aider Max, je le ferai. Parce qu'il ne mérite pas que Scott s'acharne sur lui. Encore moins maintenant.

– J'ai gardé des preuves, fais-je en me souvenant de la règle numéro un que mon père m'a apprise.

Tant qu'il n'y a pas de preuve, le coupable s'en tirera toujours. Me dégageant de son étreinte, je sors mon téléphone et lui montre les photos que j'ai prises de mes bras et mes cuisses. Le soir même en revenant de cette fichue soirée, j'ai remarqué que les mains de Scott avaient laissé des traces bien visibles sur ma peau. Par pur réflexe lié à mon éducation avec un père shérif, je les ai prises en photo. Mon père a un faible sourire satisfait quand il voit que je l'écoute avec assiduité depuis toutes ces années.

– Et j'ai des témoins. La moitié du lycée était à la soirée.

Mon père acquiesce et récupère mon téléphone.

– Je vais voir ce que je peux faire avec ça pour…

convaincre les Olson que ce n'était qu'une petite bagarre entre deux ados bourrés. Par contre, Scott va m'entendre, que les Olson oublient Max ou pas.

Je soupire, soulagée. Je sais que mon père fera tout pour aider Max, parce qu'il est un peu comme son fils.

– Est-ce que je peux le voir ? demandé-je avant qu'il ne s'en aille.

La grimace qu'il m'adresse me fait comprendre qu'il n'a pas envie que je m'approche de Max. Pas tout de suite.

– Papa, il ne va pas bien. Regarde…

Je sors la lettre du père de Max de ma poche et la lui tends pour qu'il la lise. Mon père soupire dès qu'il commence à lire et secoue la tête.

– Ce n'était pas comme ça qu'il devait l'apprendre, marmonne-t-il, me faisant comprendre qu'il était au courant depuis le début qu'Andrews était mourant. Nous avions prévu de lui en parler à la fin de l'année scolaire. D'être là quand il l'apprendrait, pour l'aider à gérer.

– Tu savais ?

Il acquiesce et ouvre la porte. Puis, m'invitant à le suivre, il me fait traverser le poste et entrer dans une petite pièce. J'aperçois Max de l'autre côté d'une vitre. Je m'en approche et lance un regard perdu à mon père. Celui-ci me suit à l'intérieur et referme derrière lui.

– Écoute, trésor, je sais qu'entre Max et toi… Que votre amitié est devenue autre chose. Mais regarde-le… Est-ce que tu es certaine de vouloir de ce Max-là dans ta vie ?

– Ce Max-là ? répété-je, un brin renfrognée, tout en regardant le principal intéressé.

Celui-ci est avachi sur la table, front posé contre le rebord. Ses mains sont encore attachées dans son dos et ses épaules tressautent. Même sans voir son visage, je sais qu'il souffre. Ma poitrine se comprime en le voyant si désespéré, si seul dans cette petite pièce.

– Tu n'as pas peur qu'il te frappe de nouveau ? Qu'il se perde dans l'alcool comme son père ?

– Bien sûr que non ! Max n'est pas comme ça. Tu sais très bien qu'il n'a pas fait exprès de me blesser.

Les larmes me montent aux yeux quand je me souviens de son expression horrifiée dès qu'il s'est rendu compte de ce qu'il avait fait. Le sanglot déchirant qui a suivi m'a brisé le cœur.

– Max n'est pas violent, assuré-je à mon père, tremblant sous l'émotion. C'est un crétin qui refuse de s'ouvrir aux autres, d'accord, mais il n'est pas mauvais. Il ne me ferait jamais de mal. Max est quelqu'un de foncièrement tendre. Il aime faire plaisir aux autres et veiller sur eux. Il ne supporte pas qu'on s'en prenne aux plus faibles. Il est drôle, généreux et… tu… n'as pas idée à quel point il peut être doux et aimant. Ce qui s'est passé ce soir, c'est parce qu'il ne va pas bien. Il n'en peut plus. Refouler tout ce qu'il ressent, ce qu'il vit, est en train de le détruire.

Soupirant, mon père enroule ses bras autour de moi et m'embrasse tendrement la tête pour me calmer.

– Chérie, je sais tout ça. Moi aussi je ne vois que du bon en ce garçon. Je l'ai élevé en partie… Je sais qu'il ne fera jamais de mal à une femme. Surtout pas à toi. Je ne suis pas aveugle, j'ai vu la façon qu'il a de te regarder. Mais ce que toi et moi voyons, Max n'arrive pas à y croire.

Oui, ça, je m'en suis rendu compte toute seule. Il a du mal à croire qu'il n'est pas mauvais. Il a une terrible image de lui-même et si peu confiance en lui que c'est étonnant que personne au bahut ne se soit aperçu qu'il n'est pas aussi sûr de lui qu'on en a l'impression au premier abord. Moi aussi j'ai tardé à le voir après tout…

– Si je te demandais si tu étais sûre de vouloir de ce Max-là, continue mon père en me serrant contre lui, le regard rivé vers la vitre, c'est parce que le Max qu'on voit à cet instant est un être ravagé par le passé. Il va mettre du temps avant de se débarrasser de ses souffrances, de pouvoir avoir une relation aussi ouverte que tu le désires, mon cœur. Il doit se reconstruire… Et ça lui prendra du temps…

M'écartant légèrement de mon père, j'essuie mes larmes.

– Peu importe le temps que ça prendra, je serai là pour lui. Avec lui, assuré-je avec détermination. Je sais que je pourrais très bien trouver quelqu'un d'autre et vivre une relation plus… tranquille, mais je ne veux pas de ça. Je le veux lui. Je l'aime, papa.

Mon père me dévisage un long moment, puis se contente d'acquiescer. Il me demande de rester là et disparaît. Je le revois quelques secondes plus tard entrer dans la pièce où se trouve Max. Dans le silence, il lui enlève les menottes, mais Max ne bouge pas. Un étrange bruit résonne là où je me trouve et j'entends ce qui se passe dans la pièce. Les sanglots de Max me déchirent le cœur. Instinctivement, je pose ma main sur la vitre et meurs d'envie d'aller le prendre dans mes bras.

– Max, redresse-toi, fiston, fait mon père en tirant une chaise pour s'asseoir à côté de lui.

Max secoue la tête et cache son visage dans ses bras. Une longue minute passe pendant que mon père essaie de le calmer. Il pleure à chaudes larmes, comme si tout ce qui le rongeait depuis tant de temps, toute la douleur commençait à sortir enfin. Sa détresse me frappe en plein cœur et je n'arrive pas à retenir mes larmes.

– Haylee…

Je sursaute en entendant la voix rauque de Max.

– Elle… je l'ai blessée… Je… je ne voulais pas… Elle… va bien ?

– Elle a une petite coupure sur la lèvre…

Les épaules de Max se tendent et je l'entends hoqueter, bouleversé.

– Mais elle va bien, continue mon père, à mon plus grand soulagement. Elle est morte d'inquiétude pour toi…

– Elle doit s'éloigner de moi, souffle-t-il si doucement que je peine à l'entendre. Je suis dangereux… Je vais l'entraîner avec moi et la faire souffrir…

Mon père lève la tête vers la vitre et je comprends qu'il me regarde. Je me doute qu'on ne me voit pas, mais il sait que je suis là et que j'écoute tout ce qui se dit. Mais ce que j'entends ne me démoralise pas. Même si Max ne le sait pas encore, je l'aiderai à voir qu'il est quelqu'un de rayonnant.

– Tu veux rompre avec elle ? Tu veux que je la fasse venir pour que tu le lui dises toi-même ?

Max redresse la tête d'un coup, effrayé. Je comprends que c'est ce que mon père voulait. Lui faire redresser la tête pour qu'il puisse lui parler. À l'évidence, tout comme Mme Henderson, mon père sait gérer Max. Après avoir passé tant de temps fourrés l'un avec l'autre, cela ne m'étonne qu'à moitié.

– Non… Non… Je ne veux pas… Mais je… Et si je lui refais du mal ? Je ne peux pas… Je ne peux pas…

L'attirant à lui, mon père le prend dans ses bras. Max se laisse faire et je me rends compte de nouveau de la complicité qui les lie. Max me l'a dit, il considère Thomas comme la figure paternelle qu'il n'a plus eue après le départ de son père. Et le voir s'accrocher à lui désespérément me permet de le comprendre de nouveau.

– Max, fiston, je sais que… les choses sont compliquées pour toi. Ton père…

Max essaie de se dégager des bras de mon père dès qu'il mentionne Andrews, mais ce dernier ne le laisse pas faire. Il sait tout comme moi que Max a besoin d'aide. Qu'il a besoin de soutien et qu'on le réconforte. Son âme d'enfant blessé a terriblement besoin de se libérer de son passé. Et aucun de nous deux, ni mon père, ni moi n'avons envie de le laisser seul face à cette épreuve.

– Je sais que tu es au courant pour la maladie de ton père. J'ai lu la lettre, continue mon père en luttant pour l'apaiser. Ça a dû ramener tout ce que tu refoules depuis tant de temps à la surface. Mais ce n'est pas une mauvaise chose, fiston. Il faut que tu cesses de te couper de ce que tu as vécu, il faut que tu acceptes d'en parler.

– Je ne veux pas ! Lâchez-moi ! Je ne veux pas me sentir comme ça ! Je ne veux pas de cette tristesse, de cette colère… Je ne veux pas ressentir tout ça !

– Si tu ne le fais pas, fiston, si tu n'affrontes pas ton passé, tu vas perdre Haylee.

L'effet est immédiat. Max cesse de se débattre et dévisage mon père comme un enfant apeuré. À sa mine atterrée, je comprends qu'il ne sait pas comment réagir à la déclaration de mon père.

– Je sais que tu aimes ma fille et que tu veux la protéger, continue mon père en prenant le visage de Max entre ses mains. Mais si tu ne décides pas d'aller de l'avant, de faire tout ce qui est en ton pouvoir pour guérir cette blessure dans ton cœur, tu vas la perdre. Peut-être pas tout de suite, parce qu'elle est aussi têtue que toi et qu'elle ne t'abandonnera pas… Mais tu sais aussi bien que moi que ça finira par arriver si tu ne fais rien.

Max ne répond pas, mais je le vois paniquer. La peur

viscérale que j'apercevais de temps en temps dans son regard refait surface. Je déglutis et serre mes bras contre ma poitrine pour ne pas foncer dans cette pièce et le serrer contre moi.

– Et ce n'est pas le pire, fiston. Si tu ne fais rien, tu vas te perdre, toi aussi, poursuit mon père doucement. T'obstiner à ne rien ressentir va te détruire. Ça va ronger le garçon chaleureux, plein d'humour et bon que j'ai vu grandir. Celui à qui j'ai confié ma fille. Est-ce que tu veux voir ce garçon disparaître, Max ? Moi, je n'en ai vraiment pas envie. Haylee non plus. Ta mère non plus. Et je sais que tous ceux qui te connaissent ne le voudront pas. Ton histoire a peut-être eu un début difficile, mais cela ne définit pas qui tu es. C'est le reste de ton histoire, qui tu choisis d'être, qui compte, fiston.

Max prend une profonde inspiration et plonge sa tête entre ses mains.

– Vous… pouvez m'aider ? sanglote-t-il, désespéré.

Son appel à l'aide est bouleversant. Mon père le prend dans ses bras et lui murmure quelque chose que je n'entends pas. Mais à la façon dont ses épaules se détendent, j'ai l'impression qu'il lui fait comprendre que nous serons tous là pour le soutenir afin qu'il aille de l'avant. Parce que peu importe ce qu'il croit, il est digne d'être aimé.

***

Au bout d'une longue heure durant laquelle je regarde mon père discuter à voix basse avec Max, sans parvenir à entendre ce qu'ils se disent, ma mère vient me chercher. Une fois à la maison, je me blottis dans ma couette et vais m'asseoir près de ma fenêtre, guettant le retour de Max. J'ai confiance en mon père, il va l'aider à s'en sortir sans accroc. Il va lui permettre d'avancer. Et je serai aussi là pour lui.

La fatigue et l'angoisse des derniers événements finissent par me faire somnoler. Je ne me réveille qu'en plein milieu de la nuit lorsque mon téléphone bipe.

[Rejoins-moi à notre cabane.]

Ni une ni deux, je quitte ma chambre. Lorsque j'arrive à la cabane, je découvre Max assis par terre, les yeux fermés. Il a l'air épuisé, il l'est sûrement à force d'avoir tant pleuré. L'alcool aussi doit être responsable de son état, après tout, c'était la première fois qu'il buvait. M'installant face à lui, j'hésite à lui prendre la main et à l'embrasser. J'ai tellement envie de le réconforter, de faire quelque chose pour lui. Je me sens si impuissante… Et tout l'amour que j'éprouve n'est d'aucune utilité.

Quand il ouvre les yeux, rougis par les événements de la soirée, je ne fais ni l'un ni l'autre. Mon estomac se noue et je me sens nerveuse. Comme si… quelque chose allait arriver. Un court instant, j'ai peur qu'il ne m'annonce que c'est fini entre nous. Qu'il refasse un pas en arrière et décide qu'il ne peut pas être sauvé malgré tout ce que mon père a dû lui dire. Mais, non, je m'angoisse pour rien. Parce que même s'il m'observe comme si c'était la dernière fois qu'on se voyait, je sais qu'il m'aime toujours. Je le vois dans son regard. Je le sens à la tension dans ses épaules et les efforts qu'il fait pour ne pas me toucher.

– Je suis désolé, souffle-t-il doucement, si doucement que je mets un moment à comprendre qu'il a parlé.

Le regard rivé sur ma lèvre, Max me fixe, ravagé par les regrets et la culpabilité.

– Ce n'était qu'un accident, Max.

Maladroitement, je lui prends la main et il se laisse faire. Un brin soulagée, je lui souris timidement et lie nos doigts ensemble.

– Et toi, est-ce que ça va ?

Max ne répond pas tout de suite. Il regarde nos mains, il me détaille silencieusement. La tristesse avec laquelle il m'observe me met mal à l'aise. Je l'ai bien entendu dire à mon père qu'il ne comptait pas rompre. Alors pourquoi est-ce que j'ai l'impression que c'est ce qu'il s'apprête à faire ? Mon cœur s'affole et je tremble, mais pas de froid. J'ai terriblement peur de ce qu'il va me dire.

– Non, je… ne vais pas bien, lâche-t-il finalement. J'ai tellement de choses qui me rendent complètement dingue. Tu avais raison, minimoy, refouler ses sentiments pendant autant de temps n'est pas bon. Je suis une cocotte-minute près d'exploser.

Prenant une profonde inspiration, il me caresse la main, ce qui me redonne un peu d'espoir, celui de me tromper sur ce qu'il essaie de faire.

– Je… J'ai besoin d'aide… Et je vais… me faire aider, continue-t-il lentement. Ton père m'a promis de m'aider à me débarrasser de cette colère, de ce qui ne va pas en moi… Il m'a promis de m'aider à être celui que tu mérites.

– Max…

Mais il m'intime au silence tendrement en me caressant la joue.

– Je sais que tu veux m'aider, que tu veux être avec moi… Je t'aime, putain, Haylee. Et je désire être avec toi plus que tout, surtout en ce moment. Mais… je ne peux pas faire ça. Pas pour le moment.

– Comment ça ?

Ma voix tremble, et nous savons tous les deux ce qu'il s'apprête à dire.

– Il me faut du temps pour… me sentir mieux. Je n'arriverai pas à gérer les deux en même temps… Si tu es à mes côtés, je te blesserai pendant que tu essaies de m'épauler. Et ça… ne m'aidera pas. Dès que je te fais souffrir, j'ai l'impression de m'arracher le cœur et de marcher dessus, ça me rend dingue et je ne peux pas gérer ça maintenant…

Je comprends ce qu'il essaie de m'expliquer plus ou moins clairement. Il doit y aller pas à pas. D'abord se recentrer sur lui, avant de s'impliquer vraiment dans une quelconque relation. Parce que tant qu'il sera aussi perdu dans son cœur et sa tête, il ne pourra pas être à cent pour cent dans notre histoire. Mon cœur se brise en comprenant que malgré toute ma bonne volonté, malgré mon désir de l'épauler, il va s'éloigner une nouvelle fois de moi. Pour son bien, certes, mais c'est tellement difficile à encaisser. Me soulevant, Max m'incite à m'asseoir sur ses cuisses et je m'exécute. Je me blottis contre lui et retiens les larmes qui menacent de jaillir.

– Tu dois forcément t'éloigner ?

Ma voix se brise et il me serre davantage dans ses bras.

– Oui, bébé. J'ai besoin de faire du tri et de changer ce qui ne va pas… J'en ai besoin pour me sentir mieux… Pour pouvoir t'aimer comme tu le mérites.

J'acquiesce, mais mon cœur a envie de le supplier de ne pas faire ça. Je ne veux pas qu'il s'en aille, pas une nouvelle fois.

– Je ne te quitte pas pour toujours, Haylee, fait-il, la voix rauque, aussi bouleversé que moi. Je ne peux pas te demander de m'attendre. Mais je reviendrai pour toi. Parce que je t'aime plus que tout.

De nouveau, je me contente d'acquiescer. Si j'ouvre la bouche, je vais l'implorer de ne pas me quitter et cela nous fera du mal à tous les deux. S'il a besoin de temps, je le lui accorderai. Peu importe ce qu'il dit, je l'attendrai. M'éloignant de Max, je laisse un bout de mon cœur quand je croise son regard chocolat ravagé par la peur et la souffrance. Il n'a aucune envie de faire ça, de prendre ses distances avec moi. Alors je le devance. Je l'embrasse une dernière fois. Ce baiser est différent. Il a le goût de nos larmes qui se mélangent et d'un adieu qui nous déchire. Max s'accroche à moi, hésitant. Il a mis toutes ses forces pour venir m'annoncer que nous devions nous éloigner un moment. Mais sa détermination s'effrite au fur et à mesure qu'il comprend qu'il est en train de mettre un terme à ce que nous avons. Il doit certainement avoir peur que je ne l'attende pas, que je finisse par considérer cette séparation temporaire comme une rupture définitive. Mais je n'ai pas dit mon dernier mot.

– Tu as intérêt à prendre soin de toi et à me revenir, Maximilien, ou tu verras ce qu'une minimoy est capable de faire.

M'attirant à lui, il me promet une dernière fois de faire tout ce qui est en son pouvoir pour devenir celui que je mérite. Puis, doucement, je m'arrache à ses bras. Il ne pourra pas le faire, je le sais, alors je le fais pour lui. Ça sera ma façon de l'aider… de le soutenir dans ce qu'il a décidé d'entreprendre. Ravalant un sanglot, je quitte notre petite cabane et pars en courant. Je ne m'arrête qu'une fois que je suis dans ma chambre, sous ma couette. Après m'être assurée que je ne referai pas marche arrière, que je ne serai pas ce qui l'empêche de se recentrer sur lui pour aller mieux, je déverse toute la douleur que cette rupture même temporaire me fait ressentir. Je pleure sans pouvoir m'arrêter.

J'ai laissé mon cœur dans notre cabane d'enfants,

chaque petit morceau à l'endroit même où nous sommes devenus amis il y a des années de ça. Au même endroit où l'on a compris à Noël qu'il y avait tellement plus entre nous. J'ignorais qu'un cœur brisé pouvait faire aussi mal. Moi qui voulais vivre toutes les expériences d'une lycéenne, je suis servie… Et bordel, ça fait mal, terriblement mal…

35

Max
Juin

Prendre la décision de quitter Haylee le temps de retrouver mon self-control n'a été que le commencement de deux mois pourris. La première conversation que j'ai eue avec ma mère le lendemain de cette fameuse soirée où j'ai vraiment fait n'importe quoi m'a laissé un arrière-goût amer. Je me sentais tellement égoïste de lui raconter à quel point j'étais en train de me noyer. Elle aussi a vécu avec mon père et son alcoolisme. Elle a enduré tout autant que moi cette période sombre de nos vies. Alors m'appesantir sur ce que moi j'éprouvais m'a fait me sentir si coupable que si je n'avais pas eu une très bonne raison de continuer, j'aurais fait marche arrière. Mais je ne le peux pas. Pas après avoir promis à Haylee de devenir celui qu'elle mérite. Celui qui sera certain de ne jamais lever la main sur elle et qui n'est pas rongé par tant de merde. Alors j'ai continué dans cette voie. Pour elle, pour moi…

Thomas a tenu parole. Il m'avait promis de rester à mes côtés le temps qu'il faudra, jour et nuit, pour m'aider à affronter mes souvenirs. Il m'a encouragé et soutenu en me rappelant que, parfois, il était nécessaire de s'éloigner de ceux qu'on aimait pour se préserver et les préserver. Il m'a même accompagné avec ma mère à mes premières séances chez la psy qui me suit depuis deux mois désormais.

Au début, je ne voyais vraiment pas l'utilité d'aller voir cette psy. Cette femme était exaspérante. Elle voulait tout le temps que je mette des mots sur ce que je ressentais, que je lui explique le bordel qui me rongeait de l'intérieur, que je lui raconte encore et encore chaque putain de souvenir avec mon père, ma mère et le bon Dieu ! Sans parler de ces moments où elle m'expliquait les traumas qui poursuivaient les enfants d'alcooliques tout au long de leur vie. Le manque de confiance en soi, le sentiment d'être responsable de la situation, l'impression de ne pas mériter d'être aimé parce qu'on ne vaut rien, le besoin de se juger si durement qu'on a du mal à être heureux, les difficultés relationnelles qui pourraient aller de pair avec toutes ces merdes… Dès qu'elle partait là-dessus pour me rappeler à quel point ce que nous faisions était bon pour moi, pour me reconstruire et m'assurer d'aller de l'avant, j'avais envie de me casser de son putain de canapé pour ne plus jamais revenir. Mais je ne l'ai pas fait. Je suis resté à chaque fois. Parce que je voulais tourner la page.

Avec le temps et en la voyant presque tous les jours, j'ai fini par m'ouvrir. L'idée que tout ce que je pourrais dire dans cette pièce avec cette bonne femme ne sortirait jamais de là m'a rassuré. Je n'avais pas à m'inquiéter de blesser ma mère ou qui que ce soit par mes paroles. Je pouvais tout déballer sans jugement. Alors nous avons parlé et parlé… Nous avons travaillé sur la rétribution des responsabilités. Ce n'était pas ma faute si mon père s'est enfoncé dans l'alcool et si mes parents se disputaient. Ce n'était pas ma faute s'il s'emportait jusqu'à en perdre son sang-froid et me frapper. J'étais la victime… Cette idée me révulse encore. Parce que je me suis tellement conditionné ces dernières années à devenir de plus en plus fort physiquement, que l'idée d'être une victime me donne la nausée. Mais cela semble logique. Après tout, je n'étais qu'un enfant.

Avec cette prise de conscience, la validation du vécu émotionnel est venue de soi. Ma colère, ma tristesse sont légitimes. Peu importe l'homme fort que je suis maintenant, la plaie ouverte que cette période a laissée sur mes émotions est encore vive. Alors j'ai le droit d'avoir besoin que l'on comprenne ma colère, ma tristesse et tout ce bordel qui me ronge depuis tant de temps. Cette constatation m'a permis d'ouvrir les yeux sur une chose. Haylee avait raison depuis le début. Refouler n'est jamais une bonne idée. La souffrance revient toujours nous hanter si on ne s'en débarrasse pas, si on ne lutte pas contre elle. Elle nous dévore jusqu'à ce qu'on ne soit plus que l'ombre de nous-même et qu'on ait complètement oublié comment être heureux et vivre simplement. Voilà pourquoi il est important de parler. D'extérioriser et de s'autoriser à ressentir, à éprouver la douleur pour la laisser s'en aller.

Aujourd'hui, est-ce que j'en veux à mon père pour avoir gâché quatre ans de nos vies ? Pour m'avoir fait du mal et en avoir fait à ma mère ? Oui. De toute évidence. Mais d'autres choses sont ressorties durant mes sessions quotidiennes. J'en veux aussi à ma mère. Pourquoi est-ce qu'elle l'a laissé nous faire ça ? Je n'aurais jamais cru que je pouvais ressentir ça envers cette femme qui m'a élevé et protégé pendant tant de temps. Mais la psy m'a tranquillisé. En vouloir à ma mère pour sa faiblesse passée, parce qu'elle croyait que mon père pouvait changer, ne fait pas de moi un mauvais fils. Cela me rend simplement… *humain*. Tout comme le sont mes parents. Ils ne sont pas parfaits, ils font des erreurs et se trompent aussi. Cela ne veut pas dire que je dois pardonner aussi simplement, mais je peux accepter qu'ils ne soient pas les héros qu'on imagine étant enfant et essayer d'aller de l'avant avec eux. Ma mère l'a aussi compris lorsque, au bout de quelques séances, la psy l'a invitée à une petite confrontation pour mettre nos émotions à nu.

Les confrontations ont été la deuxième torture de ces deux mois de merde. Être assis en face de ma mère pour lui avouer que je lui en voulais de ne pas nous avoir tirés de cette situation à temps, d'avoir attendu qu'Haylee soit blessée et de continuer aujourd'hui à faire des concessions pour mon père après ce qu'il lui a fait était horrible. Elle a compris bien sûr que cela ne changeait rien à l'amour que je lui portais, mais cela nous a bouleversés… et rapprochés d'une certaine façon. Depuis, j'arrive petit à petit à m'ouvrir avec elle. À lui dire ce qui me dérange et me rend malade. Et c'est un énorme pas en avant.

Quand le tour de mon père est arrivé, je n'ai pas pu. La première session, j'ai envoyé balader tout ce qu'il y avait sur la table nous séparant de lui, l'homme chétif qu'il est devenu, rongé par la maladie, et moi, rongé à mon tour par les souvenirs. Toutes les insultes et les reproches qui sont sortis de ma bouche ce jour-là ne s'effaceront jamais. Ni dans son esprit ni dans le mien. Mais malgré tout cela, il est revenu à chaque fois que la psy le lui a demandé. Il a fait ce qu'il m'avait promis dans cette foutue lettre : il essaie de m'aider. À sa façon et plus ou moins assidûment puisque je le repousse quatre fois sur cinq, mais il reste là. Il encaisse mes paroles cruelles sans répliquer et admet ses erreurs.

À un moment donné, j'ai voulu arrêter ces fichues confrontations qui me déstabilisaient, mais je ne l'ai pas fait. Parce que pour pouvoir revenir vers Haylee, j'ai besoin de surmonter toute cette histoire. Je ne sais pas si j'y arriverai avant qu'elle ne cesse de m'attendre, mais je ferai tout pour. C'est d'ailleurs pour cela que j'ai passé les deux dernières heures, avant le match de foot, dans ce centre où je vais une fois par semaine pour parler avec d'autres enfants d'alcooliques. Parler avec de parfaits inconnus de mon passé avec mon père n'a pas été facile. Mais avec le temps, j'ai appris à connaître certains d'entre eux, à apprendre comment ils continuent à vivre en essayant de laisser le passé derrière eux. Et je veux en faire autant.

– Alors, c'était… bien ? demande, hésitant, Warren qui est venu me récupérer exceptionnellement pour m'emmener directement au bahut.

Je hausse les épaules. Mon ami n'insiste pas. Il sait que, dernièrement, ce n'est pas le top. Lui et Matéo m'ont soutenu pendant ces deux derniers mois. Ils ont essayé de me faire penser à autre chose dès que mon moral était au plus bas. Ils ont passé de nombreuses heures à discuter avec moi de tout et de rien, et m'écoutent lorsque j'en ai besoin. Ils me racontent même ce qui se passe dans la vie d'Haylee pour continuer à me motiver. Ayant décidé de prendre du recul, je ne la vois plus beaucoup. Même plus du tout. Parfois, je l'aperçois par la fenêtre de sa chambre ou au lycée, mais je ne vais jamais vers elle. C'est sûrement l'un des trucs qui, au cours de ces deux derniers mois, me torture le plus, mais j'ai pris ma décision. Je dois régler un maximum le bordel dans ma tête et retrouver mon calme avant d'essayer de nouveau avec elle. Je refuse que ce qui s'est passé à la soirée à cause de Scott se reproduise de nouveau. Je ne la blesserai plus, accidentellement ou non.

Quand on arrive à Galena High School, j'inspire profondément et suis Warren jusqu'à l'annexe sportive. Je ne sais pas pourquoi je suis ici. Je ne peux pas jouer de toute façon pour cette finale. Une autre chose qui a été complètement pourrie pendant ces deux derniers mois ? Scott a réussi en quelque sorte son coup. Même si Thomas a dissuadé ses parents de porter plainte contre moi en utilisant les informations qu'Haylee lui avait fournies sur le *comportement déplacé* de leur fils, il est parvenu à me faire suspendre de match jusqu'à la fin de l'année scolaire. Il retrouve ainsi tout le contrôle sur l'équipe. Honnêtement, son petit jeu est le dernier de mes problèmes. Même si ça me fait chier de ne pas pouvoir jouer cette finale, je n'en ai pas besoin. Hier, j'ai reçu la lettre de l'université de Chicago m'informant qu'ils m'offraient une bourse pour venir étudier chez eux et rejoindre leur équipe de football. Alors, cette finale, c'était davantage pour avoir l'occasion de jouer une dernière fois avec mes amis. Je soupire quand je rentre dans les vestiaires. Immédiatement, plusieurs têtes se lèvent vers nous et une dizaine de visages s'illuminent.

– Max, putain ! On avait vraiment peur que tu ne te pointes pas ! s'exclame Garrett en venant me prendre dans ses bras.

Étonnamment, malgré mon comportement à la soirée de Scott et toutes les merdes que j'ai faites cette année, Warren et Matéo n'ont pas été les seuls à se montrer présents pour moi. Moi qui pensais qu'étant moins rayonnant qu'avant, moins parfait, mes amis allaient s'éloigner, je me suis bien trompé. Garrett, Félix, Bobby et tous les autres membres de l'équipe sont restés à mes côtés. Je suppose que Warren et Matéo leur ont expliqué plus ou moins la situation. Un père alcoolique, un passé marquant, ce même père qui réapparaît des années plus tard en train de crever et qui essaie de soigner la blessure qu'il a lui-même ouverte dans le cœur du petit garçon que j'étais… Bref, ils sont plus ou moins au courant. Et aucun d'eux ne m'a laissé tomber. Au grand regret de Scott qui espérait qu'après mon dernier pétage de câble, l'équipe me tournerait le dos. Être le seul capitaine à bord aux entraînements ne l'aide pas de toute évidence à récupérer ce qu'il n'a jamais eu : le respect de l'équipe.

Me laissant entraîner avec un petit sourire par mes potes, je les regarde se préparer et participe aux conversations légères qui me font du bien. Cela me change. Quand Scott débarque avec sa petite bande, il me toise l'air de se demander ce que je fais là, mais à la réaction du reste du groupe, il ne dit rien. Lorsque le coach entre dans la salle et s'assure que tout le monde est prêt, je le vois hésiter en me regardant. Il veut m'envoyer sur le terrain. Même si tout comme moi il sait que je n'en ai plus besoin pour ma bourse, il veut m'offrir ce dernier match avec mon équipe. Mais il est pieds et poings liés.

– OK, vous êtes prêts les gars ? crie-t-il en détournant le regard.

– Tout le monde ne l'est pas, coach, fait Matéo en me lançant mon casque.

Perplexe, je lève les yeux vers lui. Qu'est-ce qu'il me fait ? Il sait que je ne jouerai pas.

– Max vient avec nous, affirme-t-il tranquillement comme si c'était aussi simple que ça.

– Hors de question, grogne Scott, hors de lui. Ce connard est suspendu, vous vous en souvenez ?

– Le seul connard dans cette pièce est en train de l'ouvrir alors qu'il devrait la fermer avant que je ne lui en foute une moi aussi ! l'interrompt Warren, poings fermés.

– Je ne rentrerai pas sur le terrain sans mon capitaine, coach, ajoute Matéo en se rasseyant à mes côtés.

Le coach hausse un sourcil étonné. Matéo est un receveur, l'un des meilleurs de l'équipe. Sans lui, toutes les stratégies d'attaque sont compromises et il le sait. Qu'est-ce qu'il fout ?

– Téo, tenté-je, mais il me fait la fermer d'un seul regard.

– Pareil pour moi.

Haussant les épaules, Warren s'assoit et, à la surprise de tous, commence à enlever son équipement.

– Parfait, on se passera de vous deux, fait Scott prétentieusement.

Mais ce qu'il n'a pas prévu, tout comme moi, c'est qu'un à un, mes amis s'assoient à leur tour, refusant de bouger. Je déglutis, ne comprenant pas vraiment ce qu'ils font. Ce n'est qu'un match. Pourquoi en faire toute une histoire ? Mon incompréhension totale doit être visible parce que Garrett intervient.

– C'est grâce à toi qu'on en est là, Max. Tu nous as tous motivés, encouragés. Tu as aidé ceux qui avaient des difficultés dans leurs études pour t'assurer qu'ils partageraient ce moment avec nous. Tu es celui qui tient l'équipe soudée, notre capitaine depuis deux ans maintenant.

– Et l'on n'a vraiment aucune envie de rentrer sur ce terrain sans toi, ajoute Bobby avec un petit sourire. Tu nous as tous épaulés… Alors que tu avais des problèmes de ton côté. Cette fois-ci, c'est à nous de te soutenir. Aucun de nous ne bougera d'ici sans toi.

J'ouvre la bouche, mais la referme, ne sachant pas quoi dire. Cette loyauté, cette amitié… Je n'ai pas la sensation de la mériter. Pourtant, elle me fait tant de bien. Elle me réchauffe et me donne envie de pleurer. Baissant les yeux sur mon casque, je le serre entre mes doigts.

– Merde, je n'aurais jamais cru voir Maximilien Henderson à deux doigts de chialer ! plaisante Félix en m'ébouriffant. La frustration sexuelle n'aide finalement pas pour les matchs. Ça rend les mecs sentimentaux !

Je ne peux m'empêcher de rire. Putain, c'est vrai que je n'ai touché à aucune autre fille depuis Haylee, mais je n'ai pas pensé à ça au cours de ces deux derniers mois. De toute façon, il n'y a qu'elle que je veux.

– Vous êtes complètement abrutis, ma parole ! s'emporte Scott brusquement, nous tirant des plaisanteries qui s'enchaînent après l'intervention de Félix. Vous êtes prêts à renoncer à la finale pour cette merde ? Réveillez-vous, bon sang ! Ce n'est qu'un taré ! Il est comme son père : violent, alcoolo, il ferait tout aussi bien de crever rapidement comme lui !

– Toi, mon pote, je ne vais vraiment pas te rater cette fois-ci, s'emporte Warren en se levant d'un coup. Depuis que tu es capitaine, tu n'as rien fait d'autre que critiquer les joueurs que tu es censé encourager. Tu rejettes tes fautes sur nous, tu sapes la confiance des plus jeunes… Et tu es tellement jaloux de Max, de ce qu'il est au naturel, que tu as tout fait pour essayer de le démolir. J'en ai ras le cul de t'écouter parler !

Warren se jette sur lui, mais les gars l'interceptent et essaient de limiter les dégâts. Scott recule d'un bond pour se mettre hors de sa portée. Le coach siffle, mais cela ne calme pas Warren.

– Warren ! hurle le coach. Ça suffit !

J'interviens à mon tour.

– Laisse tomber, Warren. Laisse tomber, ce n'est pas grave. Jouez ce match. Jouez-le tous, fais-je plus fort pour que tout le monde l'entende. C'est votre dernier match en tant que seniors, ensuite, pour la plupart d'entre vous, le foot, ce sera terminé. Alors ne laissez pas tomber cette compétition maintenant pour moi.

– Tu ne comprends pas, Max, dit Matéo en posant une main sur mon épaule. Ce n'est pas seulement pour toi, c'est pour nous tous aussi. Nous voulons être avec nos amis, tous nos amis sur ce terrain. Que l'on gagne ou non, nous voulons tous nous souvenir de ce moment.

Du coin de l'œil, je vois une bonne partie de l'équipe acquiescer. Même les mecs qui suivent tout le temps Scott ont l'air d'être d'accord. Nous grimaçons tous quand le sifflet du coach résonne pendant une longue minute dans les vestiaires.

– Bon OK, ça suffit ! Henderson, tu as cinq minutes pour te préparer. Vous avez tous cinq minutes pour remettre vos putains d'équipements ! Je ne veux rien entendre, Olson ! ajoute-t-il en voyant Scott près d'intervenir. C'est la décision de l'équipe. En tant que capitaine, tu devrais la respecter.

– Je ne suis pas le capitaine de cette bande de bouffons, lâche ce dernier, hors de lui. Démerdez-vous tout seuls.

Sans un mot de plus, Scott sort, furibond, des vestiaires, abandonnant le match et l'équipe. Quelques sourires s'illuminent par-ci, par-là, mais le quarterback remplaçant, lui, panique. Parce qu'il va devoir prendre la place laissée vacante par Scott et qu'il n'est pas tout à fait prêt. Le coach l'encourage et lui dit de se détendre. Après tout, il est avec son équipe et son nouveau capitaine, rien ne peut aller mal. À cette déclaration, il me regarde avec un sourire satisfait.

Un ange passe et il nous hurle dessus pour qu'on soit parés dans moins de deux minutes. Lorsqu'on rentre tous ensemble sur le terrain, je ressens une drôle de force que je n'ai jamais perçue auparavant. Qu'on gagne ou pas ce match, je n'oublierai pas ce que mes amis ont fait pour moi. Ils ne s'en rendent peut-être pas compte, mais ils ne m'ont pas seulement permis de jouer avec eux une dernière fois, ils m'ont aussi montré à quel point être entouré de ceux qu'on aime peut être libérateur. Une fois toute la tempête passée, être de nouveau avec ceux qui nous rendent heureux fait un bien fou.

À cet instant, je sais que ma décision de rester loin d'Haylee tant que je ne serai pas complètement guéri est une connerie. Parce que s'il fallait que je m'éloigne d'elle pour m'assurer qu'elle ne sera pas blessée par mon manque de sang-froid d'il y a deux mois, je vais mieux aujourd'hui. Et il m'apparaît que pour continuer dans cette voie, j'ai terriblement besoin d'elle. Du bonheur que son simple sourire m'apporte. De l'écouter parler de toutes ces merdes d'astronomie auxquelles je ne comprends rien et d'entendre son rire. Je n'ai plus seulement besoin d'elle, je veux qu'elle soit là. Je veux continuer à avancer pour elle, avec elle. Et j'espère que ça ne sera pas trop tard, parce qu'après ce match, j'ai bien l'intention de lui proposer de devenir ma copine, officiellement. Tout ne sera pas facile, j'ai encore pas mal de merdes à régler dans ma tête et mon cœur, mais je suis certain d'une chose : je l'aime. Éperdument. Depuis tellement longtemps… que je ne pourrai jamais lui faire du mal. Pas de cette façon, jamais.

36

Haylee

Assise sur mon lit, je fixe encore la lettre que j'ai reçue ce matin. Cette lettre… j'aimerais tellement pouvoir la montrer à Max. Qu'est-ce qu'il en pensera ? Est-ce que ça lui fera plaisir d'apprendre que j'ai finalement envoyé mon dossier à l'université de Chicago et qu'on m'a prise ? Je soupire et me lève pour regarder en direction de sa fenêtre. Ça fait deux mois qu'on n'est plus ensemble, qu'on ne se voit plus… Il me manque tellement… Repoussant mon envie de pleurer, je tire le rideau. Si je le vois, je ne vais pas résister à l'envie de l'appeler pour lui annoncer cette nouvelle. Et je ne veux pas gâcher tous ses efforts.

Mon père me parle régulièrement de lui, alors je sais à peu près où il en est. Le fait qu'il ait finalement accepté d'aller parler à un professionnel de ce qu'il ressentait et ait confronté son père est une bonne chose. Cela doit lui faire tellement de bien… Voilà pourquoi je ne veux pas l'empêcher de continuer sur cette voie. Et ce, même si ça me tue de ne pas pouvoir lui parler, le toucher et le sentir contre moi.

Retournant sur mon lit, je récupère mon téléphone qui n'arrête pas de vibrer depuis une bonne heure. Taylor m'a bombardée de messages. Quoi de plus normal ? Elle m'avait fait promettre de me pointer au bal de promo ce soir, mais je n'en ai aucune envie. J'avais imaginé y aller avec Max. Mais y aller sans lui ne m'intéresse pas. Je préfère rester chez moi. Mon amie va me passer un savon pour avoir raté ce rite de passage incontournable, mais je m'en fiche. Ça ne sera pas la même chose sans Max. C'était à lui de me faire vivre toutes les expériences de lycéenne sur ma liste et je ne veux les vivre avec personne d'autre.

Certaine de ne pas m'y rendre, je me glisse sous ma couette et prends mon ordinateur pour regarder un documentaire de la Nasa sur les dernières découvertes en astrophysique. Ça me détendra et m'occupera l'esprit. Parce que si je passe encore une nuit à ressasser les mois que j'ai passés avec Max, je vais encore avoir les yeux rouges demain.

– Haylee ?

Ma mère toque et entre. Elle me regarde tristement. Je gère plutôt moyennement ma rupture temporaire avec Max. Parce que plus le temps passe, plus j'ai l'impression qu'elle est définitive. Et même si j'assure à tout le monde que ça va, que je comprends qu'il ait besoin de temps et que je vais attendre, mon cœur, lui, s'épuise. Ma mère hésite à me dire quelque chose, puis change d'avis et se pare d'un étrange sourire.

– Ton cavalier pour le bal est là.

– Je ne vais pas au bal… Et je n'ai pas de cavalier, ajouté-je, perplexe.

Un court instant, j'ai l'espoir de voir Max débarquer dans la chambre, mais cet espoir s'envole quand j'aperçois Matéo entrer dans un beau smoking.

– Je suis quoi moi ? Un pot de fleurs ? Seigneur, Haylee, tu es au courant que c'est un bal et pas une pyjama party ? Tu ne vas pas mettre ça, j'espère ? s'insurge-t-il, feignant d'être horrifié de trouver sa prétendue cavalière en pyjama.

Ma mère nous laisse et Matéo vient faire des siennes et m'extirpe de mon lit.

– Téo, qu'est-ce que tu fais ? Je ne vais pas au bal.

– Bien sûr que si, Haylee chérie. Tu vas enfiler une robe et m'accompagner.

Je soupire et lui lance un regard las. Matéo me colle ces derniers temps. Il met un point d'honneur à être là pour moi tout autant que Taylor et continue à m'assurer que Max est fou de moi. Il me raconte la façon dont le visage de son ami s'illumine dès qu'il lui parle de moi et essaie de faire en sorte que l'attente soit moins amère. Je me suis toujours bien entendue avec Matéo et notre amitié compte pour nous deux. J'imagine que c'est ça qui l'a poussé à vouloir être mon cavalier ce soir pour *me sortir*, mais je n'ai pas besoin de ça.

– Téo, je t'en suis vraiment reconnaissante, mais je n'ai pas envie d'aller à cette soirée. Et puis y aller tous les deux ne serait pas une bonne idée.

Je ne lui dis pas que j'ai peur que Max s'imagine que je ne l'attends plus. Mais Matéo lit en moi comme dans un livre ouvert.

– C'est lui qui m'a demandé d'être ton cavalier ce soir, fait-il avec un petit sourire. Il m'a parlé d'une liste d'expériences de lycéenne que tu n'avais pas fini de cocher ?

Il lui a parlé de ça ? Cette liste est ce qui nous a rapprochés après tant de temps à faire les quatre cents coups, Max et moi. Alors je suis surprise qu'il en ait parlé maintenant à Matéo. D'autant plus que cela fait un sacré paquet de temps qu'on l'a complètement oubliée d'ailleurs. Par réflexe, je regarde en direction du miroir, sur ma coiffeuse. J'ai coincé la liste là. Matéo va la récupérer et la lit rapidement.

– Tu vois, il te reste « Aller au bal de promo ». Alors

bouge ton cul, on va s'y rendre ! Imagine le sourire rayonnant auquel j'aurai droit de la part de Max si je t'y emmène ? Tu n'as pas envie de le faire sourire, Haylee ?

Quel manipulateur, il sait très bien que c'est ce que je désire le plus au monde. Être à ses côtés dans les bons comme dans les mauvais moments. Sentant que je ne gagnerai pas cette bataille, je laisse tomber et vais enfiler une robe. La rouge, celle que Max aime. Ça ne fait pas très bal, mais je n'en ai pas acheté une nouvelle. Et de toute façon, le seul garçon pour qui j'aurais aimé me faire toute belle ne sera pas là donc… Me coiffant rapidement, je rejoins Matéo dans l'entrée.

– Magnifique ! s'exclame-t-il avec un drôle de sourire. Attends, ne bouge pas.

À ma grande surprise, il me prend en photo.

– Je l'envoie à Max, histoire de le faire baver un peu, se justifie-t-il, amusé, en tapant sur son clavier.

Levant les yeux au ciel, j'accepte son bras et fais signe à mes parents qu'on y va. Lorsqu'on arrive au lycée, je laisse Matéo me traîner vers le gymnase redécoré pour l'occasion. Tous les seniors sont là. La musique bat son plein et tout le monde semble s'amuser. À quelques pas sur le dance floor, j'aperçois les joueurs de l'équipe avec leurs cavalières respectives. De toute évidence, leur défaite en finale n'a pas émoussé leur bonne humeur.

N'étant plus cheerleader après la gifle que j'ai filée à Bethany, j'ai appris par Taylor ce qui s'est passé au dernier match. À la dernière minute, Scott a abandonné l'équipe. D'après ce qu'elle m'a dit, Warren et les autres auraient refusé de se rendre sur le terrain sans Max. La rébellion de ses coéquipiers a été si brutale qu'il s'est barré. Le coach n'a pas eu d'autre choix que de réintégrer Max afin que les joueurs acceptent d'aller sur le terrain. Mais le départ de Scott a perturbé les stratégies de l'équipe. Le quarterback remplaçant n'était pas prêt pour encaisser tout le stress de la finale et ils ont perdu.

– Personne n'a l'air d'être impacté par la défaite, fais-je à Matéo, qui fouille la foule depuis qu'on est arrivés.

– Ouais, on s'en fout un peu en fait. Tout ce qu'on voulait, c'était jouer ensemble.

Je suis heureuse de voir que Max peut compter à ce point sur ses amis et coéquipiers.

– C'est la première fois que tu souris ce soir. Tu penses à Max ? me demande brusquement Matéo en pivotant.

Son regard se perd derrière moi. Il a l'air extatique. J'ai l'impression qu'il prépare un truc, mais je ne sais pas quoi.

– Je suis contente qu'il ait pu jouer ce dernier match avec vous, affirmé-je en le scrutant. Ça a dû lui faire plaisir.

– Il a failli chialer comme un bébé quand on s'est tous tenus face au coach pour qu'il le réintègre, dit-il en riant et en regardant derrière moi de nouveau avec une touche d'espièglerie.

Je m'apprête à me retourner pour comprendre ce qui le rend si hilare, mais Matéo m'en empêche. Qu'est-ce qu'il a ? Pourquoi est-ce qu'il semble si excité ?

– Tu aimerais le voir ? Tu aimerais voir notre nouveau capitaine ?

Je hausse un sourcil en l'entendant l'appeler « capitaine » officiellement, mais je passe outre en saisissant l'information la plus importante : Max est là ce soir. Quelque part. Mon cœur fait un bond à l'idée de l'apercevoir, même un court instant. Il me manque terriblement. Je ne compte pas aller vers lui, pas tant qu'il ne sera pas prêt à comprendre que je n'irai nulle part sans lui. Mais le voir me ferait énormément de bien. Matéo attend une réponse, alors j'acquiesce lentement. J'imagine qu'il va me montrer où il se trouve, après tout, il a passé toute la salle au peigne fin dès qu'on est arrivés. Mais à la place, il m'adresse un large sourire et disparaît, me laissant complètement seule. OK, ça, je ne l'avais pas prévu… Je me retourne pour partir à la recherche de Taylor ou d'une de mes amies. Ma respiration se bloque dans mes poumons quand je le vois derrière moi.

Max me sourit timidement et fait un pas dans ma direction pour réduire la distance agaçante qui nous sépare. Il est beau dans son smoking enfilé pour l'occasion. Mais il n'a toujours pas fait un seul effort côté coiffure. Un jour, je lui apprendrai à se peigner, c'est insupportable la façon dont sa tignasse brune part dans tous les sens. Mon cœur s'affole quand il est tout près de moi et que son odeur familière envahit mon espace. Je respire avidement, en manque. Mon corps se tend, désireux de retrouver ce qui lui manque tant. Le toucher de Max, ses baisers, ses caresses… Max me détaille avec attention pendant une longue minute, me dévorant des yeux, puis il soupire.

– Salut, minimoy.

J'inspire pour ne pas fondre en larmes. Pas maintenant. Pas alors qu'il m'adresse enfin la parole et qu'il a ce petit sourire rayonnant et nerveux qui me fait croire qu'il va mieux. Mes vaines tentatives pour cacher mon bouleversement ne l'empêchent pas de se rendre compte de l'effet que ça me fait de l'avoir devant moi après deux mois. Avec un petit rictus, sa main vient frôler mon bras dans une douce caresse et il pose son front contre le mien.

– Ne pleure pas, OK ? Laisse-moi au moins parler d'abord.

J'acquiesce et le dévisage sans bouger. Je n'ose pas le toucher. Si je le fais, je ne pourrai plus m'en tenir à ma décision de lui laisser le temps dont il aura besoin pour aller mieux. Je m'accrocherai à lui… Désespérément… Il me manque tellement…

– Ces deux derniers mois, j'ai énormément travaillé pour gérer cette colère en moi. Accepter mon passé avec mon père, accepter ce que je ressentais à son égard. Je suis certain que ton père t'a fait un rapport détaillé de tout ça. Ton père… ou Matéo, dit-il en souriant avec affection. Je ne sais pas lequel des deux attend qu'on soit de nouveau ensemble avec le plus d'impatience.

Je souris parce qu'il n'a pas tort. Mon père est le premier à espérer que Max et moi nous retrouvions. Il l'aime et lui fait confiance. Attitude qu'il n'adopte avec aucun autre garçon, surtout pas depuis que je lui ai raconté pour Scott. Alors malgré la situation, il espère que ça s'arrangera entre nous. Et Matéo est dans le même cas. En fait… Tous nos amis le souhaitent. Parce que, ensemble, nous sommes tellement plus heureux. Mais je ne dis rien. Je ne veux pas brusquer les choses, pas alors qu'il est là, à mes côtés. Pas alors que je peux enfin le regarder et l'entendre après deux longs mois d'attente.

– Il me reste encore pas mal de boulot à faire pour… me défaire de toute cette merde qui me hante, Haylee, continue-t-il sur un ton plus sérieux. J'ignore combien de temps ça prendra… Ce que mon père a brisé, c'est une blessure que je garderai tout au long de ma vie. Enfin, c'est ce que dit ma psy. Même si je préfère penser que je m'en débarrasserai à un moment donné.

Je déglutis, n'aimant pas le tour que prend cette conversation. Est-ce qu'il veut mettre un terme définitif à notre relation ? Ce soir ? Même si nous ne nous voyons plus, je l'attends toujours. Parce que je ne peux pas me résoudre à cesser de l'aimer. Je l'ai aimé tellement fort, je continue à le faire, je n'ai jamais ressenti ça pour personne d'autre… Alors je ne peux pas me résoudre à tirer un trait sur ça. Une larme coule sur ma joue et Max fronce les sourcils en la recueillant. La peine que je lis sur son visage me broie la poitrine.

– Laisse-moi terminer, bébé, s'il te plaît, me supplie-t-il en prenant mon visage entre ses mains. Ne pleure pas.

Acquiesçant sans vraiment en avoir envie, je passe ma main sur mon visage. Quoi qu'il me dise, je ne cesserai jamais de l'aimer. Même si nous partons chacun de notre côté, tout ce qu'il m'a appris et fait ressentir, je ne l'oublierai jamais. Et s'il a besoin de partir pour aller mieux, je le laisserai faire. Parce que si j'ai envie d'être avec lui, je souhaite encore plus le voir heureux.

– Je… sais que ça ne sera pas facile, reprend-il au bout d'un moment quand je me calme. Je risque encore de m'emporter parfois, de me renfermer et de te rendre dingue. Tu voudras me mettre sur la première fusée direction le météore le plus reculé de la galaxie une bonne centaine de fois dès que tout ça arrivera. Mais si ce n'est pas trop tard… Si tu le veux encore… On pourrait…

Il s'interrompt et son regard s'arrime au mien. La détermination que j'y lis me fait douter un instant. Il n'a pas l'intention d'abandonner lui non plus. Et ce qu'il dit par la suite me le confirme.

– Recommencer ? Haylee, être loin de toi, c'est une putain de torture. J'ai l'impression que le soleil au-dessus de mon monde s'est complètement volatilisé. Je sais que je ne suis pas encore celui que tu mérites, mais je t'aime, Haylee. Alors, si ce n'est pas trop tard, est-ce que tu voudrais bien me redonner une chance ? Je veux…

avancer avec toi, pour toi. J'ai encore du chemin à faire, mais je veux que tu fasses partie de ma vie. Aujourd'hui, demain, dans dix ans… Parce qu'il n'y a vraiment que toi qui me rendes aussi heureux, minimoy. Et si j'ai bien saisi un truc durant ces deux mois de thérapie, c'est que lorsque le bonheur se présente à nous, nous devons nous y accrocher de toutes nos forces. Nous y avons tous droit… *Se sentir aimé est ce qui nous justifie d'exister*[1]. Et je veux exister à tes côtés.

Max se tait et attend. Il attend une longue minute, anxieux. Mais j'essaie encore d'intégrer tout ce qu'il m'a dit. Lorsque mon cerveau finit par écarter la peur qu'il me demande définitivement de l'abandonner et comprend ce qu'il est en train de me dire, mon cœur entame une danse inconnue, mélange de soulagement, d'excitation, et déborde de tellement d'amour que je ne peux pas m'empêcher de lui sauter dessus. J'écrase mes lèvres contre les siennes, désireuse de le sentir, de renouer ce lien qu'on a brisé il y a deux mois pour notre bien à tous les deux. Quand nos lèvres se scellent, les muscles de Max se détendent et il me prend enfin dans ses bras.

– Ça ne sera pas facile, souffle-t-il nerveusement comme s'il craignait que je n'aie pas saisi tout ce qu'il m'a énoncé.

– Je sais.

– Et je serai peut-être encore un parfait enfoiré et me renfermerai sur moi…

– Je sais, poursuis-je en l'embrassant de plus belle. Je t'aiderai à t'ouvrir à moi. Je ne t'abandonnerai pas, Max.

– Même si je mets des années à pouvoir t'offrir une relation de couple normale ?

– La normalité n'existe pas, Maximilien. Nous avons

1. Jean-Paul Sartre.

tous nos blessures et nos secrets. Si tu crois qu'il existe quelqu'un qui n'a pas de cicatrice, c'est que tu ne regardes pas les gens d'assez près. On ne naît pas parfait, on naît humain. Pour ressentir. Vivre. Souffrir. Aimer. Et tout ça entraîne des fissures. Mais cela ne veut pas dire que c'est une mauvaise chose. Je n'ai pas besoin d'une relation parfaite superficielle, je veux vivre chaque expérience de la vie telle qu'elle vient… Avec toi.

Soupirant, Max me serre encore plus contre lui. Il enfonce son visage dans mes cheveux et je le sens sourire contre mon cou.

– J'avais oublié à quel point tu es beaucoup plus intelligente que moi… Tu avais compris dès le début qu'ensemble nous étions plus forts.

Je souris et l'embrasse derechef. M'accrochant à lui, je me moque de l'image qu'on renvoie. Je le laisse me soulever et passe mes mains dans ses cheveux pour prolonger notre baiser doux, tendre, tellement vivifiant ! Je ne suis pas prête à renoncer à lui, plus maintenant. Parce que si son père a laissé une marque indélébile sur son âme d'enfant, je passerai ma vie à tenter de la soigner. J'embrasserai chaque cicatrice qu'il a laissée et continuerai à lui faire voir qu'il est tellement plus que ce qu'il s'imagine. Après tout, c'est Maximilien Henderson, le mec le plus sexy du lycée, mais surtout le plus affectueux. Celui qui a fait chavirer mon cœur par ses rires, ses mots prétentieux et ses touchers pleins de douceur. Et ça, je compte bien passer ma vie à le lui rappeler.

– Bon, si la reine et le roi de ce foutu bal veulent bien arrêter de se galocher et monter sur cette estrade… MAX, putain, lâche-la cinq minutes !

La voix de Warren, hilare, nous arrache à ce moment. Sans défaire son étreinte, Max scrute l'estrade où notre ami se trouve. Il hausse un sourcil perdu quand il le voit mort de rire désigner les couronnes royales.

– Tu n'es pas le seul à vouloir profiter de la soirée, alors bouge ton cul, capitaine !

Je me rends compte à cet instant que plusieurs participants à cette soirée nous fixent. Amusés, ravis, impatients. Je rougis et incite Max à me lâcher pour aller récupérer sa couronne. Je ne suis pas surprise qu'il ait été nommé roi, après tout, il est la coqueluche de Galena High School. Me voyant essayer de pousser Max seul vers l'estrade, Warren lève les yeux au ciel et me dit d'approcher aussi en montrant la couronne de la reine. Moi ? Reine de promo ? Il plaisante ?

– Je vois, marmonne Max à mon oreille, hilare. J'ai dit à Matéo de te traîner ici pour que je puisse te parler, mais il semblerait que nos amis aient encore cru que je me défilerais. Alors ils se sont arrangés pour que je ne puisse pas te rater ce soir…

Nous arrivons sur l'estrade et je comprends qu'il a raison lorsque je croise le regard pétillant de Warren. Comme pour Noël, ils ont fait en sorte qu'on se retrouve l'un avec l'autre. Dès que je le comprends, j'ai un énorme fou rire. Décidément, cette année de terminale aura été différente de toutes les autres. *Mémorable.*

ÉPILOGUE

Max
Dix ans plus tard

– Max, trésor, tu veux bien m'attraper cette caisse de vin ?

Je souris en voyant ma mère sur la pointe des pieds en train d'essayer de s'emparer de la boîte de vin qu'elle a achetée pour célébrer Noël tous ensemble. Embrassant tendrement son front où rebiquent ses cheveux grisonnants, je l'aide sans grand effort. Elle soupire et me tapote la joue.

– J'ai l'impression que tu grandis encore !

– Je dirais que c'est plutôt toi qui rapetisses !

Elle ricane et s'éloigne vers la cuisine pour y rejoindre la mère d'Haylee, encore aux fourneaux. Avec un sourire, je retourne au salon où une grande partie de mes amis se trouvent. Matéo, Warren, Taylor et quelques autres ont fait le déplacement ce soir. La conversation va bon train lorsque je m'assois à côté de Thomas Green. Celui-ci semble épuisé. Courir d'une ville à l'autre en tant que shérif à son âge ne doit pas vraiment être de tout repos. Mais il ne veut pas m'écouter quand je lui dis qu'il est temps de prendre sa retraite. Une vraie bourrique, tout comme sa fille.

– Tu es allé voir ton père ? me demande-t-il en me tendant une bière.

Je la saisis sans complexer. L'époque où je paniquais à l'idée de devenir aussi alcoolique que mon père, celle où je me noyais dans ma souffrance est terminée. Alors je peux accepter de boire de temps en temps une petite bière sans m'en rendre dingue. Et tout cela, c'est grâce à cet homme assis en face de moi. Cet homme, ma mère, Mme Green… même mon père m'a aidé à sa façon à aller mieux.

Andrews Henderson est resté dans ma vie jusqu'à ce que sa maladie l'emporte deux ans après avoir refait surface. Il m'a laissé lui en vouloir, m'a laissé pleurer le père que j'avais perdu il y a des années de ça et, petit à petit, nous avons pu recréer une sorte de lien. Le passé ne s'effacera pas, il est ancré en moi aussi profondément que les marques sur mon dos, mais avant de s'éteindre, il m'a offert de nouveaux souvenirs, qui ont apaisé ce manque dont j'avais tant souffert il y a des années.

J'acquiesce et bois une gorgée. Comme à chaque fois que je reviens à Galena, j'ai passé quelques heures sur la tombe de mon père. Aller le voir après tout ce temps me bouleverse encore. J'ignore si ça changera un jour, mais je n'essaie plus de refouler ce sentiment, ni de le cacher. Mon père était humain. Il a commis des erreurs comme n'importe lequel d'entre nous. Aujourd'hui, quand je repense à lui, je ne sais pas trop si je suis triste qu'on n'ait pas eu le temps de rattraper plus de choses, nostalgique face aux moments qu'on a pu passer ensemble avant qu'il ne nous quitte ou si je lui en veux toujours pour sa faiblesse passée. Mais j'accepte tout cela, ces doutes, cette peine, et continue à aller de l'avant. Parce qu'aujourd'hui, j'ai une vie bien loin de la sienne. Une vie sereine que j'ai construite et pour laquelle je me suis battu pendant des années.

Après avoir obtenu mon diplôme à Galena High School, j'ai déménagé sur le campus de Chicago. J'ai passé les quatre années suivantes à continuer à voir une psy, à étudier pour obtenir mon *bachelor* et à progresser au football. J'ai rencontré de nouvelles personnes avec un passé tout aussi fracassant que le mien et ai appris à reconnaître que nous ne devenons pas comme nos parents. Nous faisons tous notre propre chemin. Dès que j'ai fini la fac, je suis devenu joueur professionnel de football. Comme je le souhaitais, j'ai intégré les Bears de Chicago après trois ans passés à jouer pour d'autres petites équipes. Aujourd'hui, cela fait trois ans que mon rêve s'est réalisé. Je peux enfin prendre soin de ma mère et lui rendre tout ce qu'elle m'a offert.

Mais la meilleure partie de ces dix dernières années ? C'est sans doute que je n'ai pas été seul à vivre mes victoires et mes défaites. Bien sûr, les Green, ma mère et mes amis ont toujours été là pour moi. Mais celle qui m'a le plus aidé est sans conteste Haylee. Sa présence à mes côtés toutes ces années a illuminé chaque instant de mon existence. Oh, il y a bien eu des hauts et des bas… Cela n'a pas été facile, ni pour elle ni pour moi, vu que lorsqu'on s'est remis ensemble au lycée, j'avais encore énormément de choses à gérer et qu'on était jeunes. Pourtant, elle ne m'a jamais lâché. Elle a bien souhaité m'envoyer sur la lune plus d'une fois pour ensuite la faire exploser en mille morceaux, mais elle est restée avec moi. En pensant à elle, je la cherche dans la pièce.

– Elle est allée chercher quelque chose à la maison, m'informe Thomas avec un petit sourire amusé. Tu es inquiet ?

Je secoue la tête en guise de réponse négative même si, en vérité, je suis mort de trouille. Je ne me suis jamais senti gêné de parler de filles avec Thomas quand j'étais ado. C'était la figure paternelle que j'ai eue pendant tant de temps que je le considère réellement comme un deuxième père. Mais je n'ai jamais été assez à l'aise pour lui parler d'Haylee, sa propre fille. Il n'a jamais vraiment essayé de me tirer les vers du nez d'ailleurs. Peut-être parce que c'est évident que je suis toujours aussi raide dingue d'elle que pendant nos années lycée ? Ou peut-être parce que ça fait maintenant dix ans qu'on est en couple, et six qu'on habite ensemble ?

Nos parents nous ont interdit de nous installer ensemble pendant nos études. Ils estimaient que ça pouvait nous déconcentrer pendant les périodes d'examens... Bien sûr, ils ne savent pas qu'on a passé énormément de temps dans la chambre d'étudiant l'un de l'autre. Mais nous avons fait les choses bien. J'ai attendu de terminer la fac avant d'emménager avec elle. Non, parce que si j'attendais que ma minimoy achève ses études pour m'installer avec elle, nous n'habiterions pas encore ensemble. Obtenir ce fameux doctorat en astronomie qu'elle visait tant lui a demandé pas mal de temps et, docteur ou pas, je n'allais pas attendre dix ans avant de pouvoir me réveiller chaque jour à ses côtés. Pas alors que je veux lui offrir le monde, et bien plus. Parce qu'Haylee n'est plus seulement mon amie d'enfance et la fille qui me rendait dingue au lycée. C'est la femme de ma vie. Et j'ai bien l'intention de le lui faire comprendre ce soir.

Avec un petit sourire, je me lève. Thomas me donne une tape d'encouragement et je sors pour aller chez les Green. Autant profiter de ce laps de temps où nous serons seuls ce soir pour lui demander d'être enfin ma femme. Ça fait des mois que je me retiens, attendant qu'elle termine ses études et s'installe dans son tout nouveau job en tant qu'enseignante-chercheuse, mais ce soir, c'est enfin le moment.

– Haylee ? l'appelé-je dans le hall, mais le silence me répond.

Montant deux à deux les marches d'escalier, je vais dans sa chambre, pensant l'y trouver, mais non. Alors je fais le tour de la maison. Personne. Est-ce que je l'ai ratée et qu'elle serait chez ma mère ? Mon téléphone bipe quand je sors dans le jardin.

[Rejoins-moi à notre cabane.]

Je souris et tourne les talons vers l'endroit où se trouve l'entrée de la cabane côté Green. Si quand on avait 18 ans, je peinais à pénétrer dans cette petite cabane située dans la haie séparant nos deux maisons, aujourd'hui, je dois me recroqueviller au maximum pour y parvenir. Je jure et j'entends ma minimoy rire dès qu'elle m'aperçoit. M'affalant au sol, je l'incite à venir s'asseoir sur moi pour qu'on tienne tous les deux à l'intérieur. Je hausse un sourcil en remarquant qu'elle a enfilé ma veste de Galena High School. Celle que je lui avais donnée et que je n'ai jamais voulu récupérer puisqu'elle représentait tant pour l'un comme pour l'autre. Elle porte aussi le médaillon que je lui avais offert il y a dix ans de ça ici même. Celui avec un fragment de roche lunaire… Mais je suis habitué à le voir pendre à son cou. Haylee ne s'en sépare jamais.

Avec un petit rictus, je passe mes mains sous ma veste et joue avec la bretelle de sa robe. Haylee rougit et se mord la lèvre. Je ne me lasserai jamais de ses réactions lorsque je la touche. Je ne me lasserai d'ailleurs jamais de sentir sa chaleur et sa douceur contre moi. Inspirant son odeur familière et envoûtante, je lui souris.

– Alors, qu'est-ce que tu fais là ?

Avec un sourire rayonnant, Haylee me tend un petit bout de papier. Je ne peux contenir un petit rictus en sachant parfaitement ce dont il s'agit. Notre liste des choses à faire pendant notre passage à Galena. Aussi étrange que ça puisse paraître, nous avons pris goût à lister des premières fois qu'on pourrait faire ensemble. À notre arrivée au campus de Chicago, nous en avons fait une à rallonge, qui ne s'achevait jamais puisqu'on rajoutait tout le temps des trucs. Je crois que ce petit rituel nous vient de sa fameuse liste d'expériences de lycéenne qui nous avait rapprochés au bahut après tant de temps. Sans cette liste, nous ne serions pas là, elle et moi. Alors j'adore cette idée. Tout comme celle qui trotte dans l'esprit de ma minimoy.

– Tu veux faire ça maintenant ?

Haylee acquiesce et commence à m'embrasser. Merde. Tant pis pour le repas de Noël, il attendra encore un peu… Et ma demande en mariage aussi. Son odeur m'envahit et la douceur de sa peau m'envoûte comme à chaque fois. Sentir son cul parfait sur ma queue, goûter à son odeur et sa saveur, sentir son cœur battre contre ma poitrine… Cela me fait toujours autant d'effet. Désireux de lui offrir ce qu'elle attend et de la prendre jusqu'à l'entendre crier mon nom, je remonte sa robe.

– Vite et fort ? lui demandé-je avec un petit sourire espiègle parce que je sais qu'elle adore ça.

– Oui, souffle-t-elle, les yeux déjà dilatés par le désir. Mais avant… J'ai ça pour toi.

– On s'offrira nos cadeaux plus tard, bébé, tenté-je parce que les sons qu'elle pousse quand je tire sur sa culotte me font déjà décoller.

– Max… Ouvre-le… maintenant.

Le timbre de sa voix m'arrache un court instant à l'envoûtement qu'elle exerce sur moi. Elle est nerveuse ? Pourquoi ? Parce qu'elle veut que je la prenne dans notre petite cabane d'enfant ? Haylee n'est plus cette petite ado ingénue. Elle a pris de l'assurance. Elle laisse s'exprimer son sale caractère plus qu'on ne le croirait maintenant. Et avec toutes les choses qu'on a faites, elle n'a plus peur de me parler de ce qu'elle aimerait essayer. Alors sa nervosité me prend de court. Impatient de me perdre en elle, je déballe mon cadeau et fixe le petit blouson des Bears, perplexe.

– Euh, chérie… Tu sais que j'ai déjà une veste de mon équipe ? Et à ma taille ? plaisanté-je en prenant le petit vêtement entre mes mains.

– Ce n'est pas pour toi, dit-elle en riant.

– *Oh.* Alors, tu t'es fait avoir sur le site où tu l'as commandé parce qu'il ne t'ira pas non plus. Il est riquiqui. On dirait un blouson pour bé…

Je m'interromps et lève brusquement la tête vers elle. Est-ce qu'elle est bien en train de me dire ce que je crois ? Se mordant la lèvre, anxieuse, Haylee me scrute et pose doucement la main sur son ventre. Je suis son geste, ahuri.

– Tu es…

Mes mots ne veulent pas sortir de ma bouche. Elle est enceinte. Elle attend un bébé… *Mon bébé… Putain.* Mon cœur s'emballe et comme au ralenti, je pose ma main sur son ventre. Je vais être papa… C'est forcément ce qui risquait de se produire un jour ou l'autre, mais je n'arrive pas encore à y croire. Je sens une légère panique m'envahir. Est-ce que je vais être un bon père ? Est-ce que je ne vais pas gâcher la vie de cet enfant ? Et si je rate mon coup comme mon père ? Quand la petite main d'Haylee se pose sur la mienne et que mon regard s'arrime au sien, ma peur s'envole et une bouffée d'excitation m'envahit. Je ne suis pas seul dans cette histoire.

– On va former une famille, murmuré-je, toujours sous le choc.

– On en est déjà une, mon cœur. Il y aura juste un autre minimoy dans le secteur. Un vrai minimoy cette fois-ci !

Son sourire doux et encourageant me transperce. Prenant brutalement conscience de tout ce qu'elle m'a offert ces dix dernières années et du bonheur qui nous attend avec l'arrivée de ce bébé, je lui saute dessus et l'embrasse avidement.

– Je t'aime, Haylee, soufflé-je en plongeant dans son regard.

Ses prunelles grises magnifiques pétillent de tellement d'amour que je ne peux m'empêcher de l'embrasser de nouveau.

– Je t'aime aussi, Maximilien. Maintenant... Tu as intérêt à terminer ce que tu as commencé. Parce que je ne veux pas attendre la fin du repas pour te sentir en moi.

J'éclate de rire, mais rapidement mon esprit se perd dans ses réactions. Sa langue joue avec la mienne sans jamais se décoller de ma bouche. Elle me mord, m'embrasse avidement, jusqu'à ce que je nous libère tous les deux de ce désir qui nous brûle. J'ai toujours su qu'Haylee était solaire. Mais aujourd'hui, je sais qu'elle est l'étoile qui fait tourner mon monde dans l'harmonie et sans qui je ne pourrais pas vivre. Si je n'avais pas été son foutu voisin, je l'aurais cherchée partout. Parce qu'elle est la femme de ma vie. *Mon soleil.*

REMERCIEMENTS

Comme à chaque fin de projet, il est temps de remercier les personnes qui travaillent dans l'ombre à mes côtés de m'avoir soutenue dans la réalisation de ce rêve d'enfance aujourd'hui devenu réalité ! Celui de voir mes écrits publiés et appréciés par les lecteurs, de vivre de ma plume… Je sais que je n'aurai jamais assez de mots pour vous remercier du soutien que vous m'avez apporté pendant la réalisation de ce projet et de tant d'autres, mais il ne coûte rien d'essayer !

Premièrement, je tiens à remercier ma maman. Même si elle est partie trop tôt et n'a connu que les prémices de ce rêve, elle m'a toujours soutenue et je sais que, où qu'elle soit, elle m'accompagne à chaque instant. *Gracias mami, siempre estaras en mi corazon.*

Ensuite, je tiens à remercier mon compagnon qui me soutient constamment dans tous mes projets. Robin, ton optimisme, ta patience et ton amour me portent à chaque instant. Merci d'être toujours à mes côtés. Je ne pourrais rêver meilleur partenaire !

Un énorme merci également à Clara et Juliette, ainsi qu'à toute l'équipe Addictives pour leur travail sur ce bébé ! Vos conseils ont su sublimer l'histoire de Max et Haylee !

Enfin, je tiens à remercier tous mes lecteurs. Tant ceux qui me suivent depuis mes débuts, que ceux qui me découvrent aujourd'hui à travers cette histoire ! C'est grâce à votre amour et à vos retours géniaux que je poursuis cette aventure démente ! Merci de tout cœur ! J'espère que cette histoire vous aura plu ! On se retrouve très bientôt pour de nouvelles aventures livresques !

Je vous LOVE !

Extrait

BROOKLYN GIRL

Luna March

PROLOGUE

Emy

Je les regarde : elle me regarde.

Mon cœur bat à cent à l'heure. Je peine à respirer. *Calme-toi, Emy, garde la tête froide.*

Mes yeux sont rivés sur son arme.

C'est moi, bordel de merde, elle ne va quand même pas faire ça.

Mon regard se pose sur lui : il semble tout aussi paniqué que moi. Si la situation n'était pas aussi critique, je lui rirais au nez à ce connard. Mais je la connais et j'ai pleinement conscience de ce dont elle est capable dans ces moments-là. Le plus important, dans l'immédiat, c'est de la calmer.

Dans une ultime tentative pour la raisonner, je m'adresse à elle en adoptant la voix la plus aimante possible. Après un bref silence, je la sens vaciller. Elle va céder, je le sais et lui aussi.

Quand elle baisse enfin son arme, il s'approche d'elle d'un pas menaçant, vociférant un nombre incalculable d'insultes.

Il n'est pas sérieux là ?

Elle n'est pas prête pour ça, pas maintenant.

Sa respiration s'accélère à nouveau. En une seconde, tout bascule : elle tire.

Putain.

En un bruit retentissant, il s'écroule de tout son poids sur le sol, ce con.

Je me fige.

Elle se tourne vers moi. Son regard n'exprime plus rien, ni peur ni culpabilité, juste un vide immense. Elle est comme possédée. J'ai toujours su que ce jour finirait par arriver. Je ferme les yeux, consciente qu'elle n'est plus elle-même et que rien de tout ça n'est de sa faute. J'entends un bruit semblable à la détonation d'un pistolet : une douleur fulgurante me saisit la poitrine. Un voile brun passe sur mes yeux à mesure que l'oxygène quitte mes poumons…

1

Emy

Assise par terre, je ne peux pas croire ce qui m'arrive. Je passe mes mains sur mon visage comme pour me réveiller d'un cauchemar, sauf que ce n'en est pas un, c'est la réalité, *ma* réalité. J'entends un bruit, je relève la tête et j'aperçois Samantha dans l'embrasure de la porte.

– Comment tu te sens ?

Depuis que toute cette merde est arrivée, elle marche sur des œufs avec moi et je déteste ça. Sam est ma meilleure amie, mais j'ai beaucoup de peine à supporter sa pitié.

– Ça va, je réponds simplement.

Craignant certainement ma réaction, elle semble hésiter avant de continuer.

– À quelle heure part ton avion, demain ?

Mon cœur se serre. J'ai la gerbe. Je prends une profonde inspiration.

– Onze heures.

Une larme unique perle sur sa joue. *Ma sentimentale.*

– Ton père vient te chercher ?

Mon père ?

Je ricane. Se référer à lui en ces termes me fout les nerfs : *je n'ai pas de père.*

– Ce type a mis ma mère enceinte, ça ne fait pas de lui mon père.

– Je sais bien Em', mais quand même, il t'offre une sacrée chance…

– *Une sacrée chance ?* Tu te fous de ma gueule ?

– Oui enfin, tu vois ce que je veux dire…

– Ça va Sam, j'ai compris…

Je sais bien que je ne devrais pas lui parler comme ça. Après tout, elle n'est pas responsable de ma vie merdique, mais franchement, je ne suis pas d'humeur à entendre des conneries pareilles. J'ai 18 ans, c'est un peu tard pour la crise de culpabilité de mon paternel et, pour être honnête, sa réaction relève plus du chantage que de l'altruisme. Comme il m'a reconnue à la naissance, les autorités ont pris contact avec lui après *l'incident*. Il a donc décidé qu'il était temps pour moi de venir vivre avec *sa jolie petite famille*. Bien sûr, dans un premier temps, je l'ai envoyé se faire foutre. Il n'a jamais daigné faire partie de ma vie, pourquoi commencer maintenant ? Je n'ai pas besoin de lui. Avant que mon existence ne parte en vrille, tout était sous contrôle. J'avais obtenu une bourse d'études qui me permettait d'accéder à l'université de mon choix, me donnant ainsi une chance de quitter le trou à rats dans lequel j'ai grandi, mais scandale oblige, j'ai perdu cette bourse à la minute où ma vie est devenue un fait divers.

C'est à ce moment-là que *mon cher papa* et ses millions de dollars ont décidé de me proposer un marché : venir vivre chez lui, terminer les mois de lycée qu'il me reste dans son quartier de riches, en échange d'une place à l'université de New York dont il est un généreux donateur. Après des jours passés à maudire mon existence et la sienne, j'ai fini par reconnaître que c'était mon unique option.

– Emy ?

Sam me sort de mes pensées.

– Tu veux qu'on aille faire un tour à la fête de Cameron ce soir, comme c'est ta dernière soirée ici ?

À nouveau, j'ai la sensation désagréable qu'on me piétine les tripes. J'ai toujours vécu à Brooklyn. Je n'arrive pas à croire que, demain, je serai en route pour un quartier de bourges au cœur de Hollywood: *plus cliché tu meurs*. Je chasse ces pensées tant bien que mal. Une fête, quoi de mieux pour oublier la tournure dégueulasse que prend ma vie?

***

La petite maison de Cameron est pleine à craquer. Je salue les nombreux visages familiers et, accompagnée de Samantha, je vais me servir un verre dans la cuisine. Ces soirées sont toujours la porte ouverte à tous les excès. Par excès, j'entends alcool, drogue et sexe, évidemment. Vu l'historique de ma mère, je ne touche pas à la drogue. Par contre, l'alcool, c'est une autre affaire. Au moment où je verse le mélange dans mon verre de vodka, je sens une main se poser délicatement sur ma taille.

– T'es vraiment très belle ce soir, Em'.

Sans surprise, je me retourne pour découvrir Brandon derrière moi. Vêtu d'un jean noir et d'un T-shirt blanc qui fait ressortir sa peau métissée, *il est carrément canon.*

– T'es venu me dire au revoir, Brandon?

– J'aurais manqué ça pour rien au monde, ma belle.

Quel beau parleur.

Brandon est un connard, *un vrai*. Même si mon père ne m'avait pas obligée à déménager, notre idylle naissante n'aurait pas fait long feu. Pourtant, en ce moment et même si j'aime Sam de tout mon cœur, il est le seul qui ne me regarde pas comme si j'étais une petite chose fragile au bord de la fêlure.

– On se voit plus tard? dit-il en passant sa main sur mon ventre.

Ses yeux sont brillants, je sais très bien à quoi il pense.

Franchement pourquoi pas ? Je lui murmure à l'oreille d'une voix volontairement sensuelle :

– Qui vivra verra…

Il me sourit avant de partir rejoindre ses potes. Samantha, qui a assisté à la scène, me réprimande sévèrement :

– T'es sérieuse, Emy ? Tu crois vraiment que c'est ce qu'il te faut en ce moment ?

Je sais qu'elle veut me protéger, mais je n'en peux plus qu'elle me traite comme si j'avais 12 ans.

– C'est exactement ce qu'il me faut. Allez quoi Sam, fais pas cette tête. C'est notre *dernière* soirée, détends-toi.

Je l'entraîne sur la piste de danse. À mesure que nous buvons des verres, elle se relaxe un peu et je retrouve *enfin* ma meilleure amie. La soirée passe, rythmée par nos fous rires enivrés et, vers deux heures du matin, son copain lui demande de rentrer avec lui. Complètement ivre, elle est à deux doigts de l'envoyer chier, mais je la devance pour éviter qu'ils ne partent dans une énième dispute qui caractérise si bien leur couple.

– Rentre, Sam. Je vais y aller de toute façon. Merci pour cette soirée.

C'est le moment que je redoutais. Consciente que nous ne nous verrons plus pendant très longtemps, elle me prend dans ses bras, le visage larmoyant.

– Je t'aime, Emy Robinson, n'oublie jamais ça ! Et écris-moi tous les jours !

Je souris.

Elle s'éloigne à son tour. Cette vision achève de briser ce qu'il reste de mon cœur.

Il faut que j'évacue.

Au loin, j'aperçois le groupe de Brandon. Après les avoir rejoints, je m'adresse à lui :

– Je pars, tu me raccompagnes ?

Il n'hésite pas une seconde.

– Les gars, le devoir m'appelle, dit-il en jetant sa cigarette sur le sol tout en passant sa main sur mon épaule.

Il me conduit à sa voiture et démarre sans me faire la moindre réflexion. Outre son physique, son manque de considération est ce que j'apprécie le plus chez lui : il ne cherche jamais à savoir comment je vais et c'est très bien comme ça.

Arrivée devant chez moi, je vois bien qu'il veut entrer, mais très sincèrement, avec ce qui s'est passé dans cette maison, je suis certaine de ne pas parvenir à m'y envoyer en l'air. Je monte donc sur ses genoux et l'embrasse afin qu'il comprenne que chez moi, ce ne sera pas possible. Cela dit, il ne lui faut pas beaucoup de temps pour percuter. Une fois notre affaire terminée, je me sens vidée de toute émotion.

– Bon, je vais y aller, merci pour ça, j'en avais besoin.

– Emy, c'est ton dernier soir, tu es sûre que tu ne veux pas que je reste avec toi cette nuit ? Pour que tu ne sois pas seule, je veux dire.

Depuis quand c'est son genre, ça ?

– Qu'est-ce qu'il t'arrive, Brandon ? Tu vas me verser une larme ?

– Ferme-la, Emy, laisse-moi être nostalgique.

Je dépose un baiser sur sa joue. Il ajoute :

– C'est bon, j'ai compris, toujours ton délire de « je ne dors jamais avec un homme ».

J'acquiesce. Il soupire.

– Prends soin de toi en Californie, Em'.

À ces mots, je descends de la voiture.

2

Hayden

– Putain, David, ça fait trois heures que tu psychotes mec, reviens parmi nous !

– Ferme ta gueule, Keon, fous-moi la paix, grogne David.

Posé au bord de ma piscine, je tire sur le joint que me donne Jay en me marrant intérieurement. Keon est vraiment un emmerdeur. David vient d'apprendre que son père a trompé sa mère avec une serveuse de Brooklyn, il y a presque vingt ans, qu'il a une sœur de notre âge et qu'elle va venir vivre avec eux. Je comprends qu'il ait les boules.

– Allez quoi, David, si ça se trouve elle est bonne.

– T'es vraiment un porc, mec, *c'est ma sœur.* On a le même père.

Il est temps que j'intervienne, Keon ne voit jamais les limites à ne pas franchir et s'il continue, David risque de véritablement s'énerver.

– Tu viens quand même à la soirée sur la plage ce soir ? l'interrogé-je.

– Je n'en sais rien, elle arrive à seize heures. Mon père veut qu'on passe une soirée en famille.

– Et ta mère, comment elle va ?

David est mon meilleur ami, même si on le fait chier avec ça, je n'aime pas le savoir dans cet état.

Il ricane.

– Ma mère ? Elle était au courant tout ce temps. Il n'y a qu'à nous qu'ils ont menti. J'aimerais être comme Charlie et me réjouir d'avoir *une sœurette*.

– Sois pas dur avec le petit, Dave, il a 6 ans, il ne comprend pas, le sermonne Jay qui a toujours été le philosophe du groupe.

– En tout cas, reprend Keon, Shelly et les autres n'arrêtent pas de parler de « la bâtarde de M. Robinson », elle va prendre cher à l'école.

– On lui a tiré dessus, mec, je pense qu'elle n'en a rien à faire de ce que peut dire un groupe de filles dans un lycée huppé.

Il n'a pas tort. Putain, ça me paraît inimaginable que Hank Robinson, P.-D.G. d'une société qui brasse des milliards, ait abandonné sa gamine dans les quartiers chauds de Brooklyn. On ne connaît jamais vraiment les gens. Je ne peux pas m'empêcher de lui demander :

– Qui lui a tiré dessus ?

– Mon père n'a pas voulu entrer dans les détails. Je n'en sais rien, mais il paraît que ce n'était pas joli.

– Et tu sais à quoi elle ressemble ?

Il me fixe avec un air mauvais qui me fait sourire.

– Grave, t'as pas une photo ou un truc ? surenchérit Keon.

– Vous êtes sérieux, les gars ?

– On demande juste, mec. Savoir si quelque chose de bon est sorti de l'adultère de ton père.

Même Jay rigole. On connaît tous David et sa tendance à partir au quart de tour, l'emmerder un peu, c'est plus fort que nous.

– J'en sais rien, je ne savais même pas qu'elle existait, vous vous rappelez ? Sa mère est cubaine, je crois, et mon père, bah vous connaissez mon père.

Robinson est blond aux yeux bleus, le mélange peut être intéressant.

– Je suis sûre que c'est une espèce de racaille avec plein de tatouages. Sérieux, elle s'est pris une balle, les mecs, intervient Keon.

– Ça va les clichés ? Bon, si c'est le cas, ça nous changera des princesses de l'école, ajouté-je.

– Reste tranquille, Hayden, tu baises déjà Shelly et la moitié de l'école, laisses-en aux copains un peu, ajoute Keon.

– Qu'est-ce que tu veux, je suis un éternel insatisfait.

– Faites comme si je n'étais pas là, soupire David, excédé par notre manque de tact.

– Les gars, vous devriez parler des femmes avec plus de respect, lance Jay, l'air clairement désapprobateur.

– Oh ferme-la, Mère Teresa. Tu devrais te vider les couilles un peu plus, ça te ferait le plus grand bien, mon pote, rétorque Keon.

Je m'étouffe avec ma bière au moment où Carrie arrive dans le jardin pour nous demander si nous voulons manger quelque chose. Je fais non de la tête et elle disparaît immédiatement.

– Ta belle-mère est vraiment canon, Hayden, me lance Keon qui la regarde s'éloigner, des étoiles plein les yeux.

– Ouaip. Par contre, elle est complètement conne. C'est pour ça qu'il n'est jamais à la maison, j'imagine.

C'est un fait. Depuis la mort de ma mère, mon père enchaîne les conquêtes, de très belles femmes qu'il peut exhiber dans ses galas, mais il n'est jamais présent pour elles ni pour moi d'ailleurs.

– Je dois y aller, nous dit David. Mes parents veulent absolument que je sois à la maison quand elle arrive. Je vous écris plus tard pour vous dire si je viens ce soir.

C'est trop tentant.

– Fais un bisou à ta sœur de ma part.

Il me lève son majeur avant de me tourner de dos pour s'en aller.

addictives

Vic Anders
Lost in Chaos

Ana K. Anderson
Indompté
Scottish Bastard

Sophie Auger
Be with Me

Louve Baxter
Challenge the Boss

Rose Becker
Dangerous
Désirs & Désastres (en poche)
Torride, sexy & dangereux

Aimée Bianca
B.O.S.S. Beau, Odieux, Sexy, Snob

Sonia Birdy
California High School
L'Initiation (aussi en poche)
Touchdown. Campus Star

Laura Black
Dark Initiation
Games of Desire
H.A.R.D. Hot, Arrogant, Rebelle, Déterminé (aussi en poche)
Italian Boss
Sulfurous Bad Boy

Margot D. Bortoli
Too Young (aussi en poche)

Marjorie Burbaud
The Campus Teacher (en poche)
Foutu Highlander… (en poche)

Jocabel Caballero
The Experience List

Phoebe Campbell
Lui résister… ou pas

Anne Cantore
Promets-moi. Louise et Marco

Mia Carre
Bad for You
Charmant connard !
Teach Me Everything

Sarina Cassint
Avec toi… peut-être
Insolent Boss

Mélodie Chavin
Campus Rules
Coloc avec mon ennemi
Fake Lovers (coécrit avec Camilla Simon)
Fucking Wedding
Stepbro' Next Door

Alexia Clemens
Red Python. Save Me

Romy Cole
Never Kiss a Soldier

Mary Ann Davis
Coach Me Love

Olivia Dean
À lui, corps et âme – volumes 1 et 2 (en poche)

Gwen Delmas
Noël, toi & moi
Sex Friends. Pas de contraintes, que du plaisir !

Sarah Dheilm
Elite Fighter
Hot Reward
Je te déteste... Moi non plus !

Eugénie Dielens
Imprévisible Boss (aussi en poche)
The Boss Next Door

Cléa Dorian & Ninon Vars
Dark Love

Claire Dust
Mon coloc est une rock star

Juliette Duval
Falling for my Stepbrother

Sonia Eska
My Last Chance (en poche)
Ne me tente pas

Lil Evans
Boss Affair

Lou Everly
Bad Boy Crush (en poche)

Anne Ferra
One More Time

Lou Garance
Can You Keep a Secret? (aussi en poche)
Foutu coloc!
L'Infiltrée

Alexandra Gonzalez
Shades of You

Erin Graham
Back to Campus (en poche)
Coloc avec mon boss
L'Héritier des Doyle
Nos amours contraires (en poche)
Secret Stepbrother
Strong Addiction
Teach Me Love (aussi en poche)
The Boss
The Initiation
Un boss dans mon chalet

Emma Green
(Im)parfait (aussi en poche sous le titre *Fais-moi une place*)
10 bonnes raisons de te détester!
Âmes indociles (aussi en poche)
Bien plus forte que toi!
Bliss. Le faux journal d'une vraie romantique
Call Me Baby (aussi en poche sous le titre *Oh My Lord!*)
Call Me Bitch
Cent facettes de Mr Diamonds
Cœurs insoumis (aussi en poche)
Corps impatients (aussi en poche)
Fallait pas me chercher!
If You Wanna Be My Lover…
It's Raining Love!
Jeux imprudents
Jeux insolents
Jeux interdits
Just 17
Kiss Me if You Can
La Vie en vrai
Le Goût de nos rêves
Love & Lies on Campus
Love Me if You Can
PS: Oublie-moi!
Recherche coloc: emmerdeurs, râleurs, lovers... s'abstenir!
The Boy Next Room
The Boy on Fire
Toi + Moi: Envers et contre tout (aussi en poche sous le titre *Envers et contre tout*)
Toi + Moi: L'un contre l'autre (aussi en poche sous le titre *L'un contre l'autre*)
Toi + Moi: Seuls contre tous (aussi en poche sous le titre *Seuls contre tous*)
Une toute dernière fois

Kim Grey
Fausse fiancée & vrais ennuis (en poche)

Megan Harold
Breaking the Rules
Initiation with My Boss

Joh Harper
Broken but Alive
Crazy Love

Ludivine Hart
Arrogant & Tattooed

Marie Hayle
Lover Next Door
Under Control

Missy Heart
Dark Domination

Amy Hopper
Le Coloc

Ellie Jade
About Last Night
More Than Anything

Emma S. James
Under the Rain
Upside Down

Sara June
Rider in the Dark
Sexy Wild Rider

Emily Jurius
Love to Hate You

Antinea Kane
In Love with My Enemy

Emily Kind
Fleurs de foudre

Allie Krown
High School Challenge

Marion Laurent
I Want You in My Bed!
Mr Alpha
My Fake Boyfriend

Charlie Lazlo
Kiss Me I'm Famous (en poche)
Mon insupportable boss
The Duke (en poche)

Sienna Lloyd
Mords-moi!

Nina Loren
Breaking the Ice
Teach Me Again. Impossible Desire

Ella Lores
Fucking King
Mariée par accident à un connard arrogant rencontré la veille…
My Best Enemy

Aimée Lou
Royal Bodyguard (en poche)

Jessica Lumbroso
Emma X. Secrète et insoumise

Émilie Maes
7 Days to Resist

Lili Malone
Coloc avec un inconnu

Luna March
Brooklyn Girl

Mila Marelli
Crazy Wedding
Dark Man in Love

Mag Maury
My Hipster Christmas

Sianna Milano
High School Initiation

Caroline Mongas
Mariage forcé. Un contrat indécent

Billie Morgan
Free Fighter

Zoé Murat
Boss Me Around (aussi en poche sous le titre *The New York Office*)

Clara Nové
Offside

Aurore Nox
Foutu menteur !

Lina Parker
Campus at Sea

Alix Parks
Never Kiss the Boss

Jeanne Pears
Colocs & Sex Friends
H.O.T. Hypnotique, Obstiné, Ténébreux
Insupportable coloc
Jamais avec mon coloc ! (en poche)
The Most Insolent Man

Alexia Perkins
Arrogant Fake Lover

Sophie S. Pierucci
Deep & Dark (en poche)
L'Inconnu de l'ascenseur & Moi (aussi en poche)
My Stepbrother. L'initiation (aussi en poche sous le titre *My First Step)*

Silvia Reed
Darkest. La dernière heure

Anita Rigins
J'aime pas Noël ni les voleurs de taxis !
My Rules
No Rules
Toxic Hell

Lise Robin
Forbidden Stepbrother (en poche)

Jana Rouze
Effet de vague – saisons 1, 2 et 3

Isla A. Rowley
Le Coloc de mon frère
The Ultimatum
Toxic Games

Gaëlle Sage
Arrogant Rider
Kiss, Kill & Ride
Lost Rider

Caroline Sauvage
I Hate my Boss !

Ana Scott
À corps brisés (aussi en poche)
Dark Ride
Entre nous le chaos
Evil Ride
Last Ride
Le Meilleur Ami de mon frère
Say Yes to the Boss
Sensual Stepbrother
The Dominant
Un enfoiré mais un coup d'enfer !
Vicious Ride

Camilla Simon
Fake Lovers (coécrit avec Mélodie Chavin)
Initiation with My Enemy
Le mec parfait est un inconnu… ou presque !
Le rockeur parfait est insolent et tatoué

Adora Sky
Decadent Lover

Léana Soal
Fight & Hope

Cara Solak
Perfect Obsession

Izia Soley
Fauve
Initiation. On Your Skin

Liv Stone
Initie-moi. Mes jours contre tes nuits
Love Lessons (en poche)

Lena K. Summers
Donovan, roi des connards
Perfect Bad Boy

Kaly Swann
Austin. Breathe with Me

Lisa Swann
Adore-moi !

Oly TL
Jardin Secret

Alexane Tolley
The Boss Rules (en poche)

Fanny Twice
Burning First Love

Louise Valmont
Campus Initiation
Mon insupportable voisin !

Anna Wendell
Arrogant Bad Boy
Break Your Chains
Colosse. Le maître du jeu

Chloe Wilkox
Dominant Boss. Apprends-moi
Immoral (aussi en poche sous le titre *Demi-Frère*)
Your Game, My Rules
(en poche)

Mina Zadig
Arrogant Highlander
Be my Teacher
Just Sex & Tattoos

Ils sont coincés dans la même famille et la même maison. Deux bonnes raisons de résister… ou de craquer ?

Talia et Roméo n'ont rien en commun : elle pratique la danse classique et le moindre de ses faits et gestes est contrôlé par sa grand-mère ; il est fan de hip-hop et a tout du bad boy tatoué irrévérencieux. La seule chose qu'ils partagent ? Une famille ! La mère de Roméo étant fiancée au père de Talia, la lycéenne se retrouve contrainte de cohabiter avec ce demi-frère insolent, qui fait tout pour la tourmenter. Mais à force de vouloir décoincer la jeune ballerine de la chambre d'à côté, Roméo brûle de la mettre dans son lit et de lui faire découvrir tous les plaisirs qu'elle ne connaît pas encore. Et si leurs deux univers diamétralement opposés entraient en collision ? Explosion sensuelle assurée…